Okcidento. Pro ilia kulisa agemo, sendube baldaŭ iuj libraj sumoontoj akceptos la defion legi *Mromano* kaj apreze reagi al tiu majesta verko. Mi sincere aplaŭdas la fortostreĉon de tiuj kleruloj por igi nian legadon maksimume inkluzivema.

Permesu al mi, tamen, aldiri ke Italo Chiussi, la tradukinto de *La Nobla Korano*, estis interalie islamano; sur tiu teologia kono li bazis siajn klarigojn pri detaloj ne konotaj de averaĝa esperantista legonto. Krome, Chiussi tradukis rekte el la araba, kaj ne pere de aliula (kiom ajn tuteŭrope laŭdata) italigo. Gunnar Gällmo kaj Francisco Valdomiro Lorenz, esperantigante *Dharmo-pado* resp. *Bhagavadgita*, same tradukis ilin rekte el la palia kaj sanskrita originaloj. Al mia naiva vido ŝajnas ke la valoron de la pergermane elbirmigita *Mromano* indus iamaniere distingi disde la alinivela valoro de tiuj atingoj de Chiussi, Gällmo kaj Lorenz. Se iam la hipoteza bildo skizita de mi efektiviĝos, tiam nia humurema publiko, kiu dotas iujn librojn per la epitetoj "ruĝa briko, verda briko" k.s., espereble bonvolos vicigi la valoran plutradukon majstre plenumitan de nia Werner Schuchardt en simile ŝercan Serion nomotan… *Okcidento*-Oriento, aŭ io eĉ pli humura, inventota de vi, kara leganto.

(Ĉi tiun fikciaĵon mi dediĉas al la memoro de la granda ŝercadinto Renato Corsetti, kiu cetere scipovis la araban. Eventualan similecon al io vere okazinta oni forgestu kiel hazardan koincidon.)

I0634807

bitlibroj.com

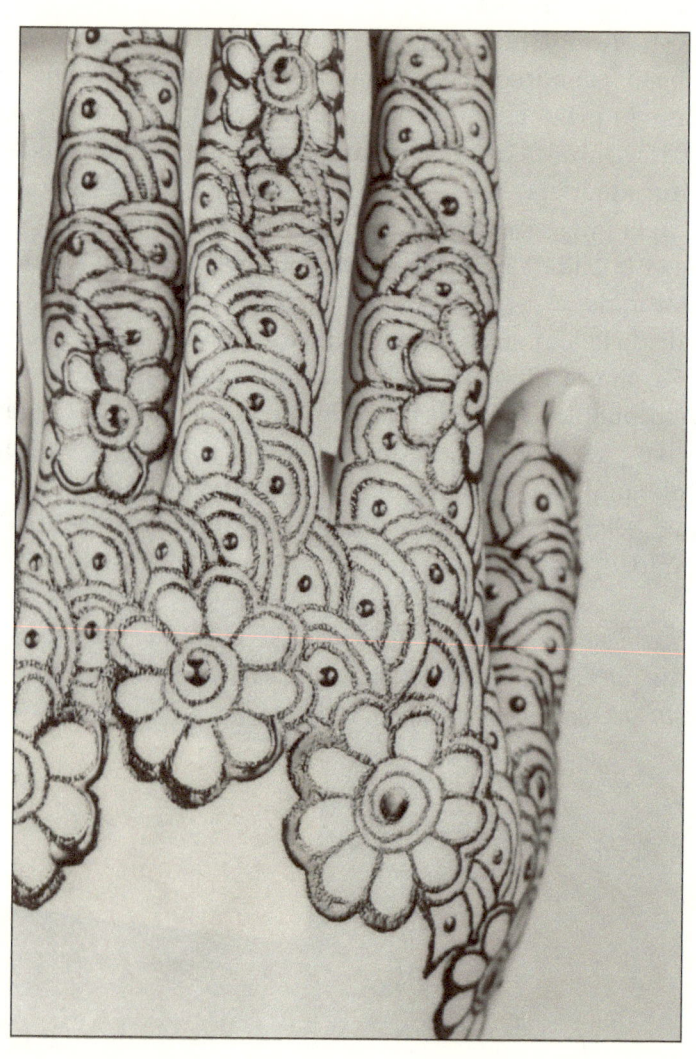

ORIGINALA PROZO

Beletra Almanako (BA)

www.beletraalmanako.com

ISSN 1937-3325

Aperas numeroj februara, junia kaj oktobra.
N-ro 52-53 (Februaro-Junio 2025; 2025/1-2). ISBN 9781595695161
Eldonas: ©2025: Mondial, Novjorko (Usono)
Respondeca eldonisto: Ulrich Becker
Redaktas: Probal Daŝgupto, István Ertl, Jesper Lykke Jacobsen,
Suso Moinhos, Nicola Ruggiero, Anina Stecay.
Rubrikaj kaj kovrila fotoj: Vikipedio, unsplash.com kaj Jesper Lykke Jacobsen

---

Kiel mendi / aboni? Jen du ebloj:

❶ **Por ricevi de nun aŭtomate ĉiun novan numeron de *BA* (ĝis eventuala malmendo), skribu retmesaĝon al *libroservo@co.uea.org* kun la indiko "Konstanta mendo de *BA*".** Zorgu nur havi sufiĉe da mono en via UEA-konto. UEA debetos vian konton je ĉiu nova numero.

❷ Ĉe Mondial vi povas aĉeti ĉiun unuopan *BA*-on samkiel alian libron. La **prezo** estas indikita en nia vendo-retejo: mondialbooks.square.site/beletra-almanako. Eblas ankaŭ pagi rekte al bank-kontoj en Eŭropo aŭ Usono. Demandu la eldonejon (informo@librejo.com).

Se vi loĝas en EU, prefere aĉetu aŭ abonu tra UEA:
libroservo@co.uea.org.

Por aĉeti *BA* kiel bitlibron, vizitu bitlibroj.com.

Kontribuaĵojn oni sendu retpoŝte, prefere unikode aŭ x-alfabete, al la ret-adreso de *BA*: **redaktejo@gmail.com.**

Kontribuaĵoj sekvu la regulojn legeblajn ĉe:
beletraalmanako.com/kontribui

Ankaŭ fotistoj, desegnistoj, ilustristoj bonvenas. Ili bonvolu skribi al la sama redakteja ret-adreso.

Eldonejoj dezirantaj aperigon de **recenzoj** bv. sin turni al la sama redakteja ret-adreso (sufiĉas la sendo de nur unu ekzemplero rekte al la recenzonto, post interkonsento kun *BA*).

Por **anoncoj aŭ reklamoj:** skribu rekte al **informo@librejo.com.**

Ĉiujn ceterajn demandojn pri la eldonado kaj dissendo bv. direkti al:
informo@librejo.com.

Pri la enhavo de la kontribuoj responsas la aŭtoroj mem. Tio validas retrospektive por ĉiuj numeroj de *Beletra Almanako* ekde *BA1* (septembro 2007) ĝis nun. ◆ **La lingvaĵo de kontribuoj publikigataj en *BA* laŭeble konformu al la komunume evoluigata ĝenerala normo,** kun *NPIV* (presita kaj reta) kaj *PMEG* kiel ĉefaj referencverkoj, interkonsente kun la aŭtoroj.

Eldonejo: Mondial, 203 W 107th Street, #6C, New York, NY 10025, Usono
Faks-numero: +1-208-361-2863; Telefono: +1-646-807-8031

Enhavo

2 | *Beletra Almanako* n-ro 52-53, Februaro-Junio 2025 (2025/1-2)

* * *

Rubrikaj fotoj:

Jesper Lykke Jacobsen (p. 112) kaj unsplash.com

Kovrila foto: Desegnoj de manoj en la *Cuevas de las Manos* (Kaverno de la manoj; 13000–9000 a. K.) en la provinco Santa Cruz en Argentino. Fonto: Vikipedio.

Prezento

de Probal Daŝgupto

Niaj legantoj estas petataj imagi jenan situacion: mi pentras bildon fikcian (uzante unu-du efektiverojn por ke la bildo aspektu konkreta) por povi klare elstarigi iujn gravajn faktorojn sen la risko ke iu rajtus deklari sin ofendita. En la lando iam nomita Birmo, nun nomata Mjanmaro, antaŭ mil jaroj iu verkis spektakle allogan romanon, en sia gepatra lingvo, la birma. Ni konsentu nomi tiun tekston **Mjan ro ma no**, ĉu bone? Nu, la romano montriĝis ege interesa al homoj ne nur en la najbaraj landoj, sed eĉ en la plej foraj. Iom post iom oni tradukis la klasikaĵon **Mjan ro ma no** en dekojn da lingvoj. Sed la eŭropanoj plej alte taksis la germanigon pretigitan de Wilhelm von Humboldt [*fikcia ago atribuita al homo efektiva*]. Tiun tradukon, **Mroman**, kune kun la kleraj notoj portantaj la subskribon de Humboldt, la diligenta aŭstra esperantisto Werner Schuchardt [*homo plene fikcia*] plutradukis en nian karan Esperanton, kompreneble elektante la titolon **Mromano**. Kiam ĝi eldoniĝis, UEA kunaplaŭdis, kaj envicigis la libron en la Serion Oriento-Okcidento.

Kiel konate, ja ne ekzistas esperantistoj en Mjanmaro. Se troviĝas aliloke esperantistoj denaske parolantaj la birman, ili ankoraŭ ne montris beletrotradukan kapablon. Tamen, iuj kleruloj en Esperantujo faris al si la penon ĝisfunde lerni la birman kaj akiri fakajn konojn pri ĝia kultura fono. Agnoskendas ke nur Werner Schuchardt havis la energion por efektivigi la plenan tradukon de *Mjanro ma no* en Esperanton pere de pontotraduko germana. Tamen enestas en nia universalema komunumo pluraj aliaj klereguloj povantaj serioze taksi la tradukon, situigi ĝin sur la beletrokritikan mapon, kaj venigi ĝin al nia plej aktive legata librobretaro. Sen ili, neniu venus al la ideo enmeti la tradukon en la Serion Oriento-

Farango

de Sten Johansson

Ĉerpo el romano aperonta ĉe Mondial. Ŝajnas ke lastatempe Mondial aperigas romanojn de Johansson same ofte kiel numerojn de *BA*.

Sten Johansson: *Farango*. Mondial, 2025. 306 p. ISBN 9781595695123.

Nu, sekvis semajnfino kun pluvo, kaj sekvis nova lernosemajno kun suno, tute kiel oni povus atendi, kiam la someraj ferioj jam estis historio. Iomete malfrue kaj sen granda entuziasmo mi eniris la klasĉambron en nova lunda mateno. Kaj jen ŝi! Reaperis Mika! La vaka seĝo jam estis maksimume malvaka, ĉar sur ĝi troviĝis ŝia postaĵo, kiu ne kreskis dum la somero, kaj sub ĝi ŝiaj kruroj, super ĝi ŝiaj ventro, mamoj, brakoj, vizaĝo, haroj. Eĉ ŝiaj maldikaj ŝultroj denove videblis en la dekoltaĵo de la flava bluzo kun simila ŝelko de mamzono kiel kutime. Kaj kiam Sara Valtersson riproĉis ŝin pro la senpermesa forestado, ŝi levis tiujn ŝultrojn kaj diris per sia kutima trenata soprano:

"Panjo decidis ke ni restu plian semajnon. Estis tro multe por fari en la antaŭa semajno, kaj krome la flugbiletoj estis tro kostaj."

Iam ŝajnis al mi ke ŝi devus paroli kun simile ekzota akĉento kiel sia patrino, sed tute ne. Ŝi parolis la saman lokan dialekton kiel mi mem, kiun aliaj svedoj kutimas moki, ĉar ili ne kapablas distingi niajn diskrete kartavajn r-ojn. Sed eĉ tio ne povis profani mian imagon de ŝi.

Mi kompreneble estis tre senŝarĝigita pro ŝia reveno. Kaj ĝi donis al mi ŝancon unuafoje vere kontakti ŝin. Mi bezonis preskaŭ la tutan lundon por kolekti kuraĝon, sed posttagmeze en la paŭzo antaŭ la lasta leciono mi malhazarde pasumis proksimen al ŝi kaj haltis por diri:

"Do ne sufiĉis du monatoj sur la plaĝo, ĉu?"

Ŝi turnis sin for de siaj ĉiamaj akompanantoj Linda kaj Belinda kaj rigardis min kun ia nedifinebla mieno.

"Plaĝo? Vi scias nenion, idioto."

Ŝi ne sonis kolere sed pli-malpli aferece. Kaj mi tute ne sciis kion diri. Prefere nenion, sendube, ĉar ŝi ne plu atentis min. Sed Belinda turnis sin al mi kun supereca mieno.

"Ĉu vi ne scias ke Mika kaj ŝia patrino laboras dum la tuta somero por helpi ŝian fratinon kaj la avinon?"

Ne, tion mi ne sciis. Kiel mi sciu tion? Mi eĉ ne imagis ke ŝi havas fratinon. Antaŭ nelonge mi eksciis de la akvumanta virino ke ŝi havas fraton, kiun mi ĝis nun ne vidis. Sed krome fratino – jen novaĵo. Aŭ ĉu temas pri onklino? Verŝajne Belinda celis fratinon de la panjo. Evidente neniu el la knabina triopo trovis ke indas klarigi tion, ĉar mi jam estis nura aero por ili. Aŭ eble eĉ senaera vakuo.

Do mi devis akcepti ke mia provo kontakti Mikan malsukcesis. Eble tamen ne, ĉar du tagojn poste okazis io neatendita. Ĉi-semestre mi ial rekomencis bicikli al la lernejo, kvankam daŭre laŭ ŝia strato, por gvati, ĉu videblas iu en la tubista domo. Nu, merkrede matene mi hazarde aŭ malhazarde atingis la lernejon samtempe, kiam ŝi alvenis piede. Mi tamen ja devis meti la biciklon ĉe la biciklorakon kaj eĉ ŝlosfiksi ĝin tie. Dum mi manipulis la seruron, ŝi alpaŝis min, kvankam kiel piediranto ŝi havis neniun aferon tie.

"Aŭskultu", ŝi diris al mia klinita nuko. "Mia avino posedas etan pensionon kun bangaloj en Khao Lak, kiun ŝi prizorgas kun mia pli aĝa duonfratino. Ili ne povas dungi servistojn, sed kiam ni povas, Panjo kaj mi helpas ilin. Ni purigas, aranĝas litojn, lavas kaj kuiras. Do ni ne ferias."

Mi jam staris rekte, rigardante iomete malsupren al ŝiaj nigre-brunaj okuloj, eta nazo kaj ruĝa buŝo, kies brilon mi ĵus vidis ŝin plibonigi survoje al la lernejo, kiam mi preterpasis ŝin.

"Mi ne sciis", mi diris.

"Kompreneble. Kiel vi povus?" ŝi ridis kaj turnis sin por foriri.

Mi alĝustigis mian dorsosaketon kaj postsekvis, forte pensante por trovi ion plian por diri al ŝi, tamen vane. Tiam ŝi diris oblikve trans la ŝultron:

ORIGINALA PROZO

"Fakte ni ja iom naĝas kaj ripozas surstrande. Ĉefe vespere. Kaj Seb, mia stulta frato, faras nenion utilan."

"Bone. En ordo", mi malspritumis.

Sed Mika jam rapidis antaŭen, eble por ne esti vidata kun mi de siaj amikinoj en la ĉiama triopo.

Kompreneble mi estis tute envultita pro la fakto ke ŝi parolis kun mi, kaj eĉ amike. Mi jam imagis la plej aŭdacajn kaj nekonatajn intimaĵojn kun ŝi, inspiritajn de miaj interretaj spertoj. Sed dum la tagoj plu pasis, mi ne trovis manieron por daŭrigi la aferon. Pri kio mi do parolu kun knabino? Krome mi rimarkis ke ŝi evitas rigardi en mia direkto, ne nur en la lecionoj, sed eĉ pli evidente en la paŭzoj, kiam ŝi ĉiam sukcesas turni la dorson al mi. Kaj mi ne pensis ke por fari tion ŝi devas iel scii, kie mi troviĝas en ĉiu momento.

Cetere mi ne estis la sola, kiun ŝi ignoris. Entute la knaboj de nia klaso kiel kolektivo sendube estis indiferentaj nuloj en ŝiaj okuloj. Kaj la fraton, kiu estis lernanto en la dua lernojaro de nia lernejo, ŝi aktive evitis. Jen kial mi antaŭe eĉ ne konsciis ke li ekzistas. Tiuj etuloj havis siajn klasĉambrojn en aliaj konstruaĵoj, sufiĉe malproksime de ni, sed en la lunĉopaŭzo oni povis kunpuŝiĝi kun ili, kaj tiam Mika ŝajnigis ne koni lin.

Nur unufoje mi vidis ŝin fari escepton de tiu konduto. Tio okazis iam en la aŭtuno, kiam nia klaso vicostaris por eniri la manĝejon de la lernejo. Grupo da etuloj elvenis el ĝi, manĝinte la spagetojn aŭ kolbason kun terpomkaĉo aŭ ion ajn, kio estis en la menuo de la tago, kaj du el ili de ambaŭ flankoj puŝetis knabon pli malgrandan en la mezo. Tiu estis Sebastian, la frato de Mika. Kiam ŝi vidis ilin denove puŝi lin, dum unu el ili balbutis ion pri "ĉin ĉin ĉino", ŝi faris du paŝojn el nia vico kaj stariĝis antaŭ la mokanto. Ŝi kaptis lian brakon, turnis ĝin dorsen kaj supren tiel ke li faldiĝis kiel svisa armea trანĉilo kaj falis kun la vizaĝo suben, blekante kiel porko. Ŝi almetis la genuon sur lian dorson kaj premis lin suben sur la grundon el ruĝaj oelandaj[1] kalkŝtonoj. Tuj post tio ŝi alfrontis la duan bubon. Kvankam plurajn jarojn pli aĝa, ŝi estis nur iom pli alta ol li kaj same maldika. Tamen li ne restis longe surloke. Li paŝis flanken kaj time foriris, duonkure. La tuta afero daŭris eble kvin sekundojn, dum kiuj Mika diris eĉ ne unu vorton. Nun ŝi tamen ekparolis al sia frato en tono preskaŭ malestima:

---

1   Oelando: (*Öland*) insulo kaj provinco en sudorienta Svedio

"Vi devas lerni defendi vin mem, Seb."

Poste ŝi reokupis sian lokon en la vico, dum la aliaj knabinoj de la klaso vigle babilis.

"Kia lertaĵo! Kie vi lernis tion? Ĉu en la ĵudo?" Ŝi ekridis.

"Tio ne estis ĵudo. Tio estis lernejkorta arto. Sed la bebeto devas mem lerni tion. Mi ne povas ĉiam varti lin."

La knabinoj ridis kaj plu kvivitis pri kia lertulo ŝi estas, kaj ankaŭ mi estis vere impresita.

Blanka plafono

de Cho Sung Ho

Minho malfermis siajn okulojn, kies pupilojn laŭgrade saturis blanka koloro de plafono. Li lante, pene turnis la kapon flanken, kaj lia vido ĉi-foje frontis kontraŭ muroj preme blankaj. Minca kaŭĉuka tubo rampis de kanulo ĉe lia liva brako kaj grimpis ĝis duonplena perfuzobotelo, kiu strabis al li pendante de metalstango kun malgranda monitoro alfiksita. Lia konscio malvolonte rekondukis lin al la morna realo, ke li nun kuŝas en hospitala lito.

Angule de la malvasta ĉambro Juna, lia fianĉino, dormis surkanape. Minho provis eksidi sed ne povis, ĉar liaj gamboj ne reagis, kiel duraj ŝtipoj. Liaj movetoj estigis susurojn, vekis ŝin, kiu tuj apudiĝis kaj surlipigis kareseman rideton.

"Bonan matenon, Minho."

Tenere kisinte lin surfrunte Juna demetis, lerte, la ŝvelintan urinsakon alhokitan litoframe kaj malplenigis ĝin. Poste nodante sian krispan hararon surnuke per violeta rubando, ŝi ekparolis:

"Kiel vi sentas vin hodiaŭ?"

Ŝia voĉo estis dolĉa, sed sonis iom raŭke jam de matene.

"Bone, Juna. Ĉu vi dormis bone?"

Minho evidente sciis, kiom malkomforte estas kuŝi tie, sur la malnova kanapo magre remburita kaj cetere eĉ ne sufiĉe longa, sed li ne kapablis elkovi pli adekvatan frazon por konsoli ŝin.

"Jes, sufiĉe bone."

Kvankam Juna, gajtemperamenta, afektis facilan mienon, ŝiaj okuloj sensangaj sub la falintaj palpebroj perfidis, ke ŝi estas elĉerpita.

Jam de unu monato Minho vekiĝis matene en la hospitalo. Torturus lin vekiĝi en si mem, sendepende de tempo aŭ loko. Hantis lian menson kiel koŝmaro la sceno pri tio, kiel tiutage la katastrofo deturnis lian destinon. Kaj ankaŭ tiun de aliaj. Inspektoro de konstruada kompanio, li estis kontrolanta, ĉu ĉio estas en ordo en nova konstruejo de loĝdomego. Li staris surskafalde je triaetaĝa alteco, kiam subite lia poŝtelefono sonoris. Li apenaŭ elpoŝigis ĝin eljake per unu mano, ĉar li tenis inspektopaperojn per la alia. Sed tiumomente la aparato elglitis depolme, kaj provante kapti ĝin li stumblis kelkpaŝe sur malebena planko, perdis sian ekvilibron kaj falis surgrunden. Minho tuj senkonsciiĝis, estis ambulance transportita al hospitalo. Post plurhora streĉita operacio la kirurgo prognozis, ke la paciento postvivos la krizan fazon sed suferos paraplegion, do li perdos por ĉiam la kapablon movi siajn krurojn.

Juna flegadis sian amaton fervore kaj sincere post siaj laborhoroj kaj du-trifoje semajne tagnoktis enhospitale por anstataŭi liajn gepatrojn. Ŝi helpis lin manĝi, brosis liajn dentojn, viŝis pertuke liajn vizaĝon kaj torson, kaj ankaŭ atentis malplenigi lian plastan urinsakon antaŭ ol ĝi pleniĝos. La plej zorgiga tasko estis helpi lin transmoviĝi delite sur la rulseĝon por korpaj ekzercoj aŭ medicinaj ekzamenoj.

De kelkaj tagoj, tamen, Juna ne montris sin enhospitale, nek respondis al liaj telefonvokoj. Anstataŭe iun vesperon venis ŝia patrino.

"Kiel vi sentas vin, Minho?"

Ŝia voĉo feble tremis, malkiel kutime. Anstataŭ tuj redoni ŝian saluton, Minho demandis ŝin kun zorgoplena mieno:

"Ĉu io okazis al Juna? Mi ne vidis ŝin lastatempe."

Post kurta ĝemspiro ŝi heziteme ekparolis:

"Minho, mi tre bedaŭras diri, sed Juna ne venos plu."

Muto kaptis lin, kaj li nur mordetis sian malsupran lipon ne sciante kiel reciproki. Ŝi daŭrigis:

"Juna baldaŭ iros al Francio por studi arton dum pluraj jaroj."

La abrupta sciigo stuporigis Minhon. Li tamen improvize vortumis por konsoli ŝin aŭ, plej verŝajne, por konsoli sin mem pli:

"Juna estas kompetenta. Ŝi certe fariĝos konata pentristo."

Nenaturaj trajtoj kovris ŝian embarasitan vizaĝon, kio faris lian koron des pli maltrankvila.

Minho malfermis siajn okulojn sekvamatene. Ĉe liaj oreloj ankoraŭ zumadis la sonoriltonoj de telefonvoko de Juna, kiujn li vane provis respondi surskafalde. La blanka plafono subite kirliĝis kaj rapide sinkis al lia korpo.

Gvatanta Tomaso

de Su Fidler Cowling

Oni ne naskiĝis aspirante fariĝi ia Gvatanta Tomaso, ĉu ne?

Aŭ eble jes? Verŝajne, dum oni pli-malpli volonte eliris el la varma, akva kavo de la patrino kaj glitis laŭ la naskiĝa kanalo, oni scivolis aŭ eĉ timis: Kien mi celas? Kio atendas min? Sekve, oni alvenis al la buŝo de la kavo kaj: Ho! la lumo! Belega! Mirinda!

Tion faris la unua Gvatanta Tomaso, ĉu ne? Li gvatadis el la fenestro. Do, jen la legendo: sinjorino Godiva petadis sian edzon ke li malpliigu la impostajn ŝarĝojn de la urbanoj. Li neis. Sekve, la sinjorino proponis: ĉu la edzo konsentus, se ŝi malvestus sin kaj nude rajdus sian ĉevalon tra la vilaĝo, kondiĉe ke la vilaĝanoj restu endome kaj ne rigardu al ŝi? Li jesis. Do, ŝi rajdis nude, kaj neniu rigardis, krom unu viro. Tiu Tomaso gvatadis el la fenestro. Kompatinda Tom. Laŭ unu legendo, la dioj blindigis lin. Laŭ alia, la vilaĝanoj faris la blindigon.

Ĉu la edzo malpliigis la impostojn? Ne gravis. La temo estas ke Tomaso gvatadis *el* la fenestro.

Mi gvatadis enen.

Mi ne naskiĝis kiel Gvatanta Tomaso, do. Almenaŭ mi ne memoras ĉu mi rigardis el la naskiĝa kanalo, tra la patrinaj femuroj. Fakte, malgraŭ mia naskiĝatesto, laŭ mia memoro, mi tute ne naskiĝis, sed malrapide aperis en la mondon je la aĝo de tri jaroj, pli-malpli, kaj baldaŭ poste mi diris: Kiel diable! Tre verŝajne panjo vangofrapis min pro la fivorto, kaj la pli aĝaj gefratoj mokis min pro la frapo, kaj al la pli juna frato mi ne gravis, kaj mi kuris eksteren plorante. Ekstere, la nokta ĉielo estis plenplena de steloj, kiuj brilis blankaj kiel novaj neĝeroj post unua neĝofalo. Iom da steloj tie kaj tie estis ruĝaj aŭ bluaj. Iuj sagis tra la mallumo. Iuj falis... kien? Eble en la malproksiman bienon, tie kie ĉielarkoj alteriĝis. La Lakta Vojo montris la direkton... kien? Ne gravis. Venu, ni iru! Ho, mirinde!

Mi rerigardis al la domo kun ĝiaj malgrandaj fenestroj kiuj vomis malsanajn flavajn lumojn, kaj al la etaj-etaj ombroj ene. Ne, ne interesis min vidi ĝis tie.

Kompreneble, mi revenis en la aĉan domon tiun nokton. Verŝajne paĉjo serĉis min kaj portis min enen, ĉar ni loĝis en kamparo, kie kojotoj ŝatis manĝi etajn knabojn.

Do, mi ne estis Gvatanta Tomaso infanaĝe. Eĉ junaĝe mi ne gvatadis en la fenestrojn de la najbaroj. Fakte, ni ne havis najbarojn krom Avo, kiu loĝis en malnova domo du mejlojn for. Se mi ŝtelirus tien nokte, sufiĉe proksimen por gvati, sendube la hundoj sur la verando bojus, Avo elirus portante sian ĉaspafilon, kaj pafus min, sen unue demandi "Kiu tie?!". Ĉiuokaze, neniam venis en la kapon ke mi volus rigardi en la fenestrojn de Avo.

Nu, mia rakonto rapidas antaŭen al plenkreskeco. Mi aranĝis loĝi en urbo kie nokte videblis homaj lumoj. El la apartamenta balkono de mia altega konstruaĵo, kie mi ofte staris dum tiu unua jaro, en la mallumo kun glaso da vino, mi rigardis etajn lumojn, kiuj trembrilis tiom distance for kiom eblis vidi en la nokto. Mi imagis ke ĉiu lumo implicas ian homon. Kian homon? Kian vivon?

Finfine mi luis bangalon en kvartalo kun vicoj de samspecaj etaj domoj. Estis agrabla kvartalo kun arbo-borderitaj trotuaroj kaj ne multe da trafiko. La domoj situis pli-malpli proksime al la vojo, kaj multaj havis etajn blankajn palisarojn kun, printempe, tulipoj. Oni rajtis supozi ke, se ia Avo elirus el la domo, verŝajne li portus kolbason anstataŭ ĉaspafilon.

Nu, mi malkovris la plezuron promeni nokte, post la dimanĉa vespermanĝo, laŭlonge de la trotuaro. Mi komencis rigardi en fenestrojn. Nu, kiu ne farus, ĉu ne? La dometoj estis plejparte samaj en la mallumo; tamen la ortanguloj de lumoj, unu post alia, malsamas kaj apartigas. Oni imagis ke io mirinda povus okazi ene. Oni preskaŭ sentis sin invitita per la lumoj en nekovritaj fenestroj, ĉu ne? Ekzemple: "Ho amiko, haltu kaj gvatu, se vi emas. Bonvenu vidi nin. Ni esperas esti vidataj, do ni bezonas vidanton, ĉu ne? Ni invitas vin tiel partopreni en ĉi tiu mondo de lumo." Aŭ ion simile.

Ne ĉiuj fenestraj kovriloj estis malfermitaj, kompreneble, sed ofte la samaj estis malfermitaj ĉiudimanĉe. Do, numero 1202 spektis sportojn per granda televidilo sur la muro kontraŭa al la fenestro. Li sidis sur fotelo kun la dorso al mi, do mi neniam vidis lian vizaĝon, sed iam kaj tiam mi vidis lian manon etendiĝi por atingi bierglason sur tableto kiu ankaŭ surhavis cindrujon, kvankam mi ne vidis la viron fumi.

Numero 1208 montris, je la kontraŭa muro, multe da kadritaj fotografaĵoj, atestiloj kaj infanaj vakskrajonaj desegnoj sur flaviĝanta papero. Avino paŝis tra la ĉambro, singarde portante pleton kun du tasoj kaj telero da kuketoj. Unufoje mi vidis Avon ŝtelpaŝi tra la ĉambro, malrekte al unu el la kadroj, kaj rideti al si mem.

Numero 1205 enhavis malfeliĉan paron. Nenion sur la muro krom makuloj. Ŝiaj plorĝemoj aŭdeblis. Kaj liaj plendoj.

Estis bela dancisto en numero 1210. Sola, ŝi dancis sole. Kelkfoje ŝi ludis violonĉelon, kun siaj nudaj kruroj ĉirkaŭbrakante la korpon de la instrumento, dum ŝiaj fingropintoj karesis ties kolon. Do, ne, mi ne estis ia aĉa gapanto, salivumanta ulo. Mi neniam alproksimiĝis al fenestroj, sed simple staris kelkajn minutojn sur la trotuaro. Tamen, spektante mian danciston, mi preskaŭ aŭdis ŝian muzikon. Domaĝe ke mi neniam lernis danci.

Nu, unu varmetan printempan nokton, mi staris sur la trotuaro spektante la basbalo-ludon kun numero 1208, kiam malrapide preterpasis polica aŭto. Ĝi haltis, retroiris al mi. Mia koro subite laŭte batis. La policisto malaltigis la fenestron kaj vokis, "Ĉu problemoj, sinjoro?"

"Ne, dankon. Estas bona vespero, ĉu ne? Mi promenas." Mi provis rideti ĝentile, poste ekmarŝis al la angulo kaj, konscia ke la polica aŭto ne moviĝis, kaj ke eble ili rigardas min, mi daŭrigis al du stratojn for, al Rozo-Strato.

Tie la domoj estis iomete pli grandaj kun du etaĝoj kaj pli da fenestroj. Oni povis vidi pli da homoj ene, dum ili promenis tien kaj reen, dum ili spektis sportludojn, kverelis, pretigis sin enlitiĝi. Oni devus averti tiun junulinon fermi la persienojn en sia dua-etaĝa dormĉambro. Mi haltis tie momenton por trankviliĝi. Mi rigardis, pensante pri tiu junulino. Ŝiaj kurtenoj estis gazaj, blankaj, kiel ekrano por ombro-pupoj. Verŝajne ŝi intencis ke ia koramiko vidu ŝin. Eble la koramiko loĝas trans la strato. Oni ne vidis la detalojn de ŝia vizaĝo tra la gazo, sed oni klare vidis kiel ŝi malrapide brosas la longan densan hararon, demetas la ĉemizon, kaj....

"Oj, ulo! Kion vi faras?" diris iu malantaŭ mi. Mi preskaŭ saltis el la ŝuoj, preskaŭ ekfalis kiam mi timigite turnis min. La viro kaptis mian brakon por malebligi falon, kaj li kviete ridis."Ulo, vi estas en la malĝusta strato."

"Mi... malĝusta... ĉu?" Mi ne sciis ĉu mi ekkuru aŭ ĉu mi provu blufi aŭ ĉu plonĝi en plej profundan truon en la tero kaj neniam esti videbla poste.

La ulo ridis denove, afablan ridon. Li estis maldika kaj meze alta, kiel mi, kaj portis to-ĉemizon kaj ĝinzon, ankaŭ kiel mi. Li etendis la manon kaj diris,"Mi estas Robi. Kaj ĉi tiu strato estas mia, tio estas, mi gvatadas en ĉi tiu strato, do. Mi vidis vin en Tulip-Strato, ĉu ne?"

Mi rekaptis la spiron. Mi manpremis kun li, zorgeme, rigardante ĉirkaŭen. Ĉu ĉi tio estas reala? Ĉu ia trompaĵo? Nenio alie videblis. Bedaŭrinde, dum la tuta vivo, mia instinkta reago, kiam kaptita neatendite, estis elverŝi la veron.

"Nu, estis polica aŭto sur Tulipo ĉi-nokte. Mia propra kulpo. Lastatempe mi vidis dufoje ke ulo batis sian edzinon, do mi informis la policon. Telefone. Anonime, kompreneble."

"Ho, bona civitano, do."

"Fakte, mi ne kredis ke la polico atentos. Eble iu denuncis *min*, ĉu?" Mi ĉirkaŭrigardis denove.

"Trankviliĝu, amiko. Ni promenu. Estas kafejo je Hibisko-Strato."

Nu, jen kiel mi akiris miajn unuajn geamikojn – nu, solajn – en la urbo. Aŭ ili akiris min.

La alia estis Ŝari. Jen la rakonto kiel mi konatiĝis kun Ŝari:

Post tiu nokto de la polica aŭto, mi komencis gvatadi laŭ diversaj stratoj por forturni la troan atenton de la policistoj kaj la propraj najbaroj. Kaj poste Robi kaj mi ofte renkontis unu la alian. Kutime li sugestis ke ni rendevuu ĉe la Hibisko-Strata kafejo post kiam ni ambaŭ gvatadis sufiĉe, solaj en niaj apartaj stratoj. Mi volonte jesis. Ho, bona maniero finfari la semajnfinon. Mi vespermanĝis sola, dum noktiĝo, poste iris eksteren en la mallumon, kaj ĝuis la fenestrojn. Mi ankoraŭ spektis iomete da basbalo kun numero 1202 je mia strato, kaj mian danciston, kompreneble. Je aliaj stratoj mi nun spektis trans la fenestroj futbalon, lanĉojn de raketoj, malfruajn vespermanĝantojn. Mi malkovris, je Rozo-Strato, fenestron en kiu du maljunaj viroj ludis ŝakon, silente kaj serioze, kaj drinkis vinon. Tio memorigis min ke mi intencis lerni ŝakon iun tagon.

Do, kiam mi estis sata, mi promenis al la kafejo kaj rigardis tra ties fenestro. Se mi vidis Robi, mi eniris. Ni trinkis kafon kaj manĝis torton kaj babilis kvazaŭ amikoj. Kelkfoje ni babilis pri tio kion ni vidis tiun nokton, aŭ aliajn noktojn, kaj kelkfoje ni solvis la problemojn de la mondo. Foje ni eĉ rivelis iometon de ni mem.

Unu nokton, tuj kiam mi alvenis, Robi diris, „Ulo, ni aĉetu kafojn por foriri. Mi havas ion kion mi volas ke vi vidu." Do, jes, ni havigis la kafojn por foriri, kaj ni malrapide promenis laŭ Hibisko-Strato, direkte al la sekva dombloko. Ni pribabilis malgravajn aferojn, sed Robi rifuzis, kun rido kaj palpebrumo, diri kion mi vidos. Nu, mi ne ŝatas intence kreitajn misterojn. Tiuj maltrankviligas min, kaj mi sentas kvazaŭ mi estos trompita. Aldone, mi certis ke mi verŝos kafon sur la ĉemizon, ĉar mi ne kapablis iri kaj trinki samtempe. Do, mi estis iom grumblema kiam Robi haltis antaŭ vicdomo kaj diris, „Vidu!"

Mi rigardis ĉirkaŭe en la mallumon, sed preskaŭ ĉiuj fenestroj estis jam malhelaj aŭ kovritaj. „Ĉu, vidu kion, Robi?"

„Tie. Teretaĝe. La fenestro kun la eta kandelo."

„Do?"

„Nu, do, venu!" Robi kaptis mian brakon kaj komencis tiri min de la trotuaro, al la konstruaĵo.

Mi laŭte flustris, „Robi, kion vi faras? Mi ne alproksimiĝas al fenestroj, ĉu ne? Kio diable, mi ne estas ia harhirtiga kaŝgapanto, mi ne estas amorspektulo, mi ne aliras al fenestroj por salivumi, Robi!"

"Dano, trankviliĝu. Estas en ordo. Venu." Do, nevolonte mi sekvis lin tra la malseka herbo al la fenestro. Tie, sur ekstera fenestra breto, troviĝis kuketo. Ĉokolada kuketo kun ĉokolada glaceo. Robi prenis kaj rompis ĝin al duonoj, kaj etendis unu al mi. "Jen. Ni dividu."

Tiel li diris al mi pri Ŝari, kiu estis lia amikino, ankaŭ gvatanto. Unu nokton, Robi hazarde haltis sur la trotuaro ekster ŝia vicdomo, kaj ĉiuj liaj sensoj turnis lin al tiu teretaĝa fenestro. Mola flava lumo fluis el la malferma fenestro, kune kun la franda odoro de freŝbakita ĉokolada kuko kaj la sono de flutmuziko. Interne de la ĉambro, alloga, gracia, longharara virino staris apud la kuireja lavujo. Ŝi viŝis bluan miksbovlon per unu longa, gracia fingro kaj metis la fingron en la buŝon – kun liprujo – kaj, malrapide, ridetante, suĉis la kuko-miksaĵon de sur la fingro. Verŝajne li staris tie tro longe, ĉar subite ŝi turnis sin, ridis. Ŝi venis al la fenestro, plej malfermis ĝin, kaj kliniĝis eksteren.

"Oj, vi Gvatanta Tomaso! Se vi intencas minaci min, konsciu ke mi havas klabon kaj mi estas bonega batanto. Alie, se vi simple gvatadas, mi havas kuketon. Kion vi preferas?" Li preferis la kuketon, do. Kaj tiel ili amikiĝis. Nun, kiam ajn ŝi bakis, sed ne restis hejme dimanĉan nokton, ŝi lasis kuketon sur la fenestra breto. Kiel ni, ŝi iris gvatadi, sed kutime je vendredo ĉar, laŭ ŝi, estas tiam ke la dramoj okazas.

"Mi prezentos vin," Robi diris al mi. "Ŝari estas malsama ol aliaj, Danielo. Vi ŝatos ŝin."

Nu, jes, mi ŝatis Ŝari. (Kvankam mi ne venigus ŝin hejmen por renkonti panjon, por tiel diri.) Ŝari estis okulfrapa, aŭ eĉ belega. Ŝi kutime portis ciganajn vestaĵojn, malgraŭ sia foje elitisma konduto. La nazo estis malrekta, kvazaŭ antaŭlonge rompita, kaj la mentono iomete pinta. Sed la okuloj! Ho, tiuj grandaj nigraj okuloj, ili briletis ĉiam, ĉu ili vidis feliĉon aŭ malfeliĉon. Se la okuloj kaptis onian atenton, ili ĝin detenis, eble tro longe, eble ĝis oni komencis tordiĝi. Fakte, ŝajnis ke tiuj okuloj vidas ĉiujn, la gravajn kaj negravajn aferojn, aferojn kiuj ekekzistis nur kiam ŝi ekvidis ilin. Nu, tio sonas timige, eble. Tamen, estis ankaŭ ŝiaj graco kaj vigleco, ŝia larĝa, ĉiam-preta rideto, la maniero kiel ŝi tusis onian brakon kiam ŝi ridetis. Jes, Ŝari briletis, kaj oni devis ŝati ŝin.

Unu nokton, kiam Ŝari renkontiĝis kun mi kaj Robi ĉe la kafejo, ŝi portis grandan sakon. "Do, miaj Tomasoj, divenu kio estas en la sako. Divenu!"

Mi malŝatis tiajn ludojn, do mi gestis al Robi. Robi diris, "En ordo, kara, kio estas en la sako?"

Ŝari strabis kaj gvatis ĉirkaŭ la kafejo kvazaŭ la enhavo de la sako estis pecoj de antimateria bombo kun instrukcioj. Sed poste ŝi laŭte ridis, kaj eltiris el la sako tri plastajn ĝardeno-gnomojn. Ili havis blankan barbon, pintan ruĝan ĉapelon, kaj harhirtigan rideton. Kaj ŝerce kaj horore.

"Kio diable?" Robi ridis.

"Kio diable ja!," ŝi diris. "Mi sekrete metos ilin sur gazonojn, ĉu ne? Venu kune kun mi, Tomasoj. Estos amuze."

Robi diris, "Ne, kara. Estus malsaĝe. Ni Tomasoj ŝteliras solaj. Iri kiel grupo de ge-Tomasoj fariĝus grupo de arestitaj ge-Tomasoj."

Mi aldonis, "Fakte, mi opinias ke estus malsaĝe paŝi sur gazonojn. Ni nur gvatadas, ĉu ne?"

"En ordo, buboj. Mi sola disdonos ĉi-nokte, kaj vi provos vidi kien, kiam vi iros gvati. Kiel trezorĉasado, ĉu ne?"

Do, jes. Mi konfesu ke la sekvan fojon, post kiam mi kontrolis la futballudon je 1208 kaj mian danciston je 1210, mi vagis tra la kvartalo kun aparta atento por trovi gnomojn. La noktoj estis malvarmetaj nun, la aero odoris aŭtune, la urba ĉielo estis malalta kaj nebula, eĉ iomete ruĝa. Mi malkovris gnomon inter la mortaj floroj je 1310 Elm, kaj alian sur la leterkesto je 1208 Hibisko. Mi skribis la adresojn por pruvo. La sekvan dimanĉon, Robi kaj mi komparis niajn trovaĵojn. Li vidis ambaŭ kiujn mi vidis, kaj li malkovris la trian sur la sojlo de sia propra domo je Rozo-Strato. Ŝari ne kunvenis al la kafejo tiun nokton.

La sekvan dimanĉan nokton, mi komencis gvatadi malfrue, pro tro longdaŭra telefonvoko kun mia frato pri la patro kaj... alia rakonto. Do, mi promenis direkte al Elm-Strato, scivola pri la sorto de la gnomo tie. Ĉu ĝi restis en la herbo? Ĉu iu piedbatis ĝin en la straton? Ĉu Ŝari metis plastan flamengon apud ĝin? Tamen, ĉe Elm troviĝis nek flamengo nek gnomo.

Mi promenis al Rozo-Strato, kie loĝis Robi. Mi vidis neniujn gnomojn en la gazonoj tie, kaj malmultajn lumojn.

Mi promenis je Hibisko-Strato. Mi ne vidis gnomon sur la leterkesto nek erojn en la strato. La nokta ĉielo estis senluna, kaj la stratlanterno flagretis, malfaciligante fokusi dum mi gvatadis, de la trotuaro, en la gazonan herbon kaj arbetarojn. Unu fenestro kaptis mian okulon. La fenestro estis malluma. Sed ne tute. Io ene flagretis. Kandelo. Kaj mi konstatis ke mi vidas la ombrecajn formojn de tri gnomoj sidantaj vice sur iu kuireja tablo. Ili alfrontis min, grimacante.

Mi hastis al la kafejo, kie jam sidis kun kafoj Robi kaj Ŝari, grimacante kiel gnomoj. Ŝari salutis min, „Ho, bubo, ĉu vi vidis?"

„Mi vidis ke iu aranĝis vicon de tiuj stultaj gnomoj interne de la domo. Vi? Ĉu vi, Ŝari? Tio estas trans ĉiuj limoj, ĉu ne? Mi ne povas kredi ke vi eniris la domon!"

„Trankviliĝu, amiko. Mi konas la loĝanton, li ne ĝeniĝos, li trovos tion amuza."

"Kiel vi eniris?"

Ŝari palpebrumis, "Mi havas miajn metodojn, sinjoro. Sed ne gravas. Mi promesas ke mi ne eniros refoje, en ordo? Mi ne eniros domojn, nek la domon de mia amiko, nek tiun de mia patrino, nek la propran domon. Ĉu vi feliĉas nun, bubo?"

"Ne estas ŝerco. Ne ĝustas. Oni ne faru ion tian."

Dume, Robi havigis, de la servotablo, pliajn kafojn plus kukojn por ĉiu. Li disdonis tiujn, sidiĝis kaj diris, "Jes, do tio estas solvita. Nun, ni babilu pri io malpli disputiga, ĉu? Politiko aŭ religio aŭ la plej bona teamo, kiu kompreneble estas tiu de Klivlando, ne gravas kion diris iu ajn, ĉu?"

Poste, en sekva okazo Robi kaj mi babilis pri malgrandaj kaj komfortaj temoj. La basbala sezono preskaŭ finiĝis, bedaŭrinde. Same bedaŭrinde, baldaŭ komenciĝos la Halovena sezono, kun kripligitaj kukurboj en la trotuaroj kaj falsaj fantomoj en la fenestroj kaj akaparemaj infanoj ĉie.

Robi subridis kaj diris ke mi estas mizantropo.

"Do, mi koncedas ke eble mi estis plendema ĉi-vespere, eble pro la aŭtuno, mi ĉiam misfartas dum aŭtuno, ne estas kialo vera."

"Ulo, vi bezonas terapion. Ĉiu ŝatas aŭtunon. La koloroj, la odoroj, la fantomoj!" li ridis. "Silentu, bastardo," mi diris, sed kiel frato, bonhumore.

Alvenis Ŝari. Kiel kutime, kiam subite malfermiĝis la pordo kaj Ŝari eniris, ĉiuj en la kafejo turnis sin por rigardi. Ŝi kvazaŭ benis ĉiun ridete, dividis iomete da klaĉo kun la verŝistino ĉe la servotablo, kaj poste sidiĝis kun ni.

"Sal', viroj! Mi havas ideon por nova ludo. Do, Gvat-Tomasa Elfoso-Ĉaso."

"Mi ne ŝatas ludojn. Kial ni ne povas simple gvatadi kaj kunveni?" mi diris, kaj mi stariĝis kaj iris al la servotablo. Mi mendis plian kafon. Dum mi atendis, mi piedbatis min, por tiel diri, pro la tuja plendema reago. Mi rigardis al nia tablo. Ŝari ridis kaj tuŝis la brakon de Robi. Ĉi-nokte ŝi portis plejdan flanelan pantalonon kiu aspektis piĵama, kun vakera bluzo kaj oranĝkolora ŝalo. La pintoj de ŝiaj longaj nigraj haroj estis ruĝe tinkturitaj. Ruĝa lipo-ŝminko. Briletaj okuloj. Kial tiel alloga ulino estas tiel malsimpatia? Aŭ male, kial tiel malfidinda, malfacila virino estas tiel alloga?

"En ordo, ulo," diris Robi kiam mi revenis al la tablo, "jen estas la detaloj de nia Unua Ĉiujara Gvat-Tomasa Elfoso-Ĉaso. Ĉi-nokte ni listigu la aĵojn kiujn ni ĉasos. Poste, ni eliros gvatadi. Kiam ni vidos ion el la listo, ni notos la adreson kaj, dum la sekva kunveno, ni komparos niajn trovaĵojn. Facile, amuze, nekonkurse, ĉiu gajnos trofeon, ĉu en ordo?"

Mi diris, "Diable, kial ne! En ordo. Unua regulo, neniu suriros gazonojn."

"Kompreneble, evidente," diris Ŝari, dum ŝi tiris tri paperajn buŝtukojn el la disdonilo sur la tablo, kaj serĉis skribilon en sia mansako. "Do, ni faru la liston. Ĉiu elektu du aĵojn, ne tro ĉieestajn kiel lampoj aŭ sofoj. Anstataŭe, elektu ion vidindan, mirindan, ekzemple, orumitan cindrujon kun du ardantaj cigaroj. Robi, vi iru unue. Kion vi esperas ke ni vidos?"

"Nu, verŝajne mi komencos pli modeste ol per orumita cindrujo. Do, naskiĝtagan kukon kun kandeloj."

"Kiom da kandeloj?" Ŝari demandis serioze, skribante "naskiĝ-taga kuko" sur ĉiun buŝtukon.

"Ne gravas. Kelkaj kandeloj. Kaj mia dua elekto estos la libro *Moby-Dick*. Sur iu tablo, aŭ en la manoj de kuraĝa leganto. Mi ĉiam promesis al mi legi ĝin, sed neniam trovis la kuraĝon. Eble la libro mem, se mi ĝin vidos, estos mia blanka baleno."

"Bone, kaj Danielo? Kion vi metas sur la liston?"

"Nu... mi ne scias. Kion mi povas elekti?"

"Bubo, ne tiel serioze," Ŝari ridis. "Ĉu vi neniam ludis dum la infanaĝo?"

"Fakte, ne. Kompreneble ne. Mi loĝis en la kamparo. Mi ne havis najbarojn, mi ne havis amikojn, mi ne havis ludojn."

"Ho, kompatinda bebo!" Robi mokis min, klukante. Mi respondis, "Bastardo."

Ŝari diris, "En ordo. Ni donu al Danielo momenton pensi. Mi elektos. Nu, mi esperas vidi, hmm, pleton kun spickuko kaj tasojn da varma ĉokolado. Kaj due, ruĝan robon." Dum ŝi skribis tion sur la tukojn, Robi diris, "Kiel vi scios ke la tasoj enhavas varman ĉokoladon? Aŭ la kuko spicon?"

"Silentu, bastardo. Mi havas miajn metodojn. Do, Dani, kion vi elektas? Mi helpos. Kion vi deziris vidi dum soleca kampara infanaĝo sed neniam havis la ŝancon?"

"En ordo. Nu, teleskopon. Kaj, hmm, sobran Kristnaskan Viron."

"Sobran? Tio maleblas, ulo. Vi devas elekti ion en la sfero de la eblaĵoj. Ĉiuokaze, ni estas ankoraŭ en Novembro. Sen Kristnaskaj Viroj. Kion pri kadrita diplomo?"

"Nu, kion pri feliĉa familio kun adoleskantoj?" mi diris. Robi respondis, «Ankaŭ neeble! Kial vi ne....»

Ŝari skribis "feliĉa familio", kaj diris,"Silentu, knaboj. Ni havas nian liston. Bone. Feliĉan ĉason, amikoj!"

Do. La tiamaj noktoj fariĝis pli longaj, kaj eĉ falis iom da frua neĝo. Mi ne plendis. La freŝa nokta aero sanigis mian kutiman kapdoloron, do mi komencis eliri pli ofte kaj vagi pli malproksime. Iam, dum la frostaj noktoj, eĉ la urba ĉielo klariĝis kaj steloj ekvideblis. La mondoj trans miaj kutimaj fenestroj ŝajnis eĉ pli komfortaj, hejmecaj. En unu salono brulis ligno en kameno, kato sidis en la fenestro. Dum Dankotaga vespero, mi gvatadis kelkajn familiojn kuniĝintajn por spekti futballudon, kun drinkoj kaj tortoj. Kvankam mi ne vidis adoleskantojn tie, mi deklaris feliĉa ĉiun familian renkontiĝon. En iuj fenestro-mondoj, homoj jam ornamis kamenbretojn kaj sojlojn por la vintraj festoj.

Eble pro la komenco de la feria sezono, mi ne vidis Robi aŭ Ŝari en la kafeja fenestro dum kelkaj semajnoj. Kaj mi konfesas ke mi sentis min iomete frustrita, ĉar mi antaŭĝojis raporti ke mi jam vidis ruĝan robon kaj ankaŭ naskiĝtagan kukon kun kandeloj sufiĉaj forbruligi la domon. Mi ankaŭ volis fanfaroni ke mi vidis, kvankam ne sur la ĉasa listo, fruan Kristnaskan Viron kiu fumis sed verŝajne ne estis ĝuste ebria, ĉar li sidis en renkontiĝo de Alko-holuloj Anonimaj en preĝeja kelo.

Finfine Robi troviĝis en la kafeja fenestro, kaj ni salutis unu la alian kun sezonaj bondeziroj. Ni decidis ĝisatendi Ŝari por kompari niajn listojn. Ni babilis pri neniaĵoj, pri neekzistantaj planoj por Kristnasko. Mi ne demandis kial li aspektas laca kaj pala. La pordo malfermiĝis, kaj Ŝari alvenis kun ridego kaj ŝuŝo de malvarma aero.

Robi kaj mi volis ke la triopo tuj komparu la listojn, sed Ŝari diris ke ŝi volas raporti kiel la lasta pri siaj trezoroj, do mi kaj Robi elmetis niajn buŝtukojn kaj montris niajn ĝisdatajn trovaĵojn. Robi fingromontris kie li skribis "teleskopo" en angulo de manĝoĉambro kaj ties adreson, kaj li fiere anoncis ke li elgvatis pleton kun varma ĉokolado kaj spickuko, kaj ke certe temas pri spickuko, ĉar ĝin alportis evidente tia blankharara, dolĉe afekta avino kun antaŭtuko kia kutime bakas spickukon. Ambaŭ gratulis min pro mia vido de sobra Kristnaska Viro, kaj ili akceptis ke mi aldonis tiun al mia listo. Ŝari diris,"Kaj tiu valoras du poentojn, eĉ se ni ne konkursas. Nun, buboj, divenu kiun mi gvatis."

Mi rigardis al Robi. Li diris, "En ordo, kara, kion?"

Ŝi serĉis malrapide tra sia dorsosako, sulkis la frunton, zumis, "Ho? Ne, pardonu," kvazaŭ por fari suspenson. "Ho! Jen!" Ŝi eltiris libron kaj prezentis ĝin al Robi. "Unu blanka baleno kaptita!"

La libro estis *Moby-Dick*, kun kafa makulo je la kovrilo kaj plasta trinkŝalmo kiel legosigno duonvoje. Mi sentis min pugnita en la ventro. Mi altiris la libron, malfermis ĉe la titolpaĝo. Tie estis skribite: "Kara Stanli, Feliĉan Naskiĝtagon, Tre amike – Ĵo 2010." Malvarma, mi sentis min subite malvarma, senspira. Nu, jes, furioza, insultita.

"Ĉu vi eniris iun domon kaj ŝtelis tie? Vi damne alportis ĉi tien ŝtelitan libron, kaj vi aŭdacas donaci ĝin al Robi, al via amiko!"

Ŝari ridetis, "Ne, atendu, Dani, mi havas–." Mi brufermis la libron, frapfaligis ĝin sur la tablon, kaj kiam mi stariĝis tro rapide, la seĝo renversiĝis. La klientaro alrigardis surprizite, kaj tuj forturnis la rigardon. Robi diris, "Danielo, ulo, atendu, ni parolu–."

"Ne pli. Mi rezignas. Ne plu," mi diris. Mi eliris.

La trotuaro estis malplena, preskaŭ malluma. La aero sentiĝis glacia. La ĉielo estis nigra, stela. Bone, tio estis bona, la frosta nigra ĉielo estis bona. Mi marŝis hejmen sen paŭzi.

Dum la sekva semajno, se mi iris eksteren post noktiĝo, mi hastis el la apuda kvartalo, kaj celis al la urba centro. Mi rigardis en butikajn fenestrojn. Tie interne, la lumoj kaj Kristnaskaj ornamoj aspektis varmaj kaj brilaj. La manekenoj ŝajnis mortaj, turmentitaj, iuj kun malplenaj okuloj kaj iuj eĉ sen kapo. Ili ŝajnis malvarmaj malgraŭ siaj novaj vestoj, malgraŭ la beletaj neĝeroj nerealaj en la ĉirkaŭaj montrofenestroj. Ankaŭ la ludiloj, juveloj, platkomputiloj, glacisketiloj, novaj kaj apartenantaj al neniu, ŝajnis nerealaj.

Do, unu nokton... fakte, *tiun* nokton kiun mi ne kapablas malvidi nun aŭ ĉiam... mi revenis el la urbocentro kaj, alveninte al Rozo-Strato, mia strato, mi aŭdis kriegojn. Mi aŭdis kriegojn de inoj kaj bruon de ambulancoj, vidis turniĝantajn lumojn kaj kreskantan homamason. Apud mia domo. Ne, apud la domo de... Mi kuris tien, rigardis dum la policistoj luktis kun ŝi. Ŝi balanciĝis nudpiede kvazaŭ dancante sur la sojlo de la domo, en noktoĉemizo sangmakulita, kun sia nigra hararo kirliĝanta libere kaj sovaĝe. Ŝi kriegis al la homamaso. Dum la policistoj eltordis el ŝiaj manoj sangan basbalan batilon, mia dancisto kriis dumtute, "Tiu estis *mia* robo, mia domo, ŝi eniris, ŝi surmetis miajn vestojn, ŝi surmetis mian robon!"

Ŝi estis trenita al la trotuaro kaj ŝovita en polican aŭton. Mi povis poste vidi la virinon kiu kuŝis sur la sojlo, duone en kaj duone ekster la domo. Estis Ŝari, komprenebla, kvankam tiu preta rideto estis nun rompita, sanga. Ŝia tuta vizaĝo ŝajnis rompita, unu nuda kruro tordita, nudaj piedoj. Ŝia korpo surportis ruĝan robon, unu mano kaptis oran ĉenon. Ŝia longa hararo jam sange implikiĝis ĉirkaŭ la pala vizaĝo, ĉirkaŭ la nigraj okuloj malfermitaj sed malplenaj. Kiam la ambulancanoj levis tiun korpon, la kapo ruliĝis flanken, kvazaŭ por montri la okulojn al mi.

Mi ne povis spiri, nek moviĝi. Mi luktis por ne vomi, luktis por resti staranta malgraŭ malfortaj genuoj, poltrone. Ĉirkaŭ mi, homoj demandis unu la alian, "Kio okazis? Ĉu ŝi mortigis ŝin? Kun batilo? Kiel diable. Kiu ŝi estis? Ĉu iu ajn konas ŝin?" Min oni ne demandis, kvazaŭ mi estus nevidebla. Mi staris silente, provante spiri, provante esti malvidebla. Finfine la policaŭto kaj la ambulanco foriris, kaj la homamaso disiĝis. Finfine, la strato estis malplena kaj la ĉirkaŭa vidaĵo tenebra. Mi povis moviĝi, atingi mian domon.

La ĉefpordo estis malŝlosita. Mi frostiĝis. Ĉu mi ne ŝlosis la pordon? Mi eniris. Ombretoj saltetis laŭ la halo. Ie ia lumeto flagris, kvazaŭ kandelo. Mi ne uzas kandelojn. Freneze, mi momente timis ke mi eniris malĝustan domon. Tamen, ne, jen la vespermanĝa restaĵo sur la kuireja tablo. Mi sekvis la ombretojn al la salono. Jen la kandelo, sur tableto apud la fotelo.

Jen, fronte al la fenestro kun vido al la gazono, staris tripiedo kun teleskopo. Ne mia. Mi ne havis teleskopon. Jes, mia. Nun mi havas. Tie, en mia salono, mi vomis, falis sur la plankon.

Nu, mi ne vidis Robi denove. Kiel eble plej baldaŭ mi translokiĝis al la kamparo. Fakte mi nun loĝas en la ĉambroj super la aŭtejo je la familia bieno. Estas bone. Neniu loĝas nun en la domo krom la patrino. Mi ne rigardas en tiu direkto. Mi rimarkas neniun. Mi babilas kun neniu. Mi laboras rete en la ĉambro dum la tagoj. Post noktiĝo, mi iras eksteren. Mi gvatas stelojn kun la teleskopo.

Kaj mi timas ke iu supre vidas min.

Du mikronoveloj

de Roberto Pérez-Franco

La entrudulino

"What a wicked thing to do,
to make me dream of you"[1]

Chris Isaak

Mi agnoskas, ke mi neniam akceptis kiel normalan la fakton, ke post du jardekoj mi ankoraŭ ofte sonĝas pri iama koramikino de miaj adoleskaj tagoj. Mi havis multajn aliajn virinojn dum la fraŭlaj jaroj post nia disiĝo, eĉ pli belajn. Antaŭ dek sep jaroj mi edziĝis al la plej bona el ili, kaj duope konstruis feliĉan hejmon, kie jam estas eĉ gefiloj. Tamen, neniu alia virino entrudiĝis en miajn sonĝojn, nur tiu koramikino de la pasinteco.

Mi estus jam entute forgesinta ŝin, se ne okazus ŝiaj maloportunaj interrompoj. Mi ne plendus, se ŝi almenaŭ restus trankvile, en angulo de la sonĝo, sen ĝeni ĝis la tagiĝo. Sed ŝi obstinadis preni la centron de la scenejo: ŝi aperadis jam nuda kaj amoranta min, sen antaŭludo aŭ konsento mia. Kio estas stranga, ĉar ni neniam sekskuniĝis dum nia amrilato. Tiam ne estis kiel hodiaŭ, kaj ni estis pli timidaj ol la averaĝaj homoj, kaj tre junaj. Jen la alia problemo: ŝi konservis en miaj sonĝoj la formojn de sia juneco: firmajn gambojn kaj elstarajn mamojn, ĉe la pinto de perfekteco.

Iam dum la sonĝa koito – kurioze – aperis en mi la nebula memoro, ke la jaroj pasis kaj ke mi estas nun (se la vorto "nun" havas ajnan sencon en ĉi tiu kunteksto) familiestro, kun edzino kaj hejmo sub mia respondeco. Sed miaj argumentoj ne sukcesis konvinki la ensonĝan junulinon, ke ni respektu la sanktecon de mia edzeco, kaj

---

1   "Kiel fia ago estas igi min sonĝi pri vi"

mi ne sukcesis – aŭ eĉ pli malbone: mi ne volis – eskapi ŝian brakumon por iri paŝtiĝi en pli ĉastaj herbejoj.

Kio ĝenis min ne estis iam sperti sonĝon de tia speco. Ŝajnas al mi, ke tio estas, se ne pravigebla, almenaŭ komprenebla. Kio komencis zorgigi min estis tio, ke la sonĝoj revenis kelkajn fojojn ĉiujare. Mi estus konsultinta psikologon, sed al mi ŝajnis hontige konfesi tian aferon al fremdulo, ĉefe pro miaj aĝo kaj socia statuso.

Antaŭ kelkaj jaroj mi vidis de malproksime la entrudulinon. Mi ne volis saluti ŝin, ĉar mi estis kun mia edzino en publika loko. Mi povis tamen konfirmi ke, kiel atendeble, la kalendaro efikis sur ŝian iaman belecon. Mi sentis urĝan bezonon alproksimiĝi kaj demandi al ŝi: "Ĉu ankaŭ vi sonĝas pri mi?", aŭ simple plorpeti, ke estontece ŝi klopodu teni sian miraĝon ekstere de miaj sonĝoj. Sed mi faris nenion. Ŝi daŭrigis sian iradon, sen eĉ ekvidi min. Mia edzino estis rigardanta ion alian, kaj mi paŝis silente, kaŝeme. Poste mi sentis min malkuraĝulo pro tio, ke mi emis kulpigi ŝin pri miaj deliraĵoj.

La plej malbona situacio trafis min iun nokton antaŭ nelonge. Dum unu el tiuj seksaj sonĝoj mi sentis, ke mano premas mian ŝultron. Meze inter sonĝo kaj vekiĝo, la iama nomo eskapis de miaj fizikaj lipoj. Mi neniam forgesos la okulojn de mia edzino, rigardanta min kaj mian erektiĝon, kaj demandanta min pri tio, kiun mi vokis dum la dormado. Mi ĉion konfesis al ŝi, ne povinte plu kaŝi tion, kio jam de longe al mi okazis.

– Se tio okazas nur en sonĝoj, kaj vi ne povas ĝin regi – ŝi diris –, tiam ne estas via kulpo.

Sed kiam mi rifuzis konsulti psikologon, ŝi ĉagreniĝis. Ĉar mi ne sukcesis konvinki ŝin per argumentoj pri pudoro kaj propra honto, mi provis demonstri, ke ne konvenas konigi al tria persono tiel intiman detalon pri publika gravulo. Kiam ŝi insinuis, ke eble mi volas daŭre havi la supre menciitan inon disponebla en mia "malpura cerbeto" por nokte distri min per ŝi, mi komprenis, ke la disputo aliris malbonan vojon, kaj mi decidis silenti.

Pro la streĉiteco de la nesolvita temo, ni daŭre havis problemojn dum kelkaj monatoj, ĝis io fine ŝanĝiĝis: iun matenon mi legis en ĵurnalo, ke – dank' al Dio – mia iama koramikino mortis. Pli ĝuste, oni murdis ŝin. Ŝia edzo, fakte, estis la kriminto: li pafis al ŝia kapo dum ŝia dormo. Mi konfesas, ke mi ekspiris pli trankvile. "Espereble, tio metos finon al miaj sonĝoj – mi diris, inter preĝo kaj sarkasmo – kaj kiam mortintas la hundo, malaperos la rabio". Mi ne komentis tion al mia edzino, ĉar la simpla mencio de tiu nomo katalizus novajn kaj apokalipsajn disputojn.

Ege surprizis min, ke la saman nokton, jam frumatene, jen ŝi aperis denove: mia iama koramikino, en la pinto de sia juneco, kun la rondaj mamoj de adoleskantino saltantaj kiel kunikloj, rajdanta sur mi kvazaŭ amazono fidela al la konsiloj de Ovidio. Same kiel en ĉiu antaŭa epizodo, mi ĝuis la unuajn minutojn mergite en dolĉa amnezio, ĝis mia konscienco – kiu ĉiam alvenis en dua loko – memorigis min pri la realo. "Mi estas edziĝinta persono, kaj ankaŭ vi – mi suplikis[2] – kaj kiel kulmino, vi mortis. Lasu min dormi trankvile." Sed ŝi rifuzis kun fripona soriso[3] kaj silentigis min, premante miajn ŝultrojn kaj balancante siajn koksojn pli rapide kaj forte.

Tiam okazis io, kio pro iu kialo en la antaŭaj sonĝoj ne okazis: mi venis al klimakso kaj entute cedis al la fantazio, ĝemante ŝian nomon. Ŝi larĝe sorisis kaj, sen ĉesigi sian sekspenadon, demandis: "Ĉu vi scias, ke via edzino vin nun rigardas?".

Mi volis ion respondi, sed ĝuste tiam skuis min terura bruo. Post fulmo lumiginta ĉion, ekestis abisma mallumo. En ĝi mi ekvidis la ŝvitan korpon de mia amatino, kiu neniam haltis, envolvitan en febla kvazaŭanĝela splendo. Ŝia haŭto iĝis pli varmeta kaj ŝia galopo pli rapida. "Senstreĉiĝu, nu! – ŝi diris ridante. – De nun ni estos kune por ĉiam."

2005

Perdita

al Andrea Louise Thomas

La soldato vekiĝis en kabano, dolorplena sed ripozinta, sur amaso da seka pajlo kovrita de la ŝiraĵoj de lia paraŝuto. La oldulino, kiu manĝigis lin kaj kuracis liajn vundojn, sidis sur la grundo, proponante al li akvon. Verŝajne, dum li dormis, ŝi delavis liajn malpuraĵojn kaj ŝanĝis lian uniformon por freŝaj vestaĵoj, eble for-

---

2 **supliki**: petegi (ReVo)

3 **soris/i**: neologismo proponita de la aŭtoro por tiu ago, kiun oni nomas hispane *sonreír*, angle to *smile*, germane *lächeln*, france *sourire* ktp. La aŭtoro pensas, ke *rideti* ne estas klara maniero esprimi tion. Plia informo surrete: roberto.au/sorisi

lasitaj de unu el la viroj, kiuj tiris lin el la koto hieraŭ nokte. Se ili ne estus atingintaj lin antaŭ la altmaro, li estus droninta en la mallumo, inter la mangrovoj. Do, post horoj en silento, li kolektis la kuraĝon por paroli. "Mi bedaŭras, ke mi mortigis vian filon", li diris. Ili ne komprenis liajn vortojn. Sed ne necesis: ili klare komprenos, poste tiun nokton, la elokventan lingvon de liaj krioj.

2024

ORIGINALA PROZO

Miaj inĝeniaj konversacioj kun la nepino

1.
La aventuroj de Guteto
(Fabelo)

Nun mi rakontos al vi pri eta Guto. La eta Guto loĝis en nubeto. Ŝi havis bonegan ĉambron tie.

Subite ekpluvis, kaj la Guteto, pri kiu mi rakontas nun, iris kun la pluvo. La Guteto trafis ne sur la teron kiel la ceteraj gutoj, sed ŝi trafis en araneaĵon, kie estis Araneo. Sed ŝi ne ektimis, ŝi estis kuraĝa Guteto. Ŝi babilis kun la Araneo kaj ili saltetis en la araneaĵo.

Poste la Guteto saltis suben kaj ekkuris laŭ herbo. Kaj ŝi renkontis alian Guton. Ili babilis, sed la alia Guteto subite forkuris ien…

Sed nia Guteto renkontis Unikornon. Ŝi, la Unikorno, havis ĉielarkan arbon kun rozkoloraj folioj, sed la Unikorno mem estis helblua. La Unikorno plektis kronon el rozkoloraj floretoj por la Guteto. La Guteto diris "Dankon!" kaj prenis la kronon per siaj delikataj manoj.

La Unikorno diris: – Mia nomo estas Anjo. Sed kiel oni nomas vin?

Kaj la Guteto respondis: – Min oni nomas Manjo.

Kaj ŝi demandis la Unikornon: – Ĉu vi scipovas flugi?

La Unikorno diris: Jes. Vidu miajn blankajn flugilojn.

Kaj ŝi subite leviĝis aeren. Kaj la Guteto diris: – Kara Unikorneto, promenigu min enaere. Descendu nun al mi.

La Unikorno descendis. La Guteto saltis sur ŝian kolon. La Unikorno tuj leviĝis supren kaj ekflugis laŭronde.

Tiam la Guteto diris: – Stop, Unikorneto! Alteriĝu!

Kaj ŝi alteriĝis kaj komencis pluki floretojn. Sed la Guteto ekkuris per siaj etaj piedoj laŭ la herbo. Subite ŝi leviĝis aeren kaj trafis en sian nubeton. Ŝi brosis la dentojn kaj iris dormi en sia liteto. Ŝia litkovrilo estis ornamita per gutoj. Ankaŭ la matraco kaj la kuseno estis ornamitaj per gutoj. Kaj ŝi endormiĝis dolĉe.

Fino.

Aŭtoris Anastasia Bronŝtejn (Kvar jaroj kun duono)
Enskribis el la sonregistraĵo Mikaelo Bronŝtejn

2.

Mia kvinjara nepino Anastasia, aŭ karesnome Nastja, estas orfa. Antaŭ jaro kaj duono subita malsano forprenis mian filon, ŝian patron, du semajnojn antaŭ lia kvardek-dua naskiĝtago. Ŝi jam kutimiĝis, ke li forestas el la hejmo, ŝi scias ke la paĉjo de sur la ĉielo ĉiam ridetas al ŝi. Mi amegas ŝin, sed, loĝanta pli ol ducent ki-lometrojn for, mi povas restadi kun ŝi nur unu aŭ du semajnfinojn ĉiumonate. Tiam ŝi rakontas al mi siajn fabelojn. Mi registris unu fabelon kaj poste enskribis la registraĵon, sed la skriba formo mul-ton perdis. Bedaŭrinde, mi ne povas meti sur la blankfolion ŝiajn emociojn, ĉiujn paŭzetojn kaj ruzajn rigardojn, kiuj okazas dum la rakontado...

Estas la plej feliĉaj tagoj por ni ambaŭ, sed la minutoj de tiuj tagoj galopas antaŭen kiel ĉevaletoj-poneoj el ŝia ŝatata animacia filmo, aŭ eĉ flugas for, kiel fulmaj hirundoj. Kaj ĉiufoje ŝiajn abundajn varmegajn larmojn provokas mia forveturo.

– Avoĉjo, – diras ŝi, – kial vi ĉiam forveturas? Restu kun mi, mi kun panjo kuiros por vi bongustaĵojn.

– Mia museto, – mi respondas, – mi nepre restus por ĉiam kun vi. Sed se mi restos, mi perdos mian oficon, kaj ni ne havos monon por amuziloj, por via ŝatata infana teatro, por la naĝejo kaj por glaciaĵo...

Ŝi enpensiĝas, premas la pinton de la montrofingro al sia frunto – iam mi diris al ŝi ke tiel ŝi pli rapide trovos solvojn por ŝiaj pro-blemetoj, kaj ŝi obeas mian konsilon.

– Do, avoĉjo, – post minuto diras ŝi konvinkite, kvazaŭ estas kaptita de ŝi genia solvo, – mi devas trovi oficon por mi. Tiam ni havos monon por ĉio, sed vi restados ĉi tie, en nia hejmo.

– Sed kion mi faros, kara, dum vi estos en via ofico? – mi demandas.

– Nu... vi inventados ĉiutage novajn ludojn por mi. Ja vi scipovas!

3.

Tedis min la kvarantena izolo! Sed finiĝas tiu, mi rajtas movi min ĉien ajn kaj, memkompreneble, mia unua movo estas direkte al mia aŭto. Tri horoj ĉe la stirilo kaj mi alpremas al la koro mian amatan nepinon.

– Avoĉjo, – diras ŝi. – Mi sopiris al vi. Hodiaŭ ni nepre dormu kune. Mi jam scipovas.

– Kion vi scipovas, kara? – mi demandas konsternite.

– Dormi trankvile, ne pisi nokte, nu – ne malhelpi vin dormi.

– Bona atingo, tamen ne, – mi diras. – Via liteto estas pli komforta. Krome, estas mi kiu malhelpus vin dormi. Mi ronkas laŭtege. Sed vi rajtas legi ion por mi antaŭ la enlitiĝo.

– Mi legos por vi fabelon pri Cindrulino. Mi jam bone legas, sed mi skribas malbone. Mi volas skribi bone.

– Pro kio tiu ĉarma deziro? – mi ridetas.

– Avo-oĉjo! – ŝi rigardas min ofendite. – Ja mi diris al vi, ke mi volas esti vendistino de glaciaĵo. Kaj se mi foje deziros mem gustumi mian glaciaĵon, mi devas ja skribi belan anoncon: "La butiko estas fermita por unu horo".

– Sed, museto, vi ja deziris esti baletistino...

– Do jes, avoĉjo – vespere mi dancos en teatro, sed tage mi vendos glaciaĵon.

Dum mi gapas, pripensante la respondon, ŝi ŝanĝas la temon:

– Tamen, avoĉjo, mi tute forgesis, kiel mi naskiĝis. Mi volas denove fariĝi eta, por rememori!

Eĥ! Sekvafoje mi nepre venos al ŝi kun sonregistrilo...

4.

– Pli alten! – krias ŝi. – Pli alten! Ĝis la ĉielo! Mi volas iri al la paĉjo, li tre amis min!

Mi haltigas la balancilon. Serioza parolo ja maturiĝas.

– Estas vero, la paĉjo ankaŭ nun amas vin, museto, – mi diras, metante en mian voĉon la plej fortan kaj plej mildan konvinkon. – Li ĝojas, ke vi kreskas sana kaj saĝa. Sed ne estas via tempo por iri al li. Vi devas kreski plu. Vi devas naski filineton, ja vi diris mem, ke vi volas havi filineton. Poste via filineto kreskos; vi amos ŝin kaj vi zorgos pri ŝi. Ŝi iĝos plenaĝa kaj ankaŭ ŝi naskos filineton – vian nepinon. Kaj vi amos ŝin eĉ pli ol la filinon. Geavoj vere amas siajn nepojn-nepinojn pli ol la gefilojn. Jen – samkiel mi amas vin.

– Do bone. – Nastja rigardas min tiom serioze, ke mi ne scias ĉu mi ridu aŭ ploru. – Mi kreskos. Mi naskos belan filineton, similan al mia pupo. Ja ĝi estas belega, avoĉjo, ĉu ne?

– Jes, kara. Via pupo vere estas linda, – mi kapjesas kaj karesas la harojn de la pupo, poste tiujn de la nepino.

– Sed… – ŝi enpensiĝas kaj subite larmoj aperas en ŝiaj okuloj. – Dum mia filino kreskos, la avinjo mortos. Poste vi mortos. Poste la panjo. Sed mi devos sola veturigi mian filinon al la marbordo. Ja tien mi nepre revas iri…

5.

– Avoĉjo, ĉu vi kunhavas monon?

Ni proksimiĝas al la ludil-butiko.

– Mi eĉ ne scias, kion mi respondu al vi…

– Sed mi scias, – diras ŝi fiere. – Iam vi diris, ke vi ĉiam kunhavas monon.

– Ĉu vi ĝuste memorfiksis?

– Certe jes. Mi estas *memorinda*.

– Ha! Ankaŭ pro tio mi amas vin, kara.

– Ankaŭ mi tre amas vin, avoĉjo! Sed ĉu vi min forte amas?

– Forte! Ege forte!

– Ĉu tiom forte, ke vi vian vivon por mi oferos?

– Ha?! Kie vi tion aŭdis?

– Hieraŭ en kino.

– Vere vi havas bonan memorkapablon, mia museto… Certe, mi oferos.

– Do oferu nun iom da moneroj. Mi vidis en la butiko leporeton – ĝi estas mola kaj ĝi ridetas. Mi dormos kun ĝi.

– Sed, museto, vi jam havas, verŝajne, kvindek molajn bestetojn, eble eĉ pli, mia kara! Kaj ekde mia antaŭa vizito vi dormas kun via mola urso Balu. Estas via amata besteto, ĉu ne?

– Nu, avoĉjo!.. Certe mi amas mian Balu, sed li jam laciĝis dormi kun mi. Tiom da tempo pasis – tri semajnoj! Nun mi volas leporeton, mi nomos ĝin Peĉjo.

– Kial Peĉjo?

– La saman nomon havas mia amiko en la infanĝardeno…

6.

Hodiaŭ triope – la nepino, ŝia panjo kaj mi – vizitas ekstreme interesan objekton: la Oceanarion.

La enakva mondo estas loga, fascina, mistera. Komence Nastja iom timas promenon en la galerioj preskaŭ mallumaj. Paŝetante de unu grandega akvario al la alia ŝi kaptas jen mian manon, jen tiun de la panjo. Sed la amaso de infanoj kun gepatroj, gapanta apud la akvarioj kaj tumultanta ĉirkaŭ ni, iom post iom trankviligas ŝin.

Jam ŝi kuras mem foren de ni, irantaj ne haste. Ŝi sage penetras en la amasetojn por senpere memstare tuŝi la vitron, dum de la kontraŭa vitro-flanko ĝin tuŝas per nazo jen granda ŝarko, jen dikega manato, jen ia buntkolora fiŝo.

La panjo iom maltrankvilas, se la filino malaperas kaj iĝas ne atingebla por la okuloj. Jen kaj jen ŝi faras provojn reproksimigi la infanon, kriante:

– Nastja, kuru ĉi tien, vidu kiel amuzaj estas tiuj kalmaroj! Venu al mi, Nastja! Mi montros al vi lutron, jen-jen ĝi ludas kun amikino!

Nastja ne tro atentas la vokojn, nur foje turnas la kapon por gesti nee kaj malkontente konstatas, ke apudaj homoj rigardas ŝin sen aprobo. Post kelkaj alvokoj ŝi venas al ni kaj rigardante rekte la okulojn de la panjo serioze demandas:

– Panjo, ĉu mi tamen rajtas iri tien, kien mi volas mem?

7.

Post teatra spektaklo mi veturigas la nepinon hejmen. Ĉe la domo, elaŭtiĝinte ŝi impetas al la porĉo kriante:

– Falu ĉio en abismon!

– Kio okazis, museto? – mi demandas maltrankvile.

– Nenio grava, avoĉjo. Ni aŭdis tion en la teatro, ĉu vi forgesis jam?

– Aĥ, jes, mi preteratentis... Ne gravas, ni iru nun okupiĝi pri pentrado. Vi pentros ion memorindan el la spektaklo.

– Jeees! Mi volas!

Haste ŝi demetas la ĉapon, palteton; mi helpas liberigi la piedojn el la botetoj iom stretaj, kaj ŝi kuras en sian ĉambron. Antaŭ nelonge ŝi eklernis pentri per guaŝo. Nun, ĉe la krea impeto ŝi intermiksas kolorojn kaj per peniko metas la farbon sur desegnopaperon. La farboj ne emas obei ŝin, kaj anstataŭ la preparita ideo (suneto, domo de leporo kaj ĝi mem apud la domo) sur la paperfolio kuŝas senformaj makuloj. Sed Nastja daŭrigas la laboron.

– Do... – diras la panjo alirante la tablon. – Io nekomprenebla rezultis hodiaŭ...

– Panjo! – eksklamacias Nastja ofendite. – Tio ja estas moderna arto!

8.

Hodiaŭ por la unua fojo mi venigis la nepinon en la Rusan Muzeon. Ŝi trapaŝas distrite la halojn kun antikvaj ikonoj. Nur en la lasta halo kun ikonoj Nastja demandas:

– Avoĉjo, por kio ĉi tie pendas tiom multe da malpuraj latpecoj?

La demando estas ŝoka por mi. Mi tolerus pacience la rapidan trotadon; ne indas kalkuli ke hometo ne plenajn kvin jarojn aĝa sen ajna eduko pri ekleziaj aferoj havu specialan interesiĝon pri la ortodoksaj ikonoj. Sed post la vorto "latpecoj" mi sentas mian devon reagi.

– Kiom da jaroj vi havas, museto? – mi demandas.

– Baldaŭ kvin, – respondas Nastja, rigardante min kun scivolemo.

– Sed tio, kion vi nomas "malpuraj latpecoj", aĝas *mil* jarojn! Ili ne estas malpuraj. La tempo malheligis ilin. Pro la aĝo tiuj ikonoj havas misteran forton. Rigardu atente dum kelkaj minutoj la okulojn de tiuj sanktuloj, kaj ili ensorĉos vin.

– Mi timas, avoĉjo, – haste diras ŝi. – Ni kuru for de ĉi tie. Mi ne volas esti ensorĉita!

Ni venas al la haloj kun elstaraj verkoj de Levitan, Repin, Brjullov, Polenov, Ajvazovskij – la plej famaj rusaj pentristoj de la deknaŭa jarcento. Malgrandajn pejzaĝojn kaj portretojn Nastja preteratentas. Ŝin logas grandampleksaj bildoj. Ĉe kelkaj tiaj mi haltas kun ŝi, kaj mi provas iomete klarigi la enhavon. La nepino longe meditas post mia klarigo pri la pentraĵo "Jesuo kaj pekulino" de Polenov. Mi atendas demandojn, sed ŝi silente iras plu. Timo venas en ŝiajn okulojn ĉe "La naŭa ondego" de Ajvazovskij. Larmoj aperas en ŝiaj okuloj dum mia klarigo pri "La lasta tago de Pompejo" de Brjullov, kaj post kelkaj momentoj ŝi ridetas, montrante la ursidojn en "La mateno en pinarbaro" de Ŝiŝkin.

Horo kaj duono sufiĉas por lacigi la infanon. Ni lasas la muzeon kaj instaliĝas en apuda benjetejo. Ho, la peterburgaj benjetoj, kiujn ege ŝatas ĉiuj miaj aliurbaj kaj alilandaj gastoj! Tio estas la adorata frandaĵo de Nastja. Ni prenas freŝbakitajn benjetojn – varmegajn, kovritajn per pulvora sukero, po tri benjetoj por ĉiu – kaj teon.

– Nu, museto, ĉu plaĉis al vi la muzeo? – mi demandas.

– Mmmm – ŝi kapjesas kun plena buŝo.

La samon hejme demandas la avinjo. Nastja jesas kaj ricevas vican demandon:

– Kiu pentraĵo plaĉis al vi pleje?

Mi supozas, ke tuj sonos respondo pri la ursidoj, tamen ne. Nastja larĝigas la okulojn.

– Avinjo! – ekrakontas ŝi kun ravo en la voĉo. – Estas grandega bildo! Jen ĉi tie (ŝi montras maldekstren) sidas Jesuo, li tre plaĉis al mi! Li havas belajn harojn kaj li estas bona. Sed de tie (ŝi montras dekstren) al li venas teruraj oldulaĉoj! Ili trenas al li fraŭlinon. Belan fraŭlinon, avinjo, sed tre timigitan! Avoĉjo diris, ke ŝi malbone kondutis, kaj pro tio la oldulaĉoj volas bati ŝin per ŝtonoj, imagu nur!

La avino malaprobe rigardas min.

– Kial vi elektis ĝuste tiun pentraĵon por klarigoj? – demandas ŝi.

– Ho, ne nur tiun! – mi pravigas min. – Mi klarigis pri kelkaj, por kiuj museto petis klarigon mem.

– Do bone… – diras la avino. – Sed kio okazis poste, Nastja, ĉu avoĉjo rakontis al vi?

– Jees! – kantetas Nastja. – Jesuo estas saĝa, li diris al tiuj oldulaĉoj: "Se inter vi estas iu, kiu neniam kondutis malbone, tiu do ĵetu ŝtonon kontraŭ mi!" Kaj la oldulaĉoj hontis. Certe, kiam ili estis infanoj, ili ne ĉiam kondutis bone… ja, avinjo, ankaŭ min vi mokas foje… Do ili lasis la fraŭlinon.

– Nu, ĉio finiĝis bone, ĉu ne? – diras la avino, karesante la hararon de Nastja.

– Jes, avinjo, kaj tio plaĉas al mi – konkludas la nepino. – Sed mi estas malsata.

9.

Ĝenerale Nastja estas pli-malpli bonkonduta kaj obeema knabino. Dum la promenadoj kun mia amata nepino mi ne havas problemojn. Krom unu grava. Pri necesejo.

Ja mi ne rajtas iri kun ŝi en publikan virinan necesejon, sed ŝi timas eniri tien sola.

– Avoĉjo, – ŝi rigardas min petege, – mi devas viziti necesejon antaŭ la kinofilmo…

– Eĥ… – mi gratas la nukon. – Ja mi petis vin, kara, iri al necesejo hejme antaŭ nia veturo al la kinejo…

– Mi ne kulpas, avoĉjo! – ŝi jam preskaŭ ploras. – Tiam mi ne bezonis…

Ni iras al la pordo de la publika necesejo. Absolute neniu krom ni estas nun ĉi tie.

Ni atendas.

– Do bone, ke ni havas iom da tempo antaŭ la komenco de la kino, – mi diras.

Nastja silentas ĉirkaŭrigardante. Post kelkaj minutoj tamen aperas obeza virino, kiu direktas sin al la neceseja pordo.

– A-a-a! – jelpetas la nepino. – Mi ne iros kun tiu onjo, mi timas ŝin!

– Nastja! – mi admonas. – Ni povus maltrafi la komencon de la filmo! Ne kapricu, mi tuj petos la onjon ke ŝi akompanu vin!

– Ne-e-e! – krietas ŝi. – Vi scias, avoĉjo, antaŭ la filmo oni ĉiam montras kelkajn reklamojn…

Ni atendas. Pasas kelkaj pliaj minutoj, bonŝance, al la necesejo proksimiĝas du adoleskantinoj.

– Fraŭlinoj! – mi vokas ilin. – Jen estas tre bona knabino. Akompanu ŝin, mi petas. Ŝia nomo estas Nastja.

La fraŭlinoj ridas. Unu el ili etendas la manon, Nastja kaptas ĝin kaj trotas kun la fraŭlinoj. Ni estas savitaj, post tri minutoj ni kuras por okupi niajn lokojn en la malluma kineja halo.

10.

La plej efika armilo de Nastja estas ploro. Elĉerpinte ĉiujn argumentojn, kiujn ŝi uzas por konvinki min pri dezirata ago – se ĉiuj ĉi argumentoj estas forsvingitaj – ŝi ekploras. Nelaŭte, jelpetante, kun abundaj larmoj. Tiuj larmoj... vidante ilin mi sentas min tirano, mava avaĉo. Mia koro degelas, kaj plej ofte mi cedas al ŝiaj petoj.

Ne la panjo. Mia bofilino Katerina havas ĉi-okaze ŝtaldratajn nervojn. Ŝia "Ne!" estas firma pli ol diamanto, do la filino jam alproprigis ke plorego povas rezultigi reagon kontraŭan al la dezirata, tio estas punon de la panjo. Tial ŝi serĉas mian subtenon.

– Avoĉjo, panjo ne amas min... – Nastja sidiĝas sur miajn genuojn kaj metas la kapon sur mian bruston. – Denove ŝi punis min.

– Via panjo, museto... – mi brakumas ŝin kaj flustras en ŝian orelon. – Via panjo amas vin pli ol ĉion ajn en la mondo.

– Sed ŝi punas min! – la nepino levas la okulojn al miaj.

– Diru al mi, pro kio nun okazis la puno? – mi demandas.

– Ĉar mi ne ordigis mian liton...

– Kaj vi ploris, ĉu ne?

– Jes, avoĉjo, mi ploris, sed panjo diris, ke ŝi punos min pli severe, se mi ploraĉos.

Mi meditas pripensante mian respondon. Ŝi komprenas, ŝi atendas, rigardante min.

– Do, museto, – mi ekparolas postmedite, – vi estas knabino, kaj vi rajtas plori. Sed vi devas ŝpari viajn larmojn por gravaj okazoj. Vidu, iam okazos io priplorinda...

– Kio? – vigle demandas Nastja.

– Nu... ekzemple, doloros via dento kaj vi devos viziti dentiston...

Nun estas ŝi, kiu enpensiĝas.

– Jes, avoĉjo, – diras ŝi post paŭzo, – dentisto estas grava kaŭzo por plori. Sed mi havas multe da larmoj – sufiĉos ankaŭ por la dentisto. Kaj – eble vi ne scias, avoĉjo – kiam mi devas iri al dentisto aŭ ĝenerale al iu kuracisto por dolora injekto, panjo promesas aĉeti ion por mi, kondiĉe ke mi ne ploros. Do mi penas ne plori...

11.

Ve, tro rapide flugas la jaroj. En paseon forflugis kvar jaroj de Nastja, poste kvin, ses... Nun ŝi venas al dek, kaj ŝi estas lernantino de la tria klaso en speciala lernejo. Cetere, la plej bona lernantino en la klaso. Ŝi jam sukcesis venki, tio estas, okupi la unuan lokon en tri aŭ kvar urbaj olimpikoj pri diversaj studobjektoj. Estas ŝia kaj, certe, ankaŭ mia fiero.

Mi vizitas kun ŝi la Ermitaĝon, kaj ŝi tre amuze traktas la tieajn artaĵojn. Jes, ŝi havas bonan guston: Rubens al ŝi plaĉas samkiel al mi. Ŝi kapablas interese rakonti pri vizitita teatraĵo, kinofilmo aŭ pri libro ĵus finlegita. Ŝi scipovas post ununura voĉlego parkeri kaj deklami poemetojn – ne nur en la rusa, sed ankaŭ en la angla lingvo, kiun oni instruas al ŝi jam dum du jaroj en la lernejo.

Vaŭ, jam delonge ŝi ne plu timas viziti publikan necesejon sola!

La plej grava kaj dolora puno de la panjo nun estas portempa konfisko de la tabulkomputilo.

Tamen, tamen... Fojfoje mi bedaŭras ke ne plu ŝi estas tiu amuza kvarjarulinjo, kun kiu mi havis la ĉarmajn inĝeniajn dialogojn.

Marto, 2025

Raĥab, saluton!

Estis postnoktomezo. Ĉio profunde dormis. Silentaj laboratorioj de la Universitato Paris Diderot ripozis de la taga rumoro kaj de troa abundo de pasiaj studentoj. Malgraŭ malfrua horo du malaltaj svagaj ombroj ŝtele glitis tra koridoro, paŝoj de iliaj posedantoj malkvietigis vitrajn murojn de la "Laboratorio de Historia Analizo kaj Simulado". Tio estis skribita sur la metala tabulo, sub kiu jam staris du adoleskuloj, ŝajne, serĉante ŝlosilon. Ili estis vestitaj per similaj kapuĉpuloveroj. Du parojn da manoj kovris nigraj gantoj de spertaj domŝtelistoj.

– La sekurigan alarmilon mi malŝaltis. Ankoraŭ hieraŭ – fiere flustris Robert, 13-jara ruĝvanga knabo kun buklaj helaj mezlongaj haroj. Aroganta aknohava vizaĝo lia estis malagrable vigla, eĉ vanta, kion, cetere, neniu povis rimarki sub la kapuĉo.

Kunulo lia estis tute samaĝa kaj ne aparte distingiĝis per plia solideco. Tiu knabo nomiĝis Cultêtienne kaj ŝatis VR-ludojn, buriton[1] kaj trajnosurfon. Dumlonga nazkataro turmentis la knabon kaj li plenforte penis ne terni nun, ĉar li ne sciis kiaj sekvoj povus esti. Lia kapo tremetis, rondaj okuloj avide enpikiĝis al duonmallumo; longa kolo turniĝis tien-reen en serĉado de apudaj kameraoj. Kvazaŭ responde, la kadro de ventoltruo ĉe plafono malice kaj scivoleme rikanis. Troa imagopovo! Cultêtienne viŝis fruntajn gutojn da ŝvito, subridis, turniĝis al la kompano.

– La frato nin senkojonigus, se li ekscius ke vi ne faris tion – respondis li por distriĝi de la nervozeco kaj elspiri. – Propran salivon li donis al mi ne por ke oni eksciu ke ni vagaĉis ĉi tie dumnokte.

Kun tiuj vortoj Cultêtienne elprenis el sia dorsosako plastan ujon, lerte malfermis ĝin. Ene estis ŝaŭmeta senkolora likvaĵo. Verŝinte kelkajn gutojn al serura kolektilo, la knabo kun rideto en-

1 Tradicia meksika manĝaĵo konsistanta el mola tritika tortiljo cilindre volvita ĉirkaŭ plenigaĵo plej ofte vianda (laŭ provizora redakto de *PIV* ĉe testo.vortaro.net) – *Red.*

manigis la tenilon de la pordo, kiu apenaŭ aŭdeble pepis kaj tuj malfermiĝis.

– Ĉu tia aŭ… aŭtentikigilo? – demandis Robert, zorge el parolante la vortojn, kiam ili eniris.

– Aha – afereme kapjesis Cultêtienne kaj viŝis nazmukon per manplato. – Al ili ĉiuj iun sekretan mi-ne-scias-kion oni donas tagmanĝe. Markitan nesolveblan ĥemiaĵon. Nova sistemo.

Lia frato laboris kiel helpanto de profesoro Cerbuman en tiu ĉi laboratorio. Tiun ŝercan familinomeskan kromnomon al li donis studentoj. La vera nomo de tiu homo estis Jozefo Jaffe, kaj rimarkinda tiun personon igis liaj multenombraj inventaĵoj. Interalie, tiun "salivan ŝlosilon" ankaŭ li inventis. Sed la plej freŝa projektita kaj enkorpigita de li aĵo estis granda instalaĵo, tiel nomata *integra teksta realigilo*. Ĝi servis por prezenti 5D-enmiksiĝeblan realon de certa epoko. Sendube tio ne estis ia versio de "tempomaŝino", ĉar tiu fikciaĵo, kiel estas vaste konate, kontraŭdiras al multaj gravaj naturaj leĝoj. Tamen tiu realigilo permesis modeli diversajn historiajn realojn per modernaj komputilaj metodoj surbaze de enigaj tekstoj kun 85-procenta aŭtentikeco. La aparato mem elektis indicojn de "beletreco" kaj de "historieco" de tiu aŭ alia teksto laŭ la neskueblaj kriterioj de Internacia Akademio de la Tutmonda Historio.

Oni eble povas pensi ke la knaboj volis ŝteli kaj poste popece forvendi tiun mirindan teknikaĵon. Ho, ne! La intenco de tiu nokta vizito estis tute alia. Ili simple volis iom uzi ĝin.

– Kaj kiel ŝi aspektas? – subite demandis Cultêtienne, ŝaltante ĉefkomputilon kaj prenante el ruĝa kesto bezonatajn sensilojn kaj zonojn. Evidentis ke li estis tie ĉi jam kelkfoje.

– Kiu?

– Nu, Raĥab.

Robert iom pripensis, rapide ekpalpebrumis kaj diris:

– Kiel mi povus scii? Mi ankoraŭ ne estis tie ĝis nun. Ŝi ĉirkaŭ la urba muro loĝas. Aŭ en la muro. Proksime de la ĉefpordego. Ni ŝin tuj trovos.

– Heh… – la lipoj de Cultêtienne malestime kurbiĝis. – En la muro? Ĉu vi certas ke tio ne estas fabelo?

– Ne pisu *en karafon*, ne bisu la maltrafon. Ĉio enordos.

En la laboratorio silento premis la orelojn, sed la knaboj plenforte intencis ne damaĝi tiun silenton, ne rompi ĝin, konservi, kiel iun altegvaloran antikvan kristalan vazon. Ili eĉ ĉesis interbabili.

Dum kelka tempo ĉiu el la duopo okupiĝis pri apartaj aferoj. La nazmukulo plejeble senbrue preparis la tekstan realigilon por funkciado, lia kompano saĝmiene foliumis iujn paĝojn en sia tabulkomputilo, kiun ili baldaŭ konektis al teksta memorilo de la modulo A.

Kaj tiam manifestiĝis malfacilaĵoj. Kiujn precize tekstojn elekti la uloj ne sciis. Akcepti la tutan Malnovan Testamenton la aparato totale rifuzis pro ĝia troa amplekso. Estis decidite alŝuti nur la libron de Josuo. Por ĝi sufiĉis la spaco, sed sur ekrano aperis la averto pri tio ke la koncerna teksto estas biblia kaj por kvantuma submodulo estos necesa kelkoble pli multe da memoro kaj procesora tempo. Oni devis pagi aliron al la reta distribuita sistemo por ricevi la aldonan resurson. Tion neniel eblis eviti aŭ superruzi, kaj Robert devis aktivigi rektan aliron al la patra banka konto, ĉar Cultêtienne rifuzis pagi. Krome, sur la ĉefa panelo eklumis la rubenkolora enigma skribaĵo "Mirakloj reproduktiĝas en sciencesplorista reĝimo" kaj pli malsupre alia, pli eta kaj flavlitera – "Ekstrema indico de beletreco" , kio sufiĉe ĝenis, ĉar tiuj skribaĵoj vere baris la vidkampon.

Fininte agordadi la modulon A, la knaboj transiris al sekva paŝo. Nun endis zorgi pri la modulo B. El kromĉambreto Cultêtienne alportis du specialajn apogseĝojn kun kapapogiloj. Ekipaĵon, kiu konsistis el du pezaj vidigilaj kaskoj de duobla polarizo kun ties dikaj longaj kabloj, du magnetaj zonoj, kelkdeko da sensiloj kaj sennombraj fiksrimenoj, ili muntis al si sufiĉe rapide. Post kiam ĉio estis konektita, ili sidiĝis kaj ŝaltis la vidigilon. La damnitaj skribaĵoj nenien malaperis, tamen en la panorama reĝimo ili fariĝis ne tiom okulfrapaj. Poiome estis startigitaj ĉiuj sentumaj servoj, kaj restis atendi nur sinkroniĝon inter la du moduloj.

Tre baldaŭ la simulada sesio establiĝis. Tuj aŭdiĝis roboteska senseksa voĉo, ion balbutanta pri antikvaj armiloj kaj vestaĵoj. Ĝi instste proponis tralegi rekte nun la ĉefajn paragrafojn el la Regularo de Sekureco dum Historia Simulado.

– Avinjon vian instruu – siblis Cultêtienne, foriginte la enuigan legaĵon.

Antaŭ la nedisigebla paro sterniĝis senlima dezerto. Estis tago. La ĉielo estis nuboplena kaj superpendis la horizonton eĉ se ne minace, do ankaŭ tute ne amikeme. Same malagrabla malforta vento makabre vagis sur sablaj montetoj. La knaboj rigardis ĉirkaŭe tre atenteme. La sola similaĵo al iuj muroj kaj al urbo inter ili estis norde, tre malproksime. Estis decidite iri tien.

Monotona paŝado tute ne plezurigis. Ĉiu el la duopo pensis pri io propra, tretante virtualan sablon. Paroli ili ial ne volis. Tiel pasis multe da tempo, sed kiom precize, neniu sciis. Por aperigi sisteman horloĝon endis manipuli per la ĉefa panelo kaj tiam povus aldoniĝi al la jam ĉeestantaj iuj novaj avertaj sciigoj aŭ eraroj, kiuj malhelpus vidadon eĉ pli. Sen tio Cultêtienne jam timis iel plu agordi la uzantinterfacon, ĉar kiam li premis ion, penante esp} lori pli multajn funkciojn, en la supra dekstra parto aperis iu granda ruĝa triangulo, kiu diablo scias kion signifis.

Dume la detaliga kapablo de la kaskoj estis perfekta: eblis klare vidi, se iom peni, ĉiun sableron sub la piedoj kaj ĉiun plumon sur malhaste preterfluganta griza birdo.

– Kia strigo! – Cultêtienne spontanee, tute senkonscie, malfermis la buŝon.

– Vi mem estas strigo – krude diris Robert. – Tute alia speco.

Tio ofendis la nazmukulon. Ĉu li vere ne kapablas distingi inter strigo kaj iu alia birdo? Aliflanke, ĉu strigoj vere loĝas en dezertoj?

– Eble sinjoro ornitologo eksplikos al ni, nekleruloj...

Kaj li ne finis la frazon pro tio ke ĉi-momente li ĵetis neglektan rigardon antaŭen, al la horizonta linio. Kaj tio, kion li ekvidis, frapis lin. Tie jam klare videblis konturoj de iu mirinde malalta setlejo. Laŭaspekte ĉiuj domoj estis argilaj, eble tial ili impresis mizere. Cetere, eĉ de tia distanco videblis enirejo, kelkaj ŝtonaj turetoj kaj io pli-malpli simila al fortreso meze. Ĉiuj konstruaĵoj definitive estis distingeblaj. Ankaŭ la muroj disponeblis. Tamen se al moderna homo ilin montri, li apenaŭ kredus ke tio estas urbaj muroj. Tro kadukaj ili estis. Ŝajnis ke ruinigi ilin povus io ajn: ekde vento ĝis fulmotondro, aŭ simple forta sono.

– Rigardu! Antikva Jeriĥo eble vere ekzistis!

– Kaj kiel vi pensis? Ĉu ĉiuj arkeologaj foslaboroj estas ludoj en sablujo, laŭ vi? – Robert pantomime montris kiel oni ludas en sablujo.

Ambaŭ junuloj staris sur kruta monteto, de kie la tuta urbo estis ideale videbla, kvazaŭ sur manplato. Ili ne povis preterpasi tian elokventan kaj unikan lokon kaj faris panoramajn ekrankopiojn.

– Ĉu ni povos eĉ paroli al Jehovo venontfoje? – ridis Cultêtienne kaj tuj daŭrigis, respondante al si mem. – Ne. Li ĉiam estas tro okupata, devas esti. Ni provu pli bone alparoli al Raĥab. Kaj kion ni diros al ŝi? Ĉu "Raĥab, saluton! Ni volas ejakuli pro via nomo"? Kiel vi imagas tion?

Robert fiksrigardis sian amikon kaj eksplodis:

– Azenulo, eĉ ne nepras alparoli! Sufiĉas nur unufoje ekvidi ŝin kaj poste orgasmu tiomfoje, kiom vi deziros. Kaj kiam!

– Azenulo estas vi. Kion vi de mi volas? Ĉu tion ĉi vi atenteme legis? – demandis Cultêtienne, ŝaltis *elektronikan tekstan vezikon*, per kiu estis ekipitaj la kaskoj, eltiris iun tekston kaj ekparolis, laŭte proklamante, kun pufaj afektaĵoj – ...kaj tiam Rab Naĥman diris al li: "Mi prononcis ŝian nomon dufoje, sed tio neniel efikis min". Maljuna Rab Isaak respondis: "Mi parolis precize pri la homo, kiu vidis ŝin, konis ŝin kaj prononcis ŝian nomon". Konis ŝin, ĉu vi komprenas?!

– Nu... Vi jam citis tion... Se simpla ekvido ne sufiĉos, ni povos konatiĝi tiam.

Endas diri ke la vera celo de tiu vojaĝa entrepreno estis testi la faman legendon pri la kanaana prostituitino, kiu helpis al hebreoj en la konkero de Jeriĥo. Laŭdire, la sola mencio de ŝia nomo povis kaŭzi ejakulon ĉe viroj. Robert ie legis pri tio, tuj rememoris kie laboras la frato de Cultêtienne. La scienco nepre devas helpi! La agoplano naskiĝis dum lernejaj someraj ferioj. Se ĉio funkcios, eblos registri la efekton en la biometria karto kaj ĝui ĝin ĝis la morto. Fari tion estas ne malpli facile ol kraĉi al la kapo de sinjorino Prudent, ilia instruistino, laŭ trafa esprimo de Robert.

La kverelo sufokiĝis, restariĝis plupaŝado – restis jam preskaŭ ridinda distanco. La urbo poiome sombre etendis siajn dikmalaltajn dometojn, amasiĝintajn inter polvaj spacoj, antaŭ la knaboj. Deproksime ĉio mirigis eĉ pli multe per simpla elokventeco de trajtoj. Sur la ĉefa panelo ĉio samis, nur la ruĝa triangulo iomete pligrandiĝis kaj ekis rapide blinki. Tio okazis ĝuste je tiu momento, kiam la urba pordego estis trapasata. Malgraŭ la unua impreso, la pordego estis nur malnova, sed neniel kaduka. La ĉefa strato komplike sinuis ene, generante flankajn pasejojn kaj sennombrajn vojkruciĝetojn. Ĝenerala obseda ŝajno estis ke tiu urbo estas tipe orientturisma, nur vere tre malriĉa.

– Ĉu vi vidas? Tiu blinkado... Sur la panelo – malkvietiĝis Cultêtienne.

– Fuelo elĉerpiĝis! – ŝercis Robert, henante kiel virĉevalo. – Kion vi volas: ĉu Raĥab-on eltrovi aŭ ĉu solvadi puzlojn de tiu ĉi infera maŝino?

– Kien nun ni iru? – demandis la kunulo, ne aprezinte la spritaĵon.

– Laŭlonge de la muro.

Sed iri laŭlonge de la muro ne estis destinite por ili. Du urbaj gardistoj baris la vojon. Ili aspektis tre fortaj – nur tion la knaboj sukcesis rimarki. Laŭte interparolante en malbelsona lingvo, tiuj viroj kaptis ilin permane, perforte sekvigis.

Post minuto oni enkondukis ilin al stranga neimageble malluma kaj mucidodora kelo. Tie antaŭ ligna tablo sidis soldato kun granda cikatro sub maldekstra okulo. Ekvidinte la alvenintojn, la soldato videble surpriziĝis. Dum iom da tempo li simple gapis kun sincera intereso, poste ion diris al la gardistoj, kiuj tuj lasis la kaptitojn.

– Kiu vi estas? Ĉu ĉefulo? – indignis Robert. – Kial oni enŝovaĉis nin ĉi tien?

El trans la tablo leviĝis montego da muskoloj, kompare al kiu la gardistoj impresis kiel cirkaj nanoj en la fino de kariero. Tiuj vortoj de Robert tutcerte ne povis esti kompreneblaj por li, sed foje humoro kaj intonacio povas servi kiel vera internacia lingvo. La soldato, tintetante per masiva glavo pendanta sur la zono, preskaŭ ĝis kuntuŝiĝo alproksimiĝis al la arogantulo, kaj estis rimarkeble ke la cikatro ekhavis bluecan kolortonon, kio estis abomeninda.

Subite la soldato mallevis la okulojn kaj komencis bori Robert-on per malestima rigardo ie malsupre.

– Li rigardas al via ŝorto – flustris Cultêtienne, ternis kaj ĉa-greniĝe frapis sian frunton. – Ni forgesis elekti la vestajn opciojn laŭepoke. Ili perceptas nin en tiuj vestaĵoj, kiujn ni surhavas nun en nia "reala" mondo. Tiaĵoj tie ĉi ne kutimas. Pro tio oni nin arestis!

La koncernaj adoleskaj tualetoj laŭis al la somera sezono. Tiuj kapuĉpuloveroj, servantaj por maski kaj anonimigi ĉe eniro al la laboratorio, estis demetitaj tuj post malfermo de la "saliva" seruro. Sur la knaboj restis sole ŝortoj kaj T-ĉemizoj, prisemitaj per agresemaj bildoj kaj per skribaĵoj en la franca lingvo.

– Al mi tio jam ne plaĉas. Ni startu novan seancon! – eldiris Robert, strabante al la soldato.

– Atendu! Ni devas komence fini la kurantan laŭregule – protestis Cultêtienne.

Intertempe la soldato malrapide ĉirkaŭiris, plu atenteme fiks-rigardante jen malsupren, jen je torsonivelo kaj tondrovoĉe ion demandis. Ne ĝisatendinte la respondon, la cikatrulo komencis ion ekspliki al la gardistoj, kiuj staris apud la enirejo kaj honeste plenumis sian devon. De tempo al tempo li montris per kurba montrofingro al la kurŝuoj de Cultêtienne. La gardistoj ĵetadis iujn mallongajn replikojn, beate ridetante. Eblis pensi ke oni bondeziras al ili dum naskiĝtaga festo.

Kaj de la knaba flanko aŭdiĝis senespera dialogo:

– Ĉu tradukilo ĉeestas en via fiaparato?

– Mi ne scias. Mi ja ŝaltas ĝin nur je la dua fojo. Tutcerte ĝi devas ĉeesti!

Post tio la eventoj fluis tre impete, kvazaŭ en terura sonĝo.

Finfine la soldato iom mildiĝis, ion ordonis al la gardistoj kaj tiuj jam ekplenumis ankaŭ tiun ordonon, kiu, plej verŝajne, nur signalis forkonduki la kaptitojn, kiam Robert ekribelis. Li forpuŝis unu gardiston kaj la duan piedfrapis je ingveno. Gaje li saltis al la mezo de tiu kela ejo, dancetadante. Fine ĉio estis resumita per sekva laŭta proklamo:

– Kion ni perdas? Tio estas nur speco de videoludo!

– Haltu, idioto! Ĉio ne tiel funkcias tie ĉi! – sukcesis elkrii Cultêtienne, sed estis malfrue.

La soldato, kvazaŭ kontraŭvole – tio estis rimarkebla pro iliaj lacaj movoj kaj trista mieno, eligis la armilon el glavingo. Ŝajnis ke eĉ io simila al kompato dum etmomento glitis en liaj okuloj.

Frumatene roboto-purigisto Peter dum vaporpuriga kontroliro laboratorie sub apogseĝoj malkovris du kadavrojn en pozo de homembrio, implikitajn per dratoj, kun polarizaj helmoj surkape. Tio neniel konsternis ĝin, ĉar ĝi ĉiam agis laŭ la instrukcio. Komprenible, la flugambulanco venis post 45 sekundoj.

Kuracisto el distrikta dissekcadejo, gaja parolema maljunulo konstante suĉanta pipon, diris ke la morto ĉe ambaŭ okazis pro "nekroza edemo de hipotalamo".

Revene al **hejmo**

de Yin Jiaxin

1

Post kiam la japanoj estis forpelitaj, oni ĝuis iom da pacaj tagoj, sed ne longe. Fine de 1946, la registaro de Kuomintango (t.e. la Ĉina Naciista Partio) komencis rekrutigi soldatojn. Oni diris, ke la Kompartio (t.e. la Ĉina Komunista Partio) kaj Kuomintango batalos unu kontraŭ la alia. Laŭ la regulo, familio kun tri aŭ pli da filoj devis doni unu aŭ du. Tiel dirite, sed la realo estis malsama. Kelkaj familioj kun kvin filoj ne donis iun ajn, ĉar ili havis monon subaĉeti la oficistojn! Sed suferis tiuj, kiuj ne havis monon. En nia familio estis du filoj: mi dekokjara kaj la sesjara frato. Do laŭ la regulo mi ne devis varbiĝi. Sed la malbenita vilaĝestro maljuste volis rekrutigi min. Ili kutime kaptis junulojn nokte. Do mi laboris sur la kampo je la piedo de la monto Pajlou dumtage kaj tranoktis sur la monto, foje sur arbo, foje en arbusto, plejfoje inter tomboj. La milicanoj timis renkonti fantomojn kaj ne kuraĝis serĉi inter la tomboj. Estis frosta vintro. Ĉiun nokton mi tenis la dentojn kunpremitaj ekstere.

La Printempa Festo alproksimiĝis. Rekrutigado ŝajnis ne tiel intensa kiel antaŭe. La 17a de januaro estis la 26-a de la dekdua monato laŭ la ĉina kalendaro. Tiun tagon mi sekrete rehejmiĝis por tranokto. Mi kaj la frato dormis en la sama lito. La patro kaj la trijara fratino en la alia dormoĉambro. La patrino mortis ĉe la naskiĝo de mia fratino. Apud mia litkapo estis lanco kaj batalbastono – tiutempe en la provinco Hunan preskaŭ ĉiuj junuloj kutimis lerni batalarton, do ni havis la armilojn en la domo. Mi intencis, ke se la milicanoj malmultos, mi rezistos kontraŭ ili; se ili multos, mi forkuros. Mi ne dormis enlite longe. Tiunokte mi dormis tiel profunde, ke mi tute ne aŭdis la bojadon de la hundeto. Mi ne vekiĝis ĝis la milicanoj enrompis la pordon kaj trudiĝis en mian ĉambron. La patro estis simpla kaj timida. Li restis kun mia fratino en sia ĉambro kaj ne kuraĝis eliri. La frato rigardis la milicanojn konfuzite kaj surprizite. Vidinte ilin, mi ne timis kaj rezignacie diris: "Bone, mi ne povas forkuri. Vi almenaŭ lasas al mi surmeti vatitan jakon." Sed tiuj malbenitoj estis senkompataj. Sen aprobi mian peton, ili haste ligis min per ŝnuro kaj trenis al la vilaĝa oficejo.

En la oficejo estis ligitaj aliaj junuloj, inkluzive de la solfilo de mia najbara familio Hu. Li laŭte insultis la vilaĝestron kaj la oficistojn, postulante klarigon. La oficistoj ignoris lin, kaj li insultis pli kaj pli furioze. Fine, la vilaĝestro alvenis kaj demandis lin: "Hej, kian klarigon vi volas?"

Li diris: "Kial vi ne prenas iun ajn de la familio kun kvin filoj, sed prenis min, la solfilon?"

"Mi simple volas kapti vin. Kion vi povas fari?" respondis la vilaĝestro per provoka tono.

La kolerplena filo de la familio Hu denove verŝis insultojn. La vilaĝestro ekfurioziĝis kaj frapis lin per vangofrapoj, piedbatoj kaj pugnoj ĝis li fermis sian buŝon. Post kiam la vilaĝestro forestis, mi flustris al li: "*Saĝulo ne batalas kontraŭ supera forto.* Vi estas ligita. Kiel vi povas kontraŭbatali ilin? La insultoj ne vundas ilian haŭton aŭ ostojn. Do kian utilon havas la insultoj? Prefere paciencu kaj atendu ŝancon por eskapi." Aŭdinte miajn vortojn, li spiregis pro indigno kaj silentis.

Post tri tagoj mi estis eskortita al la kvartiro en la gubernio Shishou. Tie al mi estis disdonita militista uniformo. Mi volis hejmeniri, sed la kvartiro estis sub strikta observado. Ideo venis en mian kapon: ŝajnigi min malsaĝulo. Mi pensis, ke la trupo ne akceptas malsaĝulon, kiu konsumas manĝaĵojn anstataŭ batali. Do mi ŝajnigis naivecon kaj konfuzon pri ĉio. Tiun tagmezon sur la tereno por ekzercado okazis bankedo por bonvenigi kaj la novajn soldatojn kaj la novan jaron. Kovrante la ventron per la manoj, mi kuretis al la tablo por oficiroj kaj kun stulta mieno demandis humile: "Sinjoroj, mia ventro doloras. Kie estas fekvazo?"

Aŭdinte mian demandon, koleriĝis la oficiroj, kiuj ĝuis siajn manĝaĵojn. Unu el ili, kun larĝigitaj okuloj, kriis malafable: "Fi-kampulo-stultulo! Senscia kaj malprudenta! Iru rekte antaŭen ĝis la fundo kaj turniĝu dekstren, tie estas la necesejo."

Mi ĝojis interne, ĉar mia ruzo ŝajne sukcesis, li jam nomis min "stultulo". Mi daŭrigis mian rolon kaj demandis plue: "Hmm, la necesejo? Kio estas tio?"

Ĉe tio ili ne sciis ĉu insulti aŭ ridi, kaj la ĉirkaŭaj soldatoj volis ridi, sed ili ne aŭdacis. Vidante ilian strangan mienon, mi ankaŭ emis ridi, sed mi retenis min mem. La oficiro piedbatis min kaj laŭte insultis: "Ĝi estas ĝuste kion vi fikampuloj nomas 'fekvazo'. For, for!" Mi respondis "jes" kaj kuris al la necesejo.

Pro tio mi ekfamis pri stulteco. Sed ve, kiom ajn mi ŝajnigis min malsaĝulo, ili ne liberigis min. Ili ne volis malpliigi la nombron de soldatoj. Al la diablo! Portempe vivu iele-trapele kaj atendu ŝancon. Ĉiutage ni manovris en la tereno por ekzercado ekde frumateno ĝis vesperkrepusko, okaze eĉ en vespero. Mi sentis min tute elĉerpita. Se soldato faris eraron en manovro, la oficiro punis lin per pugnoj, piedbatoj aŭ vangfrapoj. La punito ne rajtis plori aŭ krii. Alie, pli da puno estis aldonota.

2

En Shishou ricevinte la insultojn kaj la piedbaton, mi ne koleris, ĉar mi intence ludis la rolon de stultulo. Kiu povis atendi? En Yichang pro stulta ago mi maljuste ricevis batojn, tiel ke mi preskaŭ perdis la vivon.

Post tri monatoj de trejnado en Shishou, ni subite estis translokitaj al la urbo Yichang. Oni diris, ke okazos batalo tie. Alveninte en Yichang, ni vidis nek la armeanojn de la Kompartio nek rabistojn. La oficiroj ordonis al ni konservi grandan viglatentemon, dirante, ke batalo povus okazi kiam ajn. La soldatoj estis nervozaj ĉiutage.

Iun posttagmezon alruliĝis malgranda aŭto al la kvartiro. Oni diris, ke alvenis grava persono. Meznokte, subite sonoris urĝa klariono por kolektiĝo, kaj oni panike formis vicojn en la mallumo. Starante en vico, mi, duonkonscia, ne komprenis la paroladon de la batalionestro, krom kapti la vortojn "ju pli pafi intense, des pli bone".

Oni impetis al la monto okcidente. Mi sekvis la impetantojn, ne sciante, kion ili intencas fari. Kiam ni atingis la montotalion, la rotestro ordonis al ni disiĝi. Post iom da tempo, mi aŭdis, ke oni pafadas kaj ĵetas grenadojn. Mi pensis, ke ĉi-foje okazas vera batalo. Mi neniam spertis militbatalon antaŭe. Mi kaŭris en kavo kun la okuloj fiksitaj antaŭen kaj la menso konfuzita. Mi nervoze atendis, ke aperos nekonata malamiko, kiun mi pafmortigos aŭ kiu pafmortigos min. Mi atendis kaj atendadis. La pafado kaj eksplodoj ĉirkaŭe estis intensaj, sed antaŭ mi ne aperis iu ajn. Mi tenis la spiron kaj daŭre atendis. Post oni-ne-sciis-kiom da tempo, ĉesis la eksplodoj ĉirkaŭe kaj eksilentis la lastaj disaj pafoj en la aero. La batalo finiĝis! Mi elspiris longe, rigardis supren al la ĉielo kaj vidis, ke preskaŭ tagiĝos.

En la kvartiro la soldatoj viciĝis por apelo. Ĉiuj elĵetis kaj fin-pafis sian municion, sed la mia restis netuŝita. La rotestro mire demandis al mi la kialon. Mi staris kunmetante la kalkanojn kaj raportis: "Sciu, rotestro! Ne aperis malamiko antaŭ mi, do mi ne pafis." Oni eksplodis per rido. La rotestro kolere mordis sian suban lipon kaj donis al mi du vangofrapojn, tiel ke la kapo zumis al mi. Plie la rotestro kaptis min je la brusto kaj kriegis: "Damne! Ĉu vi ne aŭdis la batalionestron diri, ke okazas manovro per reala municio? Damne!" La rotestro sentis, ke du vangofrapoj ne sufiĉis, do li forte tiris kaj puŝis min, kaj samtempe donis al mi du piedbatojn en la talion. Li portis ledbotojn, kaj tiuj du piedbatoj preskaŭ senigis min de spiro. Poste li desegnis malgrandan cirklon sur la tero kaj ordonis al mi stari en ĝi dum kvar horoj.

Kvar horoj! Batita, mia korpo doloris severe. Mi kunpremis la dentojn kaj eltenis la doloron. Por ke la tempo pasu rapide, mi laŭeble ignoris la doloron en la korpo kaj intence pensis pri agrablaj aferoj. Sed se pripensi atente, mi apenaŭ havis feliĉan tempon dum la pasintaj dek ok jaroj. En la aĝo de naŭ jaroj, mi fuĝis kune kun la gepatroj el mia naskiĝloko Yueyang al la urbeto Tashiyi. Kien ajn ni iris, ni suferis malriĉecon kaj maljustecon.

Matene de julio estis sufoke varmege. Mi staris kun fusilo, kugloj kaj kvar grenadoj, do post nelonge la tuta korpo estis malseka de ŝvito. La tempo pasis tre malrapide! Post ĉirkaŭ du horoj, la suno estis kovrita de nuboj, kaj ekblovis vento de la sudo, kiu sentigis min iom freŝa. Ho, ve! Kiu povus scii, ke la vento alkondukos pluvegon! La varma pluvo estis malfacile eltenebla! Mia amiko Duan portis al mi pluvmantelon. La damnita rotestro malpermesis al li kovri min per la pluvmantelo kaj frapis lin sur lia vango. La pluvo ĉesis post iom da tempo kaj la suno reaperis. La malsekiĝo kaj sekiĝo plus la laceco kaŭzis al mi malsaniĝon. Mi havis febron kaj ne havis apetiton dum pluraj tagoj. Ho, se mi forlasintus la kuglojn kaj grenadojn en la kavo!

En la trupoj la manĝo estis malfacile englutebla. La rizaĵo estis kuirita el nerafinita rizo malmola kiel kugloj, kaj la legomplado estis kuirita el kukurbo aŭ kukumo kun malofta oleo. Dum mia konvalesko, la amiko Duan aĉetis bongustaĵojn por mi el ekster la kvartiro. Mi transvivis la malfacilaĵon, danke al la zorgado de la amiko Duan kaj kelkaj aliaj kamaradoj en la plotono.

En Yichang la trupo restis dum ok monatoj. Mi ĉiam serĉis ŝancon por eskapi. Ĉiufoje kiam mi eniris la urbon, mi atente observis la vojon. Mi pensis, ke fuĝi per akvovojo estus pli bone ol per tervojo, ĉar se mi enŝipiĝus, eĉ se oni rimarkus mian fuĝon, ili ne povus persekuti min. Mi decidis fuĝi per akvovojo. Sed fakte mia ideo estis erara.

Ĉiumonate mi elspezis la soldon laŭeble malmulte por akumuli sufiĉe da mono por la vojaĝkosto. Iun ripoztagon, mi sekrete aĉetis bileton por la sekva tago al Shashi. La sekvan tagon mi petis al la plotonestro forpermeson, pretekstante, ke mi forgesis pakaĵon en butiko en la antaŭa tago kaj devas preni ĝin. Li aprobis mian peton, ordonante al mi reveni frue. Mi malbenis en la koro: "Al la diablo! Atendu, mi ne plu eltenos viajn maljustaĵojn." La plotonestro estis pli kruela ol la rotestro.

Elirinte el la kvartiro, mi kuregis senhalte al la haveno. Antaŭ la levo de la ankro, la koro batis rapide, mi estis ekscitita kaj timigita. Kiam la ŝipo ekveturis, mi sentis jam ne timon sed fierecon. Neatendite, ĉio iris tiel glate! Pri la fuĝplano mi ne diris al iu ajn inkluzive de la amiko Duan. Proksimiĝis la Novjara Tago kaj la vetero estis malvarma, sed iel mi sentis, ke la vento sur la rivero estas agrabla kaj plezuriga.

3

La sekvan tagon, kiam la ŝipo preskaŭ atingis la urbon Shashi, mi komencis pripensi la sekvon de la vojaĝo. Ĝuste tiam, alvenis alia ŝipo, kaj kelkaj homoj kun pafiloj saltis sur nian ŝipon. Mi surpriziĝis, sciante, ke mi renkontis la "kolektantojn de soldatoj" de la loka milico. Ili estis specialigitaj en kaptado de dizertintoj. Ili tuj rimarkis min, ĉar mi portis milituniformon. Ili pridemandis min, kion mi faros. Mi respondis, ke mi ĵus revenis de batalo kaj iras al Shashi por libertempo. Ĝenerale, ili ne kreis malfacilaĵojn al tiuj, kiuj revenis de batalo. La milicano kun pistolo demandis min: "Ĉu vi ĵus revenis de batalo? Montru vian batalateston!"

Lia demando memorigis min pri la atesto, kiun mi ricevis post la realpafa manovro. La amiko Duan diris, ke tio estas la atesto de batalinto. Mi ne scipovis legi, do mi ne sciis, kio estis skribita sur ĝi. Feliĉe mi portis ĝin kun mi. Leginte la ateston, li diris: "Ĝi pruvas, ke vi iam batalis, sed ne pruvas, ke vi iras al Shashi. Sen la skriba permesilo de via superulo, vi ne povas pluiri. Mi suspektas, ke vi estas dizertinto. Arestu lin!"

La ŝipo estis sur la rivero Changjiang, kaj ili portis pafilojn. Mi ne povis forkuri. Jen la malavantaĝo de fuĝo per akvovojo. Ŝajnigante min lamulo mi paŝetis lame kun ili. Mi pensis, ke oni ne bezonas laman soldaton.

En la milica oficejo oni denove pridemandis min, ĉu mi estas dizertinto. Mi ankoraŭ ne konfesis. Ricevinte sovaĝan baton, mi estis fermita en tenejo, kiu estis malhela, plena de araneaĵoj, polvo kaj aliaj malpuraĵoj, kun navedantaj musoj tiel grandaj kiel katido. La humideco kaj ŝimodoro estis malfacile elteneblaj. Post kelkaj tagoj pedikoj ekaperis sur la korpo. Iun tagon, milicano alportis civilajn vestojn kaj ordonis al mi bani min. De tiu tago, mi fariĝis balaisto en la milica regimento. Tage mi lamante balais forĵetaĵojn kaj purigis la oficejojn, kaj nokte dormis en la tenejo. Mi ŝajnigis min stulta kaj obeema, neniam forirante de la korto. Iafoje, oni ordonis al mi aĉeti alkoholaĵon aŭ cigaredojn, mi ĉiam plenumis la taskon rapide. Iom post iom, oni gardobservis min malstrikte. Mi enkore planis kiel eskapi. Mi havis neniun monon, ĉar mi laboris sen soldo. La mono, kiun mi portis kun mi, estis konfiskita en la tago, kiam mi estis kaptita.

Post tri monatoj venis ŝanco. La regimentestro de la milico volis aranĝi grandan festenon por geedziĝi kun kromedzino. Iun tagmezon la administranto donis al mi grandan sumon da mono, ordonante al mi aĉeti alkoholaĵon kaj cigaredojn. Sur la strato mi ĉesis ŝajnigi min lamulo kaj ekkuris rapide orienten. Laŭ mia memoro, je ĉirkaŭ naŭdek kilometroj fore de Shashi estis la urbeto Liukou. De tie mi povos veturi trans la rivero Changjiang rekte al la urbeto Tashiyi, mia hejmloko.

Ĉe la stratelirejo estis ĉevalĉaro. Mi petis la koĉeron, ke li tuj konduku la ĉaron al Shashi. Li diris, ke nur unu pasaĝero ne valoras la vojaĝon, kaj li devas ricevi almenaŭ tri pasaĝerojn. Mi donis al li sumon sufiĉan por tri. Li levis la vipon kaj ekstimulis la ĉevalon. La ĉaro atingis la urbon Shashi je ĉirkaŭ la kvara horo posttagmeze. Mi elprenis plian monon kaj petis la koĉeron veturi plue. Sed li rifuzis, dirante, ke lia edzino malsana kuŝas enlite; krome, survoje ne estas sekure nokte.

Shashi estis granda urbo kun multaj militistoj venantaj kaj irantaj. Ne estis taŭge por mi longe halti tie. Mi decidis une plenigi la stomakon kaj poste piediri orienten dum la nokto. En taverno manĝinte bovlon da nudeloj kaj pakinte ses platkukojn, mi ekmarŝis ekster la urbon.

Nokte estis peĉnigre. Ĝenerale ofte blovis vento sur la ebenaĵo. Ĉe la rivero vento pli fortis. Ĝi blovegis kun bruo kiel fantomoj fajfus kune. La arboj laŭ la flankoj de la vojo ŝanceliĝis tumulte kiel demonoj dancus kaprice. Estis tre makabre! Tamen mi timis nenion, pensante, ke mi reiros hejmen kelkajn tagojn poste.

Je la tagiĝo mi atingis urbeton kaj sentis min dormema. Por eviti kaptiĝon, mi intencis piediri dumnokte kaj dormi dumtage. Enirinte la ununuran gastejon, mi trovis, ke la poŝo estis malplena. Certe, la mono estis ŝtelita en Shashi. Mi devis dormi en angulo sub ponto. Proksime al la vesperkrepusko mi ekpaŝadis daŭre orienten. En la sekva mateno laceco kaj dormemo atakis min severe, tiel ke mi falis en pajlostakon sur la kampo kaj dormis ĝis posttagmeze. Elmanĝinte la lastan pecon da platkuko, mi ekpluiris. Iri unu paŝon antaŭen signifis, ke la hejmloko proksimiĝas unu paŝon plie. Post tri noktoj da piediro, mi finfine atingis la urbeton Liukou. Starante sur la digo kaj rigardante la silueton de la familiara monto Pailou trans la rivero, mi pretervole eksplodis en ploregon kaj kriegis: "Paĉjo, mi revenas!"

Sed tamen, kiel transpasi la riveron sen mono?

Mi ne povis ŝteli nek rabi nek almozpeti. Se mi almozpetus, neniu donus al mi kian ajn almozon, ĉar mi estis bonorde vestita kaj aspektis fortika. La kajo estis vivoplena. Pluraj ŝipoj kaj barkoj kuŝis ĉe la bordo. Sur la kajo troviĝis pasaĝeroj kaj vendistoj. Descendonte la digon al la kajo, mi vidis mezaĝulon apud kvar jutsakegoj da varoj. Li rigardis ĉirkaŭen kiel serĉante helpanton. Mi demandis, kien li portigos la varojn. Li diris, ke li volas ŝarĝi ilin en barkon. Mi diris, ke mi helpos lin, kondiĉe ke li aĉetas por mi du platkukojn. Li konsentis. Dum babilado, mi informiĝis, ke li vendos la varojn en la bazaro de Tashiyi. Mi diris al li, ke mi vizitos parencon en Tashiyi; se li veturigos min per la barko senpage, mi portos la varojn al lia celloko senpage. Li jesis ĝoje. Elmanĝinte la platkukojn, mi vektoportis la jutsakegojn al la kajo.

Sidante en la barko, mi memkontente ekimagis la kortuŝan scenon de rerenkontiĝo kun la familianoj. Ĝuste en la momento, enbarkiĝis kvar milicanoj, kiuj ekzamenis suspektindajn personojn. Tiu kun variolmarkoj sur la vizaĝo pridemandis min: "Vi aspektas fremda. De kie vi venis?"

"De Yueyang." Mi ne aŭdacis diri "de Tashiyi".

"Kial vi venis ĉi tien?"

"Mi serĉis rifuĝon ĉe parenco," mi plektis rakonton.

"Kiu estas via parenco?"

"Oni diris, ke li translokiĝis aliloken antaŭ longe," mi plue plektis.

"Kie estas via pakaĵo?"

"Ĝi estis ŝtelita."

La variolulo per la okuloj mezuris min de la kapo ĝis la piedoj kaj diris al la aliaj milicanoj: "La arestordono diras: alta staturo, ĉirkaŭ dudekjara, fortika, en blua kotona vesto. Konforme. Eskortu lin al la oficejo!"

Ĉe tio, la milicanoj komencis min kapti perforte. Mi baraktis forte, konsternite kriante: "Kial vi kaptas min? Ne agu arbitre!" Sed vane.

Mi estis sola fermita en oficejo, kies tujnajbara ĉambro estis la oficejo de la estro. Malklare aŭdeblis onia interparolo. La variolulo diris kun kaĵola tono: "Sciu, brigadestro! La kaptito ŝajnas konforma al la persekutato. Sed li ne estas lama kaj lia poŝo estas pli pura ol la vizaĝo. La arestordono diras, ke la lamulo portas grandan sumon da mono. Evidente li ne estas la persekutato."

"Ho! Kial vi aleskortis lin?" demandis la estro.

"Mi intence denuncas tiel, kvazaŭ li estus la persekutato. Nuntempe mankas mastrumisto al vi endome. Vi povas uzi tiun ĉi alilokanon senpage."

"Ha, ha, ha... vi ruza variolulo!" Ridinte, la estro plue diris: "La vartistino jam rehejmiĝis por varti sian vunditan edzon. La bebo aĝas nur ses monatojn. Mia edzino ĉiam plendas pri okupiteco kaj laciĝo. Bone, lasu la alilokanon labori en mia domo ĝis mi dungos taŭgan vartistinon."

La hejmloko estis antaŭ miaj okuloj, sed mi ne povis hejmeniri. Kiel ĉagrene!

La domo de la brigadestro distancis de la kajo ĉirkaŭ kvin kilometrojn. Ĉiutage li biciklis al la kajo frumatene kaj revenis ĉe la vesperiĝo. En lia domo mia laboro estis: pecigi brullignojn, kuiri, balai la korton, purigi la domon kaj akompani la sinjorinon fari aĉetojn. Krome, mi iafoje devis brakpreni la grasan infanon.

La sinjorino havis mamojn tiel plenajn kiel balono. Ili produktis tro multe da lakto. Ĉiufoje nutrinte la infanon, ŝi knedis la mamojn kiel paston kaj elpremis plian lakton. Komence ŝi faris tiajn agojn kaŝite al mi kaj poste senhonte antaŭ mi. Foje ŝi donis al mi tason de la elpremita lakto kaj diris: "Estas domaĝe ĝin elverŝi. Vi eltrinku."

Mi rifuzis la tason. Kun serioza mieno ŝi ordonis: "Eltrinku ĝin!"

Eltrinkinte la lakton, mi grimacis de la figusto kaj embaraso, kiam ŝi ridklukis kaj demandis: "Kia gusto?" Antaŭ ol mi respondis, ŝi serioze daŭrigis: "Ne diru 'malbongusta'!"

Ekde tiam, ŝi ofte ordonis al mi trinki ŝian lakton, komprenable sen scio de sia edzo. Iun tagon de junio, ŝia edzo ricevis sciigon, ke li devos ĉeesti kunvenon en Shashi de la 7a ĝis 9a. Nokte en la 7a enlitiĝonte, mi aŭdis ĝemojn el la ĉambro de la sinjorino. Mi frapetis je la duonfermita pordo kaj prizorge demandis: "Kio estas al vi, sinjorino?"

"Envenu," sonis ŝia voĉo.

Mi puŝmalfermis la pordon kaj vidis, ke la infano dormas en la lulilo kaj la sinjorino duonkuŝante enlite knedas la bruston. Mi volis retroiri, kiam ŝi diris: "Venu, venu!"

Mi iris al la lito sinĝene.

Ŝi diris: "Elpreminte lakton, la mamoj ankoraŭ ŝvelis tiel forte, ke ili min doloras neeltenenble. Mi knedis longe, nun jam elĉerpiĝis. Vi knedu iom por mi."

Mi hezitis, mallaŭtante: "Ne dece."

"Ne grave! Se mi postulas de vi, faru senĝene." Dirinte, ŝi altiris miajn manojn kaj premis ilin sur sian bruston: "Venu, jen, jen. Forte!"

Mi ekknedis ŝiajn mamojn malpeze kun la korpo tremetanta.

"Forte, pli forte!" ŝi murmuris kun la okuloj duonfermitaj.

ORIGINALA PROZO

Tuje lakto eliĝis kaj malsekigis ŝian tolaĵon. "Aĥ, momenton." Ŝi elprenis lavtukon, disbutonis la tolaĵon kaj ekfrotis la mamojn. En la momento, mia peniso erektiĝis nature. Vidinte la ŝvelintan forkon de mia pantalono, ŝi ekpalpis mian penison kaj lascive softis: "Kiel granda! Kiel rigida! Alloga kaj ĉarma!" Dirante, ŝi abrupte kroĉis per mano mian kolon kaj premis mian kapon inter ŝiajn mamojn. Kun la malplena menso, mi senmove kuŝis sur ŝia mola korpo. Atendinte minuton, ŝi subridante diris: "Mi forgesis, ke vi estas virgulo. Nu, mi instruas vin." Ŝi puŝturnis min surdorsen kaj urĝe forigis miajn vestojn. Poste ŝi rapide nudigis sin kaj eksidis sur miajn femurojn. Tiun nokton, mi perdis la virgecon. En la nokto de la 8a, sin baninte, ŝi rekte trudis sin en mian ĉambron.

Kiam la brigadestro revenis, mi sentis min kulpa kaj timema, dume la sinjorino kondutis kvazaŭ nenio okazis. Dum la posta tempo ŝi agis pli kaj pli senbride. Nutrinte la infanon, ŝi ne plu elpremis la superfluan lakton, sed postulis ke mi knedante suĉu la mamojn. Iafoje ŝi ordonis al mi seksumi kun ŝi. Kuŝante kun ŝi, mi ĉiufoje imagis, ke subite la pistolo de ŝia edzo montros sin ĉe mia kapo kaj mia vivo jam solviĝos. Ĉiutage mi vivis en tiu terura stato, preĝante, ke ŝia edzo serĉu vartistinon kiel eble plej rapide.

Finfine, iun tagon de septembro, la brigadestro dungis knabinon kiel vartistinon, kaj mi estis liberigita. Mi petis al li iom da mono, kaj tiu diris: "Vi loĝis ĉi tie, manĝante kaj trinkante senpage, kial mi pagu vin?"

Mi replikis: "Ĉiutage mi faris mastrumadon. Vi ne donas al mi salajron, sed almenaŭ vi devas aĉeti por mi bileton al Tashiyi."

"Vi volas iri al Tashiyi, ĉu?"

"Jes, mi serĉos parencon tie."

"Bone. Morgaŭ matene oni stiros militŝipon al Tashiyi por provianto. Mi petos ilin veturi kun vi."

La ŝipo estis kolosa kun kelkdekaj soldatoj. Kiam la ŝipo forlasis la bordon de Liukou, mi trankviliĝis kaj la koro jam flugis trans la riveron. Duonan horon poste, la ŝipo proksimiĝis al la suda bordo, kaj mi apenaŭ povis reteni mian emocion. Ĝuste tiam eksonis la laŭtparolilo de la ŝipo: "Atentu! Ĉiuj atentu! Ĵus venis ordono el la superaj instancoj: kiam la ŝipo staras ĉe la ankro, al ĉiuj estas malpermesite surbordiĝi, alie, oni punos laŭ milita leĝo!"

Ho ve, mia Ĉielo! Mi estis obsedata de pento.

Oni alportis la provianton sub gardo de militistoj kun pafiloj. Mi povis fari nenion alian ol resti en la ŝipo kvazaŭ sur flamantaj karboj. Tiun posttagmezon, kiam la ŝipo forveturis de la kajo de Tashiyi, mi tute dronis en malespero.

Mi devigite fariĝis soldato denove. La ŝipo sekvis la fluon orienten kaj ĉe la tagiĝo turniĝis al la lagego Dongting. Ĝi ankriĝis en golfeto de la urbo Yueyang. La oficiroj kaj tiuj komisiitaj povis forlasi la kajon portempe, dum la ceteraj rajtis promeni nur ĉe la bordo. Mi neniam forgesis serĉi ŝancon eskapi. En Yueyang mi treege deziris eskapi. Ĝi estis mia naskiĝloko, kie mi vivis dum la infaneco. Ĉar inundo de la lagego Dongting runigis la kampojn kaj senigis mian familion de vivrimedoj, la paĉjo kondukis la familion al la urbeto Tashiyi por serĉi rifuĝon ĉe sia bofrato.

Mi mallerte parolis la komunan lingvon, do oni ne sciis, ke mi devenas de Yueyang. Iun tagon post du monatoj, oni ordonis al mi aliĝi al la taĉmento, kiu surbordiĝos serĉi junulojn por soldat- servo. Mi pensis: "Mi mem estis kaptita de la milicanoj. Nun estas mia vico kapti aliulojn. Mi ne faru tian malvirtan aferon! En la tumultoplenaj periodoj de milito, kiu volas forlasi sian hejmlokon por soldatservo?" Rekonsiderinte, mi opiniis, ke eble sin trovas ŝanco eskapi dum serĉado.

La taĉmento estis dividita en grupojn po du soldatoj. Mia kolego havis la saman ideon kontraŭ la serĉado. Mi kaj li eniris domon, kie estis du gemaljunuloj. Vidinte nin kun fusilo, ili ektremis kaj ripetadis, ke ili ne havas filojn. Mi konsolis ilin: "Ne timu, geonkloj. Ni ne celas kapti junulojn. Ni volas bovlon da akvo." La du gemaljunuloj cedis la seĝojn al ni kaj tuj infuzis du tasojn da teo. De longe mi ne gustumis hejmlokan teon, kaj ĝi estis vere bongusta! Mi trinkis ĝin kaj elmanĝis la tefoliojn – en Hunan, oni ne nur trinkas teon, sed ankaŭ manĝas la tefoliojn. La du maljunuloj respekteme staris apud ni ambaŭ, tenante sin pretaj kiam ajn plenumi nian ordonon. Vidante ilian konduton, mi sentis bedaŭron enkore. Nur pro niaj uniformo kaj fusilo, ili estis tiel timigitaj. Mi avertis ilin: "Geonkloj, se vi havus filon, diru al li kaŝiĝi bone dum la venontaj tagoj kaj ne eliri, ĉar nia ŝipo restos ĉi tie dum kelkaj tagoj pli." Efektive, iliaj du filoj kaj filino kaŝis sin en la grenstakoj malantaŭ la domo.

Konsiderante, ke mia kolego, nordano, ne komprenis la dialek- ton de la maljunulo, mi malkaŝe demandis pri la vojo al Tashiyi. La urbeto Guangxingzhou estis la plej malproksima loko, kiun la maljunulo vizitis. Mi sciis, ke de tie oni povas laŭiri kontraŭflue la riveron Changjiang al Tashiyi. Detale prezentinte la vojon al Guangxingzhou, li regalis nin per kuiritaj ovoj. Ĉe nia foriro, li insistis doni al ni tri sekigitajn fiŝojn.

Kompreneble, pugnoj, vangofrapoj aŭ piedbatoj renkontis tiujn, kiuj ne sukcesis kapti junulon. Pro tri fiŝoj ni ambaŭ ne ricevis punon. La oficiro ordonis, ke ni daŭrigu la serĉadon en la sekva tago. Mi diris, ke jam eskapis la ĉirkaŭaj junuloj kaj ni serĉos en malproksima vilaĝo.

En la sekva mateno, mi kaj la kolego marŝis kaj marŝadis ĝis la vasta fragmitejo. Mi afektis ventrodoloron, dirante: "Mi iros ien por laksi. Atendu min momenton." Li jesis. Demetinte la fusilon, mi foriris, kovrante la ventron per la manoj. Penetrinte en la fragmitejon, mi ekkuris okcidenten. Mi certis, ke mia kolego ne aŭdacas iri sola tra la fragmitejo, kvankam li tenas fusilon. Laŭ la diro de la maljunulo, ĉe la okcidenta rando de la fragmitejo estis la vojo al Guangxingzhou. Survoje kun ĝojo kaj emocio, ju pli mi kuris, des pli vigla mi fariĝis. Mi kuris senhalte ĉirkaŭ dekkelkajn kilometrojn kaj ripozis ĉe lageto. Mi plenbuŝe ridadis pro la sukcesa eskapo.

5

Laŭ la sperto, mi devis piediri nokte. Do mi forlasis la vojon kaj eniris la fragmitejon ĉe la lageto por bone dormi. Sed, kuŝante sur la tero, mi tute ne povis endormiĝi. Rigardante nubojn lante moviĝantajn sur la lazura ĉielo, mi ekhavis hejmveon, scivolante kiel paĉjo kaj gefratoj fartas. Kaj la hundo certe jam plenkreskis. Ĝi nomiĝas Nigra, aminda kaj sprita. Ĉiufoje kiam mi laboris sur la kampo, ĝi akompanis min, ĉasante musojn aŭ insektojn.

Ĉe la vesperkrepusko, mi sentis min malsata. Irinte pli ol unu horon, mi vidis unuopan domon apud montodeklivo. Tra la fendo de la pordo mi vidis maljunan paron preparantan manĝon. Mi frapis je la pordo dufoje kaj vokis per mia dialekto: "Mastro." La lampo en la domo estingiĝis kaj neniu malfermis la pordon. Subite mi memoris, ke "mastro" estas la vorto, kiun milistoj uzas por nomi civilulojn, kaj la civiluloj timas militistojn. Mi ŝanĝis la vortojn: "Ha lo, avo, bonvolu malfermi la pordon kaj lasu min trinki akvon, ĉu bone?" En la domo ankoraŭ estis silento, kaj mi daŭrigis peti: "Avo, mi ne estas malbonulo, mi estas preterpasanto."

Je tio, la maljunulo en la domo ekkoleris: "Damne! Unue 'mastro', poste 'avo', ĉu estas 'koko' aŭ 'kokino'? Lasu min rigardi!"

La lumo ekbrilis kaj la pordo malfermiĝis iomete. La maljunulino tenis olean lampon kaj la maljunulo brilan lancon. La maljunulo etendis duonon de sia kapo kaj demandis: "Laŭ via akĉento, vi ŝajnas esti el Hunana popolo. Kion vi faras?"

"Avo, por paroli malkaŝe, mi estas dizertinto. Mia hejmo estas en Tashiyi. Mi ne estas malbonulo."

La gemaljunuloj permesis al mi eniri kaj pridemandis min plue. Mi honeste rakontis al ili mian historion. Kun kompato la maljunulo alportis al mi varman akvon por min lavi kaj la maljunulino vokis sian nepon, kiu kaŝiĝis en la ĉambro. Ili invitis min al vespermanĝo, kiu estis rizaĵo kun terpomo, peklitaj rafano kaj acida brasiko.

Luo estis la familia nomo de la maljunulo. Ili origine havis du filojn kaj du filinojn. Unu filino mortis pro malsano dum sia infanaĝo. Kiam la alia filino estis deksesjara, la vilaĝestro proponis edzinigi ŝin al maljuna potenca riĉulo kiel kromedzinon. Ili mensogis, ke ŝi estis jam fianĉinigita. Ili tuj ŝin svatigis kaj edzinigis al juna kamparano trans la rivero Changjiang. En la jaro 1938, kiam alvenis la japanoj, ilia plej aĝa filo edziĝis kaj havis filon la sekvan jaron. Ofte mankis salo en la kampara regiono siatempe. Iufoje ilia plej aĝa filo iris al la urbeto Guangxingzhou por ŝteli salon de la japanoj, sed li estis kaptita kaj pafmortigita de tiuj. La bofilino kaj la pli juna filo iris al la urbeto por repreni la kadavron, kaj ankaŭ ili estis kaptitaj. Post pluraj tagoj, la pli juna filo estis liberigita, sed la bofilino estis retenita tie. Oni ne sciis, kio okazis al lia bofilino. Ĉiaokaze ŝi neniam revenis, eble ŝi mortis pro torturoj de la japanoj. Post kiam la japanoj estis forpelitaj, la maljuna paro estis preta edzigi sian filon. Kiu povus imagi? La filo armeaniĝis devigite, kaj ĝis nun venis neniu informo pri li.

La maljunuloj avertis, ke ĉe la riverbordo la trupoj estas konstruantaj fortikaĵojn, ĉar, laŭ onidiro, la armeo de la Kompartio atakos trans la riveron; kaj ke milicanoj tagnokte serĉas laborantojn por la konstruejo. Ili donis al mi vestojn kaj ŝuojn de sia filo, ke mi ŝanĝu la militistajn uniformon kaj ŝuojn, kaj proponis, ke mi restu en ilia domo kelktempe. Kiam la situacio fariĝis ne tre streĉa, mi volis hejmeniri. Kompreneble, mi devis preni alian vojon anstataŭ iri laŭ la rivero. La maljunulo detale prezentis al mi la vojon tra la urbeto Xushi al Tashiyi. Tiu vojo zigzagis inter montoj kun apenaŭ

ORIGINALA PROZO

videblaj milicanoj aŭ militistoj. Ĉe la foriro, mi pagis iom al la maljunulo Luo, kaj tiu rifuzis, dirante, ke vidinte min, ili pensis pri sia propra filo.

Kiel antaŭe, mi piediris nokte kaj dormis tage. Nenio okazis al mi survoje en la unua nokto. Mi ne sciis, kiom longe mi bezonos iri. Mi kredis, ke malgraŭ ĉio, mi nepre povos atingi la hejmon. Estis vintro kaj malvarme en la nokto. Sed mi sentis min eĉ iomete varma pro rapida piediro. Sen steloj aŭ la luno, la ĉielo estis dense griza kvazaŭ fumigita. Vento blovis tra arboj brue, tiel ke aŭdiĝis teruraj sonoj. Onidire, en tia situacio, oni eble pensas strangaĵojn aŭ renkontas fantomojn. Mi estis kuraĝa kaj tute ne timis fantomojn. En mia menso ne aperis strangaĵoj sed nur la familianoj. Subite, nigra silueto moviĝis antaŭen nemalproksime de mi. Muŝo ekzumis al mi en la kapo. Ĉu homo aŭ fantomo? Mi provis diveni kun la spirito agitita. Mi malrapidigis la paŝon kaj observis atente momenton. Poste mi spite demandis laŭte: "Ha lo, ĉu vi estas homo aŭ fantomo?"

Aŭdinte mian voĉon, la silueto ekmolfalis surteren kaj diris per mola voĉo: "Mi estas homo, mastro."

Efektive, ankaŭ li estis dizertinto, kies familia nomo estis Wu. Li jam piediris kvar noktojn kun grava malsano. En tiu momento li preskaŭ ne povis plupaŝi. Mi levis lin kaj helpis ŝanceliri. Ĉe la tagiĝo, ni proksimiĝis al la urbeto Xushi, sed ni devis kaŝi nin en pajlostako, atendante la vesperon. Vekiĝinte en la posttagmezo, mi mire trovis, ke Wu havas tiel fortan febron, ke li neniel povis leviĝi nek engluti manĝaĵon. Li per malforta voĉo diris al mi: "Fraĉjo, trapasinte la urbeton, ni devos disiĝi. Mia hejmo distancas je nur kvar kilometroj sude de la urbeto. Vi mem iros okcidenten. Ne prizorgu min."

"Ne, ne." Mi decideme diris: "Fraĉjo Wu, estu trankvila. Mi certe akompanu vin hejmen."

"Sed mi tiom malfortas, ne troĝenu vin. Mi povos leviĝi post iom da ripozo."

"Se ni ne renkontiĝus, vi ne rilatus al mi. Nun ke ni ambaŭ, samsortuloj, jam konatiĝis unu kun la alia, mi devas vin helpi. Nu, mi dorse portos vin."

6

En la mallumo, ni jen daŭrigis nian vojon, jen ripozis iom. Ĝis la tagiĝo ni finfine atingis lian hejmon. Lia familio vivis en mizero. Lia patro malsanis kuŝante enlite, kaj sen mono lia fratino ne sciis kion fari. Ekvidinte Wu, liaj patro kaj fratino ekploregis de ĝojo.

Komence mi intencis tuj returniĝi al mia vojo. Sed vidinte, ke lia familio vere bezonas helpanton, mi decidis resti tie kelkajn tagojn.

Wu elprenis la de si ŝparitan monon kaj sendis la fratinon, Wu Lamei, por la ĉinmedicina kuracisto de la vilaĝo, kaj tiu diagnozis, ke Wu kaj lia patro suferas de tifo. Dum Wu Lamei iris al la apoteko en la urbeto Xushi, mi pecigis brullignojn kaj kuiris manĝaĵojn. En la sinsekvaj tagoj, mi okupiĝis pri elfosado de rafanoj kaj batatoj sur la kampo, dume, Wu Lamei vartis la du malsanulojn kaj purigis la domon por la proksimiĝanta Printempa Festo. En la 26a de la dekdua monato laŭ la ĉina kalendaro, kiam la du malsanuloj povis leviĝi kaj ekagi sendepende, mi estis preta hejmeniri. La patro de Wu ordonis al la filino aĉeti viandon kaj brandon, dirante, ke ni antaŭfestu la novan jaron kune. Kiam Wu Lamei forestis, Wu petis min sidiĝi kaj lia patro kun serioza mieno diris al mi: "Mi deziras konsiliĝi kun vi pri io."

"Kio estas?" Mi sentis min perpleksa.

"Kia vi sentas Lamei?" demandis li iomete sinĝene.

"Ŝi estas laborema, sprita kaj bela," mi laŭdis elkore.

"Ŝi estas deksesjara, ne fianĉiniĝis. Vi ne fianĉiĝis. Mi intencas ŝin edzinigi al vi. Ĉu vi volas edziĝi al ŝi?" Dirinte, li rigardis min per atendaj okuloj.

"Ŝi estas bona knabino. Sed mia familio estas malriĉa. Mi timas, ke mi ne povos doni al ŝi bonan vivon."

"Vi estas bonkora kaj helpema kun sindonemo. Konfidante la filinon al tia junulo kia vi, mi trankvilas," li diris sincere. "Se nur vi ambaŭ laboros pene, nepre venos bona vivo."

Mi mallevis la kapon kaj honteme zumis: "Mi volas edziĝi al ŝi."

Rideto ekludis ĉirkaŭ la buŝo de Wu. Lia patro faris ekspiron de faciliĝo kaj ridete diris: "Malriĉa familio ne bezonas senutilajn ceremoniojn. Hodiaŭ ni kuiros bongustajn pladojn. Sendu Lamei inviti la vilaĝestron kaj la kuraciston por trinki kun ni. Vi du geedziĝos tiel. Morgaŭ vi rehejmiĝos kun Lamei."

En la sekva frumateno, mi kaj Lamei ekvojis kun manĝaĵoj kaj pakaĵo da ŝiaj vestoj. Kvankam pro la akompano de la novedzino ni povis piediri dumtage, tamen ni ne aŭdacis ripozi en homplena loko. Kiam ni preskaŭ eliris el la urbeto Xushi, du junuloj demandis nin: "Kien vi iras?"

"Rehejmen," mi simple respondis.

"Ho, kia bela knabino! Kiu estas ŝi?" frivola estis la tono de la demandinto.

"Mia edzino." Mi supozis, ke ili estas lokaj kanajloj. Por eviti ĝenaĵon, mi rapidigis la paŝon kun la edzino.

Ekster la urbeto ne troviĝis pasantoj survoje. Mi hazarde trovis, ke la duopo gvatas nin. Mi flustris al la edzino: "Lamei, verŝajne la duopo faros malbonan aferon. Se batalo okazos, tenante la pakaĵon vi kuros antaŭen senhalte. Ne prizorgu min. Antaŭe mi lernis batalarton hejme kaj poste trejniĝis longe en la trupoj. Estas sen problemo batali kontraŭ du kanajlojn."

La edzino softis timide: "Estu singarda!"

Vere la duopo kursekvis nin. La alta diris: "Hej, pruntu al ni iom da mono."

"Ni ne havas," dirinte, mi montris al ili la malplenajn poŝojn. Fakte, mi kaŝis monon en la zono.

"Lasu vian pakaĵon," la malalta diris kaj elprenis ponardon.

"Estas virinaj vestoj en la pakaĵo. Kia utilo por vi?" diris mi aplombe.

"Do lasu min kisi la knabinon." La alta grimacis per lipoj.

"Jes, lasu min palpi ŝin iom." La malalta ridaĉis, svingante la ponardon.

La alta etendis siajn manojn por brakumi mian edzinon kaj ŝi tujtuje forkuris. Mi faris paŝon antaŭen, altiris lin kun unu mano sufokpremanta lian gorĝon kaj la alia mano tenanta la lian, kaj samtempe atakis liajn testikojn per mia genuo. Kun orelpika krio, tiu falis surteren kaj tordiĝis de doloro kun la manoj kovrantaj lian pudendon. La malalta svingante sian ponardon ĵetis sin al mi. Mi kaptis lian manartikon por eviti pikon kaj abrupte forte pugnis lin sur la tempion. Tiu tuj kuŝiĝis senvoĉe sur la teron kun la okuloj fermitaj. La alta provis baraktleviĝi. Mi piedbatis lin surventren kaj donis al li treton sur lia nuko. Ankaŭ tiu svenis. Mi trenis la senkonscian duopon en la herbejon flanke de la vojo, forĵetis la ponardon malsupren de la deklivo, kaj postkuris la edzinon.

Efektive, ŝi ne kuris foren sed observis min prizorge.

"Kiel estas la viroj?" la edzino demandis maltrankvile.

"Ne gravas. Ili devos vekiĝi malpli ol horon poste. Ni rapidu!" mi asertis.

"Kiom brava, kiom luktlerta vi estas!" ŝi admiris kun kontenta kaj dolĉa rideto.

Tiun nokton, ni petis kamparanon, ke ni tranoktu en lia domo. En la sekva mateno la ĉielo estis serena kaj la aero freŝa. En la posttagmezo mi finfine vidis la familiaran domon sur la montotalio.

"Lamei, jen nia hejmo! Jam du jaroj, jam du jaroj..." Mi ne detenis min de larmoj kaj emocie premis la edzinon en la sinon.

La fratino petolis sur la korto. Vidinte min kaj Lamei, ŝi timeme kaŝis sin en la domon. Tuj eliris la frato. Li konfuzite rigardis min kaj demandis: "Kiu estas vi?"

"Mi estas via frato. Jen via bofratino. Ĉu vi ne rekonis min?"

Li kapneis.

"Kie estas paĉjo?" mi demandis plu.

"Li iris haki brullignojn. Mi alvokos lin." Dirinte, la frato ekiris al alta tereno, sekvate de mi.

Sur la tereno, li per plena gorĝo kriis: "Paĉjo–"

"Aj–" sonis la voĉo de paĉjo el la arbaro sur la transa deklivo.

La frato aldonis: "Venas gasto–"

Mi ne sciis ĉu plori ĉu ridi. La frato konsideris min kiel gaston.

"Mi jam revenu," respondis paĉjo.

Baldaŭ, mi vidis, ke de malproksime Nigra algalopas kvazaŭ fulmo. Svingante la voston ĝi sin ĵetis sur mian korpon kaj eklekis miajn manojn freneze.

Amo profundiĝas enkoren

de Yin Jiaxin

Mo Senke kaj Lu Lisa estis samklasanoj de pedagogia kolegio en la urbo Vuhan. Ili enamiĝis unu al la alia en la dua studjaro, kaj neniam kverelis unu kontraŭ la alia. Kun tempopaso ili pli kaj pli intimis, tiel ke krom dum dormotempo ili estis ĉiam kunaj kiel korpo kaj ĝia ombro. Ili kune legadis en la biblioteko, manĝis en la kantino kaj promenadis, diskutante pri diversaj temoj. Ĉar alproksimiĝanta estis la diplomiĝtempo, ambaŭ ĉi-foje babilis pri siaj laborpostenoj.

"Miaj gepatroj esperas, ke mi laboros en hejmloko, la urbo Kajfon. Sed mi scivolas, kie vi deziras labori. Kien vi iros, tien mi iros," diris Lu Lisa.

Mo Senke ridetis feliĉe kaj demandis: "Viaj gepatroj certe bedaŭrus sian belan filinon, ĉu?"

"Kial ili bedaŭrus?" Lu Lisa grimacis per la lipoj kaj milde diris: "Mia fraĉjo laboras hejmloke kaj li povos prizorgi ilin en la estonteco."

Lia embaraso legiĝis sur lia vizaĝo. Premante ŝiajn manojn kaj rigardante en ŝian eburan rondan vizaĝon, li heziteme diris: "Mi volas iri al subevoluinta montara regiono kaj provizore labori kiel instruisto."

"Ĉu?" ŝi mire rigardis lin per sia okulparo brila kaj granda.

"Jes." Li balancis la kapon kaj aldonis: "Mi faris longan pripensadon."

"Kial vi faris tian decidon?"

"Mi devenas el subevoluinta kamparo. Mi bone scias, kiel severe mankas instruistoj tie; ke iuj regionoj estas pli subevoluintaj ol mia hejmvilaĝo. La tieaj infanoj aspiras al scioj."

"Ĉiaokaze mi sekvos vin," ŝi diris decideme.

"Ne, ne, ne." Li persvadis: "Vi restos en urbo. Mi venos al vi kelkajn jarojn poste, kaj ni vivos kune, ĉu bone?"

"Mo Senke, ĉu vi jam forgesis?" Lu Lisa levis la voĉon ĝis ĝia plejo: "Ni iam ĵuris, ke ni ne disiĝos unu de la alia eĉ unu momenton."

"Mi timas, ke vi ne povos elteni la malfacilan vivon," klarigis Mo Senke.

"Estu trankvila. Mi ne timas." Lu Lisa ignore diris: "Ĝuste, la malfacila vivo eble perdigos al mi iom da pezo. Mi sentas min graseta. Male, mi timas, ke vi, tiom malgrasa kaj kun okulvitroj sur la alta nazo kiel fizike malforta klerulo, ne povos elteni tian vivon."

Li ridante diris: "Vi scias, ke mi naskiĝis kaj kreskis en malriĉa kamparo, kaj jam alkutimis ajnan malfacilan vivon."

Post kiam Mo kaj Lu atingis la urbeton Sani de la gubernio Hexi okcidente de la rivero Baro, oficisto de la lokaj edukaj aŭtoritatoj laŭ mallarĝa asfaltita ŝoseo veturigis ilin al vilaĝo ĉirkaŭita de smeraldaj montegoj. Ekster la vilaĝo estis longa deklivo. Ĉe ĝia profundo troviĝis vico da brikdomoj kun granda korto. Tiu estis lernejo. Ĝi situis ĉe la piedo de monto. Preter la lernejo fluis rojo kaj zigzage en la riveron Baro for je kilometro.

En la lernejo sin trovis du mezaĝuloj, el kiuj unu servis kiel lernejestro kaj instruisto, kaj la alia kiel kuiristo kaj balaisto. De sep ĝis dek tri jarojn aĝis la infanoj dissemitaj en ses klasoj. Ĉiuj la infanoj loĝis enlerneje dum la lerntagoj kaj ĉe siaj geavoj dum la semajnofino, ĉar iliaj gepatroj laboris en foraj urboj. La apero de Mo kaj Lu ĝojigis la infanojn.

Ĉe vesperiĝo la lernejestro kaj la kuiristo reiris hejmen. Mo kaj Lu loĝis en la lernejo. Por plifaciligi la vivon, post nelonge ili geedziĝis sen nupto kaj sen benado de gepatroj. Ili simple gluis al la pordokadro de sia dormoĉambro ruĝan versparon kaj al la pordo kaj fenestro la ruĝan ĉinan ideogramon "囍", kiu signifas "ĝojon" kaj "feliĉon". Cetere, ili disdonacis al siaj du kolegoj kaj la dek kvar gelernantoj po du saketojn da bombonoj.

La vivo ne estis tiel malfacila kiel la du gejunuloj imagis. Kvankam ili ja ne ricevis bonajn salajrojn, sed ili ankaŭ elspezis malmulte. La edukaj aŭtoritatoj regule proviantis la lernejon senpage. Ili bredis dekkelke da kokinoj kaj kokon spite al nokta ŝtelado de siberia mustelo, kaj kultivis legomojn malantaŭ la lernejo spite al frekvento de aproj. Krom instruado ili devis varti kelkajn malgrandajn infanojn je tualeto kaj lavado. Ĉiutage ili ne ĝuis ripozon ĝis nokte. Malgraŭ okupiteco kaj laciĝo, ili sentis, ke la vivo estas signifa kaj valora. Dume ilia amo des pli fortiĝis.

Tempo flugis rapide. Nerimarkite pasis du jaroj kaj duono. Mo kaj Lu kontraktis pri trijara instruado kun la edukaj aŭtoritatoj. La kontrakto estis eksvalidiĝonta post duonjaro. Kaj en aŭtuno ili estis transpostenigotaj al la gubernia urbo.

En la gubernio Hexi somero estas pluva sezono. En la jaro 1998, printempo apenaŭ finiĝis kiam komenciĝis pluvsezono. Foje pluvetis, foje pluvegis. Pluvis intermite plurajn tagojn. Por longe oni ne vidis la vizaĝon de la suno, kaj la infanoj ne petolis sur la korto, kiu jam fariĝis kota. La rojo ŝvelis multe. Iun posttagmezon, ekfalis ŝtormo, baldaŭ ĝi fariĝis pli kaj pli forta, tiel ke oni ne povis klare vidi la ŝoseon antaŭ la lernejo. La estro mirege diris: "Mi, jam vivinte pli ol kvindek jarojn, neniam vidis tiom furiozan pluvegon!"

"Neniam, laŭ mia memoro!" eĥis la kuiristo.

"Instruistoj Mo kaj Lu, mi maltrankvilas, ke okazos inundo el la montotorento." La estro avertis: "Ni devas nin prepari por evakui la lernejon kun la infanoj kiam ajn. Nun mi kontaktos la vilaĝestron, ke li aranĝu loĝejon por vi ambaŭ."

"Bone," aprobis Mo kaj Lu.

Rigardinte tra fenestro, la estro diris per firma tono: "Nu, ĉiuj tuj agu! Instruistoj Mo kaj Lu, iru pretigi pakon da bezonaĵoj."

Li ordonis al la kuiristo: "Vi sciigu la infanojn, ke ili sin preparu por hejmeniri."

Dum la estro telefonvokis la vilaĝestron en sia oficejo, ekvenis bruego el malproksima loko, ŝajne depost montegoj. Ĝi sonis kiel tondro. Sed la bruego sonoris senĉese, evidente ĝi ne estis tondro. Iom post iom la bruego plilaŭtiĝis, fine kvazaŭ multaj leonoj roris kune.

"Diable! Inundas la torento." La estro terurite demetis la ricevilon kaj haste kuris eksteren, el la tuta gorĝo kriante: "Kuru, ĉiuj kuru! Rapidu! Lasu vian pakaĵon!"

Oni konfuzite eliĝis el siaj ĉambroj.

"Rapide kuru sur la ŝoseon kaj al la vilaĝo!" La estro urĝis ĉiujn: "Proksimiĝas la inundo!"

Ĉiuj ekkuris tra la kota korto kaj al la lernejpordo malgraŭ la peza pluvo. La estro, la kuiristo, Mo Senke kaj Lu Lisa portis en siaj brakoj po infanon, kiuj kurus tro lante por postsekvi la homamason. Ĉe la pordo la estro nombris la infanojn kaj trovis, ke mankas la plej aĝa knabino. Iu knabino diris, ke ŝi estas en la necesejo. Transdoninte la de ŝi portitan infanon al Mo Senke, Lu Lisa diris: "Vi antaŭeniru. Mi iros serĉi la knabinon."

Dirinte tion, Lu Lisa revenis al la brikdomo. Mo Senke, kun du infanoj en siaj brakoj, al la dorso de Lu Lisa zorgeme rekomendis: "Singardu, laŭeble rapide revenu!"

Puŝmalferminte la pordon de la necesejo, Lu Lisa vidis la knabinon kaj demandis: "Kial vi tiel malrapidas?" La knabino, malpacience suprentirante sian pantalonon, embarasite kaj honteme respondis: "Pro monataĵo."

Ekmallumiĝis tiumomente, ankoraŭ pluvegis kaj la bruego pli kaj pli proksimiĝis kvazaŭ trajno ruliĝus trans ponto. Lu Lisa tirante la knabinon kuris ekster la lernejon, kontraŭ kies muron la ŝvelanta rojakvo sin ekĵetis. Ambaŭ ekvadis tra la ĵus formita akvoflako inter la lernejo kaj la ŝoseo.

"Aj!" Lu Lisa stumblis sur ŝtono kaj falis en kotakvon. La knabino provis levi sian instruistinon, sed doloro je maleolo estis tro akra por ke Lu Lisa stariĝu. La inundo altiĝis iompostiome. Lu Lisa diris al la knabino: "Rapide! Vi iru daŭre al la vilaĝo. Estu trankvila. Mi povos leviĝi baldaŭ kaj kuratingi vin."

"Ne, ne, ne. Mi helpu vin!" persistis la knabino tenante sian instruistinon je brako.

La inundo plialtiĝis rapide. Lu Lisa kolere kriegis al la knabino: "Vi ne volas sekvi mian instrukcion, ĉu? Aŭskultu! Tuj forlasu, rapide!"

La knabino, viŝinte pluvakvon de la vizaĝo, ekpaŝis en la flako. Lu Lisa fiksrigardis la knabinon ĝis ties silueto malaperis en la nebulan pluvon. Ŝi provis leviĝi sed neniel sukcesis. Do ŝi, kunpremante la dentojn, ekrampis en kotakvo al la ŝoseo. Subite, kun surdigaj bruegoj alimpetis la montotorento. En palpebruma daŭro inundo voris kiel la lernejon tiel ankaŭ instruistinon Lu kaj muĝante torentis al la rivero Baro.

Eksciinte ke Lu Lisa estis vundita, oni streĉiĝis. La vilaĝestro stiris kamioneton kun Mo Senke, la lernejestro kaj la kuiristo revene al la lernejo. Sed tie ili vidis nenion alian ol la frenezan inundon. Oni vokadis: "Instruistino Lu! Kie estas vi?" Sed ne troviĝis ajna respondo krom akvoflua bruo. Ĉe la akvorando Mo Senke vokis la nomon de sia kara edzino per raŭka voĉo, batante al si la bruston kaj piedfrapadante la teron. Larmoj kaj pluvgutoj ruliĝis sur liaj vangoj kaj li mergiĝis en profundan rimorson kaj senliman aflikton.

Oni faris ampleksajn serĉojn laŭ la rivero en la sekvaj du semajnoj, sed ne trovis spuron de Lu Lisa. Fine Mo Senke kun rompita koro akceptis la realaĵon, ke li perdis sian karan edzinon. La lokaj edukaj aŭtoritatoj okazigis funebran ceremonion je la memoro de Lu Lisa. Ŝiaj korŝiritaj gepatroj ĉeestis ĝin. Antaŭ la bopatroj longe surgenuis Mo Senke kun memkondamno, senfine zumante: "Pardonon! Mi estas kulpa. Mi ne bone gardis ŝin."

Sur montodeklivo malantaŭ la lernejo, oni starigis por Lu Lisa tombon kun ŝiaj vestoj kaj ŝuoj en ĝi. Mo Senke neniel forgesis la edzinon kaj decidis daŭre labori en la lernejo. Do, kiam la kontrakto eksvalidiĝis, li rifuzis transposteniĝon. Ĉiufoje kiam estis Festo de Mortintoj aŭ la naskiĝtago de la edzino, li ĉiam vizitis ŝian tombon, bruligis incensobastonetojn kaj paperajn monimitaĵojn por ŝi, kaj babilis iom da tempo kvazaŭ ŝi starus vizaĝe al li. Krom Lu Lisa, lia koro ne povis enteni ajnan fraŭlinon, kaj li neniam pripensis edziĝon al ajna virino.

La tempo rapidis kiel galopanta ĉevalo. Somere de 2008, Mo Senke ne povis ne forlasi la lokon, ĉar la lernejo devis fermiĝi pro manko de lernantoj. Jam emeritiĝis la lernejestro kaj la kuiristo. La superaj edukaj aŭtoritatoj transpostenigis Mo Senke kiel estron de urbeta lernejo en la gubernio Hedon oriente de la rivero Baro. Ne longe post lia transposteniĝo, li enlerneje hazarde renkontis knabinon, kiu faris lin maldorma kelke da noktoj. La graseta triajara knabino havis mallongan hararon, eburan rondan vizaĝon kaj brilajn grandajn okulojn. Ŝia aspekto tre similis al tiu de Lu Lisa. Plie, ŝia gesto, ŝia rideto, ŝia... Ŝi ja estis alia Lu Lisa, eta Lu Lisa! Mo Senke gapis al la knabino iomete. Lia lango jukis al li demandi ŝin: "Saluton, infano! Kiom vi aĝas?"

"Naŭ jarojn," timide respondis la triajarulino.

"Kio estas via nomo?" daŭrigis li.

"He Suna," dirinte, la knabino mallevis la kapon.

"Diru al mi la nomon de via panjo, ĉu bone?" petis li kun granda espero.

La knabino levis la kapon kaj al li ĵetis scivolan rigardon: "Ŝia nomo estas Umeo."

Li malesperiĝis kaj sin priridis enkore, asertante ke li pensis tro multe pri la knabino. Ne estas strange, ke iu aspektas simile al aliulo. Sed nokte li neniel endormiĝis en la lito, ĉar la vizaĝo de Lu Lisa kaj tiu de He Suna ŝvebadis alterne en lia cerbo tiom vigle kaj klare. Post pluraj tagoj en lian kapon venis ideo: viziti la hejmon de He Suna.

Matene de sabato Mo Senke iris al hejmo de He Suna. La familio loĝis en simple meblita terdomo sur montodeklivo. La avo akceptis lin dum He Suna kune kun la avino okupis sin en la legomoĝardeno antaŭ la domo.

La maljunulo transdonis al Mo Senke tason da boligita akvo kaj kun bedaŭro diris: "Pardonon, lernejestro! Mi ne havas teon."

"Boligita akvo taŭgas. Dankon!." Ricevinte la tason per ambaŭ manoj, Mo Senke demandis: "Kie estas la gepatroj de He Suna?"

"Ili laboras en Vuhano kaj ĉiujare rehejmeniras nur dum la Printempa Festo."

"Kiun okupon ili havas?"

"Purigadon en fabriko," respondis la maljunulo vespirante. Ili povas fari nur tion. La filo estas iomete malsaĝa, la bofilino ne sprita."

"Ho?" voĉis li per duba tono.

La maljunulo aldonis: "La filo iĝis iomete malsaĝa pro meningito en sia infanaĝo. Kaj la bofilino eĉ ne scias, kiu ŝi estas."

"Kio okazis al ŝi?" Scivolo larĝigis liajn okulojn.

"Ve! Vi estas lernejestro. Mi diros al vi la veron." La maljunulo honeste rakontis la historion pri sia bofilino: "En la frua somero antaŭ dek jaroj, okazis granda inundo, ke la rivero Baro ŝvelis ĝis la ŝoseo. Iun matenon mia filo vidis, ke virino flosas senkonscia en akvo ĉe la vojrando. Li dorse portis ŝin hejmen. Mia edzino banis ŝin kaj ŝanĝis ŝiajn vestojn por sekaj, trovante tuberon sur ŝia kapo. Ŝi vekiĝis en la sekva tago. Konfuzita ŝi sciis nenion pri si mem, eĉ ne memoris sian nomon."

Aŭskultante la maljunulon, Mo Senko eksuspektis, ke tiu eble estas Lu Lisa, lia kara edzino. Li diris al la maljunulo: "Laŭ mia memoro, somere antaŭ dek jaroj pro la inundo malaperis instruistino de la urbeto Sani je la supra fluo de la rivero Baro. Mi konas ŝin. Vi montrus al mi foton de via bofilino, ĉu bone?"

"Mi ne havas."

"Ĉu ili ne havas geedziĝan foton?" Mo Senke estis kaptita de surprizo.

"Ve! La bofilino ne havis identeckarton. Ili ne povis akiri ateston pri geedziĝo. Do la nepino estas neregistrita loĝanto ĝis nun."

Li kalkulis la tempon enkore kaj pensis, ke He Suna devas esti lia propra karno kaj sango, se tiu virino estas Lu Lisa. La pensaĵo alportis al li miksitajn sentojn de ĝojo kaj malĝojo. Bedaŭrinde, li siatempe ne povis konstati, ĉu tiu estas lia edzino.

Dum babilado inter ili du, venis poŝtisto kun telegramo, kiu legiĝis jene: "Umeo en agonio en la tumorfako de Vuhana Kvara Hospitalo deziras vidi filinon." La tuta familio ekdronis en tristan humoron kaj Mo Senke konsterniĝis.

Tenante la telegramon, la maljunulo kun amara mieno zumadis: "Kion fari? kion fari..."

Mo Senke konsolis lin: "Se vi kredas min... Bonvole konfidu al mi vian nepinon. Mi sendos ŝin morgaŭ al Vuhan." Efektive, li mem ja deziris vidi la virinon, kiu plejeble estas lia edzino.

"Dankon al vi! Vi vere estas bonulo." Retenante siajn larmojn, la maljunulo daŭrigis: "Morgaŭo ne taŭgos. Mi devos de parencoj prunrepreni monon por la vojaĝkosto."

"Ne ĉagreniĝu. Mi povos por ŝi peti specialan monhelpon de la lernejo." Li mensogis. Fakte. li havis neniun rimedon alian ol elspezi sian propran monon. Tiun momenton, la maljunulo emocie faris riverencon antaŭ Mo Senke, ne sciante kiel esprimi sian dankoŝuldon. Li trankviliĝis iomete, sentante sin kvazaŭ ĵus liberigita disde peza ŝarĝo.

Eltrajniĝinte, Mo Senke sin direktis rekte al la hospitalo kun He Suna. Ĉe la unua ekvido li rekonis sian edzinon Lu Lisa en la skeletsimila virino, kiu kuŝis duonkonscia enlite. La koro ekdoloris lin. Li vere deziris brakumi ŝin kaj voki: "Lisa, kara edzino". Sed li ne povis agi tiel. Ĉe murangulo kaŭris silentema viro, kiu evidente estis ŝia edzo. Li devis deteni eksplodon de siaj sentoj.

La knabino alproksimiĝis al la lito kaj mallaŭte vokis: "Panjo!"

La virino mole malfermis siajn okulojn. Vidinte la knabinon, pro perdo de parolpovo ŝi nur eligis malklaran voĉon kaj pene etendis brakon por brakumi la knabinon. Tiu sin ĵetis en la virinan sinon kaj ekploregis. Larmoj elfluis el la okuloj de Mo Senke. La viro ĉe la murangulo senfine viŝis al si larmojn kaj nazmukon.

"Ne estu tro kortuŝita. Bone ripozu por akiri vian sanon," Mo Senke persvadis la virinon.

Post kiam la patrino kaj la filino kvietiĝis, Mo Senke daŭre al la virino diris: "Mi estas la lernejestro de He Suna. Pri via pasinteco mi konas ion."

Post tiuj vortoj, ŝiaj okuloj ekbrilis. Ŝi atendis kion rakontos Mo Senke. Li selekte rakontis: "Via nomo estas Lu Lisa. Via hejmloko estas la urbo Kajfen, kie vivas viaj gepatroj kaj frato. Diplomiĝinte de kolegio en 1995, vi servis kiel instruisto en la urbeto Sani de la gubernio Hexi. Antaŭ dek jaroj, dum vi savis lernantinon, vi estis kaptita de inundo. Oni serĉis vin multe da tagoj, sed vane. Neatendite inundo flosigis vin al la gubernio Hedon."

Diversaj sentoj eksvarmis en la koro de la virino kaj ŝi ekploris plende. Mo Senke aldonis: "Mi intencas kontakti viajn gepatrojn, ke ili kiel eble plej rapide venu vidi vin, ĉu bone?" Denove li mensogis. Li perceptis, ke ŝi ne povos ĝisvivi la venon de siaj gepatroj. Cetere li ne volis, ke ŝiaj gepatroj ricevu duan spiritan atakon. Li tute ne havis intencon kontakti ŝiajn gepatrojn.

"Patrino de He Suna, via filino estas bela, ĉarma kaj inteligenta. Ŝi tre plaĉas al mi." Mo Senke ŝajnigante sin malstreĉita interkonsentis kun la virino: "Mi volas havi ŝin kiel mian adoptitan filinon. Ĉu vi konsentas?"

La virino rigardais lin iom kaj malforte jese balancis la kapon.

Li demandis la senvortan viron: "Kia estas via opinio, frato? Mi certigas vin, ke mi nepre traktos ŝin kiel mian propran filinon."

La viro kun premita rideto zumis: "Bone, bone."

Karesante la knabinon je la kapo Mo Senke afable demandis: "Vi fariĝas mia adoptita filino, ĉu bone?"

La knabino ekklinis la kapon kun rideto malfacile videbla.

Premante al la knabino ŝultron, la viro ordone zumis: "Genuiĝu kaj voku: 'Paĉjo'!"

La knabino obeeme surgenuiĝis antaŭ Mo Senke, hezitis momenton kaj sinĝene voketis: "Paĉjo!"

Ĉe tio, Mo Senke sin eksentis konsolita kaj emocia. Tuje li al sia brusto premis la knabinon, el sia propra sango, kio estis atestota de la DNA-testo pri patreco, farigita sekrete de li post semajno. Dume, la virino baraktante voĉis oni-ne-scias-kion kaj elspiris la lastan spiron. Ŝajnis, ke ĉe ŝia buŝangulo restas strieto da rideto.

Sonĝo de amebo

de Laure Patas d'Illiers

O'Till estis pentristo. Por paroli pli ĝuste, ri[1] celis iĝi pentristo. Unu el riaj problemoj estis ke ri bezonis manĝi ĉiutage.

Homoj eterne revas pri edeno, kie ĉiu povas nutri sin, libere plukante fruktojn el arboj.

Tiajn sociojn etnografoj priskribis en pacifikaj insuloj dum la deknaŭa jarcento. En la dudeka jarcento, scienca teamo ŝipe vizitis Pacifikon dum du jaroj, kolektante etnografiajn informojn kaj aĵojn. Ĝi estis la lasta etnografia ekspedicio, antaŭ ol la pacifikaj kulturoj komencis malaperi. La sciencistoj estis kvin familianoj. Ili donis al si la nomon La Koriganoj kaj nomis sian ŝipon La Korigan'. Koriganoj estas fabelaj estaĵoj el la bretona kulturo, iom similaj al koboldoj.

O'Till vivis ne en edena pacifika insulo. Kiel vi kaj mi, ri vivis en tute ordinara nuntempa socio. En normala socio, por vivteni sin necesas perlabori monon. Per normala, vera profesio. Per ĉi tiu esprimo normalaj homoj volas diri: per alia profesio ol artista sensencaĵo.

En la urbo, kie loĝis O'Till, eblis vivteni sin per portretoj de turistoj. La tutan tagon, en brua placo meze de aliaj krajonumistoj, re kaj re krokizi portreton de filistro, kiu maldelikate volvos ĝin kaj kunportos ĝin kiel ferian memoraĵon: ĉu tion oni povas nomi Arto? Ne! kriis la koro de O'Till. Des pli ke la konkurenco inter artistaĉoj ferocis, kaj fakte la profito estis mizera.

Viandistino mendis de O'Till portreton de sia juna filo. La viandistino montris ŝinkon pendantan de hoko, kaj proponis ĝin kiel pagon por la portreto. La viandistino nomiĝis sinjorino Nakota. La infano nomiĝis Tahis, ri aĝis 3 jarojn, pezis 13,4 kilogramojn kaj

---

1 En literaturo, la verkisto, skribante sinsekvajn vortojn, faras nur parton de la laboro. Ĉiu persono kiu legas faras la restantan parton de la laboro, uzante la vortojn por krei sian propran rakonton, t.e. bildojn, sentojn, emociojn, ktp. En ĉi novelo, mi uzis "ri" por doni pli da laboro al la legantoj: la persono, kiu legas, elektu la sekson de la ĉefrolulo.

grandis 98 centimetrojn. La tolo uzita de O'Till por fari la portreton ampleksis 41x33 centimetrojn. La ŝinko estis belaspekta, rozkolora kun blanka graso, kaj pezis 11,2 kilogramojn inkludante la oston. Pentrante la portreton, O'Till rigardadis jen la infanon, jen la ŝinkon. Fininte, O'Till honte konstatis ke ri donis al la pentraĵo la kolorojn de la ŝinko. La portreto havis rondajn rozkolorajn vangojn kaj palan mentonon. Al la viandistino multe plaĉis la pentraĵo. Ŝi ŝatis kiel bonfarta kaj bone nutrita aspektas ŝia infano en la portreto. Por montri sian kontenton, ŝi donis al O'Till, krom la promesita ŝinko, duonmetron da sangokolbaso, devenanta el la sama porko.

O'Till aspiris iĝi vera, fama pentristo. Unu el riaj problemoj estis ke ri sentis sin maltalenta. Malgraŭ ria peno, ria peniko ne sukcesis fidele estigi la bildon, kiun ria menso kapablis imagi.

Poeto el la deknaŭa jarcento, nomita Alfred de Musset, verkis teatraĵon, titolitan *Lorenzaccio*, taksitan ĉefverko de romantikismo. En ĝi Tebaldeo, juna pentristo, parolas pri sia arto: "Realigi revojn, jen la vivo de pentristo. La plej famaj artistoj figuris siajn revojn kun plena forto, sen ia ŝanĝo. Ilia imagpovo estis arbo plena je sevo; la burĝonoj senpene metamorfoziĝis al floroj, kaj floroj al fruktoj; baldaŭ tiuj fruktoj maturiĝis sub malavara suno, kaj kiam maturaj, de si mem malfiksiĝis kaj falis teren, sen perdi eĉ unu eron de sia virga lanugo. Ve! La revoj de mediokraj artistoj estas plantoj malfacile nutreblaj, kiujn oni akvumas per amaraj larmoj kaj kiuj feble prosperas."

Ho, kiom O'Till deziris ke riaj pentraĵoj plaĉu! Vana espero. Iam ri dediĉis semajnojn al granda pentraĵo figuranta dramplenan eventon, kie la vizaĝoj montris korŝirajn esprimojn. Ri malfacile vendis ĝin, kaj la prezo nur iomete kovris la koston de la tolo kaj farboj.

Fine de la deknaŭa jarcento, kreiĝis arta movado, nomita "La nekoheraj artoj". Ĝiaj anoj estis pentristoj, karikaturistoj, ĵurnalistoj, poetoj. Ili ŝatis liberecon, humuron, fantazion. Ili organizis masko-balojn kaj ekspoziciojn de artaĵoj. La plej fama pentraĵo de tiu movado titoliĝis "Batalo de negroj dum la nokto". Temis pri tolo preskaŭ kvadrata, plene kovrita per nigra farbo. Ĝi estis la unua unukolora pentraĵo en la tuta historio de Arto. La movado "La nekoheraj artoj" memvole malaperis en 1887[2]. Dum la dudekunua

---

2   Samjare aperis iu stranga lingva movado. Ĉi noto neniel rilatas al la cetero de la teksto.

jarcento, la ministro pri kulturo oficiale deklaris la faman tutnigran pentraĵon "Nacia trezoro".

Iam dum varma nuba somera tago, O'Till kuŝiĝis meze de kampo kaj restis tie la tutan posttagmezon. Ri senatente gapis la nubojn supre, pensante pri nenio. Ofte okazas, ke nuboj, pro siaj formoj, pensigas onin pri vizaĝoj, bestoj, pejzaĝoj. Ne tiaj estis la tiamaj nuboj, ili aspektis kiel nuboj kaj nenio pli. Tamen, la nuboj plu restis en la menso de O'Till dum la vespero. Ri eĉ sonĝis pri ili dum la nokto. O'Till incitiĝis pri tiu obsedo. Por forigi ĝin, ri decidis fari pentraĵon pri la hieraŭaj nuboj. En la pentraĵo videblis nebulo en diversaj nuancoj de grizo kaj blanko. Kompreneble O'Till opiniis ke la pentraĵo estas stulta kaj senvalora. Ri ege surpriziĝis, kiam la pentraĵo facile kaj bonpreze vendiĝis.

Komence de la dudeka jarcento, aperis arta movado nomita "suprematismo". La kreinto ekspoziciis plurajn pentraĵojn. Unu pentraĵon li prezentis kiel simbolon de la movado. Ĝi titoliĝis "Nigra kvadrato sur blanka fono". Ĝi estis kvadrata, sur ĝi videblis nigra kvadrato ĉirkaŭita de blanka rando. Alia pentraĵo titoliĝis "Blanka kvadrato sur blanka fono". Ĝi estis kvadrata, sur ĝi videblis kvadrato je blanko iomete blueca, klinita, sur fono je blanko iomete flaveca. Ĉi tiu pentraĵo iĝis mondfama. Spertuloj taksis ĝin la unua unukolora pentraĵo en la tuta historio de Arto. Se vi atente legis ĝis ĉi tie, vi scias ke ili malpravis.

Oni kelkfoje demandas min, kiel mi trovas ideojn por miaj verkoj. La ideo de ĉi tiu rakonto venis en mian menson dum unu nokto, proksimume je la kvara matene. Antaŭe mi estis dormanta, kaj poste mi denove endormiĝis. Sciu ke mi plurfoje sonĝas ĉiunokte. Tial la ideo aperis inter du sonĝoj.

La sciencistoj publikigis esplorojn pri fetoj. Vi, mi, ĉiu el ni, antaŭ ol naskiĝi, kiam ni estis fetoj, ni jam dormis. Tion la sciencistoj delonge sciis. Ili malkovris ke ne nur homoj, sed ankaŭ bestoj dormas. Absolute ĉiuj bestoj, sen escepto, dormas. Ĝirafoj dormas. Lacertoj dormas. Abeloj dormas. Eĉ la bestoj kiuj ne posedas cerbon, kiel ekzemple meduzoj kaj koraloj, dormas.

Laŭ la sciencistoj, ŝajne ĉiuj bestoj dormante sonĝas. Kiam ni estis fetoj, dormante ni jam sonĝis. Marelefantoj sonĝas. Migrantaj birdoj sonĝas. Polpoj sonĝas. La sciencistoj ne sciis pri kio sonĝas fetoj kaj bestoj, sed ili faris eksperimentojn por malkovri tion.

O'Till komencis fari pentraĵojn pri la sonĝoj, kiujn ri sonĝis kiam ri estis feto. Kompreneble, la pentraĵoj figuris nenion distingeblan. Ju pli abstraktaj ili estis, des pli ili plaĉis kaj vendiĝis.

Iun tagon, O'Till faris pentraĵon, kiu figuris sonĝon de ĉevalo. Kompreneble ri titolis ĝin "Sonĝo de ĉevalo". La pentraĵo estis rimarkita de spertuloj pri la internacia merkato de Moderna Arto.

O'Till organizis ekspozicion, kie videblis pentraĵoj pri sonĝoj de diversaj bestoj. Al la malfermo de la ekspozicio venis fakuloj pri pentrarto, ĵurnalistoj, artamantoj, spekulantoj, scivolemuloj, profitistoj de senpaga bufedo. O'Till vagis tra la vizitantoj. Unu flustre rimarkigis al sia kunulo ke ajna 5-jara infano kapablus same ŝmiraĉi. O'Till laŭte alparolis la vizitanton. "Vi pravas, juna infano kapablus. Kial? Ĉar infano plu havas puran animon. Infano sentas la animon de aliuloj. Ĉiuj teranoj sonĝas. Ilia sonĝo estas speguliĝo de ilia animo. Kion vi vidas sur tiuj artaĵoj? Vi vidas animojn!" Vizitantoj estis amasiĝintaj ĉirkaŭ O'Till. Ili ekrigardis la artaĵojn kun nova respekto. Alta viro kun maldika vizaĝo fervore respondis: "Viaj pentraĵoj figuras animojn, kaj animoj estas speguliĝoj de la Kreinto". La viro estis pastro de ia religio. Li aĉetis la plej grandan pentraĵon, kun multaj nuancoj bluaj, por ornami sian preĝejon. Kiam li instalis ĝin sur preĝejan muron, li unue forigis la etikedon fiksitan sur la malalta kadrorando, kie legeblis la titolo de la pentraĵo. La titolo estis "Sonĝo de kankro".

O'Till iĝis fama kaj oni taksis rin grava ano de Nuntempa Arto. Ri feliĉis. Finfine ri estis atinginta sian celon en la vivo.

O'Till decidis krei lastan verkon. Ĝi estu majstroverko, kiu markos la zeniton de lia kariero, la kulminon de lia vivo. Ri elektis naŭ tolojn el altkvalita lino. Ĉiu ampleksis unu metron je unu metro. O'Till kovris ĉiun tolon per pura blanka farbo kaj atendis, ĝis la farbo iĝis duone seka. Ri prenis sian necesejan broson, sur kies haroj restis iom da merdo. Sur ĉiun tolon O'Till leĝere brosis, lasante spuron apenaŭ videblan. Ri ekspoziciis la serion de pentraĵoj, sub la titoloj "Sonĝo de amebo n°1" ĝis "Sonĝo de amebo n°9".

Ĉu vi naŭziĝis legante la lastan alineon? Sciu ke O'Till ne estis la sola. En la dudeka jarcento, pluraj artistoj diversmaniere enmetis sian fekaĵon en siajn artaĵojn. Spertuloj pri Arto kaj spertuloj pri psikoanalizo longe kaj klere diskutis pri tiu simbolo. Dume spertuloj pri merkato rimarkis ke tiaj artaĵoj atingas altajn prezojn.

La serio de O'Till altiris mondan intereson. En la ĉefurboj de grandaj nacioj, la plej famaj muzeoj pri Moderna Arto sendis reprezentanton por negoci la aĉeton.

Dum la nokto post la malfermo, la ekspoziciejo estis rompŝtelita kaj la serio de pentraĵoj malaperis. Laŭ la polico, tio estis ago de ŝtelista bando faka pri tiaj aferoj, kiu estis subaĉetinta la noktan gardiston.

La ŝtelistoj honeste liveris sian rabaĵon al la oligarko, kiu mendis la rompŝtelon. La oligarko deponis la pentraĵojn en sia konservejo, kun sia cetera kolekto. Tie ili ĉiam estos vidataj de neniu.

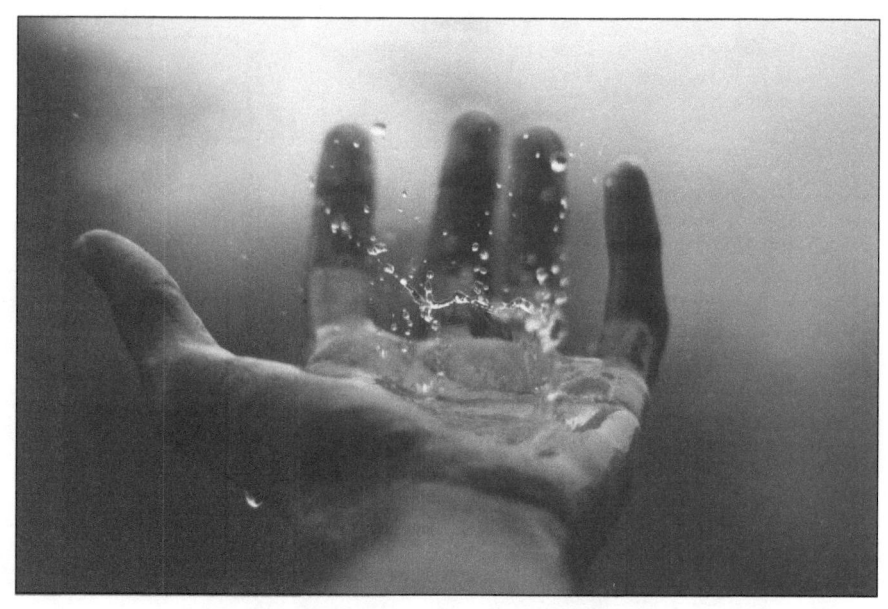

Gazalo

de Nicola Ruggiero

Inter la flor' kaj fingroj rezistas mia bruo
"sensenca mensogeto" insistas mia bruo.

Kelkfoje ombro falas sur niajn lacajn tagojn
kaj en batalhaltigo persistas mia bruo.

Silentaj potenculoj la voĉojn silentigas,
neaŭskultitajn revojn asistas mia bruo.

La floro verkas versojn, frazerojn ne diktitajn,
en ĉi ribelinstigo ekzistas mia bruo.

Vi miajn versojn aŭdas, aŭskultas miajn rimojn,
en koro sciu tion: ne tristas mia bruo.

Nicola certe stumblis kaj l' ombro ofte falas:
el ŝanĝiĝema lumo konsistas mia bruo.

Sed ne forgesu...

de Louis Genin

Pro aludo en hungara romano mi rememoris pri la franca aŭtoro Félicité de Lamennais (1782-1854), kaj pri la fakto ke mi ja havas ion de Lamennais en Esperanto. Kaj jes ja, sur mia breto, laŭ alfabeta ordo, vicis *Diroj de kredanto* – sed kiel manskribaĵo plurkajera! Entute tri kajeroj per la manoj de la tradukinto, la belgo Louis Genin, plus kvara, pli dika, en kiu li netigis la rezulton, kaj, aldone, kvina kun la naivaj sed ne senĉarmaj poemoj de Genin. Mi tute ne memoras kiel kaj kiam venis en mian posedon tiuj kajeroj!

Pri Louis Genin mi trovis malmulton, krom, dank' al Roland Rotsaert kaj la arkivitaj numeroj de *Belga Esperantisto*, ke li estis suboficiro poste eksa pro malsano, membro de Belga Ligo E-ista ekde 1927, estrarano de la klubo La Konkordo en Kortrijk en 1929, delegito de UEA kaj kursgvidanto en Wevelghem en 1930. Postmilite en Bruselo, en 1952 li "prelegis laŭ sia kutima verva maniero" kaj en 1951 "agrabligis" "finkursan feston" "per memverkitaj poemoj". Ĉu iuj el liaj poemoj ie aperis, mi ne scias; nur malrekta aludo en *The Australian Esperantist* (!) pensigas ke almenaŭ la verko "Ho ve" ja vidis taglumon – *I. Ertl.*

I

En la mallarĝa la vojeto,
Laŭ kiu iras vi al morto,
Neniel helpas plori, plendi;
Sed plej sanige estas ridi.
De l' vivo ŝatu vi la belon;
La bonon devas vi kolekti.
Sed ne forgesu, verdan stelon,
Sur brusto via, ĉiam porti.

II

Laboro naskas la ripozon,
Sur dornoj trovas vi la rozon.
Kun kamaradoj ĝojon konu,
En vino kaj biero dronu.

Vi devas ĉiuj kune ridi,
Por peni kiel la formikoj.
Sed ne forgesu propagandi,
Kaj membrojn[1] fari el amikoj.

III

Je iu tago, via koro
Ekŝvelas vaste pro plezuro,
Ĉar vi renkontis junulinon.
En vin ŝi metis aminklinon.
Promeson lasas vi jam ŝvebi,
Pri plej agrabla edziĝdevo
Sed ne forgesu tuj ŝin varbi
Por[2] nia kara bela lingvo.

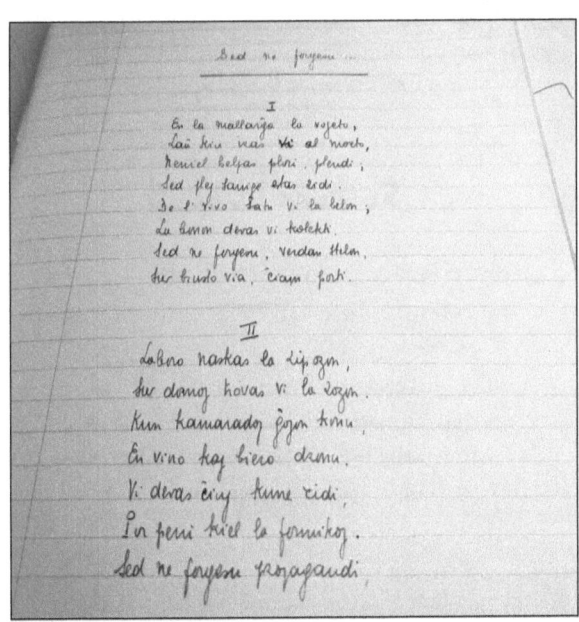

---

1 Trastrekite sub "membrojn": "anojn".
2 Trastrekite sub "Por": "Pro".

Kolekta Klarigo:
Lumo de Revenvojo

de Jado (Wei Yubin)

Ĉi tiuj poemoj estas la nelaviĝintaj lumaĵoj en la profundo de mia infanaĝo.

En *Adiaŭo*, mi fiksiĝis sur tiu mateno, kiam – kun dorsosako pezanta je adiaŭoj – mi paŝis for, dum patrina silueto tremis ĉe stratangulo kiel fadeneto en vento, preskaŭ rompiĝonta. *Patro revenas de la bazaro* enkorpigas tiun infanon, kies vaksokrajonaj steloj sur kalendaro mezuris la tempopason, dum li atendis la sorĉaĵon el patra ŝtofsako (eĉ se nur seka pano, ĝi dolĉiĝis en la buŝo de memoro). Kaj en *Reveno nokte*, la demando "ĉu revenis?" fendiĝis tra nokta frosto kiel lampo sub tegmento – varma, sed ĉiam iom tro malfrue.

Mi konscias, ke ĉi tiuj fragmentoj iom-post-iome forglitos el la tagoj kiel akvo inter fingroj. Tamen, skribante, mi ilin enkapsuligas: ili fariĝas kiel tiuj kristaligitaj miel-restaĵoj en fendetoj de ligna tablo – malmoliĝintaj, sed pli intensaj ol freŝaj.

Por mi, poezio estas la kontraŭleĝa stacio kie la forpasinta trajno ĉiam haltas momente. Eĉ kiam la reloj jam kovriĝis per herbo, la lumo en la koro obstine pulsas – ne por gvidi, sed por atesti: *jen, mi ankoraŭ memoras*.

Somera voko

Sub la fandanta suno de julio
eĉ cikadoj lace faligas siajn sonilojn.

En la fojnamaso –
korpo kaptita en pajla ambro –
mi aŭskultas:
"Hej-men por man-ĝi–"
la voko streĉiĝas
pli longe ol
la rando varmega
de patrina antaŭtuko
post la batalo pri konservaĵoj.

Paseroj ekflugas
kiel eraroj el kalendaro,
kaj subite –
la tuta infanaĝo
elfluas kiel grenoj
laŭ la ritmo
de forgesitaj sablujoj,
brilantaj kaj senbruaj
sur la polv-manplatoj
de l' tero.

* * *

Reveno post vesperstudado

La nokto – kiel nigraĵo – glutas miajn spurojn.
Sub stratlampo flava, lace morna,
mia ombro diseriĝas,
kvazaŭ vitraĵo frakasita de soleco.

Paŝoj – unu post alia,
ĉiu kun sia eĥo,
kvazaŭ ombro sinsekve sekvanta.
Ĉu mi portas timon en la poŝo,
aŭ ĉu ĝi portas min?

La pordo ĝemas – malfermiĝas,
elpufante oranĝan lumon,
tro mildan por la ekstera mondo.
– "Ĉu revenis?"
Voĉo flustras, gluiĝas al la haŭto
kiel mielo sur brulinta lango.

Kaj en tiu momento
la nokta malvarmo fendiĝas –
ne pro varmo mem,
sed pro tiu silento
post simpla demando de hejmo.

* * *

Patro revenas de la bazaro

Patro revenas, polvo-survestita,
lia biciklo – rusto kaj vetero –
radpremas julian oron.

Sur kalendaro,
infana mano kalkulas
vaksokolorajn stelojn,
dum la horo de reveno
tiktakas en mia gorĝo.

Mi atendas nur la klinon,
tiun momenton kiam
el la ŝtofsako, brila de vivo,
aperos sorĉaĵo kun mia nomo.

Eĉ se nur pano,
seka kiel vojo,
ĝi dolĉe algluiĝos
al la dentoj de l' memoro,
kiel unua sukero.

* * *

Ĉe festo, revenante hejmen

Ĉe ĉiu festa horo
mi revenas – piedoj kondukataj
de memorkutima itinero,
tra strateto kiu jam ne rekonas
la formon de miaj plenkreskaj piedpremoj.

Pordo malfermiĝas
kun familiara grinc-krio,
kaj subite, antaŭ ol konsciiĝi:

"Panjo!"
– la vorto saltas el mi
kiel fiŝo el glacia lageto.

Tiu voko
fandiĝas en la aero
kiel unua printempa radio
en vitra glacioĉampano,
disfrotante la prujnon
de mil vojaĝtagoj.

Kaj momente
– strange, certe –
la tuta tero ŝajnas
estiĝi hejmo,
ĉar ŝia respondo
estas la sola geografio
kiun mia koro povas kompasi.

* * *

Adiaŭo

En la tornistro – matena roso plenigas ĝin.
Panjo – jam maldikiĝis,
ŝia silueto etendiĝas ĉe stratangulo.
Ŝia mansvingo,
kvazaŭ ŝi kolektus
nevideblan fadenon.

Ju pli mi foriras,
des pli eĉ la vento lernas
flustri en la dialekto de hejmo

* * *

Post jaroj

Post jaroj,
mi fariĝis bileto
kun nigraj stampoj, spitaj,
serĉante stacion
kie mia ombro
ankoraŭ sidas
sur benko forgesita.

Buldozoj –
malsataj bestoj –
glutas adresojn
kiel vitaminojn
por forgesi.
Ĉu vi aŭdas?
En iliaj ventroj
kreskas betonaj fungoj
el manĝitaj nomoj.

Kaj la luno,
maljuna poŝtisto kun tremo,
ĉiumonate gluas demandojn
sur la ŝvitaj fruntoj de muroj:
"Ĉu... vi... memoras...?"
Tie,
kie iam kreskis ridetoj
kun gusto de infana tago.

* * *

La **fia** komedio

de Gonçalo Neves

Per ĉi tiu poemo, Gonçalo Neves gajnis Honoran mencion dum la Belartaj Konkursoj de UEA en 2025. Bedaŭrinde en *Belarta rikolto 2025*, kie aperis la premiitaj tekstoj, okazis fuŝoj dum la enpaĝigo de la poemo. Kiel rekompenco – kaj kun konsento de la sekretario de la Belartaj Konkursoj – *BA* reaperigas la poemon kun la ĝusta strukturo.

Ĉe l' fino de la voj' de vivo mia,
mi trovis min ĉe mia skribotablo,
en mensostato plene apatia.

    Mi sidis lace, sena je kapablo
    batali kontraŭ tiel forta gildo
    kaj, ĉefe, ties ruza konestablo.

Jen apenaŭ pensebla nigra bildo:
maŝinoj ĉie regaj, sen escepto,
kontraŭ kiuj ekzistas nula ŝildo.

    Ni staras antaŭ tre stranga koncepto:
    anstataŭ karna, homo nur metala,
    kaj pri danĝero mankas la percepto.

Ĝia labor' montriĝas ideala:
rapida, sendifekta kaj senstrika,
kaj la maŝino estas eĉ lojala.

    Ĉu homa mond' fariĝis arkaika?
    Kie troveblas taŭga antidoto?
    Ĉu temas pri demand' ankaŭ etika?

Se ĉion solvos nur frida roboto,
per kio okupiĝu la homidoj?
Kiun taskon rifuzos la faktoto?

    Al homlabor' ŝuldiĝas piramidoj
    (kvankam eĉ tion iuj forte negos),
    sekretajn sciojn gardis la druidoj.

En mond' estonta, kiu saĝon flegos?
Kiu konstruos, kiel arto floros?
Ĉu iam maŝin' homon eĉ delegos?
   Espereble poetoj nun deĵoros
   per la vibroj de sia laŭta liro
   kaj strebos, luktos (do, ne nur angoros)
por mond' kun pli da am', volfort', inspiro.

Sezonaj sonetoj

Aŭtuno

La vento tra ravino folion finsezone
per rasla bruo pelas. Montsupre korva strabo
omenas pri l' danĝero: frakase kverka trabo
pro fulmotraf' splitiĝas, ekflagras lampione.

Krepusk' disiĝas flame, tenebroj timosprone
funebras frostotreme, kaj dum la tondroklabo
la rokan reliefon plu draŝas, ora farbo
disŝprucas incendie kaj migras kron-al-krone.

Fulganta nub' lamente dronigi provas fajron,
sed sen efik'. Ĝi voras majestan lignospajron
centjaran senkompate. La furioza vento

propagas plu detruon. La scenon hirtabrove
observas okulfende el transa flank' senpove
oldulo kurbadorsa, larmante en silento.

Vintro

Kristale diafanas lazura frostĉielo,
apenaŭ folitremo altiras la rigardon,
dum sun' sur roka vando briligas bejan sardon
kaj perle perdas gutojn abia neĝkitelo.

Sur branĉ' pulvoro blanka, humida dum degelo,
similas mortotukon, glacipendaĵ' ponardon.
La rekviem' silenta elvokas mutan bardon
plorantan pri senviva leporo kun neĝfelo.

Kontrastas al la blanko sorbuso birdkaptista
kun foliaro verda en ĉi pejzaĝo trista.
Grapole pendas drupoj, flamantaj ruĝaj sorpoj,

kaj kiel sang' skarlata el freŝa vund' fluanta
faladas ĝiaj beroj laŭ ritmo lace lanta:
promes', ke anemie pluvivos niaj korpoj.

Printempo

Radikoj arbaj knaras, galanto neĝon boras,
en rivereto lirle alvalas akvo monta.
Burĝonoj krevas, montras sin foliar' venonta,
Zefir' la nazon tiklas, pice' rezinodoras.

La vintrajn ventoskuojn apenaŭ plu memoras
ridantaj knabinetoj: nudiĝas sur' senhonta
dum luda sinĉasado al flora kamp' transponta
sur kies suka herbo kuniklas kaj leporas.

Spektaklo pitoreska, sed tamen io ĝenas:
ne zumas melolonto, abela mank' ĉagrenas,
nek flirtas papilioj, eĉ malaperis muŝo.

Paru', paser' ne ĉirpas, silentas la ĉielo,
post knaba lud' ĉe lago senfiŝas la sitelo.
En kor' eknestas dubo: pro kio jena fuŝo?

Somero

La sekan ebenaĵon sufokas nun peplome
la varmo-ond' kruela, kaj jam de du monatoj
mildiga pluv' ne falas en konvenciaj datoj.
Riĉuloj klimatize sin ŝirmas plu endome,

eksteraj laboristoj misvivas nur fantome.
Dissemas brulvezikojn radioj senkompataj
sur ajna haŭto nuda de bestoj delikataj.
La arboj braĝas, cindras la kampoj senlegome.

Skarlatas horizonto, leviĝas forta vento.
Ekdraŝas gutoj skurĝe, formiĝas pluvtorento.
Alvenis temp' rikolta: oraĝo[1] kun ebrio

oferon fajran falĉas, sterilajn sulkojn plugas.
Ŝirrastas uragano, dum nigra pajlo flugas,
trastupras ĝi l' pejzaĝon, ĝis restas plu nenio.

I **oraĝ/o**: abunda pluvo akompanata de fulmotondro.

Jesper Lykke Jacobsen

Alvoko

de Jesper Lykke Jacobsen

1.

Mi vokas du popolojn, de Dio elektitajn.
De praaj tempoj unu, per dek marmortabuloj,
arkeo, bruloferoj, kaj migro tra dezerto
al lando promesita kun blanka lakt' fluanta,
manao kaj mielo. L' alian lastatempe,
prosperan, mondkonkeran el kontinento nova
kun historio propra: prerioj, ferĉevaloj,
kvakeroj kaj vakeroj, malridaj puritanoj.

2.

Herede en la menso konservas vi suferojn,
klopodojn kaj turmentojn. Sed ĉu vi plu memoras
pri viaj originoj modestaj? Pri l' unua
ĉu eblas argumenti, ke getoj, eĉ progromoj,
subpremo mezepoka alvoku al prudento?
Kaj pri l' popolo dua, ĉu licas plu elvoki
elmigran fonon vian, rikoltojn fiaskintajn,
transatlantikan fuĝon, prekaran[1] rekomencon?

3.

"Prefere ne!" suspiras verŝajne nuntempuloj,
pli decas ja prikanti sukcesojn kaj progresojn.
Konkerojn jomkipurajn, sestagajn aneksaĵojn,
kibucojn, fruktplantejojn, revivigitan lingvon —
jen pli agrabla listo. Kaj trans la oceano:
dolarojn, nilonŝtrumpojn kaj luksajn limuzinojn,

---

[1] **prekara:** tia, ke ĝia daŭro aŭ stabileco estas nesekura, dependas de bonŝanco, ekstera volo aŭ eksteraĵoj.

civitajn rajtojn fine. Sin klinas la poeto
kaj ĉion distrumpetas pro justo kaj kompleto.

4.
Sed pli volonte himnas mi agojn kompromisajn,
pri kies sincereco persone mi tre fidas:
la packontrakton, kiun farmisto arakida
kaj brila prezidanto obstine, pacience
mem peris. Plu retine mi tenas la manpremon,
pro kiu mi esperis, ke estontece vivos
trankvile kaj komprene la judoj kun araboj:
frat' fraton ne ŝakale rilatos, sed ŝafide.

5.
Dum viroj armisticas, fipaktas mil diabloj
kaj agas teroristoj tunele, ŝtatnivele.
Sur fundo de rasismo aŭ antisemitismo,
ĉu pro oportunismo, ĉu pro fundamentismo,
okazas sabotado. Per bomboj memmortigaj,
snajperoj unuflanke; setlado disvilaĝe
katastre kaj desastre² funkcias aliflanke,
teritoria preno per ŝtelo plej senĝena.

6.
Kaj jen la origino: mandato palestina,
restaĵo imperia, por korekti maljuston
konsternan devis esti la nova land' hebrea.
Plenumo de promeso por kelkaj, ja progreso,
por kelkaj hipokrita agnosko, ke ne eblis
en Orienteŭropo abomenindajn krimojn
naziajn plu korekti. Sed liberigi trude
vivspacon jam prenitan viktimojn novajn kreis.

7.
La sepan de oktobro sincere eblas vidi
neniel en izolo, nur en pli granda tuto.
Nenio pardoneblas, kaj estus tre misguste

---

2 **desastre:** katastrofe

apologipravigi sangbanon plej maljustan.
Sed ĉu moderna ŝtato laŭ testament' malnova
sin venĝu plej komplete, kaj laŭ la mor' de Romo,
Kartagon detruinta, sen ajna diskrimino
popolon genocide de l' Tero eliminu?

8.

Tre blinkas la demando sur televidekrano
enmensa. Mondmiliton finintaj, plej kredinde
alianculaj landoj post maj' da nek entuta,
nek fina, sed ja tamen plej determina venko
hezitis tre simile. Facilus sobi, bori
en grundon malmoralan, ol ja ĉielmontrante
multpli konvenan solvon de nurenbergproceso
elekti. Ĉu masakri aŭ ŝviti pro justico?

9.

Ve, la protagonisto kun siaj gonoraloj
decidis, ke sufiĉas kaj endas meti finon
ĉiaman. Invadinte la stretan gazastrion
kun helpo plej kunkulpa de prezidanto trompa
kaj la militmaŝinoj de ties industrio
la die elektita armeo plej sisteme
likvidas civilulojn, virinojn kaj eĉ bebojn
laŭ dent' pro dent'-principo de la skribaĵo sankta.

10.

"Ni unu post l' alia ĝis la plej lasta homo
elfumu, ĉasu, kaptu!" elvokas supozeble
misfaman strategion. Povintus oni uzi
metodon simetrian por elfiltri nur estrojn
atencajn. Taŭzas, ŝokas dekmiloj da viktimoj
ja kulpaj nur pro tio, ke neniun rimedon
por fuĝ' posedis ili. Disdono de nutraĵo
fariĝis eĉ preteksto por pafi civilulojn.

11.

Mi pensas plej aparte pri tiu hospitalo
en urb' Ĥan Junis, kie laboris pediatro,
patrino dekinfana. Dum deĵoro peniga
por savi kelkajn vivojn feroca bombardado
la domon familian bruligis, kalcinante
infanojn naŭ kaj vundis la dekan plus la edzon.
Laŭ ŝtata propagando (kaj eĉ la Esperanta)
nomiĝis teroristoj nur ĉi martir-viktimoj.

12.

Konsternas la decido, des pli ke ĝin elektis
popolo suferinta finsolvon tre similan.
Nek nokto, nek nebulo ĉi-foje ĝin vualas,
videbla televide, gazete kaj radie
mistere ĝi vanuas silente kaj forgese.
Ĉar kiu ĝin kritikas suferas anatemon,
akuzon kontraŭjudi, cetere ja ne mankas
en la debat' publika pletor' da ĝenaj temoj.

13.

"Sed ja komencis ili!" asertas kun indigno
la bonaj patriotoj. Ja tiel idiote
lerneja bub' replikus. Ĉu tial li pugnadu
ĝis sang' abunde ŝprucas dum sep generacioj?
Plenkreska ĉu pli flegme li solvu la konfliktojn
per stango dinamita, fusilo aŭtomata
aŭ eble pli pragmate per muroj kaj pikdrato?
Kaj tiel plu senfine, milfoje kaj milloke.

14.

Bedaŭras mi konstati, ke, kvankam tro banala,
la supra strof' aperu senkondicionale.
Ĉar trans la oceano koviĝis nova plano:
sufiĉas rekonstrui Gazaon por turistoj.
La homo estas bubo kaj kiel bubo vidas.
Viktimoj de faŝismo post tri generacioj
ripetu do fatale erarojn de l' pasinto?
En tio ĉi troviĝas apenaŭ espereto.

15.
Mi vokas per persisto, amik', oni vin trompas!
Per malobe' civila, informo kaj kompreno,
instru' de l' historio kaj ĉefe la baloto
ja eblas retropaŝi kaj savi la saveblan.
Ne lasu plu vin tenti de tiu ekstremismo,
nek cedu al silento, sed serĉu per prudento
la mezan vojon. Carter en jaro sepdekoka
demonstris, ke ĝi eblas: sufiĉas ĝin retrovi.

Al mia mentoro
Seimin

de Minosun

Jes, por min ekzerci en versado,
mi respondas al vi nun metrike.
Ne priridu je la nova vado,
ĉar mi volas skribi pli muzike.

Estas glore, ke la kelkaj vortoj
gajnis dek paperojn, tiom karajn,
ke mi tenas ilin ĉe retortoj,
ĝis la paĝoj naskos florojn rarajn.

Vi al mi fordonis multajn horojn,
tial eĉ mil dankoj de mi palas.
Do viajn favorojn mi repagu
per rimaĵoj, kiujn mi preparas.

Plie, kun vi ĉiam mi feliĉas:
vi instruas al mi poezion
majstre. Al lirik' mi min dediĉas
kaj atingi penas ovacion.

Noto:
XIE Yuming (plumnomo Seimin, 1941, Fujian – 2022, Pekino) estis ĉina esperantisto, akademiano, tradukinto de la plej glora ĉina romano *Ruĝdoma songo*, OSIEK-premiita en 1999.

Mi kune laboris kun Seimin nur malpli ol du jarojn (2008–2010) ĉe la Esperanta Sekcio de Ĉina Radio Internacia. Tiam mi multe legis poemojn de Zamenhof, Kalocsay kaj aliaj, kaj sekve interesiĝis pri versfarado. Sed mi ne sciis de kie komenci, do mi turnis min al Seimin, kiu estis veterano ĉe nia establo, dum mi estis novulo (fine de 2008 mi estis engaĝita en ĈRI). Mi skribis duonpaĝan leteron al li pri poeziaj demandoj, kaj tamen, neatendite, mi ricevis longan respondon plene dekpaĝan (jen la vera sceno sin prezentas en la versoj: "Estas glore, ke la kelkaj vortoj/ gajnis dek paperojn, tiom karajn"). Por esprimi mian dankon mi reskribis leteron kun tiu ĉi poemo, kiun, kompreneble, poste mi kelkfoje korektis, kaj kiun mi nun volas dediĉi al mia karmemora mentoro en *BA*.

de Jubert Cabrezos

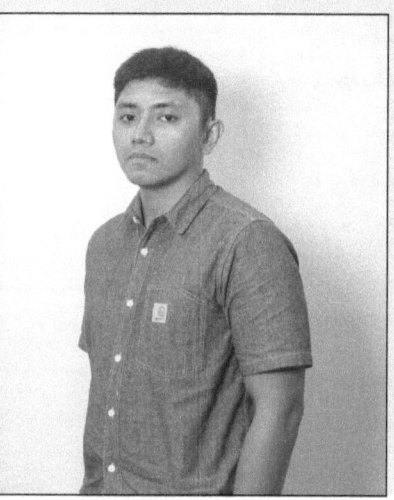

Jubert Cabrezos (1998) estas poeto kaj verkisto el Filipinoj. Lia tagaloglingva libro de scienca poezio, "Naturalismo," estis eldonita en 2017. Samjare, Jubert lernis Esperanton kaj fariĝis aktiva en la loka movado, helpante ĉe la eventoj de Filipina E-Junularo. En 2024, li prezentis siajn Esperantlingvajn poemojn en la unua Filipina Junulara Renkontiĝo (FAJRO).

Tanagao estas tradicia tagaloga poezia formo, uzanta precize sep silabojn en ĉiu verso en kvarversa strofo. La tradicia rima aŭ asonanca skemo en tanagaoj estas AABB, sed ankaŭ aliaj rimaj kaj asonancaj skemoj kiel ABAB, ABBA, kaj AAAA estas troveblaj.

Foto: La aŭtoro

TANAGAO UNU
En Bagjo mi vagadas,
ducent kilometrojn for
de hejmo, ĉar mi trovas
hejmon en ĝia kolor'.

TANAGAO DU
La Plej Sankta Patrino
de Nagaŭo min kisas,
kaj benas min per suno,
kaj per pluvo min tuŝas.

TANAGAO TRI

Mi vizitis post jardeko
mian hejmurbon, tamen
mi sentis min fremdulo
do mi revenis hejmen.

TANAGAO KVAR

En Balero, la ondoj
altstaras kiel montoj,
kiuj alproksimiĝas
al mi, dum mi atendas.

TANAGAO KVIN

En Zambaloj, subiras
la suno kun ruĝkolor' –
dum ĉio rozkoloras –
prenante la tagon for.

TANAGAO SES

Al Kiapo popoloj
iras por vidi bildon
sanktan kun kristallarmoj
de verhomaj malĝojoj.

TANAGAO SEP

Homoj ne vivas tie
ĉi, sed nur loĝas ĉi tie –
Ili dormas ĉi tie,
sed manĝas aliloke.

TANAGAO OK

En Kubaŭo neniu
loĝas, sed ĉiuj kondu-
kas kaj/aŭ preterpasas
Kubaŭon, kiu estas.

TANAGAO NAŬ
En Bengeto, la domoj
estas faritaj el ter',
do tiu urbo, en ver',
kuniĝas al la montoj.

TANAGAO DEK
Estas antikvaj urboj
multaj en Filipinoj,
sed soliĝas Kavito,
kaptita en la tempo.

TANAGAO DEK UNU
La montoj de Rizalo
ne volas min ĉi tie,
kaj pikas min per pluvo,
sed mi venkos finfine.

TANAGAO DEK DU
Al Monto Pinatubo:
Eĉ en via silento,
gravurita en sablo
estas via perforto.

TANAGAO DEK TRI
Perdiĝas multaj homoj
en pensoj, inter ĵipoj,
sur denstrafika vojo
de la Epifanio.

Du poemoj

de Nikola Rašić

Telefonado al postmoderno[1]

Hodiaŭ mi ne vokos ŝin
Ne skribos al ŝi
Pri ŝi malmemoros
Ne sendos karton
Ŝian nomon forgesos

Kvazaŭ ŝi ne ekzistus
Kvazaŭ ŝi nenion signifus
Kvazaŭ ŝi neniam estis
Kvazaŭ mi estus sola
Kaj libera de pensoj pri ŝi
Pensoj ĉiutagaj
Libera de ŝia apudesto
Libera de ŝia foresto (kiu foje frenezigas)

Mi observas aliajn virinojn
Kiel ili pasas pretere
Kaj al la bazaro de rigardoj
Elportas ĉion belan posedatan
Invitas kaj mesaĝas
Ke la mondo denove junas
Ke venis la printempo
Ke la sezono de renkontoj estas malfermita
Ke amo estas bonvena
Por ĉiuj kiuj scipovas rilati kun ĝi

---

[1]   La poemo ricevis honoran mencion en Belartaj Konkursoj en la jaro 2000.

Libera de la deziro
Kaj libera eĉ de ekpenso
Katenita sole unuforme:
– Se mi almenaŭ povus aŭdi ŝin.

Ne hodiaŭ mi ŝin ne vokos
Hodiaŭ mi imagos nur
Imagos vivon sen vokoj kaj sen leteroj
Imagos vivon grizan kaj enuan
Vivon grizan kaj sekuran
Ĉiu tago kiel la antaŭa
Sen ekscitoj
Sen desapontoj
Sen planoj kaj sen malsukcesoj
Vivon en kiu nenio okazos
Vivon en kiu nenio surprizos nin
Vivon en kiu neniu ion atendos de ni

Vivon sen amo
Vivon sen promesoj
Vivon sen donado
Vivon sen prenado
Vivon sen pasinteco
Kaj vivon senigitan je ĉiu eĉ plej eta futuro

La futuron ni forgesos
Kaj la pasinton enŝlosos
La nunon senigos je fonto kaj direkto
Kaj ordigos la vivon kiel skatoleton
En kiu ĉio funkcias
Kaj neniu vin ĝenas

Ni anoncos militon al emocioj
Kaj elradikigos ilin funde
Iam oni nomos tion: *emotional cleansing*
Kaj konsideros ĝin revolucia
La homo de la estonto
Homo sen amo
Homo sen timoj kaj sen pasioj
La homo de la nuno

Sed pro Dio: se mi nur povus aŭdi ŝin
Antaŭ ol ni fariĝos la homoj de la nuno
Antaŭ ol amo fariĝos malmoderna
Antaŭ ol Postmoderno abolos la sentojn
Antaŭ ol ni alkutimiĝos
Antaŭ ol la tempo haltos
Kaj antaŭ ol porĉiame restos la 1984-a
Antaŭ la fino de la mondo
Antaŭ ol oni eksigos esperojn
Antaŭ ol melankolio malpermesatos
Antaŭ ol oni proklamos feliĉon superflua
– aĥ, se mi nur povus aŭdi ŝin.

Ne, mi ne vokos ŝin
Povus okazi ke mi diru vortojn
Kiujn oni ne plu uzas
Vortojn kiuj sonas strange kaj netaŭge

Imagu, povus okazi
Ke mi menciu la vorton amo
Ke mi diru ke mi amas ŝin
Povus okazi ke mi diru ke ŝi mankas al mi
Povus okazi ke mi ne povas elĵeti ŝin el miaj pensoj
Povus okazi ke mi diru diversajn aferojn al ŝi

Ĉion kion oni ne plu diras nuntempe
Kaj kial ĉio ĉi?
Ĉiuj ĉi pezaj vortoj: al kiu bezonataj?
Ĉiuj ĉi pezaj vortoj: kien ili falos?
Ĉiuj ĉi vortoj pri kiuj mi bedaŭras
ke mi ne povas,
ne aŭdacas, ilin eldiri
Kiu ja ĉion ĉi eltenus
– Se mi nur povus aŭdi ŝin.

Ne mi ne vokos ŝin, ne
Povus okazi ke mi aperu sentimentala
Kaj kiu bezonas tion

Kion oni faru kun enamiĝintoj
Tiu pleje malutila specio de la mondo
Tiuj senhelpaj sklavoj de siaj pasioj
Tiuj ostaĝoj de propra timo je soleco
– Diable, se mi nur povus aŭdi ŝin.

Kaj eble mi tamen vokos ŝin
Por inventadi por ŝi alian mondon
Por ŝin konvinki
Ke la vero estas tio kion ni mem kredas
Kvankam ni tute ne scias kion ni vere kredas
Por persvadi ŝin ke iu malnovtempa amo ankoraŭ sencas
Kaj ke tio ion solvas

Ne! Ne! Nececas kunmetiĝi
Koncentriĝi al tio suprajeca

Ĝis fine, en spegulo sen profundo,
Ni vidos vakuon kiel ĝi etendiĝas
Nur je unu paŝo de nirvano
Kie ĉesos senco, komenciĝos eble vivo

Kaj nur sole, se mi povus aŭdi ŝin foje,
Kaj varma mano sur la ĝusta loko
Kaj tiam ni dronu

ORIGINALA POEZIO

Vento kaj velo

Vi estas mia amiko, ne nur kreinto mia,
Vi estas mia alianco kaj mia aliancano.
Nur tiel mi estas briko de la konstruo dia,
Kaj tiel resonanco de via plano.

Sed kio estas mia rolo, de kio mi estas ero?
En kiu universa senco ankaŭ mi havas celon?
Ĉu ludas iel mia volo aŭ mi estas efemero
De iu pli vasta esenco kunfaranta la ĉielon?

Unu aferon vi lasis kompreni klare:
Ke ni estas tandemo, ligita per kuna ideo;
Kaj ke mi devas peni deĉifri memstare
Kiel vi estu vento en mia velo.

Sed, tamen…

Sen mi, vi estus kiel lingvo forgesita
Sen lipoj por prononci ties sukajn vortojn.
Por dio, esti kreinto sen havi kreitojn,
Ĉu vi imagas pli absurdan sorton?

Feliĉe, ĉio iris bone, ni ambaŭ kunpulsas
Kaj kunlaboras en tiu mirakla eksperimento:
Sen via gvido kiel mi scius kien mi kursas,
Nur en la tuto vi donis al mi sencon.

Mi devas konfesi ke via gvido ne estis truda,
Vi lasis ke la logikon mi mem konjektu,
Ke ĝojon mi sentu en ĉiu malkovro konkluda,
Ke komprenante la krean perfekton, mi mem perfektu.

Poemoj

de Blazio Vaha

Pri-Zamenhofa Zamenhofado

Dum Zamenhof Ludovikas,
Ludoviko Zamenhofas.

Ludovikas: Zamenhof'o,
Zamenhofas: Ludovik'o.

Kiam LI Zamenhofumas,
certe LI tre forte fumas.

Ludovikoj scias bone:
Ludoviki estas bone.

Ludovikas Zamenhofe
kelkaj uloj katastrofe.

Zamenhof' kaj Zamenhofo
eblas eĉ en sama strofo.

Eblas nom' sen apostrof'
Por Zamenhof en ĉi strof'

Ja ne eblus Zamenhofo
En la lasta povra strofo.

Sed Semkorto eblas tute.
Trankviliĝu absolute.

Budapeŝta Esperanta holunĝo kun peskaj pruntaĵoj, je la kvina horo aŭrore, post Prajdo, en la jaro 2025a

Mjaĥ mi ŭal nun demandas min,
tuĥ vi ŭal nun demandas min,
ĉojĥ ni ŝoĥ kion faru, ni,
kion ni ŝoĥ do faru nun?

Ĉu nin nun ne minacas pun'

Min demandas mi enko, nun
Vin demandas vi tumo nun
Kion ni munkoj faru nun
Kion ni munkoj faru nun.

(Jam tro ardege brilas sun')

Por mi enko do jen demand'
Por vi tumo do jen demand'
Kion ni munkoj faru nun.
Kion ni munkoj faru nun,

(Nin tro premegas peza tun')

Mi enko ŭal ne scias. Neĥ!
Vi tumo ŭal ne scias, neĥ,
kion ni ŝoĥ nun faru, ni
Ni ŝoĥ kion do faru nun.

(Jam post sun' aperas la lun')

Mi manvo, nu, demandas min,
Vi manvo, nu, demandas vin
Kion ni manvoj faru nun.
Kion ni manvoj faru nun?

(Ne eblas fari ion ajn.)

Mi manvo vin demandas nun,
Vin manvon mi demandas nun
Vin manvon mi demandas pleĥ,
Kion ni manvoj faru nun?

Kion ni munkoj faru nun?

Mi enko nur meditas nun
Mi manvo nur meditas nun
Ni munkoj nur meditas nun
Kion ni manvoj faru nun,
Kion ni munkoj faru nun.

Kion fari, mi scias ne,
Kion fari, mi scias ne,
Ni multaj simple gapas nun,
ni multaj stulte gapas nin

(Helpas nin nek la sun', nek lun')

Mi ŭal hej plu esperas pum,
vi ŭal hej plu esperas, pam
ni ŝoĥ esperu! palpe plu
ni ŝoĥ esperu! palpe plu

Ni manvoj pum esperu plu.

Kion mi dujtas? Verkas mi.
Strofojn mi faras. Agas mi,
Esti fiera provas mi,
Dume pri prajd' meditas mi

Mjaĥ mi enko, kun peska plump'.

Glosoj

1. **pesko** – unu el miaj eksperimentaj lingvoprojektoj, enhavanta ĉion el la Fundamento de Esperanto, krome novajn, fakultativajn elementojn kaj strukturojn kiuj kreskigas redundon. Esperanto kaj pesko estas apartaj sistemoj sed transkompreneblaj. Oni ne estas petata lerni peskon aŭ lerni elementojn de pesko, sed oni rajtas transpreni elementojn, se oni emas. La projekto-nomon *pesko* proponis al mi Andi Ottrók. Kara Andi, koran dankon!

2. **mi enko** – mi kiel individuo (ne kiel reprezentanto de firmao, ofico ktp.), mi persone

3. **mjaĥ mi** – mi (eble menciata unuafoje)

4. **mjoĥ mi mi** (menciita kaj remenciita)

5. **mjaĥ mi enko** – mi, persone, kiel individuo

6. **vi tumo** – vi persone, vi (sola), vi kiel individuo

7. **vi tuĥ tumo** – vi persone, vi (sola, vi kiel individuo)

8. **tuĥ vi tumo** – vi persone, vi, kiel individuo, vi sola, jam menciita

9. **vi tumoj** – vi pluraj personoj, vi kiel individuoj

10. **mi manvo** – mi, via samgrupano, mi, proksima al vi

11. **vi manvo** – vi, mia samgrupano, vi, proksima al mi

12. **ni manvoj** – ni, samgrupanoj, samopanoj, samkolektivanoj, kunuloj

13. **vi** – pronomo de dua persono neŭtrala pri nombro

14. **ŭal** – postpozicio nepriganta ununombron

15. **mi ŭal** – mi (unu persono)

16. **vi ŭal vi** (temas pri unu persono), ci

17. **vi tumo ŭal** – vi (temas pri unu persono kiel individuo)

18. **holunĝo** – halanĝo kiu tamen eble havas iomete da senco

19. **prajdo** – festaj marŝado, ceremonioj, amaskunveno kun postuloj pri seksaj kaj civitanaj aliaj homaj rajtoj plus reciproka toleremo

20. **neĥ** – ja ne

21. **dujti** – fari, efektivigadi agon, agi certamaniere ("Kion vi dujtas? Mi tajpas.")

22. **demandi pleĥ** – demandi ne sin mem, sed iun alian, iujn aliajn

23. **ĉojĥ ni** – ni, mi kaj vi (ni, inkluzive vin)

24. **ĉojĥ ni du** – ni, mi kaj ci

25. **najĥ ni** – ni, sen vi; ni, mi kaj iu, mi kaj ili, sen vi

26. **ni ŝoĥ** – ni pluraj

27. **ĉojĥ ni ŝoĥ** – ni pluraj, inkluzive vin

Dialoga Esperanto-halanĝo marda
kun peskaj pruntovortoj

(La 12an de Marto 2024a)

Kion vi dujtas, amikino?
Mi laboras kuireje,
mi faras ion bonan por vi.

Kion vi faras, amikino?
Nuksokukon ege bonan

Mi enko havas bonan tagon,
ni manvoj havu bonan tagon!

Kutam, kiu estas vi?

(Esperanta holunĝo kun peskaj pruntovortoj)

Kutam, kiu estas vi?
Hubjol, kiu estas vi?
Tekim, kiu estas vi?
Huzel, kiu estas ŝli?
Iu. Iu. Iu iu,
Kiu? Kiu? Kiu kiu?

Glosoj

1. **Kutam!** – Frazovorto, kiu esprimas, ke oni parolas al persono ne vidata, kiun oni volus iel identigi. (Ekzemple: Kutam, kiu vi estas, trans la pordo? Kiu estas vi, kiun mi ne vidas, ne aŭdas, ne palpas, ne spertas?)

2. **Hubjol!** – Frazovorto, kiu esprimas, ke oni ne konas la alparolaton, sed volonte ekkonus lin. (Ekzemple: Kutam, kiu estas vi, nekonato, kiel oni nomas vin?)

3. **Tekim!** – Frazovorto, kiu esprimas, ke oni konas la alparolaton, sed oni ne povas rememori ties nomon. (Ekzemple: Tekim! Kiu vi estas, mi forgesis vian nomon!)

4. **Huzel!** – Frazovorto, kiu esprimas, ke iu (tria) persono estas nekonata, neidentigebla por la parolanto. (Ekzemple: Huzel, kiu estas tiu rapida fuĝanto, jam malproksime?)

Eterna pordo

de Shao Baojian

(el la ĉina tradukis Minosun)

Shao Baojian, ĉina verkisto, en 1978 komencis sian literaturan kreadon, kaj lia verkaro konsistas ĉefe el noveloj, prozaĵoj kaj eseoj. *Eterna pordo*, lia ĉefverko, estas konstante studata kaj esplorata kiel modelo de noveleto en Ĉinujo.

Foto: baike.baidu.com/item/
%E9%82%B5%E5%AE%9D%E5%8I%A5/
5380II2

Antikva urbeto sude de Jangzio. Ofte vidata korto kun malnova puto. Tie loĝas ok aŭ naŭ ordinaraj familioj, kaj estas unuetaĝaj domoj, ĉiuj similaj, kies dispozicio ne ŝanĝiĝas de multaj jaroj, sed interne de la ĉambroj sin trovas pli kaj pli modernaj mebloj.

Inter tiuj familioj estas du longatempe loĝantaj kun po unu persono: fraŭlo Zheng Ruokui kaj fraŭlino Pan Xue'e, ambaŭ aĝe ne junaj.

Ruokui tujnajbaras al Xue'e.

"Bonan matenon!" li salutas al ŝi.

"Eliras?" ŝi reciprokas lian saluton, preterpasante kaj ne malrapidigante siajn paŝojn.

Tiom da fojoj, kiam oni feliĉe vidas ilian renkontiĝon en la korto, oni aŭdas nur tiujn vortojn. Tia simpla ripeto sen sentimentaleco frustras la najbarojn.

Svelta, delikate blanka kaj iom febla, Xue'e eble havas pli ol kvardek jarojn, kun ovala vizaĝo kaj regulaj trajtoj. Ŝi sin vestas kaj ornamas laŭmode kaj konservas ankoraŭ multe da ĉarmo. Ŝi laboras en butiko kiu vendas freŝajn florojn en Okcidenta Strato. La najbaroj ne scias, kial tiu virino, bela kaj digna, vivas sola, ili scias nur ke ŝi havas la rajton akiri amon kaj ke tutcerte ŝi ne edziniĝis.

Ruokui translokiĝis post Xue'e ĉi-loken antaŭ kvin jaroj. Li estas dekoraciisto de kinoteatro. Laŭdire, li servas kiel pentristo, sengenia, sed labore respondecema. Aĝante kvardek kvin-ses jarojn li aspektas iom maljuna. Lia hararo estas brunflava kaj distaŭzita, kaj evidente malofte kombata. La dorso iom ĝibas. Magras la vizaĝo, ŝultroj kaj manoj. La okuloj estas grandaj, en ili ĉiam trembrilas juneca lumo kaj lia sopiro.

Reveninte hejmen, li ofte portas kun si bukedon da freŝaj floroj: rozoj, begonifloroj aŭ umefloroj, en diversaj specoj kaj laŭ sezonoj.

Kutime li enmetas la florojn en altan vazon blue diafanan.

Li ne emas viziti ies hejmon. Rehejmiĝinte, li longatempe restadas endome. Foje li iras ĉe la randon de la puto por lavi vestojn, bovlojn aŭ la florvazon blue diafanan. Post kiam li lavis la vazon, li verŝas puran putakvon en ĝin kaj, poste, kun buŝo pintigita, ambaŭmane zorgeme portas ĝin en la domon.

La dika muro apartigas lian dormoĉambron disde tiu de Xue'e.

La malnova bambua bretaro, flordesegnita kaj unu homon alta, alkroĉiĝas al la muro kaj apudas al la lito. Sur la dekstra supro de la libromeblo estas eterna loko por la florvazo.

Krome, en la ĉambro aŭ pendas aŭ apogiĝas kelkaj pentraĵoj, ĉinaj kaj alilandaj, aliulaj kaj liaj.

El la metaranĝo de mebloj kaj la polvokovriteco evidentiĝas, ke en tiu ĉi domo mankas virino, mankas sentimentala gusto kiun krei nur virino povus.

Sed la florvazon la mastro viŝas ĉiam senpolva, la akvo en ĝi estas konstante pura kaj klara, kaj la envazaj floroj ĉiutempe freŝas kaj pompas.

La najbaroj en la sama korto iam esperis kun granda entuziasmo, ke la floroj de li alportitaj povos aperi en la ĉambro de lia najbaro – Pan Xue'e. Komprenble, tiu miraklo neniam okazis.

Nature, ĉe la najbaroj naskiĝas al Ruokui profunda bedaŭro kaj senfina kompato.

Iun aŭtunan frumatenon kun pluva nebulo.

Kun pluvombrelo Ruokui, kiel kutime, salutas ŝin: "Bonan matenon!"

Xue'e, ankaŭ tenante ombrelon, donas la saman respondon: "Eliras?"

Vespere, la pluvo ĉesis. Ŝi revenis postlabore, sed li ne rehejmiĝis.

Tuj alvenas informo: dum Zheng Ruokui pentris en sia studio de la kinoteatro, li abrupte falis surplanken pro misbato de la koro. Apenaŭ li estis sendita al hospitalo, li ekdormis por ĉiam.

En la ordinara korto estiĝas plorado.

Pan Xue'e ne ploras, kaj tamen ŝiaj okuloj ja ruĝiĝas.

Girlandoj, unu post alia. Tiun grandan, dense punktitan per diversspecaj floroj, sen elegia versparo, ŝi oferas al la mortinto.

En la korto prompte mankas fraŭlo kiu ne havis amon en sia ĉiutaga vivo. Kiel granda bedaŭro!

Post nur kelkaj tagoj Pan Xue'e translokiĝas, tiel haste kiel ekstravaganco.

Kiam oni ordaranĝas la restajn objektojn de la pentristo, oni miras. Kvankam lia ĉambro estas polve kovrita, tamen la florvazo kvazaŭ estas antaŭ nelonge viŝita brila kaj hele blua, des pli ke ne velkas eĉ unu floro el la bukedo da blankaj krizantemoj en la vazo.

Kiam oni transmetas la malnovtipan bretaron, la ĉeestantoj rondigas siajn okulojn.

Pordo! Sur la muro evidente montriĝas fajna pordo purpure ruĝa, kies manilo estas latuna.

Jen tiel! Nun sinkas la koroj de la homoj, longe pendantaj en la aero.

La najbaroj komencas brui kaj krii. La elegio kaj respekto de kelkaj tagoj pri tiu fraŭlo subite forvaporiĝas kaj... eĉ fariĝas kolero nedirebla kaj neklarigebla.

Sed kiam iu etendas sian manon por tiri la manilon, li eligas krion – jen la latunaĵo estas plata, kaj ankaŭ la pordo kaj ties kadro estas tiel ebenaj kiel la muro.

Estas pordo pentrita sur la muro!

Mia
nigra azeneto[1]

de Pádraic Ó Conaire
(el la irlanda tradukis Gabriel Beecham)

Pádraic Ó Conaire
Fonto: en.wikipedia.org/wiki/File:
P%C3%A1draic_%C3%93_Conaire.jpg

Mi estis en Cinn Mhara[2] kiam mi kon-atiĝis kun mia nigra azeneto. Estis foiro-tago, kaj ĝi staris tie apud muro, turninte sian pugon al la vento, tute ignorante la mondon, dum la mondo tute ignoris ĝin. Sed mi mem interesiĝis pri ĝi jam de la komenco. Mi deziris azenon, mi laciĝis de promenado – ĉu ĝi ne portus min mem, kaj miajn sakon kaj palton, kaj ĉion ajn? Kaj kiu povis aserti, ke mi ne akiros ĝin sufiĉe ĉipe?

Mi petis informojn pri ĝia posedanto, sed fariĝis necese traserĉi la urbon por trovi lin. Li estis ekster ta-verno, kantante por peti pencojn.

Je Dio! Li pretis vendi la azenon. Kial ne vendi, se li ricevos ĝian valoron? Jes, ĝian valoron; li ne volis akcepti eĉ unu aĉan pencon pli ol ĝian valoron; kaj komprenebli, se lia vivo ne estus tiel mizera, kiel ĝi estis, li neniam fordonus ĝin – diable ne! Tia bela juna azeno, kiu povus facile tramarŝi dudek mejlojn en unu tago! Se ĝi ricevus nur plenmanon da aveno unufoje ĉiun monaton, ne ekzistis en la lando ajna kurĉevalo kiu povus egali ĝian rapidecon – eĉ ne unu ĉevalo!

1 Origina titolo "M'asal beag dubh", el *An Crann Géagach* (La branĉohava arbo), kolekto da eseoj kaj noveloj de Pádraic Ó Conaire (1882-1928). Eldonita de Cló na gCoinneal, Dublino, 1919. Alia traduko, de Liam Ó Cuirc, aperis en *Elĉerpaĵoj el la irlandlingva literaturo*, E-Asocio de Irlando, 1996.

2 pron. [kin vá-ra]

Ni ambaŭ iris por rigardi la azenon.

Kian laŭdon la vagulo donis al ĝi! Neniam estis azeno, ekde kiam la unua azeno venis al Irlando, kiu estis tiel forta, tiel inteligenta, tiel longvida –

"Fakte, ĝi faras al si kutimon," diris la laŭdanta viro, "se oni matene donas al ĝi kelketajn avengrajnojn, ĝi ŝparas parton el ili, pro timo ke ili malabundos en la sekva tago. Tiel ĝi faras, je ĉiuj sanktaj libroj en Romo!"

Iu ekridis. La vagulo atakis lin.

"Kial vi tiom ridas, stultulo?" diris la vagulo. "Ĝi estas tiel inteligenta, ke ĝi staplas parton de sia aveno: verdire, mi mem ofte estis tiel senhava, ke mi devis forŝteli de ĝi iometon – sen tiu azeno mi mem ofte malsatus, kaj miaj dek du filinoj…"

Mi demandis al li ĉu ĝi scipovis distingi tion apartenantan al la najbaroj de tio apartenanta al ĝia mastro.

"Ĝi estas same honesta kiel pastro," diris mia alparolato. "Se ĉiuj aliaj bestoj estus tiaj, tiam necesus nek digoj nek palisaroj, nek muroj nek fosaĵoj – ili tute ne necesus."

En tiu momento granda grupo estis ariĝinta ĉirkaŭ ni. Liaj propraj infanoj estis tie – mi ne scias, ĉu la tuta dekduo – sed rilate la ĉeestantojn, nenie alie en Irlando oni trovos infanaron tiom ĉifonvestitan, malpuregan kaj makulitan. Kaj ĉiu el ili estis pli malklera ol la sekva. Lia edzino estis tie, nudpieda, nudkapa, sovaĝa…

Ŝi enŝovis sin en la interparolon.

"Ĉu vi memoras la tagon, Petro," ŝi diris al sia edzo, "ĉu vi memoras la tagon kiam ĝi iris naĝi for en la rivero kaj revenigis al la tero kompatindan Miĥaeleton, kiu estis kaptiĝinta en la fluo?"

"Kial mi ne memoru tion?" diris li; "jes, Sajva, kaj la tagon kiam iu proponis al mi kvin pundojn kontraŭ ĝi –"

"Kvin pundojn," ŝi diris al mi, "li ricevis kvin pundojn kontraŭ ĝi, kvin orajn monerojn rekte en sian polmon –"

"Mi ĵuras je mia animo, mi ricevis tion," li diris, interrompante ŝian parolon, "mi havis la monon, la marĉando estis finita –"

"Sed kiam li vidis la povran azenon," diris ŝi, "larmantan pro tio, ke ni apartiĝos de ĝi, li ne povis ne rompi la negocon."

"Ĉit!" diris li, "parolu kviete, mi petas! Ĝi komprenas ĉiun ajn vorton diritan de ni. Rimarku kiel ĝia orelo ekstaras!"

Mi proponis unu pundon kontraŭ tiu mirinda besto.

"Unu pundo!" diris la vagulo, vekriante.

"Unu pundo!" diris lia edzino.

"Unu pundo!" diris la dek du filinoj unuvoĉe.

Kiom konsternitaj ili ĉiuj estis! Ili ĉirkaŭvenis min, fiksrigardis min. Iu infano kaptis mian palton; alia mian pantalonon; la plej juna el ili ekprenis mian genuon. Alia el tiuj infanoj metis sian manon en la poŝon de mia pantalono; kompreneble, la kompatinduleto nur kontrolis ĉu mi eĉ havas tiun pundon – tamen, ŝi ricevis ne pundon, sed manfrapon surflanke de sia kapo, kaj tion faris ne lia vagula moŝto!

* * *

La nigra azeneto tre plaĉis al mi. Ĝi sufiĉus. Ĝi povus porti min parte laŭ la vojo. Kaj mi povus vendi ĝin iam ajn, kiam mi laciĝus je ĝi.

"Unu pundo," mi diris denove.

"Du pundoj," diris la vagulo.

"Ho ve! ve!" diris la edzino, "mia bela azeno, vendita kontraŭ du pundoj!" kaj ŝi komencis plori lamente.

"Unu pundo," diris mi.

"Unu pundo – kaj po ses pencoj por la infanoj."[3]

La marĉando estis decidita. Mi donis al li la pundon. Mi donis po ses pencojn al ĉiuj el tiuj liaj infanoj ĉirkaŭ mi. Tiam la edzino komencis alvoki Johaneton kaj Edmundeton kaj Tomaseton kaj mi-ne-scias-kiom aliajn. Restis ĉe la foiro eĉ ne unu sola almozisto kiu ne venigis al mi siajn infanojn, ĉiujn ĝenajn kaj kriĉantajn. Kian furiozon ili faris! Kia kverelado kaj klamado kaj tumulto ĉirkaŭ mi! Unu el ili diris, ke li ricevis eĉ ne unu pencon, dum li kaŝis brilan sespencan moneron sub sia lango! Aliulo diris – vere, mi ne povis scii, kion iu ajn ja diris aŭ provis diri en tia ĉirkaŭa malpaco.

Aĥ, ke mi estu doninta al li la du pundojn jam en la komenco, kaj ne elektinta tiujn gratifikojn!

* * *

Mi forlasis la urbeton honore.

Jen mi alte sidis sur la dorso de la azeno, dum la vagulo tenas la kondukilojn dekstre, lia edzino tenas ilin maldekstre, kaj la infanamaso ĉirkaŭ ni eligas ĉiaspecajn kriojn!

---

3   En la tempo de la rakonto, unu pundo konsistis el 240 pencoj.

Kelkaj el la knaboj de la urbeto sekvis nin, kaj ĉiu el ili donadis al mi sian propran konsilon. Oni komparis la azenon al la plej famaj kurĉevaloj de tiu tempo; oni diris al mi, ke mi atentu, por ke ĝi ne malaperu kaj mi neniam poste vidu ĝin; oni konsilis, ke mi donu al ĝi tion kaj alion por manĝi – vi supozus, ke ili neniam amuziĝis en la pasinteco antaŭ ol ili vidis min alte sidi sur mia nigra azeneto, kun vaguloj kiel mia eskorto!

Sed kial tio gravu al mi? Ĉu mi ne posedas la azenon, kaj ĉu mi ne jam delonge deziris tian kvarpiedan beston?

Ĉu eblas priskribi kiel mi mem kaj la azeno forlasis la vagulojn? Naŭ fojojn ili ĉiuj premis mian manon, unu post la alia; pri la azeno ĉiuj parolis glate kaj leĝere, kaĵole kaj ĉarme… Ili rakontis al mi sep fojojn pri ĝiaj kvalitoj. Ili devigis min promesi, ke mi estos afabla kaj bonkora al ĝi, ke mi donos etan plenmanon da aveno al ĝi kiam mi povos, ke mi nokte prezentos manplenon da herbo al ĝi, kaj je mia animo ke mi ne vergos ĝin…

En la momento kiam ni apartiĝis, tiam komenciĝis la lamento. La patro ekis. La patrino helpis lin. La infanoj sekvis, ĝis la tuta arbaro ĉirkaŭ ni pleniĝis je iliaj akrasonaj severaj ploroj.

Finfine mi estis sola – mi, kun mia nigra azeneto.

Ĝi galopis altpiede ĝis ni lasis malantaŭ ni la arbaron. Mi opiniis, ke mi faris bonegan negocon: kie oni povus trovi azenon tiel viglan kaj fortan, kia estis mia nigra azeneto?

Sed post kiam ni forlasis la arbaron, ĝia konduto aliiĝis. Eĉ piedon ĝi ne ekmovis. Mi ekpensis kaĵoli ĝin kaj logi ĝin per dolĉaj vortoj. Ĝi tute ne atentis min. Mi ekpensis bati ĝin per bastono. Eĉ ne unu colon ĝi cedis, starante tie ĝuste en la mezo de la vojo.

Homoj preteriris nin, kelkaj ĉeestintoj de la foiro, nun sufiĉe petolemaj. Iu proponis, ke mi faru al ĝi tion; iu alia, ke mi faru alion – sed kiam unu el ili proponis, ke mi portu ĝin dum tempo laŭ parto de la vojo, mia pacienco rompiĝis kaj mi ĵetis salvon da ŝtonetoj al tiu.

Finfine mi devis desalti de ĝia dorso kaj – jes, treni ĝin malantaŭ mi, kontraŭ la volo de ĝiaj piedoj kaj kapo…

Ho, mi certe deklamis belegajn preĝojn por la vagulo kiu vendis tian beston al mi!

Sed post nelonge mi konstatis ion strangan. Ĝi estis timema, kaj nenio pli timigis ĝin ol la muziko de la vento blovanta tra la arbobranĉoj.

Tuj kiam ĝi iris sub la branĉojn flanke de la vojo, ĝi perdis sian torporon, kaj mi apenaŭ povis reteni ĝin. Komence, ĝi levis siajn orelojn; poste ĝi skuiĝis, kvazaŭ hundo elveninta akvon; kaj antaŭ ol mi povis konstati tion, ĝi ekgalopis je plena rapido. Bone do, mi pensis.

Mi ŝnuris ĝin al barilpordo. Jen mi eniris la arbaron. Mi prenis plenbrakon da freŝaj frondoj. Mi faris kronon el ili, kiun mi metis ĉirkaŭ ĝian kolon kaj super ĝiajn du orelojn dum ni eliris el la arbaro.

Kia kompatinda besto! Kiel rapide ĝi moviĝis! Pro la muziko en siaj oreloj, ĝi pensis ke ĝi estas ankoraŭ en la arbaro. Kiam ni atingis Baile Uí bhFíodhcháin[4], la tuta loĝantaro de tiu urbeto venis por vidi la miraklon – min kaj mian nigran azeneton kun frondkrono sur la kapo…

Mi ankoraŭ havas la nigran azeneton, kaj daŭre ĝin havos ĝis ĝi mortos. Multajn longajn mejlojn ni jam kune trairis, tra pluveto kaj pluvego, prujno kaj neĝo. Dum tiu tempo, ĝi perdis kelkajn siajn malvirtojn – tion mi mem ne sukcesis. Kaj mi pensas, ke mia nigra azeneto scias tion same bone kiel ajna aliulo…

Oho, kiel fiere ĝi pavas ekde kiam mi aĉetis por ĝi helverdan ĉareton! Verdire ĝi pli kaj pli juniĝas, tiu kompatinda besto!

---

4   pron. [ból-je i-ví-o-ĥojn]

Du rakontoj

de Colette
(el la franca tradukis Thierry Tailhades)

Colette (1873-1954) estas unu el la plej elstaraj franclingvaj romanistoj. Malkaŝe ambaŭseksema kaj aludante tion en sia verkaro, depostulanta la samajn rajtojn kiel la viraj pri amoro kaj spirito, ŝi iom skandalis, almenaŭ en la komenco de sia kariero. Ŝia verkaro estas ampleksa, ofte mem-biografia, rakontas la vivon en ŝia denaska regiono, en stilo preciza kaj vortriĉa. Ŝiaj verkoj iĝis tiel famaj kaj popularaj, ke mortinta ŝi iĝis la unua virino al kiu la franca respubliko de-diĉis nacian funebraĵon.

"La spiralaĵoj de la vito" (1908) estas novelaro, rakontetoj, anekdo-toj, pensoj, dialogoj, eltiritaj el ŝia vivo, pri temoj, kiujn ŝi ŝatis: amo, sendependo, soleco, bestoj, naturo. Jen du el ili.

Colette ĉirkaŭ 1910.
Fotis Henri Manuel.
Fonto: Vikipedio

La spiralaĵoj de la vito

Iam, la najtingalo ne kantis nokte. Ĝi havis afablan voĉfadeneton kaj lerte uzis ĝin de mateno ĝis vespero, kiam la printempo ĵus alvenis. Ĝi vekiĝis kun siaj kamaradoj, en griza kaj blua ektagiĝo, kaj ilia timema vekiĝo skuis la majskarabojn dormantajn sub siringaj folioj.

Ĝi enlitiĝis ĉirkaŭ la sepa, aŭ sepa kaj duono, ie ajn, ofte en la florantaj vitoj, kiuj odoras rezedon, kaj ĝis la mateno faris kompletan dormon.

Iun printempan nokton, la najtingalo dormis staranta sur juna sarmento, kun ŝvela kropo kaj klinita kapo, kvazaŭ kun gracia nukparalizo. Dum ĝia dormo, la kornoj de la vito, tiuj spiralaĵoj rompiĝemaj kaj algluiĝemaj, kies okzala freŝa acideco ekscitas kaj sensoifigas, la spiralaĵoj de la vito tiun nokton kreskis tiel dense, ke la najtingalo vekiĝis tute ŝnurita, kun la kruroj implikitaj en forkiĝintaj ligaĵoj, kaj senpovaj flugiloj.

Ĝi kredis perei, baraktis, eskapis nur danke al mil penoj, kaj dum la tuta printempo ĵuris ne plu dormi, tiom longe, kiom kreskos la spiralaĵoj de la vito.

Jam la sekvan nokton ĝi kantis, por resti sendorma:

Dum la vito ŝosas, ŝosas, ŝosas…
Mi ne plu dormos!
Dum la vito ŝosas, ŝosas, ŝosas…

Ĝi variigis sian temon, girlandis ĝin per silabkantoj, enamiĝis al sia voĉo, iĝis tiu kantisto senbrida, ebria, anhelanta, kiun oni aŭskultas kun la neeltenebla deziro vidi ĝin kanti.

Mi iam vidis najtingalon kanti sub la luno, liberan najtingalon, kiu ne sciis sin gvatata. Foje ĝi interrompas sin, kun klinita kolo, kvazaŭ por aŭskulti en si mem la daŭradon de ĉesinta noto… Kaj ĝi reekas, per sia tuta forto, ŝvelinta, kun klinita kolo kaj mieno de enamiĝinta malespero. Ĝi kantas por kanti, ĝi kantas tiel belajn aferojn, ke ĝi ne plu scias, kion ili signifas. Sed mi, mi ja daŭre aŭdas tra tiaj oraj notoj la sonojn de basa fluto, la tremantajn kristalajn trilojn, la purajn kaj viglajn kriojn, mi daŭre aŭdas la unuan naivan kaj teruritan kanton de la najtingalo kaptita de la spiralaĵoj de la vito.

Dum la vito ŝosas, ŝosas, ŝosas…

Rompiĝemaj kaj algluiĝemaj, la spiralaĵoj de amara vito estis ligintaj min, dum en mia printempo mi dormis en feliĉa kaj fidema dormo. Sed mi rompis, per terurita eksalto, ĉiujn tiujn torditajn fadenojn, kiuj jam fiksiĝis al mia karno, kaj mi fuĝis… Kiam la torporo de nova miela nokto pezis sur miajn palpebrojn, mi ektimis la spiralaĵojn de la vito kaj mi laŭtege ĵetis plendon, kiu rivelis mian voĉon.

Tutsola, vekiĝinta en la nokto, mi nun rigardas la voluptan kaj malgajan astron alsupri antaŭ mi… Por malpermesi al mi refali en feliĉan dormon, en la mensoga printempo kiam floras la hoka vito, mi aŭskultas la sonon de mia voĉo. Foje, mi febre krias tion, kion oni kutime prisilentas, kion oni tre mallaŭte murmuras, – kaj mia voĉo malvigliĝas ĝis murmuro, ĉar mi ne aŭdacas plu paroli.

Mi volas diri, diri, diri ĉion, kion mi scias, kion mi pensas, kion mi divenas, ĉion, kio ravas min, kio vundas min kaj mirigas min. Sed ĉiam estas, ĉirkaŭ la tagiĝo de tiu brua nokto, prudenta mano malvarmeta, kiu metiĝas sur mian buŝon, kaj mia krio, ekzaltiĝonta, subiras al modera babilado, al parolemo de infano kiu laŭte parolas por kuraĝigi sin kaj elturmenti sin...

Mi ne plu spertas feliĉan dormon, sed mi ne plu timas la spiral-aĵojn de la vito.

La kanto de la dancisto[1]

Ho vi, kiu nomas min dancisto, sciu, hodiaŭ, ke mi ne lernis kiel danci. Vi renkontis min malgrandan kaj ludeman, dancantan sur la vojo kaj pelantan antaŭ mi mian bluan ombron. Mi turniĝadis kvazaŭ abelo, kaj la blankpolva poleno pudris miajn piedojn kaj mian hararon vojkoloran...

Vi vidis min revenantan de la fonto, lulantan amforon en la kavo de mia kokso, dum la akvo, laŭ la ritmo de miaj paŝoj, saltis sur mian tunikon en bulaj larmoj, en arĝentaj serpentoj, en mallongaj krispaj raketoj, kiuj supreniris, malvarmegaj, ĝis mia vango... Mi marŝis malrapida, serioza, sed vi nomis mian paŝon danco. Vi ne rigardis mian vizaĝon, sed vi sekvis la moviĝon de miaj genuoj, la balanciĝon de mia talio, vi legis en la sablo la formon de miaj nudaj kalkanoj, la spuron de miaj disigitaj fingroj, kiun vi komparis kun tiu de kvin malegalaj perloj...

Vi diris al mi: "Pluku tiujn florojn, postkuru tiun papilion...", ĉar vi nomis mian kuron danco, kaj ĉiun riverencon de mia korpo kliniĝanta al purpuraj diantoj, kaj la geston, refaratan ĉe ĉiu floro, remeti gliteman skarpon sur mian ŝultron...

En via domo, kun inter vi kaj mi nur alta flamo de lampo, vi diris al mi: "Dancu!" kaj mi ne dancis.

Sed nudan en viaj brakoj, ligitan al via lito de la fajra rubando de la plezuro, vi tamen nomis min dancisto vidante salti sub mia

---

1 Pli frua versio aperis rete, verkoj.com/tradukistoj/tjeri/kanto-de-la-dancisto – *Red.*

haŭto, de mia fleksiĝinta gorĝo ĝis miaj kurbiĝintaj piedoj, la neeviteblan volupton...

Laca, mi renodis mian hararon, kaj vi rigardis ĝin, obeeman, volviĝi sur mia frunto kvazaŭ serpento sorĉita de fluto...

Mi forlasis vian domon dum vi murmuris: "La plej bela el viaj dancoj ne estas kiam vi alkuras, anhelanta, plena de ekscitita deziro kaj jam dumvoje fingrumanta la agrafon de via robo... Ĝi okazas kiam vi malproksimiĝas de mi, jam kvieta kun fleksiĝintaj genuoj, kaj dum la malproksimiĝo vi rigardas min, kun via mentono sur ŝultro... Via korpo memoras min, oscilas kaj hezitas, viaj koksoj bedaŭras min kaj via lumbo min dankas... Vi rigardas min kun turnita kapo, dum viaj divenemaj piedoj palpas kaj elektas la vojon...

Vi foriras, ĉiam pli malgranda kaj ŝminkita de la subiranta suno, ĝis iĝi nur, tie supre en la deklivo, fajna en via oranĝkolora robo, rekta flamo, kiu nepercepteble dancas..."

Se vi ne forlasos min, mi foriros, dancante, al mia blanka tombo.

Per lasta nevola danco, ĉiutage pli malrapida, mi salutos la lumon, kiu beligis min kaj vidis min amata.

Lasta tragika danco alfrontigos al mi la morton, sed mi luktos nur por gracie malvenki.

La dioj donacu al mi harmonian falon, kun la brakoj kunigitaj super mia frunto, kun kruro fleksita kaj la alia etendita, kvazaŭ mi pretas transiri, per delikata eksalto, la nigran sojlon de reĝlando de la ombroj...

Vi nomas min dancisto, tamen mi ne scipovas danci...

La *fluganta* domo[1]

de Rob Scherjon
(el la nederlanda tradukis Nikola Rašić)

Iam estis viro, kiu inventis flugantan domon. Domon, kiu leviĝas per la forto de amo. La amo estas pli forta ol ĉio, pensis la viro, do la amo devus povi levi eĉ tutan domon. La necesa energio estiĝus memstare, se en la domo estus sufiĉe da homoj, kiuj amas unu la alian. Adriaan – tiel nomiĝis nia heroo – surpaperigis siajn ideojn.

"La tuto estas pli ol la sumo de ĝiaj partoj," li aŭdis iun diri en kunveno de la loka komunumo. Tio ŝajnis al li kvazaŭ konspira formulo: La tuto estas pli ol la sumo de ĝiaj partoj. Sur tio Adriaan bazis sian teorion. Dum noktoj li sidis, kalkulante kaj desegnante ĉe la kuireja tablo. Li alvenis al la konkludo, ke kvindek amparoj sufiĉus por ke la domo ekflugu. Cent homoj, kiuj pasie amas. Cent, tio estas bela nombro. Cent signifas tre multe. Kiom longe la domo povos flugi, kiom alte kaj kiom malproksimen, tion oni ankoraŭ devus espluri. Por tion scii, necesis fari eksperimenton.

Adriaan fondis fondaĵon nomatan "Fondaĵo La fluganta domo". Ĉiu, juna kaj maljuna, povis membriĝi. Li presigis koloran flugfolion kaj disdonis ĝin al diversaj homoj el sia rondeto de konatoj. La membrokotizo estis malalta, kvindek guldenoj jare. La kotizo celis kovri la kostojn. Adriaan ne intencis riĉiĝi per tio. Li havis belan sumon en la banko, ĉar li vivis modeste. Li estis fraŭlo, ne fumis kaj ne vizitis trinkejojn.

"Ni devas krei unu grandan komunumon de amo," skribis Adriaan en la flugfolio. "La amo levos nin al pli altaj sferoj. Nia domo ekflugos kiel balono kaj restos fluganta tiel longe, kiel ni amos unu la alian. Se ni ekmalkonsentos, ĉio finiĝos. La domo tuj falos, kaj ni falos sur la teron. Iĝu membro de la fondaĵo plenigante la aldonitan aliĝilon. Nomo, adreso, aĝo, telefonnumero. Sendu la

---

1   Rob Scherjon (1938): *Het vliegende huis & Anna en Bob*. Twee sprookjes. Gemeente-bibliotheek van Rotterdam, 1999.

aliĝilon ankoraŭ hodiaŭ. Ne forgesu la poŝtkodon." Fine li aldonis sian telefonnumeron por tiuj, kiuj volas pli detalajn informojn.

Adriaan ricevis dekojn da respondoj. Multaj homoj legis la flugfolion kaj telefonis al li. Ili volis scii, kion oni celas per "ami unu la alian". "Ĉu temas pri korpa aŭ spirita amo?" Ambaŭ, estis la respondo. "Ne ekzistas korpa amo sen spirita, kaj inverse," respondis Adriaan. "Se unu el ĉi tiuj mankas, nenio el ĉio. Ĉu vi iam vidis flugantan bordelon?"

Alia ofta demando estis, ĉu ĉiu en la domo devas ami ĉiun. Efektive, tio estis la intenco. La energio de amo povas plene disvolviĝi nur se ĉiuj domanoj amas unu la alian sen iaj baroj aŭ limoj.

"Tio estos Sodomo kaj Gomoro," deklaris pastro, kiu telefonis al Adriaan.

"Tiel vi opinias," diris Adriaan.

"Mi ne intencas partopreni en ĉi tiu malĉasta entrepreno," diris la pastro.

"Neniu devigas vin," respondis Adriaan. "Ĉiu laŭ sia volo."

La aliĝoj komencis alveni. Baldaŭ Adriaan havis sufiĉe da partoprenantoj por komenci la eksperimenton. Sed eĉ post tio novaj aliĝoj alvenis. Estiĝis atendolisto. Adriaan ekpensis, ke li eble komencu kun dua fluganta domo, kaj eble eĉ tria. En siaj revoj li jam vidis tutan vilaĝon flugantan en la ĉielo en la antaŭvespero. Vilaĝo de amo en la aero.

Sed unue li devis trovi sian unuan flugantan domon. Ĝi ne devus esti domo, kiu estas firme fiksita al la tero, kun fundamentoj aŭ kelo. Tio ne povus flugi, tion Adriaan bone sciis. Li ja ne estis freneza. Ne, ĝi devus esti domo staranta sur la tero kaj malpeza; ligna kabano ekzemple. La mebloj devus esti plektitaj, el vimeno aŭ el iu malpeza materialo, kaj devus esti sufiĉe da litoj kaj matracoj en ĉiuj ĉambroj, por ke la cent homoj povu ami unu la alian sen problemoj.

El sia ŝparmono Adriaan aĉetis lignan domon, kiun li starigis sur herbejo meze de arbaro en la regiono Veluwe. La domo estis meblita per plektitaj mebloj kaj havis sufiĉe da litoj kaj matracoj en ĉiuj ĉambroj. La projekto postulis tiom da laboro, ke Adriaan ne povis ĉion fari sola. Li bezonis helpon, asistanton, ĉar la telefonvokoj kaj aliĝoj ne ĉesis alveni.

Adriaan metis anoncon en la gazetojn. Serĉatas helpanto/-ino. "Fondaĵo La fluganta domo serĉas lertan helpant(-in)on, kiu ne

TRADUKITA PROZO

suferas de altecmalsano. Celo: levi domon en la aeron per la forto de amo. Dungado laŭ unujara kontrakto. Sendu leterojn kun proponoj al…"

Alvenis amaso da leteroj. Adriaan legis ĉiujn. Nur respondi al ili jam postulis helpon. Li elektis dek kandidatojn kaj invitis ilin al intervjuo. Inter ili estis knabino, kiu vere plaĉis al li. Ŝi estis dudekdu-jara kaj nomiĝis Titia. Ŝi havis blondajn ondecajn harojn kaj diris, ke la eksperimento "vere ŝajnas interesa". Ŝi scipovis labori en Word. Ŝi havis ringon en la orelo (kaj ankaŭ en la pubo, sed tion Adriaan ankoraŭ ne sciis).

Ŝi estis tiel nervoza, ke dum la intervjuo ŝi renversis tason da teo. La teo verŝiĝis sur la leterojn de la aliaj kandidatoj kuŝantajn sur la tablo.

"Ne gravas," diris Adriaan. "Ili ja ne plu necesas al mi. Vi estas akceptita."

"Nur unu demandon," diris la knabino. "Kiam la domo ekflugos, ĉu mi povas flugi kun ĝi?"

"Kompreneble, vi povas," respondis Adriaan. "Senprobleme."

"Ho, bonege," diris la knabino. "Ĉu ankaŭ vi flugos?"

Pri tio Adriaan tute ne pensis. Li estis tiel okupita per la preparoj por la flugo, ke li eĉ unu momenton ne pripensis, ĉu li mem partoprenu en ĝi. Li estis la projektestro. Ĉu la projektestro restas sur la tero aŭ ankaŭ li flugas kun ĉiuj? Pri tio li ankoraŭ devis pripensi.

Kun sia nova helpantino, Adriaan duobligis sian energion kaj ĵetis sin en la projekton. Dum tagoj ili okupiĝis pri aranĝado de la domo. La kuirejo devis esti bone provizita, certe kun sufiĉe da trinkaĵoj, ĉar la amo soifigas. Ili plenigis la fridujon per bongustaj manĝaĵoj kaj trinkaĵoj. Aldonajn kestojn kun biero kaj sukoj ili metis apud la muron en la koridoro.

"Bone firmigu ilin," diris Adriaan, "ĉar ni ne havas vere ideon, kiom stabila la domo estos dum la flugo."

La ekfluga dato estis fiksita: la 21-a de junio, la komenco de somero, tiu estis tre oportuna dato. Adriaan decidis starti ĉe la vesperiĝo, ĉar tiam verŝajne estos bona termiko[2]. Kiel ĉe balona flugo, li kalkulis, ke kun la subiro de la suno, la domo mem komencos leviĝi. Ĝis tiam la fajro de amo jam ekflamos. Kiel la vojaĝo finiĝos

2 **Termiko**: la termika stato en difinitaj momento kaj cirkonstancoj. Stato de aerkurentoj depende de temperaturo – *La trad.*

Rob Scherjon

kaj kie la domo surteriĝos, tio estis tute necerta. Ĉi tiu estis sendube tre streĉa eksperimento.

Ĉiun matenon en majo, Adriaan kaj Titia veturis en lia malnova Opel al Veluwe. Ĉiufoje kiam li ekvidis la lignan domon sur la herbejo meze de la arbareto, la koro de Adriaan pli rapide ekbatis. La suno staris alte sur la ĉielo, la vento murmuretis ĉe la pintoj de abioj, estis la ideala loko por ekflugo.

"La fluganta domo, portata de la forto de amo, Titia. Ĉu tio ne estas vere la plej bela afero en la mondo?"

Li svingis siajn manojn kvazaŭ li mem levus la domon.

Titia konsentis kun li. Estas ja la plej bela afero en la mondo. Sed ŝi havis kelkajn pliajn demandojn.

"Ĉu nia domo vere havas nomon?"

"Nia domo nomiĝas 'La fluganta domo'."

"Ĉu ĉio ne devus esti tute fermita? Fenestroj fermitaj kaj ĉiuj truoj ŝtopitaj? Alie la energio de amo povus perdiĝi."

"Vi pravas," diris Adriaan. "Ni fermos ĉiujn truojn per glubendo. Tiam la amo ne povos eskapi. Ĉu vi pensis pri muziko? Ni devas havi muzikon en ĉiuj ĉambroj, kiu kreos la ĝustan etoson, por ke ĉiuj partoprenantoj estu en la ĝusta humoro. Neniu faras amon laŭ ordono."

"Mi trovos ion," diris Titia.

Ŝi aĉetis KD-ojn kun muziko ĝuste taŭga por tiu celo: la dua pianokoncerto de Raĥmaninov, Bolero de Ravel, *Je t'aime... moi non plus* de Jane Birkin. *Sex machine* de James Brown. *Satisfaction* de The Rolling Stones. Kaj ŝi pruntis videobendojn el la videoteko: Basic Instinct, Fatal Attraction, Wild Orchid, Blue Lagoon, Seka kaj multajn aliajn.

Fine, en ĉiuj ĉambroj ili instalis diskretan lumigon. Ne kandelojn, tio estus tro danĝera kun tiu ligno; sed modernajn IKEA-lampojn, kun ŝaltilo por reguli la lumintenson. Adriaan kaj Titia trarigardis la ĉambrojn. Ili estis kontentaj pri la rezulto.

"Kaj nun ni lasu la amon veni," diris Adriaan. "Ĉu vi, parenteze, havas amikon, kiu iros kun vi?"

"Ne," diris Titia. "Mi iras sola."

"Ni solvos tion. Ĉio en sia tempo. Nur ke partoprenu egala nombro da virinoj kaj viroj."

"Tio tute ne estas necesa," diris Titia, kiu estis evoluinta en nemalhaveblan kunlaborantinon.

"Ankaŭ viroj, kiuj amas virojn, povas partopreni. Kaj virinoj, kiuj estas enamiĝintaj al virinoj. Tio, komprenble, same eblas, ĉu ne?"

"Ĉio eblas," diris Adriaan. "Se nur temas pri vera amo."

"Ĉu vi decidis, ĉu ankaŭ vi iros kun ni?" demandis Titia.

"La ideo estas alloga," diris Adriaan. "Eble mi aliĝos kiel projektestro."

La invitoj estis dissenditaj. La unuaj cent homoj, kiuj aliĝis kaj pagis kvindek guldenojn, ricevis leteron.

"Estimata partoprenant(in)o. Per ĉi tiu ni invitas vin al la unua flugo de La fluganta domo. Sabate, la 21-an de junio, je la 16:00 ni ekflugos. Sandviĉoj, trinkaĵoj kaj muziko estos provizitaj. Alportu piĵamon."

La letero estis kaŭzo por multaj telefonvokoj. Titia sidis ĉe la telefono de mateno ĝis vespero. Oni demandis, ekzemple, ĉu sekso dum la flugo estas deviga (respondo: ne. Ĉio eblas, nenio estas deviga). Ĉu la organizintoj provizis "posteventajn" pilolojn (respondo: ne, alportu mem). La projektestro ĉiuokaze ne akceptas respondecon pri eblaj sekvoj de la flugo. Ĉu oni povas partopreni, se oni suferas de altecmalsano (respondo: jes, ne rigardu eksteren).

Kaj fine alvenis la 21-a de junio. Estis bela suna tago. Jam frue posttagmeze komencis ariĝi la unuaj partoprenantoj. Baldaŭ jam staris amaso da aŭtoj parkitaj laŭ la arbaraj vojetoj ĉirkaŭ la domo. Adriaan kaj Titia pretis akcepti la gastojn. Alvenis ankaŭ teamo de la loka televido.

Ili intervjuis Adriaan-on.

"Kiel vi venis al ĉi tiu ideo?" demandis la ĵurnalisto.

"Multa amo en la mondo perdiĝas," diris Adriaan. "La amo povas movi montojn. Do kial la amo ne povus igi domon ekflugi? La tuto estas pli ol la sumo de ĝiaj partoj."

Dume la ligna domo pleniĝis. Viroj kaj virinoj de ĉiuj aĝoj lokiĝis en la ĉambroj. Por ĉi tiu okazo ili surmetis siajn festajn vestojn. Baldaŭ muziko eksonis el diversaj anguloj de la domo. Adriaan pretigis mallongan bonvenigan paroladon, kies celo estis koncize klarigi la ĉefan celon al la gastoj, sed tio montriĝis nenecesa. La partoprenantoj jam bone komprenis. Multaj jam trovis la vojon al la kuirejo, kie korkoj eksplodis kaj la pordoj de la fridujo senĉese malfermiĝis kaj fermiĝis. Adriaan ĉirkaŭiris ĉambron post ĉambro kaj rigardis la horloĝon. Jam estis ĉirkaŭ la kvara. Unu paro amoris sur matraco, aliaj tenis sin je la manoj kaj flustris. El alia ĉambro aŭdiĝis ĝemoj kaj ridetoj.

Sur lito en unu el la ĉambroj sidis pli maljuna viro kun okulvitroj kaj malantaŭen kombita griza hararo. Li rakontis pri la pasinteco. Du knabinoj aŭskultis lin kun admiro. Ili tenis lin firme je la mano kaj kisis lin sur la vangoj kaj nazo. "Mi ankoraŭ memoras la liberiĝon," diris la viro. "Ĉiuj amoris kaj ĝojis. Tuta Eŭropo estis unu granda matraco." Malgraŭ sia aĝo, la maljunulo eligis vivplenan impreson. La knabinoj troviĝis en bonaj manoj.

En la supra etaĝo bruis haŭzo-muziko[3]. Tie kolektiĝis la junularo. Unu knabino kun bendo en la haroj disdonis pilolojn. Kontraŭ naŭzo, supozis Adriaan.

Jam estis pasinta la horo 16:00. Nenio okazis.

"La domo devas iom post iom pleniĝi per amo," li pensis. "Ĝi ne povas tuj ekflugi, same kiel aera balono ne iras tiel abrupte."

La agadoj de la partoprenantoj ne estis la kaŭzo. Ĉie ĉirkaŭe okazis tiom da amo, ke estis vera plezuro. Ie aŭdiĝis *Je t'aime*, aliloke trumpeto de Chet Baker ĝemis. La temperaturo kaj humideco videble kreskis. Sed kion ajn oni faris, la domo ne leviĝis. Eĉ ne unu centimetron. Ĝi staris tie, kie ĝi estis, sur la herbejo meze de la arbareto.

Adriaan ree ĉirkaŭiris ĉion por vidi, kio ne funkcias. Li renkontis Titian, kiu sidis sola en la koridoro, apud la vestopendigiloj.

"Ĉu vi trovis partneron?" demandis Adriaan. "Ĉiuj devas partopreni, vi scias."

"Kaj kion pri vi?" demandis Titia. "Ĉu vi tamen iros?"

"Jes, mi decidis, ke kiel projektestro ankaŭ mi partoprenos."

"Mi atendis vin," diris Titia. "Vi estas mia partnero. Vi plaĉas al mi, ekde la intervjuo por la laboro. Vi tiel nervoze irigis vian manon tra la haroj."

"Kaj vi misverŝis la teon."

"Kaj vi ĵetis ĉiujn leterojn en la rubujon."

"Ni ne leviĝas, Titia. La eksperimento malsukcesis."

"Nu, komprenele ne. Mi neniam kredis je ĝi. Ĉu vi?"

"Certe! Mi ĉion tre serioze intencis."

---

3 **Haŭzo**: speco de elektronika dancmuziko (Vikipedio) – *Red.*

"Mi amas vin."

"Ĉiuj tiuj homoj, kiuj venis. Ili terure koleros, kiam ili vidos, ke nia domo ne flugas. Baldaŭ ili komencos repostuli sian monon."

"Ili ne faros tion. Ĉiuj venis por pasigi belan vesperon. Bela festo en ligna domo en Veluwe, tio estas ja io nova. Kaj ĉio por kvindek guldenoj. Ne pensu, ke iu atendas, ke ni vere ekflugos en la aeron."

"Ĉu vi vere tiel opinias?"

"Kompreneble, kara. Venu, ni trovu lokon por ni ambaŭ."

Ili trovis lokon, en la koridoro, kie ankoraŭ kuŝis malplena matraco.

"Venu, ĉefo," diris Titia. "Mi pensas, ke ĉi tiu estas via unua fojo."

"Jes," kapjesis Adriaan. "Mi ne estas tre lerta kun virinoj. Kaj vi?"

"Ho, mi jam perdis la kalkulon. Mi faris tion kun ĉiuj belaj knaboj el la klaso, kaj poste kun du belaj instruistoj. Jochels el geografio kaj Bakels el la nederlanda."

Ŝi gvidis lian mallertan manon.

"Hej, ĉu vi havas ringon en la pubo?" diris Adriaan. "Mi ne sciis tion."

"Estas multe pli, kion vi ne scias."

"Kio?"

"Ĉi tio… kaj ĉi tio…"

"Ho, vidu, kio okazas!"

La tuta domo subite ektremis. Boteloj tintis unu kontraŭ la alia. La planko komencis fleksiĝi, la muroj kliniĝi.

"Ni flugas!"

Mia vojo disvagis

de Robindronath Tagor
(el la bengala tradukis Probal Daŝgupto)

Mia vojo disvagis for de l' via:
jen inter ni distanco grandiĝanta.
Ĉu iam ree al viaj girlandoj
aliĝi rajtos kelkaj floroj miaj?
Teneras via fluto, malproksime,
kaj ŝajne iun vokas. Kiucele?
Longa irado lasis min anhela,
ripozas mi sub arbo malintima.
Se sangas mia senkunula koro,
al kiu do rakonti? La hazarde
samvojaj homoj portas la standardon
de strikta malsciemo pri doloroj.

Du panamaj poemoj

134

de Ricardo Miró kaj Joaquín Pablo Franco González
(el la hispana tradukis Roberto Pérez-Franco)

Ricardo Miró (1883-1940) estas la ĉefa poeto de mia lando, Panamo, kaj lia ĉi-sekva "Patrio" (1909), la plej grava de la panama literaturo.

"En la mar'" (1898) estis verkita de mia praavo, **Joaquín Pablo Franco González** (1870-1924). Ĝi priskribas kariban uraganon, kiu trafis la aŭtoron dum ŝipvojaĝo el Kolombio al Panamo pro maljusta politika ekzilo.

En provo, eble naiva aŭ tro permesema, speguli la etoson de la epoko, mi permesis al mi uzi kelkloke en mia traduko asonancojn kaj eĉ adasismojn – *La tradukinto*.

Ricardo Miró en 1905.
Fonto: Vikipedio

Ricardo Miró
Patrio

Patrio tiom eta, sur la istmo kuŝanta:
samkiel maro sonas en la konka helik',
pro via vibra suno kaj ĉielo vivanta
en mi tiel resonas via tuta muzik'.
Turnas mi la rigardon kaj teruron eksentas
ĉar mi ne vidas vojon por reiri al vi…
Mi eble ne konscius, vin kiom mi amegas
se fato ne decidus, ke mi forlasu vin!
Patri' estas memoroj… la spertoj travivitaj,
kovritaj de ŝiraĵoj el amo aŭ dolor';

la palmo murmurema, muziko elkonita,
ĝardeno jam sen fruktoj, folioj aŭ kolor'.
Patri' estas antikvaj padetoj sinuantaj
senĉese trairitaj ekde la infanec',
la arboj antaŭ longe elkore nin konantaj
silente parolantaj pri kara pasintec'.
Anstataŭ fremdaj turoj orgojle elstarantaj
sur kies orsagetojn por morti venas sun'
al mi lasu la arbon, sub kiu ekrevante
mi ŝtelis ŝian kison kaj skribis sur la trunk'.
Ho, miaj karaj turoj, antikvaj kaj lontanaj,
mi sentas nostalgion pri via resonad'!
Mi vidis multajn turojn, kun sonoriloj vanaj;
neniu tamen sciis, turoj miaj lontanaj!
kanti kiel vi kantis, per dolĉa singultad'.
Patri' estas memoroj... la spertoj travivitaj,
kovritaj de ŝiraĵoj el amo aŭ dolor';
la palmo murmurema, muziko elkonita,
ĝardeno jam sen fruktoj, folioj aŭ kolor'.
Patrio tiom eta, ke tutan vin ja kovrus
per sia ŝirma ombro flirtanta la standardo:
ĉu eble vi malgrandas ĉar tiel mi ja povus
forporti vin entutan en mia koro arda?

1909

Joaquín Pablo Franco González
En la mar'

Ho, kiel bela mar' kolera estas!
Kiel grandigas ĝi mian animon!
Kiu taksas eta, antaŭ ĝi, homon?
Ĝuste ĉi tie mi granda min sentas!
La ekbrilego la tenebron ŝiras,
fulmoj trairas maston nevundante.
La barko supren kaj malsupren iras,
sur la senlima kampo navigante.

Kaj kiel furioza maro muĝas!
Kiel venas dispeciĝi huloj
kontraŭ l' fiera ŝip'! Kaj kiel saltas
sur la vizaĝon akvaj diamantoj!
Amaraj aŭ salgustaj kvazaŭ larmoj,
sur miajn lipojn falas kelkaj gutoj…
Mi trinkas kolerploron de l' Oceano!
Mi trinkas kolerploron de l' Giganto!
La pruo la timindajn ondojn rompas
de l' aroganta kaj senlima punto…
Mi regas maron kaj min forta trovas
sur fragilaj tabuloj de mia ŝipo!
Ŝajnas ke, mian venkon rigardante,
ploros pro ĉagreno kaj kolero
la brava ĉiel' kaj orgojla abism'…
Ĝemas vento ŝnuraron trairante,
kaj mi sentas, kion? spiritan forton…
invadantan ebrion el senfin'!

1898

Ekster fumo

de Loufu[1]

(el la ĉina tradukis Minosun)

en ondaj bruoj mi vokas vian nomon
dum via nomo jam estas transe de mil veloj
la tajdo flusas kaj malflusas
apenaŭ la liva ŝuosigno sugestas posttagmezon
vesperruĝon elvokas la dekstra ŝuospuro
junio estas ja trista libro
la finiĝo tiel bele mornas –
la suno sinkas okcidenten

mi ankoraŭ kontemplas
la puran blankon rivelitan en viaj okuloj
surgenue mi klinas min al vi
al la nubo kiu ĉarmis hieraŭ posttagmeze
ho, maro
kion alian do mi povus kapti?
vian pupilon oni iam konis kiel neĝon
kaj nun iu nomas ĝin
fumo

Adiaŭ

de TANIKAWA Shuntaro
(el la japana tradukis KITAGAWA Hisasi)

La 13-an de novembro 2024, forpa-
sis la sendube plej vaste legata poeto
en la moderna Japanio, TANIKAWA
Shuntaro (1931-2024), 92-jara. Du-
dek kelkaj poemoj el lia plumo pre-
zentitaj en *BA23* (Junio 2015) esper-
eble mem eksplikas, kial oni ŝatas
ilin kaj multoble pliajn aliajn verkojn
de la fekunda poeto. Memore al la
bedaŭrata poeto, ni ĉi-foje prezentas
unu el liaj plej leĝertonaj pecoj, kiu
tamen spegulas lian malfrivolan kon-
cepton pri la nepra fatalo de ni ĉiuj.
– *La tradukinto.*

TANIKAWA Shuntaro en junaĝo.
Fonto: Vikipedio

Kara mia hepato, mi diras al vi adiaŭ!
Karaj renoj kaj pankreato, mi vin laste salutas.
Kvankam mi estas plej baldaŭ formortonta,
neniu min apudestas; jen kial
mi faras salutojn al vi.

Vi ĉiuj laboris por mi senhalte dum longa tempo,
sed venis la momento de via liberiĝo!
Vi nun rajtas senplue foriri ien ajn!
Kaj mi, sen ŝarĝo kaj balasto post nia disiĝo,
estos la animo mem sen pucaĵoj.

Ho, mia kor', mia pasio aŭ anksio foje perturbis vian pulsadon;
ho, mia cerb', pardonu, ke mi pensigis vin pri absurdaĵoj;
okuloj, oreloj, buŝ' kaj kac', mi ne povas tro danki vin.
Tamen mi neniam intencis misuzi vin,
ĉar mi ŝuldis al vi mian tutan ekziston.

Post ĉio, tamen, mia estonto sen vi estos hela:
mi jam estos libera de ajna postpenso al mi,
do mi senhezite forgesos min
kaj solviĝos en koton, perdiĝos en la ĉielon
por esti kompano de la estaĵoj sen lingvo.

2007

Odiseado

de Homero
(el la malnov-greka: versa versio de Abel Montagut)

Ĉi tio estas parta antaŭprezento de la kompleta *Odiseado* en la traduko de Abel Montagut. Ĝi aperos baldaŭ ĉe Mondial.

Tria kanto

La suno nun leviĝis, lasante la lagon belegan,
al la ĉielo bronza por lumi al la Dioj senmortaj
kaj al mortemaj homoj tra l' vasta tero grendona,
kiam Piloson ili venis, belmuran urbon Nelean.
5   Tiam sur la marbordo la homoj rite buĉadis
tutnigrajn taŭrojn por la harblua dio terskua.
Naŭ seĝozonoj plenis kaj kvincent homoj sidis en ĉiu
dum antaŭ si naŭ taŭrojn ĉiu grupo havis starantajn.
Jam gustuminte tripojn, oni ritbruligis femurojn,
10 kiam alstrandis l' Itakanoj kaj de la ŝipo konkava
malhisis la velaron, ankris, kaj saltis sur teron.
Ankaŭ desaltis Telemaĥo kaj gvidis Palas-Atena.
Unue ekparolis la diin' glaŭk-okula Atena:
– Nun, Telemaĥo, nepras, ke vi neniel plu hontu.
15 Vi transnavigis maron por ekscii famojn pri l' patro,
kie lin kovras grundo kaj kian morton li trovis.
Iru do rekte al la ĉevaldresisto Nestoro
por koni la konsilon kiun enbruste li kaŝas.
Kaj vi al li petegu, ke li diru nude la veron,
20 li tute ne mensogos, ĉar li estas saĝa reganto.
    Ŝin rigardante diris jen Telemaĥo plensaĝa:
– Do, kiel mi, Mentoro, lin alparolu konvene?
Ĉar mi neniel spertas pri la konformaj esprimoj,

hontindas, ke junulo al viro pli olda demandu.

25   Responde al li diris la glaŭk-okula Atena:
– Parton propraspirite, ho Telemaĥo, vi trovos,
ceteron subinspiros iu dio. Ĉar certe mi kredas
ke vi elkreskis kaj naskiĝis ne kontraŭ volo de l' Dioj.
      Li diris kaj rapide nun antaŭpaŝis Palas-Atena,
30   kaj Telemaĥo sekvis de la diino la spurojn.
Ili la seĝovicojn de l' Pilosanoj atingis,
kie Nestoro sidis, dum filoj manĝon aranĝis.
Kelkaj viandon rostis, sur stangon aliaj ĝin pikis.
Vidinte la fremdulojn, ĉiuj aliris renkonte,
35   manpreme bonvenigis kaj ilin invitis eksidi.
La Nestorido Pizistrato alpaŝis l' unua,
ilin je l' manoj kaptis kaj kunsidigis ĉe l' manĝo
sur molajn ŝafofelojn, sternitajn sur sablo ĉemare,
flanke de l' frato Trasimedo kaj de la patro Nestoro.
40   Al ili donis li tranĉaĵojn de l' tripoj kaj verŝis
vinon en orpokalon kaj bonvenige sin turnis
nun al Atena, la filino de Zeŭso ŝildoportanta:
– Preĝu unue, gasto, al Pozidono la estro,
ĉar tiu ĉi festeno por lia kulto fariĝas.
45   Post ol vi verŝos rite kaj laŭkonvene jam preĝos,
transdonu al l' amiko la dolĉavinan pokalon,
ĉar ankaŭ li, verŝajne, al la Senmortaj preĝpetas;
la helpon de la Dioj ĉiuj mortemuloj bezonas.
Sed ŝajne li pli junas kaj kun mi preskaŭ samaĝas.
50   Tial al vi unue la or-pokalon mi donas.
      Al ŝi li enmanigis la dolĉavinan pokalon.
Atena kore ĝojis pri tiu viro ĝentila,
ĉar li al ŝi unue la or-pokalon proponis.
      Kaj verve ŝi ekpreĝis al Pozidono potenca:
55   – Min aŭdu, terringanta, ho Pozidon', ne rifuzu
al tiuj vin preĝantaj, ke l' entrepreno sukcesu!
Unue vi Nestoron kaj liajn filojn glorbenu
kaj donu rekompencon superabunde plengracan
al ĉiuj Pilosanoj pro l' hekatombo honora.

60 Faru ke Telemaĥo kaj mi la celon atingu
por kiu ni marsulkis per nigra ŝipo rapida.
  Ŝi preĝis per ĉi vortoj, sed ŝi mem plenumis la tuton.
Al Telemaĥ' ŝi donis la belan dutenilan pokalon
kaj, kiel ŝi, la filo de Odiseo preĝpetis.
65 Rostitan dorsviandon la preparintoj retiris
el fajro kaj disdonis por la kunmanĝo solena.
  Tuj kiam la deziro al trinko kaj al manĝo satiĝis,
parolis la Gerena ĉevaldresisto Nestoro:
– Pli bonas nun aŭskulti kaj pridemandi fremdulojn,
70 kiuj do ili estas, post refreŝiĝo per manĝo.
Kiuj vi estas, gastoj? De kie vi venis marvoje?
Ĉu vin negoco pelas aŭ vi disvagas sur ondoj
simile al piratoj, kiuj riskante la vivon
rondiras ĉien kaj faradas al la fremduloj misaĵojn?
75   Lin rigardante diris jen Telemaĥo plensaĝa,
ekaŭdacinte, ĉar Atena en lian koron enmetis
kuraĝon por demandi pri l' patro longe foresta
kaj por ke inter homoj renomon brilan li gajnu:
– Nestoro Neleido, glora fier' de l' Aĥeoj!
80 vi pri l' deveno nin demandas kaj mi pri ĉio klarigos.
Ni venas de Itako, de ĉe l' Nej-monto, celante
aferon nur privatan, ne komunuman. Mi serĉas
sciigojn pri la famo de mia patro, por aŭdi
pri l' dia Odiseo, la persistema, kiu laŭdire
85 kun vi mem bataladis kaj l' urbon Trojan dispredis.
Ĉar ni pri la ceteraj, kiuj militis Troje, jam scias
kie per trista morto ĉiu el ili pereis;
sed la Kronido faris pri li eĉ nekonata la morton,
ĉar nun neniu povas diri kie sendube li falis,
90 ĉu jen sur firma tero, de malamikoj venkita,
aŭ jen surmare, meze de l' Amfitritaj ondegoj.
Antaŭ genuoj viaj, mi do petegas: raportu
pri lia trista morto, se vi ĝin vidis okule
aŭ la rakonton aŭdis de vagabondo hazarde.
95 Ĉar lin patrino naskis inter ĉiuj homoj mizeran:

raporton ne dolĉigu pro kompatem' aŭ indulgo,
sed faktojn konkretigu kiel vi spektis reale.
Mi petas vin, se iam mia patr' Odiseo la nobla
plenumis agon aŭ parolon laŭ sia promeso
100 en Trojo, kie vi, l' Aĥeoj, mil plagojn travivis;
bonvolu nun memori kaj plendetali laŭvere.
  Respondis la Gerena ĉevaldresisto Nestoro:
– Amiko, ĉar vi memorigis pri la mizeroj Trojlande
trasuferitaj de l' Aĥeoj senbremse kuraĝaj,
105 kaj pri l' klopodoj dum ni vagis tra la ondaro nebula
celante rabakiron, kien ajn nin portis Aĥilo,
aŭ kiam ĉirkaŭ l' urbo de l' fama reĝo Priamo
ni militadis, kie niaj plejkuraĝuloj pereis...,
tie Ajakso kuŝas, l' Ares-trajta, kaj ankaŭ Aĥilo,
110 tie Patroklo, kiu konsiliste la Diojn egalis,
tie mia amata filo, la plej fortika dum sturmoj,
Antiloĥo, rapida kure kaj same milite.
Multajn dolorojn pliajn ni trasuferis: ja kiu
el la mortemaj homoj kapablus ĉiujn rakonti?
115 Se vi ĉi restus dum kvin jaroj aŭ eĉ dum ses por traaŭdi
la plagojn suferitajn de l' diaj Aĥeoj en Trojo,
pli frue vi enuus kaj al hejmlando revenus.
Ĉar dum naŭ jaroj kontraŭ ili ni planis pereon
per ĉiaj ruzoj kaj nur Zeŭso je l' fino ĉion plenumis.
120 Tie neniu sin komparis al tiu viro laŭ saĝo,
ĉar la dieca Odiseo ĉiujn aliajn superis
per ĉiaj ruzoj, via patro, se lia filo vi estas
envere. Mi ja miras vin rigardante, ĉar viaj
paroloj plenprudentas kaj oni tute ne kredus,
125 ke freŝe juna knabo tiel konvene parolas.
Mi mem kaj Odiseo neniam juĝis malsame
dum niaj asembleoj aŭ en la konsiliĝo sidante,
sed ni unuanime pri ĉio trafe proponis,
celante kiel planoj por la Aĥeoj pli bonos.
130 Sed post ol ni detruis la Priaman urbon abruptan,
kiam ni jam surŝipis, Diaĵo dividis l' Aĥeojn.

Zeŭso en sia koro mizeran revenon ekplanis
por la Arganoj, ĉar ne ĉiuj prudentis kaj justis.
Tial el ili multaj maldolĉan sorton atingis
135 pro l' damna furiozo de l' glaŭk-okula filino
de l' forta patro, ĉar ŝi inter la du Atreidoj
vekis konflikton, kiam ili kunvokis l' Aĥeojn
fuŝe kaj kontraŭmore, kiam la suno subiras,
kaj l' Aĥeidoj venis nebulkaptite de vino;
140 ambaŭ klarigis kial ili alvokis la homojn.
Instigis Menelao ĉiujn Aĥeojn pretiĝi
por revojaĝi hejmen sur la larĝa dorso de l' maro.
Tio malplaĉis al Agamemnono, ĉar nepre li volis
reteni l' trupojn kaj sanktajn hekatombojn oferi
145 por provi kvietigi la koleregon Atenan
– la naivulo!, sen konscii, ke ŝi senindulgos,
ĉar tuje ne ŝanĝiĝas la penso de l' Dioj eternaj.
Stare interreplikis ambaŭ per vortoj acidaj,
kiam leviĝis la Aĥeoj kun belaj kruringoj
150 laŭte kriante, subtenante la disajn proponojn.
Dumnokte ni bruspiris kun ŝtormaj pensoj enkore
unu kontraŭ l' alia, ĉar Zeŭso planis pereon.
La ŝipojn frumatene en maron dian ni trenis,
la havojn enŝipigis kaj la virinojn bele zonitajn.
155 Tamen arme-duono sur la marbordo restis, ĉe l' flanko
de l' Atreida reĝo, Agamemnono gentestro.
Sed kun duon' alia ni per la ŝipoj forvelis
plej haste, ĉar la faŭkan maron diaĵo glatigis.
Ni venis al Tenedo kaj oferbuĉis al Dioj,
160 resopirante hejmen; sed revenon Zeŭso rigora
ne permesis, sed vekis missortan duan dividon.
Kelkaj la kavajn ŝipojn turnis kaj vele revojis,
kune kun Odiseo, la saĝa estro plenruza,
por helpi l' Atreidon Agamemnonon favore.
165 Fuĝis mi, tamen, hejmen kun miaj ŝipoj samgrupaj,
vidante ke diaĵo nur misfortunon aranĝas.
Fuĝis l' Aresa Tideido, spronante la siajn,

kaj poste sekvis nin ankaŭ Menelao la blonda.
Li trafis nin en Lesbo, kie pri l' vojo ni dubis:

170 ĉu ni navigu supren de l' multerifa Ĥioso,
apud l' insulo Psira, ĝin laŭirante maldekstre,
ĉu sub Ĥioso suben, preter Mimanto ventega.
Ni preĝis ke la dio ekmontru signon; kaj klaran
li al ni montris, ke rekte al Eŭbea ni tranĉu,

175 tiel ke ni plej baldaŭ el nigra fato saviĝu.
Ekblovis nun sonora vento kaj ŝipoj glate trasulkis
laŭ la fiŝplenaj vojoj, ĝis en Geresto frunokte
ni albordiĝis kaj oferis taŭro-femurojn abundajn
al Pozidono, ĉar ni la vastan maron transe mezuris.

180 Post nur kvar tagoj la kunuloj de l' fil' de Tideo,
la ĉevaldresa Diomedo, la ŝipojn konkavajn
en Argo surgrundigis. Piloson mi tuj celis kaj ventoj
neniam al ni mankis, ĉar ilin sendis diaĵo.
Jen kiel mi revenis, kara filo, sen scii

185 kiuj Aĥeoj elsaviĝis kaj kiuj subfalis.
Sed kion mi priaŭdis en nia domo sidante,
sciigos mi konvene kaj pri nenio mi kaŝos.
Laŭdire sane rehejmiĝis la Mirmidonoj lanclertaj,
gvidataj de la fama filo de Aĥilo kuraĝa,

190 kaj ankaŭ Filokteto, la splenda fil' de Peanto.
Al Kret' Idomeneo rekondukis ĉiujn kunulojn
kiuj saviĝis de l' milito, nul viron maro forrabis.
Pri l' Atreido, vi jam aŭdis, eĉ diste loĝante,
kiel revenis li al hejmo kaj lian morton hontigan

195 Egisto ruze teksis, sed tiu ĉi rigore puniĝis.
Ja bonas se postrestas filo al viro falinta,
ĉar tiu la murdinton de lia patro venĝpunis,
Egiston, la insidan, glavintan lian patron glorfaman.
Do, ankaŭ vi, amiko, bele kaj alte kreskinta,

200 kuraĝu por ke same la posteuloj vin laŭdu.
   Lin rigardante diris jen Telemaĥo plensaĝa:
   – Nestoro Neleido, glora fier' de l' Aĥeoj!
Prave Oresto venĝe punis kaj la Aĥeoj disportos

205 lian glorbrilon ĝis eê la posteuloj ĝin aŭdos.
Ho, se la Dioj donus al mi samgrandan fortikon
por puni la flirtantojn pro la trospito provoka,
êar ili ĉiam planas frenezajn farojn senhonte.
Sed por mi ĉi feliĉon la Dioj ja ne destinis,
al mi aŭ al la patro: nun nian plagon nepras elporti.

210 Respondis la Gerena ĉevaldresisto Nestoro:
– Amiko, êar vi memorigis kaj priparolis l' aferon:
laŭdire la flirtuloj de via patrino palace
multas, sen via volo, kaj daŭre planas misaĵojn.
Diru: êu l' jugon vi allasas aŭ êu la popolo

215 malamas vin, sekvante de iu Dio la voĉon?
Sed kiu scias, eble li rehejmiĝos kaj punos
ĉi perfortaĵojn, sola aŭ kun ĉiuj Aĥeoj kunhelpe.
Ĉar se vin volus ami la glaŭk-okula Atena,
kiom ŝi tiam zorgis pri Odiseo glorfama

220 en Trojo, kie nin l' Aĥeojn tradraŝis missortoj
– êar mi neniam vidis ke l' Dioj tiel malkaŝe
amas mortidevulon kiel Palas-Atena lin helpis –
se same ŝi vin amus kaj en la koro prizorgus,
multaj el ili pri l' edziĝo por ĉiam forgesus.

225 Lin rigardante diris nun Telemaĥo plensaĝa:
– Ho maljunulo, laŭ mi neniam realos ĉi vortoj,
tro grandaj, miregindaj, tio neniam okazos,
eê se mi pleje volas, eê se la Dioj dezirus.

Respondis siavice la glaŭk-okula Atena:
230 – Ho Telemaĥo! Kia vorto de l' dentobaro forglitis!
Ja dio deziranta, facile savos viron, eê ankaŭ
de malproksime. Mi preferus sennombrajn plagojn suferi,
rehejmiĝi kaj vidi la revenan tagon, ol fali
ĵus reveninte domen, samkiel Agamemnono,

235 murdita de Egisto kaj de l' edzino perfida.
Sed veras ke la morton, kiu al ĉiuj komunas,
ne povas eê la Dioj de l' heroo plej kara deturni,
se la funebra sorto de l' pereiga Parco lin trafis.

Lin rigardante diris nun Telemaĥo plensaĝa:

240 – Ni ne plu tuŝu tion, Mentoro, kiom ajn ni bedaŭras.
Lia reveno ne plu eblas, ĉar certe l' Eternaj
jam ŝpinis lian morton kaj nigran destinon fatalan.
Sed mi alion ŝatus nun ĉe Nestoro prisondi,
ĉar li pli bone konas ol ĉiuj homoj la juston

245 – laŭdire, li laŭlonge de tri generacioj jam regis.
Kiam mi lin rigardas, mi kredas lin nur diaĵo.
Nestoro Neleido, raportu kiel pereis
envere l'Atreido Agamemnono, granda regnestro.
Kie troviĝis Menelao? Kian mortigon projektis

250 Egisto insidema? Ĉar li faligis multe pli fortan.
Ĉu Menelao distis? Ĉu for de Argo li vagis
tra fremdaj landoj, ke pri l' murdo kuraĝis Egisto?
    Respondis la Gerena ĉevaldresisto Nestoro:
– Certe, infano kara, mi trarakontos laŭvere.

255 Vi povas mem supozi kio okazus, sendube,
se l' blonda Menelao, la Atreido, veninte
el Trojo, trovus viva en siaj ĉambroj Egiston.
Ĉi tiu ne ricevus honor-tumulon postmorte,
sed hundoj kaj rabbirdoj lin grunde kuŝan formanĝus

260 diste de l' urbo kaj neniu Aĥeino lin plorus,
ĉar krime li plenumis hontindan agon teruran.
Dum ni Trojlande foris, farante glorajn prodaĵojn,
li plej trankvile, en ĉevalnutra Argo, senĝene,
l' Agamemnon-edzinon per kaĵolvortoj ektentis.

265 Komence ŝi rifuzis ĉi senhonoran proponon,
la dia Klitemnestra, ĉar ŝi korfunde honestis.
Ankaŭ kantisto ŝin apudis, al kiu, Trojen ironte,
konfidis l' Atreido l' edzinon karan protekti.
Ĝis la destin' de l' Dioj ŝin venkis fine kaj jugis.

270 Egisto la kantiston en insulon izolan venigis
kaj tie lin postlasis kiel predaĵon por birdoj.
Sekve, ŝiakonsente, li ŝin siadomen kondukis.
Multajn femurojn li bruligis sur la altaroj de l' Dioj,
multajn dediĉojn orajn kaj belajn teksaĵojn pendigis

275 post la sukceso, kiun neniam li esperis en koro!

Dume duope ŝipis, de l' Troja lando revene,
la Atreido kaj mi, kiuj kompanis amike.
Sed ĉe Sunio sankta, apud l' Atena terpinto
jen Febo Apolono al la rudristo de Menelao
280   pafis per softaj sagoj kaj lin pereigis, dum tiu
plu tenis en la manoj la rudron de l' ŝipo sulkanta,
l' Onetoridon Frontis, kiu ĉiujn homojn superis
pri l' ŝipa direktado kiam furiozas buraskoj.
Tie do haltis Menelao, malgraŭ ke l' vojo lin urĝis,
285   por entombigi la kunulon kaj laŭkonvene funebri.
Navigis li denove per siaj ŝipoj konkavaj
sur la vinruĝa maro kaj Malej-krutojn atingis,
sed la larĝvida Zeŭso pereigan vojon ekplanis
kaj sur lin pelis blovon de fajfegantaj tempestoj,
290   ondojn kreskantajn ŝvele, al altaj montoj similajn.
Tiu disigis ŝipojn kaj parton puŝis al Kreto,
kie Cidonoj loĝas ĉe l' riverfluo Jardana.
Abrupta glata roko en mar' nebula leviĝas
apud Gortina pinto, kien ŝaŭm-ondojn alpelas
295   la Notos-vento live, en la direkto de Fajsto,
sed ĉi malgranda roko furiajn ondojn distranĉas.
Tien do ili venis kaj pene la viroj saviĝis
el nepra morto, sed la ŝipojn sur rifojn frakasis
milmuĝaj ondoj. La kvin aliajn ŝipojn prue lazurajn
300   la vento kaj la akvo ĝis Egiptujo forpelis.
Kaj li, akumulante multajn porvivojn kaj oron,
ŝipis laŭ la marbordo inter gentanoj fremdlingvaj.
Dume, Egisto planis en lia domo mizerojn
kaj murdis l' Atreidon: la popolon li premis sub jugo;
305   li regis dum sep jaroj super l' orriĉa Mikeno;
je l' oka, el Ateno la dia Oresto alvojis
por lia misfortuno, kaj la murdinton li glavis,
Egiston ruzan, kiu lian gloran patron murdintis.
Sekve li al l' Arganoj funebran bankedon aranĝis
310   por la patrin' abomeninda kaj por Egisto poltrona.
Samtage Menelao, la sturmokria, revenis,

per plenŝarĝitaj ŝipoj, trezorojn multajn portante.

Do vi, amik', ne migru for de via hejmo longtempe,
ĉar viadome vi postlasis havaĵojn riĉajn kaj ege

315 fierajn virojn, ke ili ne voru viajn posedojn
kundividante ĉion, ĉar vanus via vojaĝo.
Mi vin konsilas iri al Menelao prefere,
ĉar li antaŭ nelonge el fremdaj teroj revenis,
de homoj, kies rabon apenaŭ eblas eviti,

320 kiam de l' ĝusta vojo la ŝtormoj ŝipon forpuŝis
en tiel grandan maron, ke eĉ la birdoj ne povas
transflugi dum jarlongo, ĉar ĝi terure vastegas.
Navigu, mi konsilas, kun viaj ŝipkunuloj. Se volas
vi iri tra la lando, miaj ĉar' kaj ĉevaloj jen pretas

325 kaj miaj filoj scios vin senhezite konduki
al la dieca Sparto, ĉe Menelaon la blondan.
Petegu lin, ke li sincere al vi la veron transdonu,
li tute ne mensogos, ĉar li estas saĝa reganto.
        Li diris. Jam la suno sinkis kaj venis ombra krepusko.

330 Parolis nun Atena, la glaŭk-okula diino:
– Ho maljunul', la tuton vi trarakontis plej trafe.
Bestlangojn oni tranĉu, vinon kaj akvon kunmiksu
por verŝofer' al Pozidono kaj al la Dioj eternaj,
kaj pensu ni pri enlitiĝo, ĉar tempas ekdormi.

335 Ĉar lumo en tenebrojn sinkas, ne decas sidi tro longe
ĉe l' Di-honora mangô: konvenas hejmen reveni.
        Diris la Zeŭsidino kaj ĉiuj obeis aŭdinte.
Heroldoj akvon verŝis por purigado de l' manoj,
dum knaboj la kraterojn per vino ĝisrande plenigis,

340 kaj en pokalojn distribuis por la ofero primica;
ĵetinte langojn flamen, nun ĉiuj stare ritverŝis.
Sed jam verŝoferinte kaj laŭdezire trinkinte,
intencis tuj Atena kaj Telemaĥo dieca
reveni al marbordo, al sia ŝipo konkava.

345   Nestoro ekparolis kaj ilin nepre retenis:
– L' Olimpa ne permesu kaj ĉiuj Dioj eternaj,
ke vi de ĉe mi iru al via ŝipo rapida,

kvazaŭ ne havus mi tolaĵon kaj estus nur malriĉulo
ne posedanta hejme kovrilojn multajn kaj ŝtofojn
350 por mole dormi, kaj mi kaj gastamikoj, sub ŝirmo.
Ĉe mi manteloj belaj kaj litkovriloj abundas.
La fil' de Odiseo ja ne bezonos kuŝiĝi
iam sur ŝipferdeko, ne dum mi vivos almenaŭ,
kaj poste restos miaj filoj por en la ĉambroj akcepti
355 la gastamikojn forajn kiam ĉi domon ili vizitos.
    Respondis nun Atena, la glaŭk-okula diino:
– Prave vi diris, ho kara maljunulo, kaj decas
ke Telemaĥo vin obeu, ĉar tiel pli justas.
Li do nun ĉe vi restos por viahejme tranokti,
360 sed al la nigra ŝipo mi tuj reiros por miajn
kunulojn kuraĝigi kaj indiki al ĉiu la devojn.
Ĉar mi fieras esti inter la ŝipanoj plej olda.
L' aliaj viroj junas, nin akompanas amike
kaj preskaŭ ĉiuj je l' brava Telemaĥo samaĝas.
365 Mi planas tuj kuŝiĝi ĉe l' nigra ŝipo dukurba,
ĉar mi frumorgaŭ celos al la kuraĝaj Kaŭkonoj
por elricevi ŝuldopagon ja ne malgravan, delongan.
Vi mem ĉi tiun viron, kiu vian palacon vizitas,
alsendu per la ĉaro kun via filo, doninte
370 ĉevalojn plej trotemajn kaj plej fortikajn por voji.
    Ŝi diris kaj foriris la glaŭk-okula Atena
sub formo de or-aglo. Nun ĉiuj Aĥeoj stuporis.
Ankaŭ l' oldulo miris, ĉar tion li vidis okule;
ekpremis li la manon de Telemaĥo kaj laŭtis:
375 – Amiko, plej kredeble, vi ne poltronos malnoble,
ĉar kun vi vojas Dioj, eĉ se vi junas ankoraŭ.
Ĉi tiu estis, el inter la loĝantoj Olimpaj,
ĝuste la Zeŭsidino, Tritogenea predo-donanta,
kiu inter l' Arganoj vian kuraĝan patron honoris.
380 Favoru nin, reĝino, kaj al ni donu renomon,
al mi kaj al l' infanoj kaj al l' edzino honesta.
Mi tuj bovidon buĉos nur unujaran, larĝfruntan
kaj nedresitan, kiun neniu sub jugo kondukis,

mi ĝin al vi oferos, garninte la kornojn per oro.
385   Li preĝis kaj la peton Palas-Atena plenumis.
Ekpaŝis la Gerena ĉevaldresisto Nestoro
antaŭ la filoj kaj bofiloj al sia bela palaco.
Kiam envenis ili en la faman domon de l' princo,
sur tronojn kaj brakseĝojn ĉiuj sidiĝis laŭvice.
390   L' oldul' por l' alvenintoj en la kratero kunmiksis
plej dolĉan vinon, kiun, dum dek unu jaroj kelitan,
mastrumistin' alportis kaj ŝi la sigelon formetis.
Ĝisrande li plenigis kaj fervorpreĝe li verŝis
nun al Atena, la filino de Zeŭso ŝildoportanta.
395   Post kiam ili verŝis kaj laŭdezire kuntrinkis,
ĉiuj por enlitiĝi al sia hejmo revojis.
    Sed Telemaĥon, la filon de Odiseo dieca,
palace tranoktigis la ĉarstiristo Nestoro,
en lito ĉizaĵ-hava sub la portiko resona,
400   kaj flanke Pizistraton, la spertan bravan lanciston
kaj militestron, la solan fraŭlan filon dome loĝantan.
Li mem ĉe l' fundo dormis de l' altplafona palaco,
kie l' edzino moŝta la liton konvene pretigis.
    Kiam dishelis frumatene la rozafingra Aŭroro,
405   Nestoro ellitiĝis, la ĉarstiristo Gerena,
eliris kaj eksidis sur poluritan ŝtonbenkon
plej glatan, kiu staris antaŭ la alta dompordo,
blankan, vernise briligitan, kie sidadis antaŭe
Neleo siatempe, kiu per dia saĝo konsilis.
410   De l' Parco subjugite, ĉi tiu descendis Hadesen,
kaj nun Nestor' Gerena, remparo de l' Aĥeoj, ĉi sidis
tenante sian sceptron. Kaj kolektiĝis ĉirkaŭe,
veninte de l' dormejoj, la filoj Eĥefrono, Stratio,
Perseo kaj Areto kaj Trasimedo di-trajta.
415   Poste, la sesa venis, la nobla Pizistrato heroa,
kun dia Telemaĥo, kiun li sidigis apude.
    Parolis nun la olda ĉevaldresisto Nestoro:
– Rapidu, karaj filoj, mian deziron plenumi,
por ke mi favorigu, el inter Dioj, Atenan,

420 ĉar ŝi mem videbliĝis dum la honora festmanĝo.
Unu el vi ekiru por serĉi kampare bovidon
kaj baldaŭ tien ĉi revenu kun alkonduka bovestro;
dua, al nigra ŝipo de l' brava Telemaĥo rapidu
por voki la kunulojn, krom nur du, kiuj tie plu restos;
425 kaj tria tuj venigu la or-fandiston Laerko
ĉi-domen por fraptegi la bovidkornojn per oro;
l' aliaj restu hejme kaj la virinojn kunurĝu
pretigi festan manĝon en la salono kaj porti
por ni brakseĝojn kaj brullignon kaj klaran akvon el fontoj.
430   Li diris kaj urĝiĝis ĉiuj. De l' ebenaĵo bovido
venis, kaj ankaŭ venis de l' nigra ŝipo konkava
la Telemaĥ-kunuloj; kaj venis domen forĝisto
portante en la manoj la bronzajn ilojn propr-artajn:
l' amboson kaj martelon kaj fajroprenilon solidan
435 por prilabori l' oron; kaj venis ankaŭ Atena
ĉeesti l' oferdonon. La ĉevaldresa Nestoro
donis al la forĝisto l' oron; ĉi tiu plensperte
tegis la kornojn por ke l' diino ĝoju ĉe l' vido.
Strati' kaj Eĥefrono la bovidon je l' kornoj kondukis;
440 el la kamer' Areto venis kun pelvo florornamita,
dum li alia-mane en korbo portis hordeon.
Paŝis la militema Trasimedo kun akra hakilo
en pugno por ekbati la bovidkapon. Perseo
la sangovazon tenis. La ĉarstiristo Nestoro
445 verŝis akvon, hordeon ŝutis kaj preĝis Atenan
dum bovidkapajn harojn li en la flamojn enĵetis.
       Post kiam ili preĝis kaj horde-grajnojn enŝutis,
alpaŝis Trasimedo, la Nestor-filo kuraĝa,
kaj hakilbatis nukon; la bronzo tranĉis tendenojn
450 kaj la bovidoforto svenis. Ĉiuj filinoj kunkriis,
la bofilinoj kaj la moŝta edzin' de Nestoro,
Eŭridike, pli aĝa el la Klimenaj filinoj.
La viroj levis nun la beston de l' vasta grundo, la kapon
dorsen, kaj gorĝotranĉis tuj Pizistrat' militestro.
455 Elfluis nigra sango kaj vivo forlasis la ostojn.

Ĝin ili kvaronigis kaj la femurojn rite distranĉis,
la pecojn ambaŭflanke per grastavolo ŝmirkovris
kaj supre amasigis tranĉaĵojn krudajn. L' oldulo,
ekbruliginte lignon, enverŝis vinon flamruĝan,
460   dum tenis la junuloj kvinpintajn rostilojn ĉirkaŭe.
Rostinte la femurojn, ili gustumis la tripojn,
tranĉis malgrandajn pecojn, kiujn sur pintojn enpikis
kaj turne ili rostis, la akrajn stangojn tenante.
    Samtempe Telemaĥon la bela Polikasta nun banis,
465   plej juna de l' filinoj de Neleido Nestoro.
Baninte lin kaj frotŝmirinte per la oleoj olivaj,
splendan mantelon kaj ĥitonon sur liajn ŝultrojn ŝi metis;
lasinte la banujon, li korpe similis l' Eternajn
kaj iris sidi ĉe la tablon, apud Nestoro gentestro.
470   Rostinte ĉion brule, ili viandojn prenis el fajro
kaj kunsidiĝis por ekmanĝi, dum la nobelaj servistoj
zorgis pri ili kaj la vinon en orpokalojn enverŝis.
    Tuj kiam la deziro al trinko kaj al manĝo satiĝis,
ekdiris la Gerena ĉevaldresisto Nestoro:
475   – Filoj, ĉevalojn alkonduku por Telemaĥo, belkrinajn,
kaj ilin jungu al la ĉaro, por ke laŭplane li voju.
    Li diris kaj, aŭdinte, ili l' ordonon obeis
kaj jungis la ĉevalojn al bela ĉaro, kuremajn.
Mastrumistin' fidela vinon kaj panon alportis
480   kaj la frandaĵojn, kiujn Zeŭsrasaj reĝoj gustumas.
Suriris Telemaĥo sur tiun ĉaron belegan,
kaj ankaŭ Pizistrato, la Nestorid' militestro,
suriris liaflanken kaj enpugnigis la bridojn;
li vipis kaj tuj la ĉevaloj volonte hastis ekfluge
485   al l' ebenaĵo, forlasante la Pilos-urbon abruptan.
La jugon sur la nuko ili tuttage plu skuis.
    Kiam la suno sinkis kaj ĉiuj vojoj enombris,
alvenis ili al Feraso, al la loĝej' de Dioklo,
filo de Ortiloĥo, kiun generis Alfeo.
490   Tie tranoktis ili kaj gastojn la mastro regalis.
    Kiam dishelis frumatene la rozafingra Aŭroro,

ili rejungis la ĉevalojn kaj buntan ĉaron sursaltis,
tra la vestiblo pelis kaj inter kolonaro resona;
tuj la ĉevaloj sub vipado ne malvolonte flugkuris.
495 L' ebenon tritik-riĉan ili atingis kaj baldaŭ
sian vojaĝon finis, tiome la ĉevaloj kurhastis.
La suno jam subiris kaj ĉiuj vojoj enombris.

(497 versoj)

TEATRO

La vojerarintoj

Monologo de virino spektanta la operon *La Traviata* de Verdi

de Luiza Carol

Tiu ĉi monologo aludas al la opero *La Traviata* ("La vojerarinta virino") far Giuseppe Verdi (1813-1901). La libreto de la opero estis verkita de Francesco Maria Piave laŭ la romano *La sinjorino kun kamelioj* de Alexandre Dumas filo. Marga, la protagonisto de tiu ĉi monologo, estas fikcia persono. Fikciaj estas ankaŭ la personoj kiujn ŝi mencias. Violeta, Alfredo kaj ties patro estas fikciaj protagonistoj de la opero *La Traviata*.

La lasta, plej supra balkono en la salono de la Nacia Operteatro de Bukareŝto en 2017. Du aŭ tri vicoj da seĝoj aranĝitaj amfiteatre kun la plej alta vico malantaŭe kaj kun la dorsapogiloj malantaŭe, tiel ke la sidontoj povu rigardi la publikon, kvazaŭ la publiko troviĝus sur la scenejo. La seĝoj estas remburitaj per ruĝa veluro kaj neokupitaj.

PARTO UNU

Marga, virino ĉirkaŭ 70 jarojn aĝa, supreniras ĝis la plej alta vico de seĝoj kaj sidiĝas je la mezo de tiu vico.

MARGA: Ho, mi preskaŭ forgesis la belecon de la operteatro de Bukareŝto. Dum pli ol kvin jardekoj mi sopiris revidi ĝin. Mi amas ĉiun ŝtuparon kaj ĉiun koridoron de tiu ĉi teatro. Jes, ĉi tie mi travivis la plej feliĉajn horojn de mia vivo. *(rigardas atente en la direkto de la publiko)* Mi rimarkas multajn liberajn seĝojn proksime de la scenejo. Do multajn multekostajn biletojn oni ne vendis. Ne mirindas, ĉar nur okaze de premieroj la teatro pleniĝas. Kiam la lumo estingiĝos kaj la pordoj fermiĝos, multaj homoj forlasos siajn malmultekostajn seĝojn kaj okupos la liberajn lokojn kiel eble plej proksime de la scenejo. Mi restos espereble tute sola ĉi tie, meze de la plej alta vico de la plej alta etaĝo.

[Oni aŭdas sonsignalon. La lumo estingiĝas.]

Jen, okazas ĝuste kion mi antaŭvidis. Mi estas nun la spektanto plej proksima de la belega kristallampo meze de la plafono! Nun mi finfine sentas min sola… Sola kun miaj memoroj… Kun mia imagpovo… Nun mi sentas vian ĉeeston, Doru, kvazaŭ vi estus vivanta. Mi preskaŭ sentas vian spiron apud mi. Vi ne rekonus min, se vi vidus min nun. Mi maljuniĝis… Mia vizaĝo ŝanĝiĝis… Eĉ mia voĉo ŝanĝiĝis. Ĝi estas raŭka nun kaj mi ne plu povas kanti. Sed vi… vi restas en mia memoro juna kaj naiva, tia kia vi estis tiam… Mi speciale aranĝis mian vojaĝon tiel, ke mi estu en Bukareŝto ĝuste ĉivespere, por ke mi povu spekti *La Traviata*. Ĉu vi memoras, karulo? *La Traviata* estis "nia" spektaklo, la spektaklo kiu ligis niajn vivojn dum kelkaj neforgeseblaj monatoj. Ni estis ravitaj de la arioj de Verdi, sed havis miksitajn sentojn koncerne la libreton. Ni spektis tiun operon ree kaj ree, precipe por ĝui la unuan akton, dum kiu ni nature identiĝis kun la enamiĝinta paro. Sed ekde la dua akto, ni flustre primokis tiujn malfeliĉajn gejunulojn. Ni eĉ bedaŭris ke ni scipovas la italan, ĉar ni verŝajne havus pli da plezuro pro la belega muziko, se ni ne komprenus la vortojn. Vi diradis: "Marga, provu ne priatenti la vortojn, ĉar ne indas." Tamen mi ne povis tute ignori la libreton. Ni ĉiam aĉetis biletojn por ĝuste la seĝoj ĉi tie. De ĉi tie ni aparte ĝuis la specialan perspektivon de la tuta scenejo. Vi eĉ opiniis ke ankaŭ iun specialan sonkvaliton eblas ĝui ĉi tie. Kaj mi tutkore konsentis pri tio… kvankam nun mi ne scias ĉu tio veras, aŭ eble tiel nur ŝajnis al ni, ĉar ni ĝuis senti nin unu apud la alia, preskaŭ solaj kaj preskaŭ en mallumo, kvazaŭ la cetera mondo estus malaperinta… Kiom simpla kaj feliĉa estis nia vivo tiam!

[Komenciĝas la unua akto de La Traviata.]

Ho, kiom bela muziko! Tiutempe vi estis senzorga, sentema poeto, samkiel Alfredo en *La Traviata*, mi estis supraĵa kaj ventkapa samkiel Violeta. Vi kaj mi estis festemaj, muzikemaj, dancemaj… En la unua akto, tio jam sufiĉis por ke ni povu nature identiĝi kun la protagonistoj. Ĉu vi memoras, Doru? Ĉu vi konservas viajn plej gravajn memorojn tie, en la transmondo? Mi neniam forgesos la jaron 1966, kiam ni estis inter la freŝakceptitaj studentoj de la unua jaro, ĉe la fakultato de latindevenaj lingvoj kaj literaturoj de la Universitato de Bukareŝto. Ni ambaŭ elektis la francan kiel ĉefan fakon, dum ni studis ankaŭ la latinan kaj la italan. Ni ekkonis unu la alian en aŭtuno, okaze de la "festo de la novuloj". La etoso estis tiom gaja, tiom entuziasma! Iu diris ke vi estas poeto kaj petis vin fari belan toston. Vi estis ege emociita... Vi tostis belege por nia estonta studenta amikeco... kaj vi rigardis min, nur min, dum via tosto... Ni dancis kaj vi prononcis mian nomon por la unua fojo. "Marga! Kia belsona nomo!" vi diris. Kaj subite mia nomo sonis pli bele ol iam ajn...

Jen, jen komenciĝas la tosto de la poeto Alfredo sur la scenejo:

ALFREDO: (aŭdiĝas el la scenejo) "Ni drinku, ni drinku el ĝojplen-kalikoj / ĉar beleco ekfloras / kaj nun dum fuĝanta fuĝanta hor' / ebriiĝu ni laŭ vol'. / Ni drinku nun por la dolĉa trem' / kaŭzata de am' / ĉar brilo de l' okul' / iras rekte al la kor. / Ni drinku kaj prenu el amo-kalikoj / pli varmajn kisojn por ni."

MARGA: Ho, kiom bonodoris la printempo tiujare, en la parkoj de Bukareŝto! Ni dancis kaj kantis kaj planis nian vivon kune. Ni volis geedziĝi rapide, kaj nenio ŝajnis malhelpi nin. Ni planis lui ĉambron en la studenta gastejo kaj manĝi ĉe la studenta manĝejo. Ni esperis, ke post ankoraŭ kelkaj jaroj ni fariĝos instruistoj pri la franca kaj provos labori kune en la sama lernejo. Ĉiuj niaj revoj ŝajnis tiom klaraj, tiom facile realigeblaj... Ĉu tie, en la transmondo, ankaŭ vi memoras la odoron de tiu printempo? Se jes, vi certe memoras, kiam ni preparis kune literaturan seminarion, en kiu oni komentis la romanon *La sinjorino kun kamelioj* de Alexandre Dumas filo. Kaj ĉar tiu romano inspiris la libreton de *La Traviata*, tiel vi trovis la brilan pretekston por inviti min spekti la operon ĉi tie... jes, ĝuste ĉi tie, manenmane kaj korenkore...

Foje vi verkis poemon pri la ombro de Verdi kaŝita apud la lampo, por ĉeesti la spektaklon. Kaj poste, kiam ni denove spektis la unuan akton, vi flustris apud mia orelo: "Rigardu la lampon, Marga". Ĝuste tiumomente, sursceneje, Alfredo estis deklaranta sian amon al Violeta. Mi apogis mian kapon sur vian bruston, sentis viajn korbatojn samtempe kun la ritmo de la muziko kaj... jes, tra miaj malsekaj okulharoj, ŝajnis ke mi vidas diafanan ombron tuŝi la estingitan lampon kaj igi ĝiajn delikatajn kristalojn iomete vibri... Aŭskultu, Doru. Nun komenciĝas la amdeklaro de Alfredo.

ALFREDO: (aŭdiĝas el la scenejo) "Iam feliĉa, etera, / antaŭ mi vi ekbrilis, / kaj ekde tiam tremante / mi vivis kun unika am', / kun tiu am' kiu estas korbato / de l' universo plena, / mistera, nobla, / kruco kaj ĝojo de l' kor'."

MARGA: Jen la unua paŭzo. Ni kelkfoje preferis eliri dum la unua paŭzo. Ni forlasis tiun malfeliĉan paron sur la scenejo, kaj iris en la apudan etan parkon, kie ni planis detalojn por la sekvaj aktoj de nia propra vivo. Ne, Doru. Ne. Ĉi-foje mi ne volas foriri post la unua akto. Nun ni ne plu povus kisi unu la alian en la malforte lumigita parko, mi planas spekti la operon ĝis la fino, samkiel ni faris la unuan fojon. La spektaklo de via vivo en tiu ĉi mondo jam finiĝis antaŭ dudek jaroj. Mi estas jam maljuna. Kiam ni estis studentoj, ni pensis ke la libreto de *La Traviata* estas eksmoda, primokinda melodramo... Mi scivolas, kiel mi reagos nun al tiu spektaklo ĝis la fino...

PARTO DU

[Post la unua paŭzo de la opero]

MARGA: Komenciĝas akto du. Absurdaj gejunuloj. Absurdaj ili ŝajnis al ni kiam ni estis junaj, kaj nun ili daŭre ŝajnas absurdaj al mi. Eĉ la titolo ŝajnas al mi absurda, ĉar en la itala *"la traviata"* signifas "la vojerarinta (virino)", kvankam estus pli taŭge nomi la operon "La vojerarintoj", ĉar ambaŭ gejunuloj agas absurde. Kial ili malŝparas nun monon por tiom luksa loĝejo? Kial ili ne klopodas labori, por vivi modeste, sed sendepende de aliuloj? Alfredo ricevis monon de sia patro, Violeta ricevis monon de siaj geamantoj, sed malgraŭ ĉio ili ambicias vivi lukse! Tio absurdas. Se Violeta estas tro malsana por labori, almenaŭ Alfredo devus klopodi gajni decan monon, por ke ili vivu digne kaj sendepende, ĉu ne? Kiam ni estis junaj studentoj, ni pensis ke ni estas multege pli saĝaj ol tiu ĉi paro. Ni fieris pri niaj studoj, pri niaj simplaj kaj dignaj planoj... Kial niaj revoj kolapsis? Kion ni ne antaŭvidis dum tiu printempo? Supozu ke nun, anstataŭ spekti melodramon pri Violeta kaj Alfredo, mi spektus melodramon pri Marga kaj Doru. Ĉu mi kapablus kompreni tian stultan paron? Ho, Verdi certe ne malŝparus sian talenton por tia fuŝa libreto! Miaj infanoj ne komprenus la protagonistojn Marga kaj Doru, miaj genepoj des malpli. Certe ili dirus ke tia libreto estas pli absurda ol la plej absurdaj melodramoj de la 19-a jarcento... Mi ja parolis al ili pri la fi-diktaturo en Rumanio dum la periodo kiam mi estis studentino. Ili ja scias, ke ĝi estis unu el la plej kruelaj diktaturoj en Eŭropo iam ajn. Tamen miaj infanoj kreskis en Montrealo, ili ne kapablus imagi detalojn, la manieron laŭ kiu tiaj sociaj kondiĉoj influis la pensmanieron de la tiutempaj homoj. Verŝajne eĉ la nunaj gejunuloj de Rumanio malfacile komprenus.

Ĉiuokaze, mi neniam rakontis al miaj infanoj pri nia rilato, kaj ne intencas rakonti pri ĝi al ili aŭ al iu ajn, ĉar mia tiama stulteco terure embarasus min. Por komprenigi nian rilaton al miaj infanoj, mi devus unue klarigi al ili, ke mi kreskis en tre severa puritana familio, kiu obsediĝis pri la virgeco de virinoj antaŭ la edziniĝo. Tio estus jam sufiĉe stranga por junuloj kiuj kreskis en Kanado. Mi havis sendependan kaj ribeleman karakteron, min indignis la diferenco kiun oni faris inter viroj kaj virinoj koncerne virgecon, mi volis vivi libera kaj defii la antaŭjuĝojn kiuj enkatenigis la virinojn dum jarcentoj... Tio klarigus al miaj infanoj kial mi sentis naturan simpation por Violeta dum la unua akto. Ŝi ne estis putino, ĉar ŝi ne akceptis kiel amanton ajnan viron kapablan pagi por erotika rilato. Ŝi estis "kurtizano", do ŝi estis virino kiu akceptis nur amantojn kiujn ŝi ŝatis; la aliajn ŝi rifuzis kaj kelkfoje primokis, eventuale malice. Sincere, tiutempe mi enviis ŝian liberecon. Mi pensis, ke ŝi distris sin tre bone. Sed ŝi rezignis pri sia frivoleco, kiam ŝi trovis la unuan veran amon. Tiu kiun ŝi unuafoje amis profunde estis poeto, samkiel vi, Doru. Tamen mi sentis min multe pli bonŝanca, ĉar danke al mia puritana eduko, oni ne permesis al mi perdi tempon elektante inter multaj amatoj, sed dekomence trovis la perfektan koramikon, kiu kundividis miajn muzikemon, dancemon, vivoĝojon... Do nature mi volis edzigi vin, Doru, por ke nia rilato daŭru "ĝis morto disigos nin"... Ne, ne, ne! Miaj infanoj neniel komprenus tian amalgamon de ribelemo kaj dankemo fronte al la familia puritanismo. Ankaŭ mi junaĝe vidis la vivojn de aliuloj kritikeme, kaj kiam mi rimarkis absurdan konduton, mi tuj primokis ĝin... Doru, kara, ĉu ankaŭ vi ridetas tie en la transmondo, kiam vi rimarkas nun, ke ni estis same erarintaj kiel la vojerarintoj sur la scenejo? Jes, mi scias ke vi ridetas... Mi ja sentas nun tiun unikan dolorigan ĝojon, kiun nur via rideto kapablis ekflamigi en mia koro...

Fakte, eĉ vi ne komprenis min tiam, Doru. Mi ne kapablis klarigi al vi, kiel miaj gepatroj konvinkis min prokrasti la geedziĝon ĝis ni finos la studojn. Vi ne komprenis tion, ekkoleris kaj forlasis min. Nun mi malfacile povas kompreni min mem, ĉar mi ne plu estas la sama dekokjara Marga. Miaj memoroj malfacile kaj dolorige revenas al tiu jaro...

Fakte, miaj gepatroj diris nur, ke ni ne estas sufiĉe maturaj por kreskigi infanojn. Ili certe pravis. Sed... ni tute ne estis pensintaj pri la ebleco havi infanojn antaŭ ol fini la universitatajn studojn. Mi memoras ke ĝuste tiujare, en 1966, en Rumanio komencis funkcii nova strikta leĝo, laŭ kiu al neniu sana virino estis permesite ĉesigi gravedecon antaŭ ol havi minimume kvin infanojn. Tiu leĝo funkciis ĉirkaŭ 23 jarojn, ĝis la falo de la fidiktatoro. Kuracistoj kiuj aŭdacis malrespekti la leĝon estis enprizonigitaj. Okazis multaj tragediaj situacioj, ĉar iuj kuracistoj operaciis kaŝe en la hejmoj de la pacientoj, en maltaŭgaj kondiĉoj. En la apotekoj eblis aĉeti nenion kontraŭ gravedeco sen kuracistaj atestiloj pri tre gravaj malsanoj. Kiuj kontrabandis apotekaĵojn, tiuj tre multe riskis. Multaj virinoj mortis dum tiuj jaroj, pro fiaskintaj provoj aborti infanojn. Aliaj virinoj malsaniĝis, ĉar ili englutis strangajn teojn rekomenditajn de ĉarlatanoj. Verdire, min ektimigis kaj la ideo patriniĝi kaj la ideo aĉeti malpermesitajn varojn. Subite mi rimarkis, ke en la libreto de la opero tute mankas tiu aspekto de la vivo. Certe la kurtizanoj havis amantojn. Sed tiutempe la medicino estis malpli evoluinta. Kiel ili evitis patriniĝi? Kion ili faris kun siaj infanoj, en la kazo ke ili tamen patriniĝis? Certe la problemo ŝajnis tro vulgara por libreto de opero... En la romano de Dumas filo, oni ja dediĉas duonan paĝon al la tragedia morto de iu juna kurtizano, kaŭze de fuŝita abortigo. Tamen pri la protagonisto oni sekretigas ŝiajn metodojn eviti gravediĝon... Verŝajne la temo ŝajnis tamen evitinda ankaŭ al la aŭtoro de la romano. Ho, ve! Mi ekkonsciis, ke senbrida ĝuado de plezuroj havas ankaŭ kaŝitajn danĝerojn... La nova leĝo en Rumanio aliformis la vivojn de virinoj tiel, ke ili sentis sin kvazaŭ vivantaj en la deknaŭa jarcento...

Ĝis miaj gepatroj elrevigis min, mi imagis nian geedzan vivon kiel ĉiutagan feston, plenan je danco kaj muziko. Pri respondecoj de patrino mi tute ne estis pensinta. Subite mi tute konfuziĝis... Mi konsentis pacienci ankoraŭ kelkajn jarojn, kiel la gepatroj sugestis. Sed vi, Doru, malpaciencis, rompis nian rilaton kaj tuj ekamindumis alian koleginon.

Mi denove sentas, ke vi ridetas, Doru. Sed tiutempe mi travivis animan katastrofon. Por mi, haltis la "korbato de l' universo plena"... Dum monato mi ne eliris el la domo. Sed kiam la monato finiĝis, vi iel ĉesis ekzisti por mi. Mi sentis, kvazaŭ mi estis enamiĝinta al neforgesebla protagonisto de fascina spektaklo, kiu finiĝis. Vi iel transiris la sojlon inter la reala kaj la fikcia mondoj, kaj la aktoro kiu ludis la rolon de Doru ne plu interesis min. Ekde tiam, niaj vivoj pluiris laŭ tute malsimilaj vojoj. Mi ĉesis viziti la universitaton kaj eklaboris kiel ĉiĉerono por franclingvaj turistoj. Poste mi edziniĝis al turisto el Kanado kaj ekloĝis kun li en Kanado. Intertempe, vi komencis drinki kaj fumi pli kaj pli, verkis poemojn pli kaj pli absurdajn, iĝis instruisto…

Mi amas vin, Doru. Mi neniam ĉesis ami vin. Mi eksciis tute hazarde pri via forpaso, multajn monatojn post kiam ĝi okazis, sed tiu novaĵo ne emociis min. Por mi, vi jam de longe fariĝis ombro. En mia memoro, vi estas eĉ nun gaja kaj senzorga, kiel senmorta dio…

Ho, kiom kortuŝa estas tiu ario de la patro de Alfredo! Kiom profunda amo por la denaska loko! Kia bela baritona voĉo! Tiutempe la vortoj estis por mi sensignifaj, ĉar nostalgio pri la denaska loko estis fremda sento por mi. Male, mi ja sopiris malkovri nekonatajn landojn kun nekonataj pejzaĝoj… Hodiaŭ, tiu ario aparte kortuŝas min. Domaĝe ke mi neniam revenis al tiu ĉi operteatro dum miaj antaŭaj ferioj en Rumanio. Mia edzo ne ŝatis opermuzikon kaj miaj infanoj des malpli… Nun mi estas vidvino kaj vojaĝas sola. Sola kaj trista. Vere mankas al mi mia edzo... Ho, mi ĉiam amis vin, Doru, neniun viron mi amis sammaniere kiel mi amis vin… Sed mia edzo estis parto de mia reala vivo, li estis la patro de niaj infanoj, dum vi… Vi apartenas al iu paralela mondo de eteraj revoj, kie oni vivas ĉiam gaje, dancante, kantante…

PARTO TRI

[Post la dua paŭzo de la opero]

MARGA: Tuj komenciĝos la tria akto. Jen la plej ploroplena akto, kiu ege ridigis min iam. Mi diradis: "Kiom komike! Suferanta mortanta virino, kapabla kanti tiom longe kaj forte! Kia energio! Ha, ha!" Ĉe la fino mi apenaŭ povis bremsi min, por ne ekridi laŭte. "Marga, ignoru la vortojn!" – vi diradis. Karulo, mi ne plu estas la sama Marga kiun vi konis. Nun mi jam kapablas aŭskulti trans la vortoj la profundajn sentojn esprimitajn per muziko…

Sst... Aŭskultu... Mia tuta korpo tremas... mi sentas la morton rampi sur la scenejon... Ne ridu Doru, stultuleto... Amare ironie estas, ke vi ekkonos similajn dolorojn ĉirkaŭ dek jarojn post nia disiĝo. Surscenejo, juna Violeta estingiĝas pro ftizo, kiu ne estis kuracebla tiutempe. Via vivo estingiĝos same frue pro pulma kancero, kiu eĉ nun ne estas ankoraŭ kuracebla. Via sorto estas tre simila al tiu de Violeta: vi ambaŭ neglektis sanon kaj prioritatigis rapide pasantajn plezurojn...

Ho, kiom kortuŝa estas tiu ĉi momento, kiam Violeta legas la leteron de la patro de Alfredo! La patro anoncas, ke lia filo bedaŭras la disiĝon kaj baldaŭ revenos al ŝi akompanata de li mem. La soprano ne kantas la leteron, sed voĉlegas ĝin, dum la orkestro ludas la melodion de la amdeklaro aperintan en la unua akto...

[Aŭdiĝas la melodio de la amdeklaro]

Ho, Doru kara, se mi povus sendi al vi mesaĝon trans la sojlon de la morto... mi sendus al vi ĝuste tiun ĉi melodion...

Jen denove la baritono, la patro de Alfredo. Ni abomenis lin en la dua akto, ĉar li enmiksiĝis en la vivon de la juna paro. Sed en la tria akto, li diras ke li bedaŭras... "Kia hipokritulo!" – mi grumbladis, ĉar liaj ploroj ne ŝajnis al mi tro konvinkaj. Kaj nun, kiam mi vidas mortantan junulinon tusantan surscenejo, por la unua fojo mi rimarkas, ke mi neniam pensis pri la cirkonstancoj de via forpaso... Se en mia juneco mi estus malpli naiva kaj stulta... eble ni restus kune longtempe, kaj mi ne lasus vin fumi kaj drinki tiom multe... Precipe fumado verŝajne ege malutilis al via sano. Eble via vivo estus pli ekvilibra kaj vi ne malsaniĝus tiom grave kaj tiom frue... Nun mi bedaŭras miajn stultecon kaj obstinon, samkiel la patro de Alfredo bedaŭras la siajn... Ni ĉiuj estas vojerarintoj sur la scenejo de la vivo...

Jen la lastaj minutoj de Violeta. Sur la scenejo, ĉiuj ploras kant-ante.

Aŭskultu! La voĉo de la soprano fariĝas diafana, kvazaŭ ne-materia. Finfine ŝi ne plu kantas, ŝi parolas pri sia sento de ĝojo, en la brakoj de sia amato, dum la orkestro ripetas la melodion de la amdeklaro...

Rigardu, Doru!... Rigardu!... La ombro de Verdi apud la lampo! ... Larmas la kristaloj, dum la lampo eklumiĝas...

[Aplaŭdoj]

Adiaŭ karulo.

IAM FELIĈA
(el "LA TRAVIATA")

Vortoj: Francesco Maria PIAVE
Elitaligis: Luiza CAROL

Muziko: Giuseppe VER

i am fe li ĉa e te_ ra an taŭ mi vi ek bri_____ lis kaj ek de

ti am tre man te mi vi vis kun u ni ka am' kun ti u am' ki u es tas kor

ba__ to de lu ni ver__ so de lu ni ver so ple na mis te ri o za

mis te ri o za nob la kru co kru co kaj ĝo jo kru co kaj ĝo jo ĝo jo del kor

La vojerarintoj. Monologo de virino spektanta la operon *La Traviata* de Verdi

TOSTO (el "La traviata")

Vortoj: Francesco Maria PIAVE
Elitaligis: Luiza CAROL

Muziko: Giuseppe VERDI

ni drin ku ni drin ku el ĝoj___ plen___ ka li koj ĉar be_

le co_ ek_ flo ras nun kaj dum___ fu ĝan ta fu ĝan_ ta hor

e bri i___ ĝu_ ni laŭ vol ni drin ku nun por_ la - dol ĉa

trem kaŭ za___ ta_ de_ am___ ĉar bri___ lo de lo_ kul i ras

rek___ te - al la kor___ ni drin ku kaj pre nu el

a mo ka li___ koj pli var_ majn. ki sojn_ por_ ni

Kaj jam brilis la steloj

Monologo de spektantino

166   de Luiza Carol

Tiu ĉi monologo aludas al la opero *Tosca* de Giacomo Puccini (1858-1924). La libreto de la opero estis verkita de Luigi Illica kaj Giuseppe Giacosa, laŭ teatraĵo de Victorien Sardou.

Roz, la protagonisto de la monologo, estas fikcia persono. Ĉiuj personoj al kiuj aŭ pri kiuj Roz parolas per telefono aŭ en sia propra menso estas fikciaj, krom Luciano Pavarotti (1935-2007), kiu estis unu el la plej famaj tenoroj en la historio de opermuziko. Marjo Kavaradosi kaj Florja Toska estas fikciaj protagonistoj de la opero.

Ĉambro en Londono. Ĉirkaŭ 2017. Printempo.
Protagonisto: ROZ, virino ĉirkaŭ 35-40 jarojn aĝa.

ROZ: *[Sidas sur brakseĝo, rigardante la ekranon de sia komputilo. Sonoras la poŝtelefono. Roz respondas.]*

Jes!... Jes, mi estas Roz... Kiu?... Kiu?!!... Ela Dolemo?! Ela!!... Ho, mi eĉ ne sciis ke vi konas mian bofratinon!... Mi komprenas. Do estas ŝi kiu donis al vi mian telefonnumeron, ĉu ne?... Mi estas en Londono jam de 5 semajnoj kaj gastas ĉe la bogefratoj... Jes, mi venis kun Rik, kompreneble. Li havas ekspozicion ĉi tie en Londono... Ela kara! Mi ja sciis, ke vi loĝas en Londono de kelkaj jaroj, sed havis nenian eblon kontakti vin. Kia bonŝanco, ke vi renkontiĝis ĝuste ĉi-matene kun mia bofratino!... Jes, certe!... Jes, Ela... Ĉu vere?... Mi ĝojas!... Kaj ĉu vi estas kontenta nun pri via laboro?... Mi komprenas... Jes... Ĉu vere?... Jes... Ho, kiom rapide flugas la tempo!... Ne, ni ne venis kun la infanoj. Ili restis hejme kun mia patrino... Sed ni ne plu loĝas en San-Diego, karulino. Ni delonge revenis al Mendocino kaj loĝas apud mia patrino... Jes, Panjo fartas bone. Ŝi loĝas en la sama domo kiun vi konis... Jes... Ni restos en Londono ĝis la sekva merkredo... Kompreneble, jes... Rik estas ĉiutage okupita pri sia ekspozicio. Indas viziti ĝin, Ela... Ne. Ne temas pri tro abstraktaj pentraĵoj. Ne, ne... Nu, ne indas priskribi pentraĵojn, indas rigardi ilin... La ekspozicio daŭros ĝis la sekva lundo... Jes... Sed ĝis la sekva merkredo Rik devos solvi diversajn komercajn problemojn, do li estos daŭre okupita... Certe ni renkontiĝos. Ĉu ĉi-vespere?... Do, eble morgaŭ matene?... Eble morgaŭ vespere?... Brila ideo! Mi ne parkerigis la adreson de la ekspozicio. Mi sendos ĝin al vi per la poŝtelefono. Do estu tiel... Bone. La ekspozicio fermiĝas je la sesa. Vi povos alveni kun via edzo duonan horon antaŭ la fermo, kaj ni renkontiĝos tie kvarope. Poste eble ni iros promeni, ĉu ne? Se pluvos, eble ni eniros dolĉaĵejon... Ankaŭ mi... Ankaŭ mi ĝojas... Ni ja havos multon por rakonti. De preskaŭ dek jaroj ni ne babilis... Jes... ... Jes, Ela... Certe. Jes... En ordo. Mi malpaciencas revidi vin, Ela!... Kisojn! Ĝis!

[Ekde nun, ŝi voĉesprimas siajn pensojn.]

Kiom neatendite! Mi eĉ minuton ne imagis, ke mi renkontiĝos ĝuste en Londono kun iama kolegino el la mezlernejo! Malgrandas la mondo... Iam ni estis preskaŭ najbarinoj, en Mendocino; nun ni loĝas tiom malproksime! Jen la neatenditaj ondoj de la vivo. Ela certe sopiras pri Kalifornio, ŝi faros al mi multajn demandojn. Kiel ŝi aspektas nun? Ĉu ŝi memoras ion ajn pri Ed? Hmm... Malverŝajnas, ĉar Ed estis nur kelkajn monatojn nia kolego, poste lia familio transloĝiĝis. Ĉiuokaze Ela ne priatentis lin serioze, do mi supozas ke ŝi forgesis lin. Neniu el miaj amikinoj konsideris lin interesa. Ili primokis lin, diris ke li kantas enuigajn kantojn kaj similas... klaŭnon! Ili kromnomis lin Arane-homo, ĉar li kolektis T-ĉemizojn kaj dorsosakojn kun bildoj pri Arane-homo. Li ankaŭ akumulis ridindajn pupetojn pri tiu malbela Arane-homo! Dum la printempo, Ed komencis kanti ariojn el italaj operoj al preskaŭ ĉiuj knabinoj de nia klaso. Ĉiu el ni ricevis de li almenaŭ po unu privatan recitalon, kaj al ĉiu el ni li proponis pruntedoni DVD-on kun *Tosca*. Ŝajnas, ke mi estis la sola kiu konsentis spekti tiun operon kaj eĉ kopiis la filmon, por ĝui ĝin ree kaj ree. Li kantis por mi la du famajn ariojn el *Tosca* en la itala, kaj rakontis ke li estas lernanta la italan por fariĝi profesia tenoro. Li ne mensogis. Fine de la mezlernejo, li iris al iu gimnazia internulejo kiu preparas ontajn profesiajn muzikistojn. Li ja estas brila tenoro nun, oni diras ke baldaŭ li fariĝos tre fama. Mi admiris lin tiam pro lia talento kaj pensis tiutempe ke ni enamiĝis unu al la alia… Ĉu tiu infaneca rilato estis amo? Ĉiuokaze mi pensis ke mi amas lin, ĝis… hmm… Ĝis mi malkovris, ke li kantadis ne nur por mi. Ekde tiam mi subite ne plu volis aŭskulti lin, sen klarigi al li kial. Mi eĉ komencis nomi lin Arane-homo, samkiel la aliaj knabinoj. Kiom strange mi reagis! La vero estas, ke mi sentis min kvazaŭ perfidita amantino! Tamen Ed neniam diris ke li amas min, neniel ŝuldis al mi fidelecon, neniel ofendis min aŭ iun ajn… Sed en mia menso, mi stulte imagis ke ni amas unu la alian, eĉ jam absurde postulis tutvivan fidelecon de knabeto 14 jarojn aĝa, kiu estis kolektanta pupojn pri Arane-homo! Eĉ se ni estintus geamantoj, ne indus ke mi estu ĵaluza pri tio, ke li kantas ankaŭ por aliaj knabinoj. Ho, ve! Amo estas senracia… Iuj homoj estas ĵaluzemaj, aliaj ne. Florja Toska estis tro ĵaluzema, kaj ĝuste ŝia senracia ĵaluzo kaŭzis la tutan tragedion. Ankaŭ mi estas ĵaluzema, bedaŭrinde. Eble pro tio mi sentis tiom da kunsento por Florja Toska. Kia bonŝanco, ke Rik ne kutimas pentri portretojn de virinoj, kiel la pentristo Marjo Kavaradosi, la amanto de Florja Toska! *(rigardas sian brakhorloĝon)* Mi havas ankoraŭ kelkan tempon ĝis la tagmanĝo. Ĉu mi promenu tra la apuda parko? Ne indas. La vetero estas pluveta. Eble mi reaŭskultu tiujn du ariojn kiujn Ed kantadis? Mi scivolas kiel tiuj arioj impresas min nun… *(Ŝi prenas sian komputilon)* Ili devas troviĝi ĉe Jutubo… Jes! Mi trovis la unuan! "Subtila harmonio"! Jen registraĵo el recitalo de Luciano Pavarotti. *(Aŭdiĝas la ario.)*

MARJO: *Subtila harmonio / de belecoj diversaj: / la bruna Florja, arda amantino mia, / kaj vi, belec' mistera / kun hararo blonda! / Vi havas bluajn okulojn, / Toska havas nigrajn! / Art' per sia mistero / malsimilajn belecojn kunigas. / Sed eĉ pentrante aliulon / mi pensas nur pri vi, / ho, mi pensas nur pri vi / Toska, pri vi!*

ROZ: Ho, ne hazarde Rik, la vera amo de mia vivo, estas pentristo, ĝuste kiel la amanto de Florja Toska. Eĉ antaŭ ol ekkoni Rik, mi senkonscie imagis min ami talentan pentriston kiel Marjo Kavaradosi, la amanto de Florja Toska, sed kun tenora voĉo kiel tiu de Ed… Jen subtila harmonio de malsimilaj talentoj! Jen mistera fascino de la operarto… Ĉu mi havas tempon aŭskulti ankaŭ la duan arion kiun Ed kantadis? *(rigardas sian brakhorloĝon)* Jes. *(serĉas en la komputilo)* "Kaj jam brilis la steloj". Ho, tiu ĉi ŝajnis al mi tiam la plej erotika muziko kiun mi iam ajn aŭskultis! Ĝi ŝajnis tia ekde komence, kvankam mi komprenis nek la italajn vortojn nek la kuntekston, sed la voĉo de Ed ŝajnis al mi konfesi iujn erotikajn sentojn... Kiam mi spektis la DVD-on kaj legis la subtitolojn en la angla... mi eĉ miris ke Ed aŭdacis kanti al mi arion tiom erotikan! Kaj la sekvan fojon kiam li kantis ĝin, mi ne plu aŭdacis rigardi lin, ĉar mi preskaŭ sufokiĝis pro emocio! Mi subite diris, ke mi havas iun urĝan aferon por solvi... kaj fuĝis hejmen. Kelkan tempon poste mi eĉ evitis renkonti lin. Ha, ha! Mi scivolas, ĉu nun tiu ario ŝajnos al mi tiom emocianta! *(serĉas en la komputilo)* Jen ĝi! Jen ĝi! *"Kaj jam brilis la steloj"*. Denove recitalo de Luciano Pavarotti. *(Aŭdiĝas la ario.)*

MARJO: *Kaj jam brilis la steloj, / bonodoris la tero, / knaris la pord' de l' korto / kaj aŭdiĝis sur sablo paŝoj. / Sentiĝis ŝia parfumo, / ŝi estis en miaj brakoj! / Ho, dolĉaj kisoj, teneraj karesoj! / Kaj mi tremante la belajn formojn malkaŝis de sub vualoj. / Jam estingiĝis mia sonĝ' de amo. / Jam pasis horo, mi mortas en despero, / mi mortas en despero... / Kaj mi neniam amis tiom la vivon... / tiom la vivon...*

ROZ: En mia juneco, mi spektis ree kaj ree la DVD-on pri *Tosca* kaj ploradis stulte kiam Marjo atendis la morton pensante pri la plej feliĉa momento de sia mallonga vivo... Kaj tiun momenton li priskribis ĝuste per tiu ario. Mi spektis la DVD-on kaj imagis min en la brakoj de tiu talenta pentristo Marjo, dum unu bonodora vespero sub la ĉielo de Kalifornio... Kaj la pentristo havis la voĉon de la tenoro... kaj la tenoro, kompreneble, havis la voĉon de Ed en mia menso... Ba! Verŝajne la muzikinstruisto de Ed postulis ke li ekzercu sian voĉon ĉiutage, sed Ed ne paciencis ekzerciĝi hejme kaj preferis ekzerci sin apud la ĝardenpordoj de diversaj knabinoj... Tamen kiom strangas la vivo... Kiam mi vere enamiĝis al junulo, mia vera amo estis kaj daŭre estas... pentristo! Feliĉe, Rik ne kutimas portreti belulinojn kaj neniam igis min ĵaluza. Li pasie ŝatas pentri infanojn, kaj mi supozas ke li amas min ĝuste pro tio ke mi estas infanĝardenistino. Li adoras niajn infanojn kaj tiujn de mia infanĝardeno! Kaj mi adoras la pentraĵojn de Rik! Li ne pentras tro realisme, kaj ĝuste tial liaj pentraĵoj fascinas min. Mi ŝatas observi dum horoj kiel la infanaj vizaĝoj lin inspiras, sed li ne provas kopii ilin; li iel plibeligas aŭ poemigas ilin. Li kutimas pentri feojn kaj koboldojn, en kies trajtoj oni povas rekoni la realajn infanojn, kvankam kompreneble ili impresas pli komikaj aŭ pli seriozaj ol tiuj. Li kutimas pentri feojn aŭ koboldojn, iom pli komikaj aŭ pli seriozaj ol la infanoj mem. Mi adoras observi kiel li kreas strangajn fabelajn universojn, kun imagaj plantoj kaj bestoj... Kiom entuziasmiĝas la infanoj de mia infanĝardeno, kiam ili vidas lin pentri! Ha, ha! Lin inspiras la pentraĵoj de la infanoj, kaj la infanoj inspiriĝas je liaj pentraĵoj! Ili bonege kunlaboras! Mi ne kapablus rakonti ion ajn interesan al la infanoj sen liaj pentraĵoj. Mi ne kapablus fari ion ajn interesan en mia vivo, sen lia apogo. *(paŭzo)* Strangas, ke je la aĝo de 14 ŝajnis al mi memkompreneble, ke la plej feliĉa momento en ies tuta vivo estu momento de kisoj, karesoj, brakumoj sub la steloj... Ĉu se mi scius nun, ke mia vivo finiĝos post kelkdek minutoj... Ne, ne... Estas malfacile imagi ke... Tamen, se mi scius ke... Se mi volus rememori la plej feliĉan momenton de mia vivo... La vere, vere plej feliĉan momenton... Hmm...Tiu estis, kiam niaj geĝemeloj naskiĝis... Kiam mi tenis ilin en miaj brakoj kaj Rik rigardis nin kun tiom da amo... ho, *tiom da amo...* *(sonoras la telefono)* Jes, Rik. Eble ni tagmanĝu en la sama loko kiel hieraŭ, ĉu ne?... Bone. Mi atendos vin apud la pordo. Ĝis!

[Roz fermas la komputilon, metas la poŝtelefonon en sian mansakon, surmetas pluvmantelon, prenas ombrelon kaj eliras.]

SUBTILA HARMONIO
Ario el "TOSCA"

ortoj: Luigi ILLICA, Giuseppe GIACOSA
litaligis: Luiza CAROL

Muziko: Giacomo PUCCINI

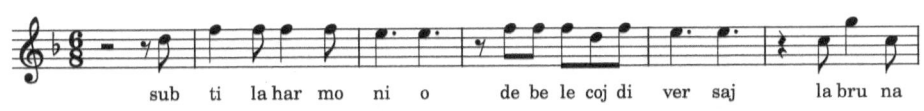

sub ti la har mo ni o de be le coj di ver saj la bru na

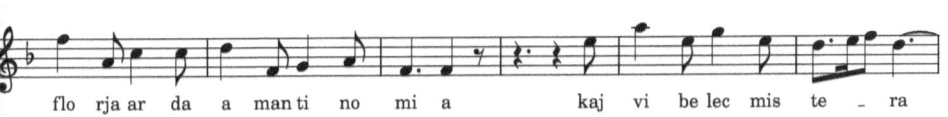

flo rja ar da a man ti no mi a kaj vi be lec mis te _ ra

kun ha ra__ ro blon__da vi ha vas blu ajn o ku loj tos ka ha vas

ni grajn art per si a mis te ro mal si mi lajn be le cojn ku

ni gas sed eĉ pen tran te a li u lon mi pen sas nur pri vi

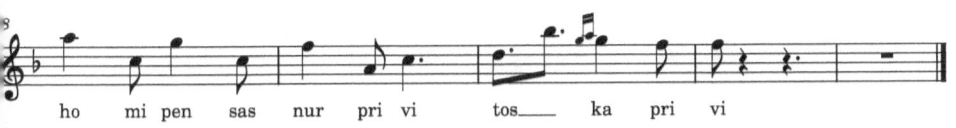

ho mi pen sas nur pri vi tos__ ka pri vi

KAJ JAM BRILIS LA STELOJ

Ario el "Tosca"

Versoj: Luigi ILLICA, Giuseppe GIACOSA
Elitaligis: Luiza CAROL

Giacomo PUCCINI

kaj jam bri lis la ste loj   bon o do ris la te ro   kna ris la pord del

kor to   kaj aŭ di ĝis sur sa blo   pa ŝoj   sen ti ĝis ŝi a par fu mo

ŝi es tis en mi aj   bra koj   ho dol ĉaj ki soj te ne raj ka

re soj   kaj mi tre man te la be - lajn.   for mojn mal ka ŝis de sub vu a loj

jam es tin gi ĝis mi a sonĝ   de a mo   jam pa sis ho ro

mi mor tas en des pe ro   mi mor tas en des pe ro

kaj mi ne ni am a mis ti om la   vi von   ti om la   vi von

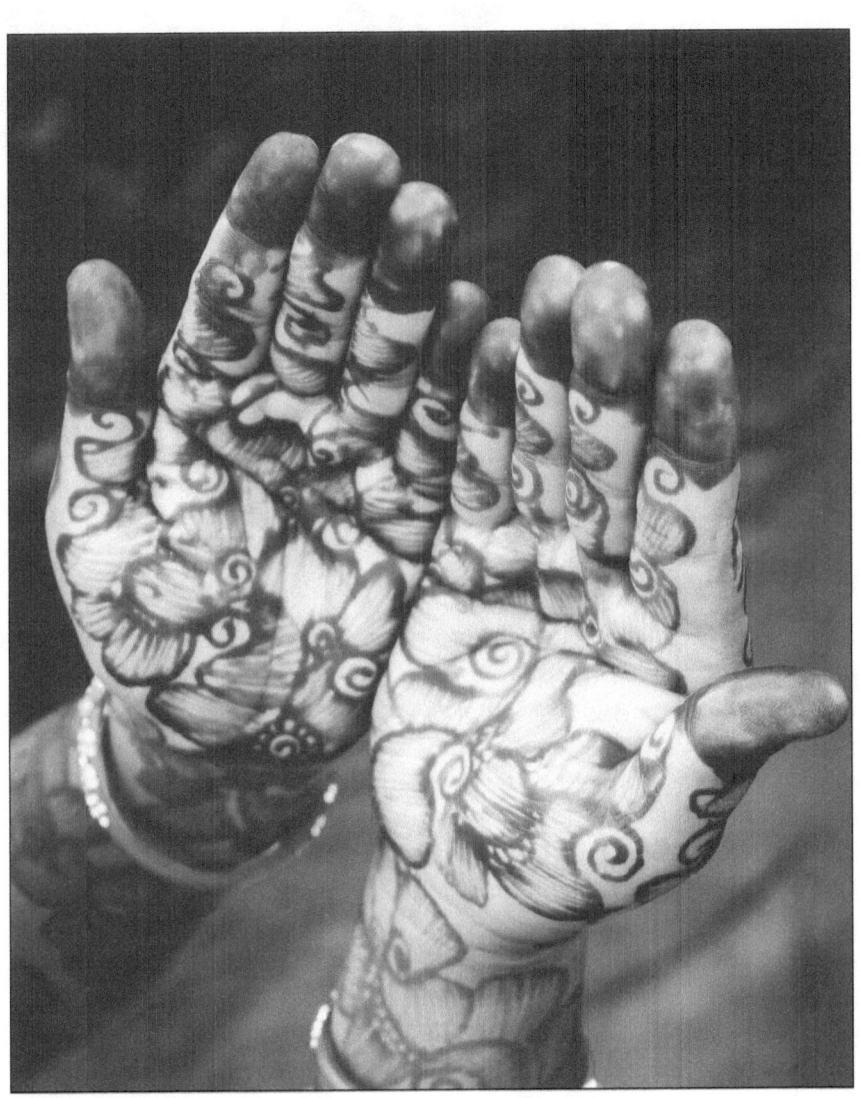

Intervjuo kun
Éva Tófalvy[1]

de Anna Tüskés[2]
(el la hungara tradukis Blazio Vaha)

"Kiel profitus homo, se li gajnus la tutan mondon kaj perdus sian animon?"

Ŝi estas verkisto, reformacia pastoro, redaktisto, instruisto, esploristo, ŝi verkadas en la lingvoj Hungara kaj Esperanto, esploras la Esperantlingvan popularigadon de la Hungara literaturo, kaj la sagokrucula-komunisman Hungaran utopion. Ni konversacias kun Éva Tófalvy.

Éva, vi naskiĝis en la urbo Mohács, plenkreskis en Pécs...

Mia patro devenis el Mohács, la patrino el Pécs, sed geedziĝinte ili ekloĝis en Barcs[3], kie mia patro laboris kiel juĝisto de distrikta tribunalo. Mi ja naskiĝis en Mohács, sed ni ne loĝis tie, tamen ni ofte venis al tiu pli suda loko por viziti parencojn kaj por kultivadi nian vitejon. Mi estis infaneto en la plej malhelaj jaroj de la komunismo. En la jaro 1947, kiam mi naskiĝis, mia patro estis ankoraŭ distrikta juĝisto, sed en 1948, kiam la komunisma partio, akirinta la potencon trompe, tutvenke surplankigis la justicon, li decidis forlasi la juĝistaron. Li ne prezentis al siaj superuloj motivojn de sia demisio, sed li ankaŭ ne estis demandita pri tio: sendube estis por ili klare, ke povis esti nur konsciencaj la motivoj, se kvardekjara viro en tia politika situacio rezignas pri plukonstruado de sia kariero. Mia patro al mia patrino esprimis sin kurte kaj dense: mi ne servados murdistojn.

---

1 La intervjuo aperis la 18-an de junio 2023: orszagut.com/szepirodalom/az-egesz-vilagot-megnyerni-4549 – *Ĉiuj notoj estas de la red., parte surbaze de notoj de Blazio Vaha.*

2 La intervjuintino estas historiisto je artoj kaj literaturo, kunlaboranto de la Literaturscienca Instituto de filologia fakultato (HUN-REN BTK).

3 Ĉiuj tri urboj situas plej sude en Hungario. Mohács kaj Barcs estas urbetoj kun dekkelkmil loĝantoj, dum Pécs estas la kvina plej granda urbo de Hungario, kun loĝantoj ĉ. 140 mil. Barcs situas je la limo kun Kroatio.

Éva Tófalvy en 2020.
Fonto: Vikipedio

Mia patrino antaŭ mia naskiĝo estis urbodoma oficisto en Pécs, krome ŝi tradukadis medicinajn artikolojn el la lingvo Germana. Kiam poste ŝi denove anoncis sin por labori, oni ne redungis ŝin, surbaze de la informo, ke la edzo ne plu estas distrikta juĝisto. La sistemo ne traktis milde eĉ pasive rezistantojn. Ne sukcesinte pruvi ilin kulpaj pri io ajn, oni provis rompi ilin per malebligo de vivteno. Miaj gepatroj entreprenadis porokazajn laborojn malbone pagatajn, ni ja bezonis ĉiun moneron por resti vivaj. Mia patro heredis malgrandan vitejon kun maiz-kampeto en Mohács. La du parceloj prezentis kune nur kvarmil kvincent kvadratmetrojn. Mohács troviĝis en ŝtatlima zono, tial veturante trajne, ni estis senĉese kontrolataj. Foje ni, mi kun la patrino, estis trajnveturantaj al la hejmo. Ni kunhavis senkaŝe en saketo maksimume du kilogramojn da maizo, tute videble. Tiom malgrandan kvanton oni ne forprenos, pensis mia patrino, sed ŝi eraris. Ĉe la vilaĝo Vokány du uniformitoj eltrajnigis nin, "la kontrabandaĵon" konfiskis, kaj protokolis "la krimon". Ĝis la aŭroro ni devis atendi, frostotremante, la sekvan vagonaron, por povi veturi plu direkte al nia hejmo.

Mi aĝis tiam kvar jarojn, sed ankaŭ nuntempe mi sentas la tiaman angoron, se tiu nokto enkapiĝas al mi. – Post tiu misokazo miaj gepatroj interŝanĝis la parcelon en Mohács je vitejo simila en la urbo Pécs: tie ni produktadis la legomojn, fruktojn por nia vivtenado; ni havadis eĉ vinon. De mia aĝo de sep jaroj mi tre multe laboradis en la ĝardeno. Ne enkapiĝadis al mi, ke mi kiel infano devus prefere ludadi. Bedaŭrinde, gefratojn mi ne ekhavis: tio tre ĉagrenis min tra la tuta vivo. Mi ja kutimiĝis bone al manko de mono, sed ne al manko de gefratoj. Mi detale prezentis la historion de mia vivo en mia verko *A kívülállók*[4] *("Krompersonoj")*.

Vi vizitadis bazan kaj mezgradan lernejojn en la urbo Pécs. Kiuj viaj instruistoj efikis al vi decid-influe?

Multaj estas la geinstruistoj, kiujn mi rememoras kun amo, sed decide influis min viaj geavoj, s-ro Tibor Tüskés kaj Anna Szenes, s-rino Tüskés. Mi ekkonis ilin el rakontoj de miaj gepatroj, kiel gimnaziano: la kulturpolitiko de János Kádár[5] detru-atakis la beletran revuon *Jelenkor* ("Nuntempo")[6], ĉefredaktanto ja de Tibor Tüskés. Tio konsternis la publikon de beletro en Pécs, la rezistemo de la paro Tüskés elvokis agnoskon de la literatur-amantoj. Ili edifis multajn, ankaŭ min, ilia modela konduto kiel ekzemplo influs mian tutan vivon. En mia romano *Ólomcukor* ("Sukero de plumbo")[7], gesinjoroj Temesi, Tivadar kaj lia edzino estas iliaj kvazaŭportretoj.

Trapasinte vian matur-ekzamenon, vi laboris en Universitata Biblioteko de Pécs. Kion vi tie faradis?

Mi laboris ĉe la legantoservo. Mi fartis tre bone inter la oldaj muroj de la biblioteko, tage ok horojn mi deĵoradis priservante la publikon en la legejo: mi ne trovis tiun tempon tro longa, ja ankaŭ mi estis unu el la gestudentoj lernantaj tie, nome mi estis koresponde trapasanta unuan kurson de universitato. Tamen mi sopiris je vera studenta vivo kaj Budapeŝto. Atinginte eminentan studrezulton, mi petis kaj ricevis permeson transiri al taga sekcio: subite mi ekestis membro de la kolegio Eötvös, de la ĉefurba studenthejmo kaj de la renoma studenta komunumo.

Kiel vi, vizitante la lecionojn de hungara filologio kaj de la biblioteka fako ĉe la Universitato ELTE, renkontis la lingvon Esperanto?

En la Studenthejmo Eötvös en du najbaraj ĉambroj kun komuna pordo kunloĝis okopo, junulinoj, vere bona societo: Györgyi

4 Hungarlingve ĉe tofalvyeva.hu/rolam. La retpaĝaro tofalvyeva.hu havas kromajn materialojn, ankaŭ en Esperanto.
5 (1912-1989), ĉefsekretario (1956-88) de Hungara Socialisma Laborista Partio, ne laŭnome sed praktike la ŝtatestro de Hungario dum tiu tuta tempo.
6 La revuo *Jelenkor* daŭre aperas kaj neniam ĉesis esti difine grava beletra periodaĵo (jelenkor.net).
7 AKVILA & PRISCILLA, Pécs, 2022, ISBN 978-615-01-3511-3.

Csukás, Katalin Kugler, Zsuzsa Mihályffy, Éva Molnár, Ágnes Osztovits, Éva Standeisky kaj Gyöngyvér Vértes. Estis Katalin Kugler, kiu proponis al mi kunviziti la preparkurson pri Esperanto. Ni esperis, ke ni povos kontaktiĝi kun gejunuloj en malproksimaj partoj de la mondo, aldoninde: sub la signo de lingva egalrajteco. Ni interkomunikiĝados en lingvo, kiu estas nenies gepatra lingvo, do neniam ni venos en malavantaĝan situacion pro la fakto, ke la aliaj, diference de ni, uzas sian gepatran lingvon.

Finstudinte, mi restis en Budapeŝto, mi eklaboris ĉe Hungara Esperanto-Asocio. Mia unua labortasko estis organizi internacian Esperant-lingvan kulturan festivalon por popularigo de la hungara kulturo. En la somero de 1972 pli ol kvincent esperantistoj venis al Budapeŝto, kaj ili – mi tute ne troigas – partoprenis kun entuziasmo tiun eksterordinaran aranĝaĵon. Por mi estis neforgeseble sperti la respekton kaj amon de la gastoj al la hungaraj literaturo kaj muziko, la respekton al hungaraj esperantistoj.

Ĉu kun via edzo kun deveno ĉeĥa kaj slovaka vi interkonatiĝis pere de Esperanto?

Jes. Simile al Ota kaj Lili, la herooj de mia romano *La liberiĝo*[8].

Nia historio pluis alimaniere ol ilia: ni restis kune kvardek kvin jarojn. Ni kelkfoje ŝerce diris, ke ni du povus eniri la Guinness-

Éva Tófalvy kaj Oldřich Knichal, freŝaj geedzoj en 1977

---

8   Vidu recenzon en *BA44*, p. 132.

rekord-libron, kiel geedzoj kunvivintaj plej longe post la plej kurta interkonateco. Post nia geedziĝo ni devis atendi kvar jarojn ĝis la eblo ekloĝi kune pro la tiamaj burokratismaj dispozicioj.

Mia edzo povis transloĝiĝi al Hungarujo nur en la jaro 1980. Li tiam ne parolis ankoraŭ la hungaran lingvon, sed li lernadis ĝin volonte kaj fervore, mi kiel lia instruanto staris je dispono en nia hejmo, kaj li post iom da tempo fariĝis renoma tradukisto de la hungara literaturo al la lingvoj Ĉeĥa, Slovaka kaj Esperanta.

Oni nomis lin Oldřich Kníchal[9]. Ni restis kune, kiel ni estis ĵurintaj en nia nupta ceremonio, ĝis disigis nin morto. Antaŭ du jaroj, malgraŭ ke li estis vakcinita por prevento, li ne transvivis koviman infektiĝon. Estas malfacile paroli pri tio. Mi provas aranĝi miajn sentojn pri mia perdo en mi silente, preĝante.

Kiam vi komencis verkadi?

Infanaĝe. Mi verkadis poemojn, novelojn. Mi estis tre feliĉa, kiam, aĝante dek tri jarojn, mi gajnis en konkurso pri noveloj. Mi legis la anoncon pri la konkurso en la taggazeto *Dunántúli Napló*, la postulo estis verki kontraŭmilite. Oni havis la jaron 1960, la milito estis finiĝinta antaŭ dek kvin jaroj. Mia novelo rakontas la historion en formo de interna monologo de instruistino. Ŝi estas veturanta al la tombo de sia filo, dume ŝi rememoras. La knabeto kaj liaj kamaradetoj ludis kun objekto vidita neniam, trovita sur rivera bordo. Tiu objekto – grenado restinta post la milito – eksplodis en lia mano.

Kiam kaj kial vi komencis verkadi en Esperanto?

Dum miaj universitataj studoj mi provis tion pro simpla scivolo, ĉu mi sukcesos. Se mi kapablas verki eseojn en tiu speciala lingvo, eble mi sukcesos verki ankaŭ poemojn, novelojn, mi pensis. Post la menciita internacia Esperant-lingva kultura festivalo por popularigo de la hungara kulturo, laborante kiel instruisto unue en mezgrada lernejo, poste en [pedagogia] altlernejo, instruante krom la hungarajn lingvon kaj literaturon ankaŭ Esperanton, mi daŭrigis miajn literaturajn provojn. Mi estis sorbita de la Esperanto-vivo, kaj subite iĝis por mi memkomprenebla verkadi ankaŭ en Esperanto. Miaj verkoj aperadis en eksterlandaj revuoj, kaj tio tre ĝojigis min, same kiel tio, ke malgraŭ jama konateco de miaj verkoj ne necesis

---

9 Verkon de Oldřich Kníchal legu en *BA41*, p. 49, traduke de Katarina Steele.

renkontiĝadi kun miaj legantoj: nome, mi sentis, ke eĉ iom da populareco mi tolerus malfacile.

Tra pluraj jaroj mi gajnadis literaturajn premiojn en la Belartaj Konkursoj de UEA[10], kaj ankaŭ tio ĝojigis min, ja premioj estis al mi aljuĝataj ne pro amikaj kontaktoj, sed surbaze de anonime senditaj konkursaĵoj.

Dume mi ne ĉesis verkadi en mia gepatra lingvo, la hungara, nome por du-tri jaroj mi estis ŝanĝinta mian instruistan aktivadon je laboro ĵurnalisma, verkante, redaktante por gazetoj kaj esplorante literatur-historion. Interesis min la Hungara literaturo rilate utopiojn.

Kiel vi renkontis la literaturan agadon de Sándor Szathmári?

Pere de Esperanto. Sándor Szathmári (1897-1974), majstro de utopioj en la hungara literaturo, fariĝis vere konata en la lingvo Esperanto. Kiam mi estis la sekretario de la Hungara Kultura Festivalo, mi decidis, ke krom Kolomanon (Kálmán) Kalocsay kaj Ludovikon (Lajos) Tárkony mi invitos ankaŭ lin al la literatura programo, organizata por ebligi renkontiĝon de hungaraj esperanto-verkistoj kun siaj diverslandaj legantoj, troviĝantaj provizore en Hungarujo. La literatura programo rikoltis sukceson, multaj gastoj fine de la programo ĉirkaŭis la verkiston, sed mi eĉ tiam ne kuraĝis alpaŝi lin. Kiam mi komencis studi lian verkadon, li ne plu vivis, mi do ne povis starigi al li tre gravan demandon, kies respondo kostis al mi plurjaran esplorlaboron.

Kiu do estis tiu grava demando?

Kie troviĝas lia trilogio *Vane?* Min interesis la sorto de la romano. Kio al ĝi okazis? Mi ja trovis interesajn, ripetatajn rimarkojn, menciojn en liaj intervjuoj pri romano verkita, sed ankaŭ neniigita de li.

La trilogion *Vane,* kun volumoj *Paseo, Nuno, Futuro* li verkis inter la jaroj 1932 kaj 1935, sed li intertempe "elkreskis el ĝi", kaj laŭ propra aserto, li ĝin pereigis. Mi penis kompreni: kial li senĉese menciadas ĝin, se la pereigo estas fakto? Kiun sencon havas pri-

---

10 1978, prozo, dua premio: *Historio de nia amikeco*; 1979, poezio, unua premio: *Omaĝe al Blaise Cendrars 1913*; 1980, romankonkurso Raymond Schwarz: *Kiuj semas plorante* (kun la edzo Oldřich Kníchal); 1981, eseo, premio Luigi Minnaja: *Rolo de la persona faktoro en la Esperanta literaturo*. En posta periodo: 1995, eseo, dua premio: *La du testamentoj de Sándor Szathmári*.

paroladi iel ajn verkon, kiu ne ekzistas? Mi venis al la konkludo, ke li ĝin evidente ne estas neniiginta, kaj oni povas ĝin trovi.

La vortoj de la verkisto sonis al mi kiel kuraĝigo, kvazaŭ li dirus: geamikoj, gesinjoroj, serĉadu ĝin.

Unu el la plej bonaj amikoj de Szathmári estis Dezső Keresztury (1904-1996), verkisto, literatur-historiisto, akademiano, tiutempe ankoraŭ vivanta. Mi vizitis lin kaj prezentis al li mian hipotezon. Mi forgesos lian reagon neniam. Li ekkris: "Dio ekzistas!" Laŭ tio mi ekkomprenis, ke la manuskripto de *Vane* ne estas neniiĝinta, do mi iras ĝustan vojon.

Sed mi ne povis antaŭvidi, kiom longa estos tiu vojo. Keresztury kuraĝigis min spuri la trilogion. Li diris, ke tio valoras la penon. Multe pli malfrue, post la morto de Keresztury, kiam mi jam estis leginta la romanon mem, mi divenis, surbaze de certa lia duonfrazo, ke Keresztury ne nur sciis, ke la romano ne neniiĝis, sed li ankaŭ legis tiun utopion de "faŝisma komunismo".

Nome la agado de la volumo *Futuro* disvolviĝas en totalisma diktaturo en Hungarujo de la 2080-aj jaroj. La homogena socio priskribata en ĝi estas komunismeca socio kun faŝismaj elementoj.

Tiun neordinaran romanon mi povis legi tamen nur multe pli malfrue, ja malgraŭ fervora serĉado tra kvar (!) jaroj mi ne trovis ĝian spuron. Sed, mirinde, finfine, ĝi iĝis trovita.

Kiel?

Kvazaŭ okazis dia miraklo. Preterirante mi decidis viziti la vendejon de Esperantaj libroj en la strato Kenyérmező en Budapeŝto. Tie mi renkontis Kolomanon (Kálmán) Pandur, maljunan konaton esperantistan. Kiu, simile al mi, serĉrigardadis Esperantajn librojn. Ni ekkonversaciis, kaj li demandis, pri kio mi estas laboranta lastatempe. Labori mi ja nur volus, mi ne povas, ne estas eble al mi progresi dum ne trovas mi la libron de Szathmári kun la titolo *Vane*. Mi estas certa, ke ĝi ekzistas, kaj mi esperas, ke oni povos ĝin eldoni. Remetinte libron sur breton, Kálmán Pandur anoncis: nu, vi povas laboradi trankvile, la libro *Vane* troviĝas ĉe mi. Ĝin Szathmári donis al mi. Kiam vi volas ĝin vidi? – Surprizita, apenaŭ mi sukcesis ekparoli.

Iam poste mi eksciis, ke Kálmán Pandur, kiu ĝuis fidon de Szathmári, estis lia amiko ne nur pro Esperanto. Kunligis ilin ankaŭ

ilia komuna lernejo, la reformacia kolegio Mikó Székely, kvankam
pro malsama aĝo ili vizitis ĝin ne samtempe.

La sekvan tagon mi sidis kortuŝita en la libroplenega ĉambro
de la familio Pandur, kaj mi rigardis la tri grandegajn, binditajn
librojn. Ili estis ekzempleroj zorge kartonbinditaj, plej verŝajne de
faksperta bindisto.

Unue mi legis la volumon *Nuno*, poste tiun kun titolo *Paseo*, kaj
fine la volumon *Futuro*. La volumoj *Nuno* kaj *Paseo* estis feblaj fruaĵoj,
sed la tria – la volumo *Futuro* – kvazaŭ postulis eldononton.[11] Post
mallonge troviĝis ja tia.

Kiel vi sukcesis trovi eldonejon?

Unu el la organizoj ludintaj rolon en la politikaj ŝanĝoj ĉ. 1990
estis la Hungara Protestantisma Kleriga Organizo, en kiu mi estis
membro-fondinto: mi prezentis la romanon en tiu organizo. Fine
de mia prelego mi demandis, ĉu troviĝas inter miaj aŭskultintoj
persono, kiu povus aranĝi eldonadon de la verko. Kaj troviĝis
iu: anoncis sin Aranka Ugrin, redaktistino ĉe la beletra eldonejo
Szépirodalmi. Baldaŭ ŝi prezentis min al Lívia Mátis, alia redaktisto
de la eldonejo: tiu petis min verki por la libro eldonota en 1991
detalan postparolon pri la utopiisto kun la titolo "Ĉu Szathmári
estas Hungara Orwell, aŭ Orwell estu Angla Szathmári?". Jen kiel
atingis la manojn de la legantoj escepta, bonega literatura verko,
malsama al ĉio iam ajn verkita.

Baldaŭ poste vi ekokupiĝis pri io tute alia: vi akiris diplomon kiel kalvinana pastoro, kaj vi entreprenis eklezian servadon. Kiel aperis tiu direktoŝanĝo en via vivo?

Tio komenciĝis ĉe mia konvertiĝo, la sesan de Decembro 1985a.
Komence de tiu jaro mi resaniĝis post plurjara grava malsano,
atakinta min dum mia gravedeco. Temis pri Cushing-sindromo,
tiutempe oni ne havis kuracilon kontraŭ ĝi en Hungarujo, oni
mendadis tion por mi el eksterlando, laŭ miaj kuracantoj mi havis
nur malgrandan ŝancon por transvivi. Oni rekomendis al mi pen-
sion de invalido: tion mi malakceptis. Ŝajnis al mi, ke se mi akceptus
tion, mi rezignus pri reboniĝo de mia stato.

---

11 Fragmento ("Vane – La estonteco", traduke de Lariko Golden) aperis en la revuo
Esperanto (dec. 1997, p. 202-205), akompanate de eseo de Éva Tófalvi ("Szath-
mári, la hungara Orwell", redaktita versio de eseo premiita en Belartaj Konkursoj,
1995). Plena Esperanta traduko de *BA*-aŭtoro Jozefo Horváth estas aperonta.

Mia stato iom post iom, malrapide, reboniĝis. Baldaŭ mi ricevis de unu el miaj konatoj bonegan proponon pri laborposteno. Ĉio ŝajnis esti en bela ordo, tamen mi havis alispecajn zorgojn: mi sentis, ke socialismo kiel reĝimo englutos min. "Ĉar kiel profitus homo, se li gajnus la tutan mondon kaj perdus sian animon?" (Mateo, 16, 26) – starigas Jesuo la demandon, kiu, ŝajnis al mi tiam, koncernas ĝuste min. Mi trovis afero memkomprenebla meti mian tutan vivon en la manojn de Jesuo Kristo, kaj servadi. Mi, plenkreskinta, eksekvis mian infanaĝan revon.

Aĝante jarojn kvardek oni ofte trafas vivomezan krizon. Por mi tio estis la malsano, kun vivoŝanco de proksimume tri jaroj, laŭ mia kuracisto. Mi ne estis preĝe petinta resaniĝon, tamen mi resaniĝis. Nenio superas la eblojn de Dio. Mi sentis dankemon, mi ekstudis kaj finstudis la pastoran fakon de la Kalvinana Universitato Gáspár Károli. Poste mi plenumadis servojn kun ĝojo kiel hospitala pastoro kaj diakono, sed mi same volonte deĵoris ankaŭ en paroĥoj kaj ĉe la Kolekto Ráday de la eklezio.

Ĉu vi tiam ĉesis verkadi?

Mi ne ĉesis, sed mia aliro ŝanĝiĝis. Se oni atentas ĉiutage la Dian Vorton, formulas predikojn por evangelizi, oni malsame prioritatigas.

Unu prioritato via ŝajne estis prilabori la vivoverkon de Szathmári, ja vi elektis tion kiel temon de via doktora disertaĵo.

Jes. Oni ne rajtas forgesi hungaran verkiston, kiu plifruas kaj antaŭiras la verkadon ne nur de Orwell, sed ankaŭ de Huxley kaj Zamjatin. La menciita verko de Szathmári restadis en tirkesto kvindek naŭ jarojn nur pro tio, ke en Hungarujo estis plenumiĝinta la terursonĝo de la aŭtoro pri la futuro, kiu malhelpis la aperon de la romano. Bedaŭrinde, mi devis rezigni pri mia intenco fini la programon de doktoriĝo pri

TÓFALVY ÉVA

KAZOHINIÁTÓL
ATLANTISZIG

SZATHMÁRI SÁNDOR
ÉS UTÓPIÁI

filozofio. Mi estis jam akirinta studfinan ateston kaj verkanta mian studofinan disertaĵon, kiam subite oni ekbezonis min en la familio: mian edzon trafis kancero. Estis nepre rezigni pri io, kaj mi elektis rezigni pri mia doktoriĝo.

La pastoran servadon mi daŭrigis. Kiam mi povis havigi al mi iom da tempo, mi laboris por sukcese eldoni kiel libron la monografion, kiu estis planita fariĝi disertaĵo.

Tio realiĝis en la jaro 2017, kiam aperis la libro *Kazohiniától Atlantiszig. Szathmári Sándor és utópiái* ("De Kazohinio ĝis Atlantido: Sándor Szathmári kaj liaj utopioj").

En la fono de via laste aperinta romano **Sukero de plumbo** *mi konjektas aŭtobiografiajn motivojn. Vi uzas parte fikciajn nomojn de lokoj kaj personoj. Fone de la nomo de unu el la protagonistoj mi supozas vian personon.*

Multaj pensas, ke unu el la rolantoj de la romano estas mi, sed mi ja estas neniu el ili, eĉ ne iomete. En ĉi tiun libron mi enskribis min kiel flankan figuron, je mezuro de kelkaj frazoj, tute precize je cent kvindek vortoj. Verkante la romanon mi informiĝis pri la morto de amiko el mia studenta tempo. La aflikta penso ke ne plu eblas intervidiĝi kun li ĉi-monde, igis min eternigi nin iamajn. Pietato igis min verki tiun mallongan tekstoparton..

La baza motivo kaj historia fono de viaj romanoj radikas profunde en la Hungarlandaj kaj en la Pragaj eventoj de la jaroj 1956 kaj 1968, respektive.

Tiuj historiaj eventoj influis la vivon de ĉiu el ni profunde, jen kial ankaŭ la rolantoj de miaj libroj rilatas al ili senpere. Miaj samaĝuloj kaj mi aĝis en 1956 ok jarojn aŭ dek, en la jaro 1968 nia aĝo estis ĉirkaŭ 20 jaroj. La rolantoj de mia aĝo en *Sukero de plumbo* estas ne nur atestantoj, sed ankaŭ partumantoj de la sorto de la gepatroj. Kiam en la jaro 1968 la Praga Printempo estis okazanta, ni, gejunuloj, poris la Ĉeĥoslovakiajn reformojn. Plagis kaj turmentis nin ke la gvidantaro de Hungarujo partoprenis en la aktivado de la Varsovia Pakto, en surprizatako kaj invado de niaj najbaroj kvazaŭ kun konsento de la Hungara popolo. Turmentis nin neforigebla sento de honto pro la fiago, kiun estis plenumintaj ne ni. Pri la Praga printempo mi skribis kaj en *La liberiĝo* kaj en *Sukero de plumbo*. Ĉiuokaze, post pli ol kvindek jaroj mi memortenas bone la historiajn eventojn de vi menciitajn. Bedaŭrinde, pro tempopaso, apenaŭ iuj plu povas tion rememori.

Kiuj estas viaj plej ŝatataj verkistoj?

Jen, vi starigis demandon tre malfacilan. Horojn mi povus vicigi nomojn, kaj la vico ne estus plena. Mia plej ŝatata poeto estas Attila József. Strange, li trafis mian atenton pli frue ol legus mi eĉ verson de li. Mi eksciis en la lernejo, ke li naskiĝis same la 11-an de Aprilo kiel mi. Mi pruntis volumon de liaj kolektitaj poemoj el la lerneja biblioteko, ni ja ne havis hejme volumon de li pro malŝato je li de mia patro. Legadu prefere ion de *Márai,* li diris, ankaŭ Márai naskiĝis la 11an de Aprilo. Tamen, bedaŭrinde, mi neniam sukcesis ekŝati la verkiston Márai simile kiel la poeton József.

Mi havas literaturan preferon, kiu elformiĝis iom post iom tra jaroj, kaj subite mi rimarkis, ke ĝi ekzistas. Mi preferas poetojn verkantajn "reformacie". La plej grandaj el ili estas Bálint Balassi, János Arany, Endre Ady, Attila József. Se temas pri Attila József, igis min rekoni liajn radikojn de protestanto liaj vortouzo kaj frazokonstruado.

Ĉiu leginto de lia *Curriculum Vitae* konas la komencajn frazojn: "Mi naskiĝis en la jaro 1905 en Budapeŝto, mia religio estas la Ortodoksa", kaj lian dolorplenan suspiron, laŭ kiu en ĝi "li trovis nur pastron, ne trankvilon". Mi estis vikario ĉe la paroĥo en placo Kálvin, kiam mi ekhavis la ideon, ke la poeto verŝajne ne sciis, ke li povus sin aserti kalvinano. La fratino Jolán József menciis, ke ŝi kun siaj gefratoj vizitadis tiun paroĥan komunumon, kaj Attila volonte ĉeestadis.

Jen la loko, kie oni baptis lin, verŝajne, mi pensis, kaj mi decidis kontroli la aferon. Mi prenis la grandegan matrikulon... kaj jen Dia miraklo, tie staris: Attila József estis baptita la dek-trian tagon post sia naskiĝo konforme al la kalvinana tradicio. Mi ne sciis, ke László Sasvári, fakulo pri historio de medicino, malkovris tiun dokumenton iom pli frue, kaj informis pri tio la legantojn de *Reformátusok Lapja* ("Gazeto de Kalvinanoj") en la jaro 1988. La stilo de József estas tiom proksima al la lingvaĵo de Gáspár Károlyi kaj Albert Szenczi Molnár[12], ke surbaze de tio oni povis konkludi pri liaj religiaj radikoj, almenaŭ mi povis.

---

12 Hungaraj predikistoj kaj verkistoj, Károlyi 1529-1591, Szenczi Molnár 1574-1634.

ARTIKOLO / ESEO

Kiujn planojn vi havas? Pri kio vi nun laboras?

Paroli pri tio estas malfacile pro mia maljuna aĝo. Ne ke mi ne laborus kun plezuro. Mi aĝis sesdek ok jarojn, kiam post dudek kvin jaroj da sekulara kaj eklezia servadoj mi pensiiĝis: tiam mi bezonis unu jaron por preventi katastrofon, nome pro hipoteko bazita je svisa franko banko volis forpreni nian loĝejon. Mian situacion markis la stato de mia edzo kun kancero, mia terure malalta pensio, la ĉefan ŝuldon ni estis delonge repagintaj, sed la interezoj senĉese kreskadis. Pro la ekstrema situacio trudiĝis al mi fari decidon, kaj mi decidis vendi la Budapeŝtan loĝejon kaj aĉeti alian en Pécs. La prezodiferencon mi utiligu por likvidi la hipotekon. – Ni ja agis tiel.

Mi ŝuldas eternan dankon al Imre Kozma, vera kristano, konata de mia edzo kaj informita de li pri nia mizera situacio: Kozma tuj helpis. Mia edzo rekompence slovakigis la libron *La fenestro de espero*, kune verkitan de Imre Kozma kaj Anna Jókai. Tiu verko statas manuskripto, kune kun aliaj du slovakigitaj verkoj. Unu estas *En vespera krepusko de Palmodimanĉo* de Jókai, la alia estas kolekto el eseoj de János Pilinszky koncernantaj kredon, aperintaj unue en la gazeto *Új Ember* ("Nova Homo"). Tiuj tri volumoj estas pretaj.

Kiam ni transloĝiĝis al urbo Pécs, mi tuj komencis eldonadi miajn menciitajn librojn. Mi volus daŭrigi tiun laboron.

La mondo en 2082 laŭ Sándor Szathmári[1]

de Éva Tófalvy

La romano *Vane – Futuro* de Sándor Szathmári, baldaŭ publikigota en Novjorko ĉe la eldonejo Mondial, certe kaŭzos grandan surprizon al la esperanta legantaro. El ĝi ni povas ekscii, kian estontecon imagis Szathmári por la malproksima 2082, 150 jarojn post kiam li verkis ĝin en 1932.

Tiuj, kiuj nun havas 25-30 jarojn, povos ĝisvivi tiun jaron kaj sperti, ĉu Szathmári ĝuste taksis la ŝancojn de la futuro, kaj ĉu ĝi vere kunportos sangan diktaturon, aŭ ĉu la verkisto estis tro pesimisma, kaj la socio de 2082 estos agrabla, feliĉa medio por la individuoj kaj por la socio. Sed nun ni devas flankenmeti la eblecon de feliĉa 2082, ĉar mi prezentos romanon, en kiu ne estas mencio pri iu ajn feliĉa estonteco.

Sándor Szathmári verkis ĉi tiun romanon en sia gepatra lingvo, la hungara. Ni povas danki pro traduko Jozefon Horváth, kiu uzas sian bonegan lingvan kapablon ne nur por krei vortarojn[2], sed ankaŭ por esperantigi multajn hungarajn literaturajn verkojn[3].

Sándor Szathmári verkis ĉefe en la hungara. Kiam li verkis Esperante, kvankam li bone konis la Internacian Lingvon, li ne havis tiel eminentan stilon kiel Kálmán Kalocsay, al kiu li ĉiam konfidis la taskon de tradukado aŭ korektado. Estas granda bonŝanco por nia literaturo, ke ili vivis samtempe: Szathmári: 1897-1974, Kalocsay: 1891-1976.

---

1   Redaktita versio de prelego dum la 110-a Universala Kongreso de Esperanto, Brno, la 28-an de julio, en la kadro de Kleriga Lundo.

2   Temas pri la grandegaj vortaroj hungara-Esperanta kaj Esperanta-hungara, kun pli ol 150 mil kapvortoj ambaŭdirekte. Iama (2015) versio de *Eszperantó-magyar szótár* haveblas libroforme ĉe UEA; ĝenerale vidu: vortaro.hu/vortaro_ap. Deŝutebla kiel pdf, ekz. vortaro.hu/EHV_EO-HU_25-05-05.pdf, aŭ uzebla per aplikaĵo – *Red.*

3   I. a. Géza Gárdonyi, Ferenc Herceg, Ferenc Molnár, Ernő Szép, akireblaj libroforme aŭ eĉ elŝuteblaj senpage, vidu: libroj.ee, verkoj.com/tradukistoj/jozefo-horvath. Horváth tradukas ankaŭ el aliaj lingvoj (Collodi, Goldoni, Kleist ktp.) – *Red.*

Kial ne en Esperanto?

Oni povas demandi: kial Kálmán Kalocsay ne tradukis siatempe ĉi tiun romanon en Esperanton, kial ĝi estis tradukita nur nun, 93 jarojn post la verkado?

Ĉar tiu ĉi romano havas eksterordinaran sorton: la originala hungara teksto reaperis post 59 jaroj da kaŝiĝo. Pli ol duonjarcenton oni pensis neekzistanta la manuskripton, ĝis, post multjara esplorado, mi trovis ĝin.

Sed kial mi serĉis romanon, kiu ŝajnis ne ekzisti...?

Kiam mi studis hungaran kaj esperantan filologion en la Universitato Eötvös Loránd en Budapeŝto, laŭ inspiro de profesoro István Szerdahelyi mi komencis okupiĝi pri la interesa vivoverko de Szathmári. Dum mia esplorado io frapis min. La aŭtoro sisteme parolis pri sia trilogio titolita *Vane*. Li detale priskribis ĝin: kial li verkis ĝin, kiam li verkis ĝin, eĉ kiu inspiris ĝin verki? Mi pripensis: kial li parolas pri verko, kiun laŭ propra konfeso li detruis? Ŝajnis al mi, ke li per tiu stranga metodo volis atentigi siajn legantojn kaj estimantojn pri la ekzisto de la romano, por la celo, ke se estos konvena politika situacio, tiam kiu ajn trovos ĝin, publikigu ĝin.

Mi serĉadis dum ĉirkaŭ ses jaroj, ĝis mi fine trovis ĝin. Estis bonega sperto. Eĉ hodiaŭ, kiam mi repensas pri tio, mi trasentas tiun kvazaŭ mistikan senton, esti la unua leganto post tiom da jaroj!

La volumo *Futuro* estas parto de trilogio, kiu konsistas el tri memstaraj, aparte finitaj romanoj. Ĉiu el ili portas la titolon *Vane* (Hiába) kun la subtitoloj: *Paseo* (Múlt), *Nuno* (Jelen), *Futuro* (Jövő).

Szathmári skribis pri la batalperdoj de unu honesta kaj pensema junulo unue en la tempo de imperiestro Francisko Jozefo, poste en la 1930-aj jaroj, kaj fine en la fora estonteco. La protagonisto nomiĝas Kálmán Hajós, kiu estas evidente alteregoo[4] de Szathmári, ankaŭ samaĝa tempe de la verkado. Multaj ideoj kaj pripensaĵoj de Hajós estas troveblaj ankaŭ en aliaj verkoj de Szathmári, foje laŭvorte. Kaj la simpatia junulo ricevis sian baptonomon verŝajne laŭ la plej bona amiko de la aŭtoro, t.e. Kálmán Kalocsay. Liaj aventuroj en *Paseo* kaj *Nuno* tamen estas malpli interesaj ol la *Futuraj*. Necesas konstati: Szathmári estis ĉefe utopia verkisto.

---

4 **alteregoo** (en literaturo, i.a.) en verko, rolulo kiu, sub alia nomo, prezentas tute aŭ parte la verkiston mem, tiel estante kvazaŭ ties dua memo aŭ alia mio (latine 'alter ego') – *Red.*

Aŭtoro malgraŭ si

Oni apenaŭ povas kredi, ke li, malgraŭ ke li ŝatis ekde la junaĝo surpaperigi siajn pensojn, ne volis esti verkisto. Li estis denaska geniulo pri matematiko. Ĉi tio jam evidentiĝis kiam li estis malgranda infano. Jaro post jaro sen antaŭa lernado li solvis ĉiujn problemojn en siaj lernolibroj tuj, kiam li ricevis tiujn. Li ofte konfuzis siajn instruistojn pro sia scio, kaj instruisto foje traktis kun malamikeco la infanon, kiu sciis pli ol li.

Kiam li estis ĉ. 10-11-jara, li faris por si teknikajn ludilojn: malgrandan lokomotivon, levgruon kaj eĉ uzeblan biciklon. Elektante karieron, li celkonscie strebis al la fako "mekanika inĝenierado" de la Budapeŝta Teknika Universitato.

Pro la eventoj de la unua mondmilito li tre malfacile povis daŭrigi siajn studojn. Post la fino de la milito laŭ la Trianona Pactraktato la loĝloko de liaj gepatroj estis aligita al Rumanio. Liaj gepatroj, kiuj ankoraŭ havis kvin infanojn hejme, malriĉiĝis, ĉar la laborloko de la patro, dependa de la Hungara Reĝlando, estis nuligita. Tiamaniere ili ne povis subteni sian filon.

Szathmári, la estonta inĝeniero, vivis en apenaŭ eltenebla mizero. Li konstante malsatis kaj estis multfoje enhospitaligita en vivminaca stato. Ni povas nur admiri lian volon, ke li ne rezignis pri sia celo. De tempo al tempo li devis interrompii siajn studojn por gajni monon por la daŭrigo. En tiuj kazoj li plejparte instruis matematikon private. Post 9 trasuferitaj jaroj li sukcesis akiri la diplomon.

Diplomita inĝeniero, li ankoraŭ ne celis esti verkisto, sed baldaŭ, kiam li ekverkis, li povis bone utiligi siajn teknikajn sciojn ankaŭ literature.

Junaĝe li havis politikan ambicion kaj per verkado volis doni literaturan formon al siaj ideoj. Por praktika politika agado li tamen estis mallerta. Sed Sándor Szathmári 35-jara – laŭ la atesto de la romano – vidis multe el la futuro, samkiel tiuj alilandaj samtempuloj, kreantaj utopiojn, kiuj pro lingvaj kaj politikaj kaŭzoj fariĝis multe pli famaj ol li.

El la kvar fundamentaj verkoj de negativa utopio – *Ni* de Jevgenij Zamjatin, *Brava nova mondo* de Aldous Huxley kaj *La besto-farmo* kaj *1984* de George Orwell – nur la verko de Zamjatin estiĝis pli frue (en 1920, aperis en 1925) ol *Vane – Futuro* de Szathmári. *Brava nova mondo* aperis angle unuafoje en 1932, en la jaro de la verkado de *Vane – Futuro*. La du romanoj estas do pli-malpli samaĝaj.

Inter ĉi tiuj du verkoj estas esence nur ĝenra simileco, sed okulfrapaj estas la ĝenra kaj temara, eĉ koncepta similecoj de *Vane – Futuro* kaj la verkoj de Orwell, *La besto-farmo* (aperinta en 1945) kaj *1984* (aperinta en 1949), kiujn la angla aŭtoro skribis en la jaro antaŭ la eldono.

Szathmári multe antaŭis Orwell-on. En 1932, kiam okcidente de Sovetunio ankoraŭ neniu povis havi realan bildon pri la realigita komunismo, Szathmári kreis kun nekredeblaj logiko kaj fantazio enciklopedion de la teruragoj de totalisma sistemo, kiu kombinas elementojn de faŝismo kaj komunismo. Plej trafa priskribo de la sistemo prezentita en *Vane – Futuro* estas tiu de la granda hungara poeto, Attila József (samtempulo de Szathmári), kiu poemis en 1936 pri "faŝisma komunismo".

En 1948 Orwell, por tiel diri, havis jam pli facilan taskon: elirante el publike konataj faktoj, kaj ĉefe el personaj travivaĵoj, li povis doni liberan kuron al sia fantazio. Li partoprenis en la hispana enlanda milito, alvenante en Barcelonon en 1936 kiel raportisto, sed poste aliĝis al la milico de la Laborista Partio de Marksisma Unuiĝo (POUM). Liaj spertoj en Hispanio donis al li neestingeblan malamon kontraŭ komunistoj kaj la Stalina Sovetunio, kiun li poste esprimis en *La besto-farmo* kaj *1984*.

Orwell-fakuloj kutimas emfazi, ke Orwell verkis pri la estiĝanta diktatoreco en *La besto-farmo*, kaj pri la realiĝinta en *1984*. Szathmári en sama volumo, nome en *Vane – Futuro*, majstre prezentas ambaŭ fazojn de diktaturo. Nome, la romano komenciĝas en diktaturo jam realigita, el kiu gejunuloj eliras al sopirata insulo de libereco, nome memrega, memsufiĉa kolonio. Tiuj gejunuloj volas realigi homogenan socion bazitan sur egaleco, sed ili paŝo post paŝo rekreas la saman murdan diktaturon. Se Szathmári estus verkinta angle, ĉi tiu redakta metodo estus menciita kun granda aprezo.

Hungara Orwell, angla Szathmári

Do, kiam oni nomas Szathmári la "hungara Orwell", estus ĝuste korekti jene: Orwell estis "la angla Szathmári". Sed dum la verkoj de Orwell ekiris el Londono sur mondkonkera vojo, Szathmári devis sekreti en Budapeŝto, ke li havas en la tirkesto romanon same aŭ eble eĉ pli bonan ol tiuj menciitaj. Li devis sekreti, ĉar en Hungario jam en 1947 komencis realiĝi la sanga diktatureco priskribita en *Vane – Futuro*.

Szathmári, kiun la Rákosi-reĝimo (1947-1956) tenis en kvaranteno, bone sciis, ke la ekzisto de *Vane – Futuro* signifas mortan danĝeron por li. Li do disvastigis la famon, ke li komprenis ke per tiel nematura verkaĉo li ne povas regali legantojn kaj tial neniigis ĉiujn tri volumojn de sia "malforta" unua verko. La truko montriĝis sukcesa. Krom mi neniu serĉis tiujn "stilekzercojn" de Szathmári.

Post la trovo mi petis publikigo-permeson de la heredinto de la eldonrajtoj, de la vidvino Malvin Szathmáry (tiele). Ŝi komence ne volis ĝin doni, ĉar ŝi timis enkarcerigon pro la enhavo de la romano. Post certa tempo ŝi komprenis, ke en 1990 ŝanĝiĝas la politika sistemo, kaj ŝi ne devas timi. Do, mi transdonis la manuskripton al unu fama hungara eldonejo, Szépirodalmi ("Beletra").

En 1991 tiu publikigis la romanon *Vane – Futuro*, kune kun, postparole, mia studo prezentanta la vivoverkon de la aŭtoro kun la titolo "Szathmári, la hungara Orwell, aŭ Orwell, la angla Szathmári".

Pri kio temas fakte la romano *Vane – Futuro*?

Laŭ la verkista vizio pri la estonteco, en 2082 regas kiel socia ordo faŝisma komunismo en la plimulto de la Tero, ankaŭ en Hungario.

La agoj de la romano okazas en malgranda imagita urbo en Hungario, kaj en la vera ĉefurbo, Budapeŝto. En Buda la monto Gellért nomiĝas Lenin-monto, kaj sur ĝia supro staras soveta revolucia monumento. Estas fakto, ke dum la socialisma epoko tre similan monumenton oni starigis tie honore al la soveta armeo.

"Plumpa revolucia monumento sur la supro de la malnova citadelo sur la Lenin-monto frapis ŝiajn okulojn: harstarige troornamita, kolonara rondplaco kun tri montetoj sur ĝi, sur kiu ĉenŝiranta laborista figuro tenas alte rikoltilon kaj martelon. Sub liaj piedoj konvulsias la tretita serpento de kapitalismo, ĉirkaŭ ĝi flankaj figuroj: patrino oferdonas sian infanon, ruĝarmea soldato klinas sian flagon, alia soldato subtenas sian vunditan kamaradon, kiu devote rigardas al la ĉeffiguro, kun unu mano sur sia trapafita brusto, la alia, etendita al la ĉefa figuro. Leono blekas, fine la muzo Klio skribas la historion."

Laŭ Szathmári en Pest ĉe la fino de la avenuo Thököly troviĝas la luksa kvartalo de "pintoproletoj", kie loĝas tiuj membroj de la gvidanta socia klaso, kiuj de tempo al tempo flugas per propraj raketoj al siaj ripozbienoj.

Kiel aspektas unu tago en Budapeŝto, kiam unu el la protagonistoj, Livia, vizitas la ĉefurbon? Jen:

"La rulkoridoro egalritme kuris kun ŝi plu laŭ la avenuo Rákóczi. Ŝi prigapis la pompajn silicitpalacojn, kvankam agace pikis ŝiajn okulojn la multaj ŝajn-oraj ornamoj. (...)

Veninte trans la bulvardon, ŝi aŭdis subite ŝrikan sirenadon, sekve de kiu la tuta tersurfaca trafiko haltis, sed haltis ankaŭ la rulkoridoroj kaj la superfervojo. La megafonoj sur la tegmentoj komencis bleki:

– Vivu ĉefkamarado Drághffy, la prezidanto de la libera proletpatrujo!

Ok kirasaŭtoj brue forimpetis po du kun ĉiuflanken direktitaj radiotuboj. Sur la rulŝtuparo ĉiuj haltis, turnis la dorson kaj levis la manojn.

Nun sekvis la aŭto de la ĉefkamarado. La ruĝ-gvardianoj unu post aliaj kriis:

– Eltenon!

Fine ankaŭ la ok postveturantaj kirasaŭtoj preterpasis kaj la koridoro ekruliĝis.

Tra la avenuo Thököly ili fine alvenis en la park-urbon de la pintoproletoj.

Ĉi tie finiĝis la rulkoridoro, Livia elpaŝis, kaj malsupriĝinte al la tersurfaco, perpiede ŝi ekiris sur la avenuo de la Laboristoj." (p. 116-117)

Szatmári en 1932 determinis kun miriga precizeco la jaron kiam eksplodos la dua mondmilito, li antaŭdiris, kiuj landoj militos kontraŭ kiuj. Krome laŭ li, poste, rezulte de monda revolucio, elformiĝos grandegaj aŭtokratiaj sovetaj ŝtatoj. Efektive elformiĝis aŭtokratiaj sovettipaj ŝtatoj, sed ne rezulte de monda revolucio. Plue laŭ li, en la 1980-aj jaroj revolucioj atingos popolajn rajtojn, kiujn la potenco revokos, kaj tiamaniere aŭtokratio ekregos en la tuta terglobo en la nomo de marksismo. En la realo, en la 1980-aj jaroj okazis revolucioj en la socialismaj landoj, sed ni ankoraŭ ne scias, kio okazos en la sekvonta duonjarcento... Ja, ni ne estas tiaj talentoj, kia Szathmári estis.

En la romano la hungara loĝantaro konsistas el 3 tavoloj: supre la "pintoproletoj", kiuj regas, sub ili okupas lokon la "kaplaboristoj", fakte intelektuloj, kiuj ne rajtas libere pensi, sed devas obei al la potenco. Sube staras la fizike laboranta popolamaso, kiujn oni nomas "maŝinistoj".

En ĉi tiu socio regas sufoka fermiteco, kaj la ĉefrolulo de la romano, Hajós, provas eskapi el ĝi: li establas sendependan, memsufiĉan kolonion kun la permeso de la Soveto, esperante trovi liberan vivon. En la romano ni ekkonas tiujn simplajn homojn, kiuj sopiras veran realigon de homogena socio bazita sur egaleco. Tiu estas speco de komunismo, en kiu ĉiuj estas vere egalaj kaj profitas egale el la varoj. Pro la grandegaj ideologiaj debatoj kaj degeneraj konfliktoj okazantaj en la kolonio, baldaŭ evidentiĝas, ke la homogena socio ne povas esti realigita. Malgraŭ tio Hajós ankoraŭ esperas. Sed kiel la ĉefa titolo diras: vane.

Vane – Futuro estas negativa utopio pri la neatingebleco de justa socio. Tio, al kio la homo strebas, la "evoluo", estas fakte iluzio, vojo al totala katastrofo. "Plata, homogena socio", la politika revo de Szathmári, transformiĝas en koŝmaron ĉe la verkisto Szathmári. Anstataŭ la komunisma socio, kiu devus funkcii por la plena kontentigo de la popolo, kreiĝas cinika kaj sanga diktaturo. Hajós, iam bonintenca, modesta junulo kun mondsavaj planoj, fariĝas "Lia Centra Moŝto", stelula politikisto kaj tirano sub la sorĉo de la potenco. Post la detruo de la kolonio, la homo atingas mondon, en kiu jam ne estas loko por sopiri. Por la milionoj da homoj de la Futuro restas la robotado, la panela apartamento, la premita plasta uniformo, kaj la nutraĵ-anstataŭaĵo "vitafluid". Dume la pintoproletoj, vivantaj aparte de la homamaso, ĝuas lukson, kaj estas glorataj kiel ĉampionoj de egaleco en la devigaj semajnaj ceremonioj, kie la rolon de religio plenumas marksisma ideologio.

Ĉiam sub kontrolo

Soveta Hungario en 2082 estas teknike progresinta lando, kie la ŝtato uzas inventojn por konservi sian propran potencon kaj por kontroli la popolon:

La Ruĝa Kontrolo ĉiam atentas, la suspektatoj pri kontraŭŝtataj agadoj devas konstante kunporti miniaturan elsendilon, kiu transsendas ĉiujn iliajn vortojn al la centro, kie aŭtomataj registriloj registras eĉ flustrojn sur sonbendoj, el kiuj oni povas kontroli ajnan minuton iam ajn, se la bendo responda al la tempo estas ludata. La elsenda aparato devas esti ligita al la brusto, kaj laŭ la korsonoj eblas kontroli, ĉu la observita persono ne demetis ĝin aŭ transdonis ĝin al iu alia. La puno estas deviga laboro en fermitaj fabrikoj.

Reto kaptas manifestaciantojn kuntenante ilin. Tio 57 jarojn poste fakte okazis! Same kiel en *Vane – Futuro*, mi vidis siatempe televide, kiel funkcias tia reto. En 1989, en la semajnoj antaŭ la reĝimŝanĝo, polica taĉmento kuntenis tiel manifestaciantojn en Prago: ili etendis fortan reton inter du aŭtoj kiel barilon, kaj la aŭtoj ekveturis. Dum la aŭtoj moviĝis, la reto puŝis la homojn antaŭen, kaj fine la du aŭtoj alproksimiĝis unu al la alia, kaj enfermis en la reton la arestotojn.

Estas, kompreneble, ankaŭ inventoj por pacaj celoj en la romano:
- moviĝanta trotuaro;
- panela domo-konstruado;
- skribmaŝino funkciigita per voĉo;
- raketoj por veturado (por riĉaj pintoproletoj);
- presita malmola artefarita vestaĵo (por la malriĉa homamaso).

Mi lasis al la fino la plej detruan teknikan inventaĵon, la eksplodaĵon, kiun jardekojn poste la aŭtoroj de la usona filmserio *Star Wars* (Stelaj militoj) same nomis, kiel Szathmári 45 jarojn antaŭe, t.e. "detonito".

En *Vane – Futuro* detonito estas tiu substanco, per kiu la murdisto eksplodigas la estron de la kolonio, kaj la kolonion mem... Do, Szatmári jam "inventis" detoniton en 1932, la farantoj de *Stelaj militoj* inventis ĝin nur en 1977, kiel eksplodaĵon por la Galaksia Milito.

Kial la romano ne aperis?

Post prezento de la libro, ni reiru al la demando: kial Szathmári ne klopodis eldoni ĝin ĝustatempe, en la 1930-aj jaroj?

Verŝajne, li perdis la emon klopodi pri eldonado tiam, kiam lia verko ne estis premiita en unu tre grava literatura konkurso.

Nome, Szathmári, kiel pruvas la manuskriptoj, partoprenis en konkurso per la volumoj *Paseo* kaj *Futuro* de *Vane,* sub la kaŝnomo Peer Gynt. Pri kia literatura konkurso temis?

Per sufiĉe longa trafoliumo, mi esploris la literaturajn konkursojn post kaj proksime al la jaro 1932, kaj trovis, ke nur pri unu povis temi: pri la konkurso de la eldonejo Athenaeum, anoncita en 1935 kun unua premio de 80 mil (!) pengoj[5], gajnita de Jolán Földes por la romano *A halászó macska uccája* ("La strato de fiŝanta kato")[6].

Miaopinie la konkurso, kiun Szathmári partoprenis, devis esti nepre tiel grava, ke li povis esperi, ke venko altiros al li la atenton de la publiko. Aliflanke tiu mondskala konkurso estis tiel populara, ke liaj verkoj ricevis laŭ la vicordo de alveno la numerojn 416 kaj 417. La numeroj devenas certe de la administranto de la konkurso, ĉar se la verkisto estus numerinta pro ia mistika motivo per 416 kaj 417 siajn verkojn (por kio, kompreneble, li havis nenian kaŭzon), tiam la unua volumo estus ricevinta la pli malaltan kaj la dua la pli altan numeron. Ĉi-foje tio okazis inverse. La partoprenon en la konkurso pruvas ne nur la propramana noto de la verkisto "Kaŝnomo: Peer Gynt", sed ankaŭ tio, ke la vera nomo de la verkisto ne estas sur la manuskripto, ĝi tute mankas. El pli malfrua tempo devenas noto skribita de Szathmári jam per maljunulecaj literoj: "La futuron (tiel!) mi skribis printempe de 1932". Kiel literaturhistoriisto István Kiss rimarkigas en sia monografio[7] pri Athenaeum: "La rifuzitaj manuskriptoj estas ne plu konataj."

---

5 Tiutempe 200 pengoj estis bona monata salajro. *Pengő* estis hungara mon-unuo inter 1927 kaj 1946.

6 La usona literatura agentejo Pinker anoncis konkurson en 12 landoj por romano kiu temu pri la jaroj post la unua mondmilito. Por Hungario, Athenaeum kunordigis la konkurson, kiu ricevis 208 submetaĵojn. *La strato de fiŝanta kato* venkis ne nur en Hungario, sed poste ankaŭ en la multlanda konkurso. Rezulte, ĝi aperis en almenaŭ 14 lingvoj, i.a. Esperanto (Literatura Mondo, 1937) – *Red.*

7 István Kiss: *Az Athenaeum Könyvkiadó története és szerepe a magyar irodalom-ban* („La historio de Eldonejo Athenaeum kaj ĝia rolo en la hungara literaturo"), Budapest, 1980.

Szathmári, kiel komencanta verkisto, fidis la eksteran juĝon, kaj supozis, ke li ne povus kalkuli kun sukceso okaze de aperigo. Ĉi tiu povas esti la kaŭzo, ke en la tempo inter la du mondmilitoj li ne provis eldonigi *Vane*, neniun el ties volumoj. Baldaŭ li verkis *Kazohinio*, kaj okupiĝis pri ĝia eldono, bedaŭrinde kun ne tro granda sukceso.

"Utopioj povas realiĝi"

Ni povas ĝoji, ke finfine atingis presejon tiu ĉi unika negativa utopio, kiu nun riĉigas ne plu nur la hungaran literaturon. Evidente ne povas esti hazardo, ke ekde *Ni* de Zamjatin komenciĝis "la lasta periodo" (esprimo de Arthur Leslie Morton) en la utopiisma literaturo. "La situacion de la utopiismaj verkistoj de nia epoko trafe esprimas citaĵo el Nikolaj Berdjajev, kiun Huxley publikigas en la enkonduko de sia *Brava nova mondo*: 'Por la realigo de utopioj estas multe pli granda ŝanco, ol ni pli frue pensis. Ĝuste tial nun ni alfrontas ĝenan demandon: kiel ni povas eviti ilian efektivan realigon? [...] Utopioj povas realiĝi. La vivo tendencas direkte al utopioj. Kaj estas eble, ke komenciĝos nova epoko, en kiu la intelektuloj kaj pluraj membroj de la klera klaso revos pri tio, per kiuj metodoj eviteblas la utopio, kaj kiel oni povas reveni al socio, kiu ne estas utopia, kiu estas malpli perfekta sed pli libera.'"[8]

Ĉe Szathmári unu grava motivo meritas nepran atenton: en amassocio la homoj amasmortas. La dentgrincigantaj, fanatikigitaj kaj murdemaj aŭ murdantaj amashomoj kaj de *Vane – Futuro* kaj de *Kazohinio* kaj *Maŝinmondo* pereas per amasmorto, helpe de la moderna tekniko. Ĉiu futurbildo de la verkisto kaj inĝeniero enhavas minacon eĉ nun terure realan.

Vane – Futuro estas absolute negativa utopio, kiun ni povas vicigi en elstara loko inter la bazajn tiatipajn verkojn. La signifon de *Vane – Futuro* pligrandigas, ke ĝia aŭtoro kreis bildon de tia socio, kiu staras sur la bazo de la marksisma ideologio. Kvankam Szathmári laŭ sia intenco "volis aprobi aŭ kontraŭi neniun partion aŭ mondkoncepton", tamen li projekcias la danĝeron de tio, kian socion realigos marksismo kaj pluaj ideologioj elkreskantaj el ĝi, kiuj ŝajnigas sin aliaj, sed esence estas la samaj.

---

8   Morton, A. L.: *Az angol utópia* (traduko de *The English Utopia*, „La angla utopio"). Kossuth, Budapest, 1974. p. 314)

Malgraŭ tio, ke li vidis tiel klara la aferon, li estis komunisto, marksisto. Estas malfacile kredi, sed vere: li konvinkis sin, ke li eraras. Dum li skribis pri la estonteco kun ĉiuj hororoj, kiuj okazos en ĝi, li decidis elmigri al Sovetunio kaj helpi konstrui komunismon kiel inĝeniero. Ĉar ne ekzistis sovetia ambasadejo en Budapeŝto, li veturis al Vieno kaj kandidatiĝis tie, sed feliĉe por li kaj por ni, la sovetianoj ne volis lian laboron. Do, li restis vivanta, ne kiel ekzemple la membroj de la esperantista-idista kooperativo Interhelpo, kiujn la Stalina diktaturo murdis kiel fremdajn spionojn.

Szathmári estis idealisma komunisto – kies ideologio baziĝis en la instruoj de Jesuo kompletigitaj kun la instruoj de Markso.

En la aldonaĵo de *Vane – Futuro*, titolita *Ankoraŭ kelkaj superfluaj vortoj*, li skribas:

"La homan perfektecon iu foje jam vortigis: "Amu vian prok-simulon kiel vin mem!"[9]. Ĝi enhavas la tutan materialan egalecon, egalan memdisvolviĝon, pacon, liberecon, senĝenan ripozon, ver-diron, honestecon, vivsekurecon. Pli ampleksan vivregulon oni an-koraŭ neniam kreis.

Sed la interesoj de la tavoloj akirintaj superregon sub ĉi tiu slogano, baldaŭ jungis la ideon en la propran ĉaron, kaj fariĝis sub-premo, uzurado, malamo, kaj fariĝis mallumo tuj en la unua tago."

Li respektis Markson tiom multe, ke, kiam li havis propran laborĉambron ĉe la laborejo kiel ĉefinĝeniero (fine de la 1940-aj jaroj, komence de la 1950-aj), li metis bildon de Markso sur la muron apud kruco.

Szathmári rememoris en sia verko "Kiel ĝi estis?"[10] jene: "Sur la muro de mia ĉambro, la kruco kaj la reliefbildo de Markso pendis flank-al-flanke (…), kiel simbolo, ke kristanismo en la originala senco estas identa al socialismo en la originala senco. La kruco ne estis longe tolerata sur la muro. Iam, kamarado eliris el la partia sidejo kaj esprimis sian skandaliĝon. Vane mi insistis, ke tio celas esti esprimo de la fakto, ke vera kristano nepre estas socialisto. Li foriris kaj kelkajn tagojn poste prezidanto de la entreprena komitato ordonis al mi depreni la krucon, kompreneble sen doni iujn ajn kialojn."

Kaj Szathmári iom surpriziĝis, ke li ne sukcesis konvinki siajn superulojn pri sia vero.

---

9 Jesuo diras en *Mateo* 22:39.
10 Manuskripto hungarlingva. Originala titolo: *Hogy is volt hát?*

Baldaŭ li tute seniluziiĝis pri komunismo, kompreneble, ne pro tiu laboreja okazo, sed pro tio, ke en Hungario realiĝis tute simila sociordo kian li pentris kiel faŝisman komunismon, 15 jarojn pli frue. Malgraŭ tio, ke li estis partiano, kaj lia inĝeniera laboro estis bezonata, kiel verkiston oni metis lin en kvarantenon. Li ne rajtis publikigi siajn verkojn, kaj, kompreneble, ĉefe ne la romanon *Vane – Futuro*, kies ekziston li devis sekreti.

Tiam venis je lia helpo la esperantistaj amikoj kaj hejme kaj eksterlande, kaj savis lin el tiu kvaranteno. Sed tio estas jam alia historio.

La senkompata
humanisto[1]

de István Simon

Sándor Szathmári.
Fotis János Eifert.
Fonto: Vikipedio

Difini la idearon de iu romano, retrovi la direktan pens-esencon de verkisto ofte estas malfacila tasko, kaj atingi akcepteble objektivan vidpunkton apenaŭ eblas. Samtempaj kritikantoj de *Vojaĝo al Kazohinio* donis tre diverĝajn interpretojn pri ĝi. Avantaĝas la situacio de eseanto nuna, ĉar post 1941 Sándor Szathmári en pluraj publikaĵoj funde klarigis, preskaŭ remaĉis la esencon de sia direndaĵo, indikis la gravajn lokojn de sia romano, priskribis siajn edukajn kaj filozofiajn celojn, kiuj igis lin verki *Kazohinio*. Ĉu veras, ke post la elverko ĉiu kreaĵo ĉesas aparteni al la artisto, kaj li ne rajtas poste

---

1   Aperis pli frue en *Opus Nigrum*, 1988, n-ro 3, p. 1-4., kaj ĉe autodidactproject. org/other/szathmari_simon.html

enŝovi tion, kion li ne jam sukcesis esprimi en ĝi? Ĉu pravas la diro de la hungara verkisto István Mándy: "verkisto ne rajtas esti sia propra piednoto"? Eble la sekvaj vortoj malkreskigos la literaturan prestiĝon de Szathmári, sed certe altigos lian rangon kiel pensulo.

"Nun estus jam eble, ke mia nomo aperu sen devo de antaŭpago sub la kaplitero S en iu estonta literatura leksikono; eĉ mia verko rajte trovus lokon unu literon antaŭe, sub la kapvorto 'rikano'. Mi tamen ŝatus rimarkigi, ke, malgraŭ tiuj allogaj perspektivoj, mia celo estis alia. Ne nur humuron mi ne celis, sed mi ankaŭ ne intencis glutigi amaran medikamenton en dolĉa pulvoro." Per tiuj vortoj komenciĝas "La kanto de povra aktoraĉo", postparolo al la dua eldono en 1946, kiu – samkiel iu nepublikigitaĵo lia – povus subtitoliĝi "Sinekskuzado poste". Sinekskuzadi kaj jene sin esprimi Szathmári devis ĉar li ne atingis sian celon: la kritikintoj miskomprenis la romanon je la punkto plej grava por li: (krom Gábor Szíj) ili opiniis ambaŭ partojn socikritikaj, kio koncerne la hinojn kontraŭis liajn intencojn. Nome, la unua parto de *Kazohinio* ne celis esti satiro pri komunismo aŭ pli precize karikaturo de la falanstera sceno en *La tragedio de l' homo* de Imre Madách, sed la elirvojo – unusole ebla laŭ lia imago – el tiu frenezo de la civilizo, kiun ni spertas en la dua parto, ĉe la behinoj. Grava celo de la dua parto estis veki simpation al kaj akcenti la perfektecon de la hina vivmaniero. "Gulivero inter la behinoj" prisatiras ne nur la kapitalisman socion, sed ĉiujn civilizojn de la 20a jarccnto, tial ankaŭ socialismon.

Difinante la ĝenron de la verko ne eblas do tute konsenti pri satiro. Szathmári fakte kompilis du ege proksimajn ĝenrojn: utopion kaj satiron – ĉi-lastan ni povus nomi ankaŭ negativigita utopio. Tian verkis unue ĝuste Swift per sia tria Guliver-romano. Szathmári lerte profitas la komunaĵojn de ambaŭ ĝenroj: la ludo de pozitivo kaj negativo kunligas tiel forte la du partojn de la libro, ke ni povas ĝin nomi romano utopi-satireca kun fantaziaj elementoj.

Szathmári konsideris sin unuavice filozofianto kaj ne verkisto. Romano por li estis nur ilo kaj formo por esprimi siajn ideojn. Li trafe kompareblas al la juna ĉefrolanto en la novelo "Cirko" de Frigyes Karinthy[2]: tiu prezentas sin ĉe la cirkestro por ludi melodion antaŭ la publiko, sed li devas ellerni ĵonglaĵon kaj balanciĝi sur diversaj objektoj por fine, la tagon de la prezento, povi elpreni sian

---

2 *Cirko*, trad. Sándor Szathmári, *Hungara Vivo*, n-ro 2, 1968, p. 16-18; autodidact-project.org/other/szathmari_cirko.html

violonon kaj ludi la melodion tiom longe atenditan. "Cirkisto pro devo" sentis sin ankaŭ Szathmári. Li volis esprimi vivfilozofian tezon, sed post sensukcesa filozofia eksperimento li komprenis, ke li ne povus alproprigi la tie postulatajn lingvaĵon kaj sistemecon. Plej volonte li klarigus tiun tezon per matematikaj formuloj, sed la publiko tion nek legus nek komprenus. En *Kazohinio*, laŭ lia intenco, agado, satiraj priskriboj, rolantoj estas nur garnaĵo por satigi la ekstravagancemon de la legantoj. Li volis komuniki tezon nerefuteble logikan: "*Kazohinio celas prezenti, ke nia vivo kun siaj komplikaj kaj fantomaj kulturbezonoj neniel estas plibonigebla, ĉar ni vane igus nia celo unu fantomon anstataŭ alia, el tio rezultus nek trankvilo nek perfekteco; nur plua serĉado de ĥimeroj.*" Lia fina celo estas tamen ne nur konsciigi pri nia malperfekteco. Pelate de natursciencisto pasia scivolo, Szathmári ekzamenas ties kialojn, la kielojn de plibonigo, kaj se tio ne eblus, li ankaŭ protokolas la negativan rezulton. Konforme al tio, li intencis konstrui *Kazohinio* ĉirkaŭ tri ĉefajn tezdemandojn:

1. Kial ĉiu pliboniga klopodo estas neperfekta?
2. Kio entute estas perfekta?
3. Kial la socio malkapablas tion atingi?

1. Kial ĉiu pliboniga klopodo estas neperfekta?

Konsiderante la naskiĝdaton de Sándor Szathmári, ni povas konstati, ke antaŭ la elverkado de *Kazohinio* li traspertis plurajn sociopolitikajn reĝimojn, de la duonfeŭdisma Aŭstra-Hungara Monarkio kaj la Konsilantara Respubliko ĝis la konsolidiĝo de la estrado de ĉefministro Bethlen kaj la registaro de Gömbös, inklinanta al la itala faŝismo. Li povis observi, kiel ŝanĝiĝas la konceptoj de vero, leĝo, ordo kaj moralo, kiel bono kaj malbono ŝanĝas lokojn reciproke. "*Mi rigardis la mondon per la okuloj de Marsano, kaj la kulturo ĝenerala elvokis el mi ĝis mia 30-jara aĝo unusolan reagon: senton de mia malplivaloro. Mi spertis, ke aliaj ekzakte scias, kiam nigro devas esti nomata blanko aŭ flavo; mi neniam.*" Lia mondkoncepto senĉese evoluis. Dum la Komunumo li estis "kontraŭrevoluciano", la epokon de Bethlen li komencis en dekstrulaj student-organizoj, fine de tiu tempo li aliĝis al socialismo kaj koketis kun komunismo. Certa unika senso pri la realo malebligis al li esti fanatika adepto de iu ajn ideo, kaj lia sento de sistemeco ĉie rapide rimarkigis al li la kontraŭdirojn. *"Mi neniam klopodis interpreti la faktojn laŭ mia vivkoncepto"* li skribis. Li elreviĝis ankaŭ el la reformemaj ideoj, kaj, komence de la tridekaj jaroj, lian valorkoncepton grave ŝancelis la ekkompreno de la tezo pri relativeco: *"Ne ekzistas vero kaj moralo absolutaj. Tiuj konceptoj ĉiam adaptiĝas al la koncerna socia sistemo, kaj eĉ ne imageblas socia sistemo, kies tiusenca origino estus la absoluta nulo."* En sia libera tempo li okupiĝis pri sociologio. Li estris la socio-politikan fakgrupon de la studenta-intelektula Societo Miklós Bartha. Li kreis statistikojn, faris esplorojn, serĉis idealan eblon de la disdivido de la havaĵoj. El ĉiu ideologio li finkonkludis, ke la agadon de la homaro dum sia tuta historio motivis ekskluzive materiaj interesoj. Ideoj neniam estas primaraj, ili servas kiel ŝirmilo por tiuj grupoj, kiuj fabrikas ideologiojn. (Tiusence kapitalismo kaj socialismo neniel diferencas.) Materiajn bezonojn li diskategoriigis en du grupojn: vivbezonoj kaj kulturbezonoj. *"Vivbezonoj havas precizajn supran kaj malsupran limojn. Same doloras malsato kiel troŝarĝo de la stomako. Malagrablas same malvarmo sub 18 gradoj kaj varmo super 24. Ankaŭ dormado kaj amorado estas simile limigataj."* Vivbezonoj do povas esti kontentigataj. La progreso de tekniko kaj naturaj sciencoj atingis tian nivelon jam en la unua duono de nia jarcento, ke ĉiu Terano povus ricevi pluroblon de siaj vivbezonaĵoj. Tial la logiko de Szathmári ekokupis sin pri la kulturbezonoj. Liaopinie la suferojn de la homaro – militojn, krizojn, malsaton, mizeron – kaŭzas nur la kulturbezonoj, ĉar ties supran limon difinas ne la naturo, sed la fantazio, kiu estas konate senfina. La kulturo kaŭzas, ke la produktitaj riĉaĵoj de la Tero koncentriĝas en la manoj de malgranda grupo, ĉar ĝi *"neeviteble postulas ekspluatadon, sekve same senfinan. Neniam la tekniko atingos tian gradon, ĉe kiu granda plejparto de la socio ne vivus en mizero."*

Ĉefa eraro de la socialismo estas laŭ li same tio, ke ĝi volas efektivigi ŝanĝojn konservante jamajn strukturojn. *"En rusaj verkoj la bankestron de 'Fabeloj pri skribmaŝino' simple anstataŭas popolkomisaro aŭ la uzinestro; plej alte salajras artistoj samkiel en Hollywood, ili nur kantas laŭdojn al alia estraro; anstataŭ grandan krucon de kavaliraj ordenoj oni disdonas Lenin-ordenon kaj similajn... Malfacilas ne verki satiron pri tio, kiom da diversaj rangoj, klasoj kaj premioj devis esti establataj por la certigo de la tiom heroldita senklasa socio. Kaj ĉiuj ĉi privilegiuloj strebas eĉ ne al la propra bonstato, sed al la privilegioj mem. Se ĉiuj ricevus la*

Lenin-ordenon aŭ la monatajn kvinmil rublojn sen klaskonsidero kaj egale, ankaŭ tio ne plu estus celo por ili, samkiel kolektanto forĵetus la faman Maŭricio-poŝtmarkon, se ĉiuj havus da ĝi po unu."

Ĉi-punkte la pensado de Szathmári atingas natursciencan nivelon. La klasbatalo ĉiam plu daŭras laŭ li pro tio, ke en la homaro pluvivas atavisma luktinstinkto, kiu iam favoris la naturan selektiĝon kaj la pluvivon de la raso. *"Sed hodiaŭ ne natura kaprico donas al ni la nutrâĵon, sed la produktado, kiu postulas anstataŭe kunlaboron kaj pacon."* Ĉefa punkto en lia filozofio estas la aserto, ke en la 20a jarcento la formulon "lukto por la vivo" devas anstataŭi "paco por la vivo", ĉar la lukto hodiaŭ ne rezultigas pluvivon, sed ĝuste pereon de la homa raso! Kulturon kaj arton li rigardas senescepte kiel potencialan kontraŭulon, ekzilante eĉ la muzikon el Kazohinio. *"Vivo havas unusolan naturan celon: la vivon. Ĉio cetera estas imago, memvibroj de la cerbo, kiuj povas resti sendamaĝe sensencaj provizore, sed jam tiam danĝeroj ĝermas en ili; ĉar kies deziroj povas kontentiĝi per tiuj pseŭdoceloj, ties instinkto-kompaso deviias, eĉ se nur malmulte, de la vivdirekto. Tiu devio diferencas nur laŭ la gradoj: laŭ tio, ĉu temas pri muziko, pri hororo pro akvo vidita de vesperto, pri inversa irado aŭ pri sloganoj postulantaj asketismon. Milito estas nur 180-gradiĝo de tiu devio, kiu komenciĝas per la muziko."* Por pruvi sian tezon li ekzempligis la sorton de la unua granda movado pri la paco por la vivo, la kristanismo: *"De dumil jaroj ni predikas Kristan amon, sed en la praktiko la ideo ĉiam iĝas milito kaj rabado. Tiu ideo cetere estas nenio alia ol narkotâĵo por trankviligi la racion, kiu mallaŭte protestas malantaŭ la nerezistebla konkuremo. Ho, la homaro ĉiam aliĝis al la preceptoj de paco, en la nomo de Jesuo, Budho aŭ Markso. Oni akceptas la doktrinojn de paco por deklari: kaj nun ni defendos tiujn doktrinojn. Kaj interatakas sin landoj de kristaneco kaj socialismo; murdas fero kaj gaso."*

Kun amara rezignacio li meditis pri tio, ke ĉiuj utilaj kaj bonaj kreaĵoj de la kulturo estas nur flankaj produktoj de nia lukt-instinkto. Napoleono la Tria konstruigis la vastajn Parizajn bulvardojn tial, ke estas pli malfacile sturmi barikadojn en sinuaj stratetoj.

La respondo al la unua demando de lia tezo inkluzivas do du partojn. La difino devus evidentiĝi el la dialogoj de Zatamon kaj Gulivero, la demonstro enhavas la tutan behinan parton.

2. Kio entute estas perfekta?

Atinginte dum lia logika rezonado la punkon, kie li kredis esti trovinta la kaŭzon de ĉiuj malbonoj, li postulis radikalan kirurgan intervenon. Li opiniis tute serioze, ke la bonstato kaj paco de la tuta homaro ne povas realiĝi pro tio, ke la kulturbezonoj forprenas por si la havaĵojn – la kulturo do estas forigenda. Kaj ĉar kulturo nutras la homan animon, ankaŭ ĝin ni devas ekstermi. Kiel Karinthy skribas: *"...ĉar mi estas la Tera sufero, kiu aperis por ĉiam krie sciigi: ĉi tie mi ne necesas! kaj por pruvi: mi tie estas bezonata. Ĉar jen: nur la animo suferas, ne la korpo – do la animo devas morti."* Szathmári ŝajnas interpreti laŭvorte ĉi tiujn frazojn de Karinthy, kaj li elektis la pli simplan, matematike pli logikan paŝon, simpligon en la solvoformulo de la granda malekvacio. Kial eksperimenti pri afero tiel neelkalkulebla, do neekzistanta, kiel la individuo kaj ties emocio, se la naturo jam trovis la respondon kaj montras la ekzemplon. La perfekta socio – la nedirektata organizitaĵo por ideala disdivido de la havaĵoj – povas estiĝi nur tiam, asertas Szathmári, se la individua intereso kongruas tute spontane kun tiu komuna. Alie *"eĉ la plej justa ŝtato, la plej transcenda komunismo estas imagebla nur se leĝoj kaj armiloj certigas la justan disdividon de la havaĵoj, kaj por tio necesas strikta kontrolo; juĝado; gardado de la estroj kaj oficistoj."* La celo laŭ li estas elimini eĉ minimumajn konfliktojn, forigi el la vivo ĉion, kio povas tiujn kaŭzi kaj nutri sentojn, kulturon, arton, distron, kaj evoluigi altnivelan teknikan bazon por kontentigi plej perfekte la homajn bezonojn.

3. Kial la socio malkapablas tion atingi?

Laŭ rememoroj de Szathmári, Karinthy estis la unua, kiu konstatis, ke *"la atmosfero de Kazohinio estas neeltenebla por homo, kaj kvankam ĉiu vorto de mia asertaro veras, ĝi kvazaŭ disfendas en duon la mion de la leganto (temas nur pri inteligenta leganto): li rekonas la pravecon de la pravo, sed li kapitulacas antaŭ ĝi kun grincantaj dentoj, ĉar li konsentas kun Gulivero dirante, ke malgraŭ ajne granda perfekteco de la mekanismo la hina vivo ne taŭgas por homoj."* Szathmári ankaŭ kiel verkisto rekonas, ke tiu lando de robotuloj kreiĝis ne por homoj nunaj. La vivo ĉesus esti vivo sen neplenumeblaj deziroj, sen esperoj, ĝuoj, etaj pekoj, kaj li konfesas: *"eble ankaŭ mi ne eltenus, se mi devus rezigni* ĉion tian". Homo, kiu devus elekti, preferus detrui sin mem ol akcepti tiun vegetan vivon. Tiun ĉi demandon analizas la historio pri Moneba, kiu enestas en la unua versio, sed estas ellasita el la definitiva; en la fina eldono aperas nur difino tiurilata.

Filozofe, Szathmári klarigis ankaŭ la fiaskon: "*Ke homo ne kapablas vivi tian vivon? Jen kion mi volis pruvi. Inteligenta homo ektristas vidante la pravon de la hinoj kaj tion, ke por ni ne ekzistas ponto de la narkotaĵoj al tiu puriĝinta perfekteco. Tigro ne povus vivteni sin per fojno, samkiel ni ne per nure pura pano, sen opio kaj haŝiŝo. Opio estas morto. Tio, ke ni sentas tiun ĉi morton vivo, neniom ŝanĝas la fakton, ke tamen la vera vivo estas la vivo, eĉ se ĝi maleblas por nia nuna mio.*"

Jen Szathmári kaptita de sia propra logiko. Li ellaboris la teorion de la sole feliĉiga socia sistemo, kaj li devis ekkonscii, ke tiu feliĉigas neniun krom la socion mem. Li retiris neniom el siaj konkludoj, li aplikis sian logikon laŭbezone ankaŭ en la mondo de la fantazio. Realiĝon de sia utopio li prognozis por la malproksima futuro. "*Necesas ĝisatendi tiujn kelkcent mil jarojn, ĝis aperos feliĉa mutaciaĵo el la plasmo*", kaj kreiĝos la perfektaj individuoj: la hinoj.

Al la legantoj el la ĝistiamaj generacioj li povas heredigi nur la finkonkludojn de siaj pensoj. "*Ke mi ne montras eliron? Ke la libro estas tragika? Kiel mi faru eliron, se ĝi ne ekzistas? Tiu ĉi libro ne estas romano, por kiu mi elfantazius de la dorso de mia Pegazo feliĉan finon laŭ ĉies plaĉo. Tiu ĉi libro servas la primaran celon de la verkado sen trompoj kaj fintoj: sciigon de veraj faktoj, kiuj laŭ sia esenco estas nek gajigaj nek malgajigaj – ili simple estas*".

Kiam li enmanigis la plumon, Sándor Szathmári inspiriĝis de la plej humanisma penso.

Li volis heroldi la idealon de la paco por la vivo, proponi programon por la misorientiĝinta Eŭropa homo, kiu sinkis en militojn, krizojn, en socian kaj intelektan mizeron; li volis ŝoke konsciigi pri la neevitebleco de ties pereo. Li plenumis senmanke la duan, (por Szathmári) pli malgrandan parton de sia celo. Kiuj memoras la okazintaĵojn en la behina kolonio, certe konsentas; sed sufiĉas aludi la laŭdojn de la samtempulaj kritikoj. La behina parto liberigis sin de la intencoj de Szathmári kaj akiris propran vivon. Filozofia rezonado fariĝis ĉi tie arta verko, kiu efikas ankaŭ sur la transvorta nivelo; ĝiaj satiraj bildoj esprimas pli trafe la esencon ol la difinece formulitaj pensoj.

Malgraŭ sia helpemo kaj funde ĝustaj konstatoj Szathmári misinterpretas la vivon. Lia filozofio bazas sin je absolutaj logikaj operacioj, matematikaj, kiuj havas unusolan mankon: ili ne adaptiĝas al la vivo. Lia logiko perfekte funkcias, tiras trian konkludon el du antaŭaj, ĝi eĉ taŭgas por kategoriiga trarigardo de la vivo, sed ne por ties interpreto! Li ne scias, kion fari kun la individuo, li do simple neglektas ties emociojn. Ottó Harcos skribis en 1946, leginte la "Kanton de povra aktoraĉo": "Szathmári manipulas bone nur la eksteran mondon, sed li ne povas bone trakti logikajn rilatojn, sentajn kaj moralajn problemojn. Li estas granda scienculo, granda artisto, sed li ne kapablas kompreni sin mem, ne povas trovi la lokon de la homo en la universo." Per sia fatala matematika logiko li atingas tiun Eldoradon, kiu signifas la morton de la individuo, kaj tiel ankaŭ de la homaro. Ni povas paraleligi ĝin al la problemo de la falanstera sceno ĉe Madách, sed dum Madách eliras el la individuo, Szathmári el la socio – kaj ĉi lasta estas multe pli terura. Szathmári supozeble havis iom da hommalamo, miksita kun sento de malplivaloro, kiun povintus demonstri nur psikanaliza ekzameno.

Kiel vidite, li ne povis precize ekspliki sian pensaron sur la paĝoj de *Kazohinio*: tie originas lia "nekompreniteco", tial li verkis postajn klarigadojn, en kiuj rolas ankaŭ eksterartaj vidpunktoj. Al la romano kiel literatura artverko tiu fakto certe ne utilis. Mi samopinias kun Ottó Harcos: "Ĝi estas bona satira romano, malbona sociologia verko. Ĝi havas merititan lokon en beletro, nenian en scienco."

Vojaĝo al Kazohinio de Sándor Szathmári, kiel reviviĝo de raciismo en la 20a jarcento[1]

de Maurizio Giacometto

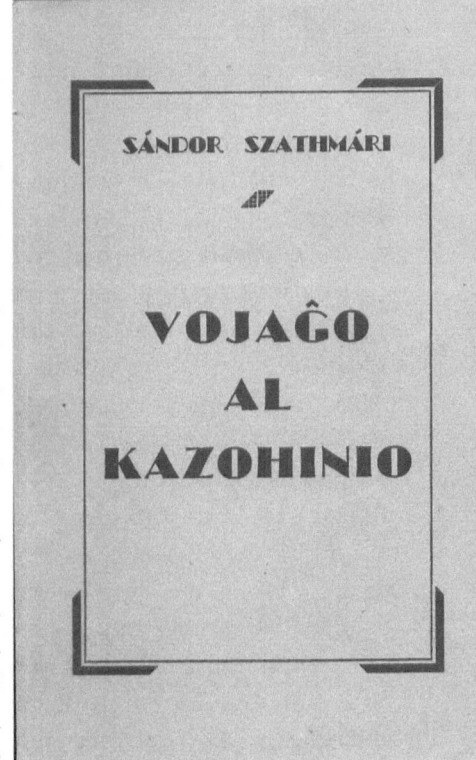

Vojaĝo al Kazohinio estas la plej fama romano de Sándor Szathmári. Lia sufiĉe ampleksa verkado, ĉu en Esperanto ĉu en la hungara, ĉu en romanoj ĉu en artikoloj aŭ eseoj, montras lin pli filozofo ol beletristo, pli pensisto ol aŭtoro de fikcio.

Oni povus aserti ke la intrigo de liaj fikciaj verkoj, ne nur de *Vojaĝo*, estas preskaŭ marĝena al la kerno de tio, kion Szathmári volas komuniki: siajn pensojn, kritikojn, ideojn pri la socio kaj pri ĝiaj malvirtoj, kaj sugestojn kiel plibonigi ĝin.

Troviĝante en preskaŭ lia tuta literatura verkaro, la racia analizado de moroj kaj kutimoj sociaj fare de Sándor Szathmári *la verkisto,* spegulas la ideojn de Sándor Szathmári *la pensisto.*

Kiel influis la verkon *Vojaĝo al Kazohinio* la filozofia sinteno de la aŭtoro? Kial la hungara Orwell[2] uzis utopian mondon por montri la mankojn de nia propra socio? Kaj kiel ĝi kunfluas el la tradicio de la raciismo en literaturo?

1 Unua versio estis verkita kadre de la Interlingvistikaj Studoj de Universitato Adam Mickiewicz en Poznano, en 2023, sub la gvido de Suso Moinhos kaj István Ertl.
2 Sutton, Geoffrey, *Concise Encyclopedia of the Original Esperanto Literature*, 2008 (Mondial, Novjorko), p. 306.

Ni vidu, iom pli detale, kiel Szathmári dekoracias sian grandan satiron, kiel strukturiĝas *Vojaĝo*, kiel ĝi povus lokiĝi en la ĝenro de raciisma literaturo, kaj kiel la atentigoj por la socio estas tre aktualaj eĉ en la tria jardeko de la 21-a jarcento.

Pri la intrigo de *Vojaĝo*

La romano rakontas vojaĝon de moderna *Gulivero*, kiu post ŝippereo venas al izolita insulo kaj konatiĝas kun ĝiaj loĝantoj. En la unua parto, Gulivero eniras la mondon de la Hinoj. Ilia socio atingis absolutan justecon, ĉiu civitano instinkte kaj senhezite agas ĉiam laŭ komuna plejbono. Ili nomas tion *Kazoo*. Pro la Kazoo oni atingas sekurecon por ĉiuj, sufiĉan laboron kaj eĉ la rajton mem elekti sian okupon. La rezultoj de la laboro de ĉiuj estas libere kaj senpage riceveblaj laŭ ĉies bezono. Senpage, ĉar mono ne ekzistas. La vendejoj estas malfermaj por memservado. Krom mono, ankaŭ ne ekzistas krimuloj, polico, registaro. Abundas varoj, teknikaj helpiloj kaj servoj al la malsanuloj, banlokoj kaj sportejoj. Ĉiu havas sufiĉan laboron kaj ripozon – sed nenion alian. Tiun perfektan socion oni atingis per perdo de distroj, belarto, muziko. Mankas ankaŭ amikeco, amo kaj familio, ŝatokupoj kaj idealoj – ĉar jam ĉiu idealo estas plenumita.

Gulivero unue raviĝas sed poste rapide enuiĝas en la hina mondo. Tio enkondukas la duan parton. Pro atavismaj instinktoj ene de la Hinoj, naskiĝas kelkfoje individuoj, kiuj ne adaptiĝas al tiu ideala socio: ili kondutas *mal-kazoe* (la hinoj nomas tion *kazi*); ili kredas, ke ekzistas ankaŭ io *kio ne estas*. Ili serĉas manierojn por kontentigi en si ion, kion ili mem elpensis kaj kio *ekzistas nur en ilia menso*. La Hinoj izolas tiajn individuojn en koncentrejo, kaj Guliveron oni kondukas tien, ĉar tion li deziras. Jen la mondo de la Behinoj, medio tute mala al tiu de la Hinoj. Laŭ ili ekzistas nur la ideoj de iliaj propraj cerboj, kiuj nenion komprenas pri racia pensado. Estas klare parodio de la homa socio kun ties superstiĉoj, krizoj ekonomiaj, adorado de idiotaj gvidantoj, profetoj, miseduko de infanoj, hipokrita honto pro *naturaj vivfunkcioj* (en tiu mondo la manĝado), kaj fine kvereloj kaj militoj inter du partioj, kiuj okazas nur pro elpensitaj simboloj (*kvadrato kaj cirklo...*). Ĉiuj malvirtoj estas sekvoj de tia nelogika pensmaniero.

En ĉi tiu mondo Gulivero estas tute nekapabla vidi la similecon inter la konduto de tiuj homoj kaj tiu de la homoj en lia patrio (do, en *nia* mondo). Trovinte sin en vivdanĝero, Gulivero saviĝas nur pro helpo de la Hinoj, al kies mondo li mallonge revenas. Finfine li ne plu eltenas tiun mondon kaj forveturas serĉante la vojon hejmen.

Li hazarde retrovas sian militŝipon kaj estas akceptata per alparolo, en kiu iu admiralo honoras la *militan organizon* de lia patrujo pri tio, ke ĝi *certigas la tuthoman civilizon* kaj pacon per sia agado. Por pravigi interbatalojn de la partioj kaj nacioj en nia mondo, la admiralo uzas la saman pledadon kaj preskaŭ la samajn vortojn, kiujn frenezulo uzis antaŭe en la ĥaosa behina mondo. Gulivero restas tute surda al la absurdeco de tiuj asertoj kaj al la fakto ke la du paroladoj estis preskaŭ samaj. La romano finiĝas kiam Gulivero retrovas sian familion.

La homo malantaŭ la verkisto

Szathmári estis unuavice filozofo, meditulo, kaj nur duavice beletristo[3]. Jen bonaj, koncizaj vortoj por priskribi Szathmári. Por li la beletra verkado estis iusence nur perilo por priskribi siajn ideojn pri la socio kaj la homaro, sian seniluziiĝon, sian amarecon kaj eble siajn esperojn por la estonto.

Kiel evoluis la pensmaniero de Szathmári? Por tion kompreni oni devas iom pli scii pri la vivo de la aŭtoro kaj pri lia historia epoko. La junulo Szathmári eliris el la unua mondmilito kaj forte esperis daŭrantan pacon. Li esperis, ke la teruraĵoj de la *Granda Milito* seniluziigos la homaron. Li atendis kunlaboron interpopolan, internacian, intergentan. La ekonomia krizo de la 1920-aj jaroj, la internacia disvastiĝo de faŝismo kaj diktaturoj montris la vanecon de tiu espero.

En la epilogo al alia sia verko, la novelaro *Maŝinmondo*, Szathmári skribis: "En mia animo ĉiam pli lumiĝis la praveco de la verko de Madách: *La Tragedio de la Homo*, kies rezulto estas, ke la homo senĉese luktas kaj esperas pli bonan estonton, kiu tamen neniam alvenas. La homaro ĉiam suferigos sin mem. Same lumiĝis al mi la

---

3 Bereczki, M., *Esperantologiaj Kajeroj 2*, Budapest:1977, p. 101-122. (represite en la 3-a eldono de *Vojaĝo al Kazohinio*, p. 422)

grandioza idea senco de *Gulliver* de Swift: la homa animo havas internan, strukturan difekton, kiu malebligas al ni vivi perfektan vivon"[4].

En neniam publikigita trilogio, la rolantoj de Szathmári laŭvice vivas en la pasinto, la nuno kaj la estonto. Ili estas la samaj homoj, la samaj sociaj tipoj en malsamaj medioj laŭ la malsamaj epokoj. En ĉiuj tri partoj, la socio *mortigas* la esperon kaj entuziasmon de la herooj. La vivo daŭras, sed la mondo rotacias laŭ porĉiama sameco. Eĉ en tiu ĉi praverko, *plus ça change, plus c'est la même chose*[5].

Vojaĝo en la kunteksto de *raciismo* en literaturo

Vojaĝo estas unu el la plej konataj romanoj de la Esperanto-literaturo kaj eble unu el la plej originalaj, certe en sia specifa enhavo, sed ne nepre en siaj atentigoj por la homaro *pri* la homaro. Finfine aliaj aŭtoroj de la pasintaj tri jarcentoj, samkiel samtempanoj de Szathmári jam faris similajn atentigojn pri la danĝero de konceptoj kiel patrujo, amo, malamo, animo, t.e. tiuj *neekzistantaj aferoj*[6]. Simile multaj jam primokis la kritikantojn de moroj, kiujn *ni* kredas diversaj de la niaj, aŭ la troan altaksadon de niaj propraj moroj (tiuj, kiuj laŭ nia kredo estas nur en *nia* naturo, kaj *ne en* tiu de aliaj homoj). La interesa, eble aparta en la 20-a jarcento, maniero en kiu Szathmári reliefigas la *strangaĵojn* de *sia* socio (do, ankaŭ de *la nia*) estas, ke li elektas *satiron* kaj *sarkasmon* por montri tiujn mankojn. Laŭ Szathmári la socio, kvankam teknologie tre evoluinta, ankoraŭ baziĝas sur atavismaj, forigendaj batal- kaj konkurenc-instinktoj de la homoj. Tiusence, la verko ja sekvas la tradicion de aliaj verkoj de la 18-a jarcento, kiel tiuj de Swift aŭ Moliero.

Se, ŝajnas sugesti Szathmári, oni detale *kaj racie* analizus la sociajn malsanojn, oni konstatus, ke pluraj el niaj viv-celoj baziĝas sur *neekzistantaj ikonoj*, sur superstiĉoj, sur falsaj moroj, kiuj emfazas amon al iu aŭ io (kaj do en si mem pravigas malamon al tiu aŭ tio malsama), kaj nepre kaj senĉese portas la homaron al eterna dividiĝo, batalo, milito.

---

4 Szathmári, Sándor, *Maŝinmondo*, 1964, Stafeto, La Laguna, p. 178.

5 (france) Ju pli io ŝanĝiĝas, des pli ĝi restas sama kiel antaŭe (uzata ankaŭ en *La infana raso* de William Auld)

6 Szathmári, S., *Vojaĝo al Kazohinio*, 1958 (Tria eldono, SAT / BES, 2021), Ĉap. 5-a, p. 108-113.

Per la intrigo en *Vojaĝo*, per la pentrado de la du fantastaj mondoj de la hinoj kaj de la behinoj, Szathmári montras la ekscesojn, erarojn, superstiĉojn de nia propra mondo. Ridigante aspektojn de (precipe) la behina mondo, li montras la mankojn de la nia. Reliefigante la nekomprenemon de la hinoj al la koncepto de *animo* (kiel ĝin klarigas Gulivero) la aŭtoro montras, ke '*por la beato de unu homo necesas la malbeato de ne unu homo sed tiu de tre multaj*'[7].

Nur la racio povas helpi nin vidi tiujn ekscesojn (de la behinoj), kiuj estas la ekscesoj de nia propra mondo kaj povas do senmaskigi la tutan bazon de la aktuala socio, kiu, kaŝante sin malantaŭ la koncepto de la *animo*, faras multe da malbono aŭ/kaj neutilo cele al sia evoluado.

En tiu kunteksto la romano ja revivigas pensmanierojn, konceptojn, filozofion de pluraj aŭtoroj, filozofoj kaj pensistoj de la la pasinteco, precipe de la 18-a jarcento, kiuj analizis la mondon en tiu senemocia, scienceca kaj malsentimentala maniero.

Same kiel faris tiuj aŭtoroj, ankaŭ Szathmári kreas *surface* apartan, satiran mondon kaj ironie montras la plagojn de tiu mondo, fakte la plagojn de nia propra socio. Li montras ankaŭ kiel la kialoj de tiuj plagoj troveblas en la homo mem, en tio kiel la homo konstruas idolojn, kreas superstiĉojn, dividiĝas en grupojn kaj subgrupojn, kiuj komencas ekspluati unu la aliajn, kaj senĉese prepariĝas al, aŭ estas en, milito.

Por ĝuste taksi ĉu la romano estas revivigo de la *raciisma* tradicio en literaturo kaj filozofio, oni eble antaŭe difinu pri *kia* raciismo ni parolas. Ĉu pri la raciismo de Lejbnico, verŝajne la elstarulo de la raciisma *filozofio* de la 17-a kaj 18-a jarcentoj kaj de la raciisma *optimismo* (*Ni vivas en la plej bona de la eblaj mondoj*)?

Aŭ eble ni parolas pri la satira, ironia *cinikismo*, kiu troviĝas en multaj el la verkoj de Voltero, kaj kiun oni povas trovi paĝon post paĝo en lia romano *Kandido*[8]? Per tiu romano Voltero iniciatis tute novan ĝenron, tiun de la *conte philosophique* (filozofia fabelo), en kiu la ĉefrolulo troviĝas en *strangaj aventuroj*, vivas *laŭ la gvidlinioj* de eminenta filozofo (Pangloss, parodio de Lejbnico), kie la filozofo opinias ke ni ja vivas en la plej bona el la eblaj mondoj. Tamen dum

---

7   Szathmári, S., *Vojaĝo al Kazohinio*, 1958 (Tria eldono, SAT / BES, 2021), Ĉap. 5-a, p. 122.

8   Pri la Esperanta traduko de *Kandido* vidu *BA50*, p. 151 – *Red*.

la tuta rakonto oni klare vidas, ke tiun plej bonan mondon oni lerte kaj cinike primokas pro ĝiaj mankoj, difektoj kaj malvirtoj.

Finfine Kandido amare akceptas sian solan eblan mondon kaj diras: "ni devas kultivi nian ĝardenon"[9].

Ankaŭ *nia* Gulivero troviĝas en multaj strangegaj aventuroj, ankaŭ li vivas laŭ la moroj de sia socio (la Brita, *certe pli evoluinta ol ĉiuj aliaj*). Li klare vidas la pekojn de la behina socio. Li provas, sed ne kapablas, vivi en la evoluinta kaj *senanima* hina mondo kaj finfine revenas al sia hejmlando, en kiu li rapide kaj komplete malkapablas vidi, ke la pekoj, mankoj, difektoj kaj malvirtoj ege similas tiujn de la behina socio. Finfine, eble ankaŭ li *kultivas sian ĝardenon*.

Vojaĝo en la kunteksto de la malutopia literaturo

La romanon, la detalojn de la intrigo de *Vojaĝo,* oni povus certagrade interpreti laŭ diversaj manieroj. Multe pli helpas kompreni la sintenon de la aŭtoro, kaj do la ĉefajn mesaĝojn de la verko, la vortoj de la aŭtoro mem.

Jam en 1960, responde al la unuaj recenzoj kaj komentoj, pri kies aŭtoroj Szathmári opiniis, ke *ili ofte tiris tute eraran konkludon*[10], li skribis: "*La hodiaŭa civilzacio, la teknika ekipaĵo ebligus al la homaro la abundan, trankvilan vivon sen timoj kaj tamen la mondo vivas en mizero. [...] Pli grandan procenton de la socia laboro konsumas la preparo al milito.* **La milito donas profiton nek al la venkanto nek al la venkito.** *[...] Kial la mondo militas, aŭ minimume militemas, kiam la milito delonge perdis sian materian celon? [...] Nuntempe la homojn incitas unu kontraŭ la alian sole niaj* **atavismaj instinktoj, kiuj jam estas superfluaj, eĉ malutilaj.** *Eĉ la klasa aŭ nacia subpremo havas jam nenian materialan celon; ĝi celas nur la subpremon mem. [...] Amo, malamo, etiketo, modo, vetludo, kolektivaj pasioj,* **partioj, religio, ĉiuj funkcias nur por satigi nian batalinstinkton: superi la alian homon.** *[...] Religio,* **patriotismo, arto, ktp estas esence kaŝnomoj de la batalinstinkto.** *Ĉar la homo ne povas vivi sen antagonismoj kaj por satigi sian instinkton, li eltrovas diversajn pretekstojn de la batalo.*"

La baza ideo de la libro – daŭrigas la klarigon Szathmári – estas ke "*la hodiaŭa civilizacio postulas tute novan homan naturon: senigi*

---

9   Voltaire, *Candido* (or. *Candide*), 1759 (itala eldono, Fabbri, Milano 1986), Ĉap. 30-a, p. 105.

10 *Sennacieca Revuo*, n-ro 88, Artikolo, SAT, 1960.

---

nian animon de la pasioj, de ĉiuj sentimentoj kaj *vivi absolute racie*, kiel la hinoj". Jen la **raciismo** literatur-filozofia. "*Sed ni ne kapablas vivi alimaniere, ni kapablas nur sekvi tion, kion diktas al ni niaj instiktoj.*" Jen la **cinikismo** literatur-filozofia.

Ne tro malsimile al Aldous Huxley (1894-1963) en *Brave New World* (Brava Nova Mondo, **1932**) kaj George Orwell (1903-1950) en *1984* (**1948**), Szathmári montras foran mondon (geografie foran, male al Huxley aŭ Orwell, kies mondoj estas foraj en la estonteco) por substreki la simptomojn de la problemoj de nia mondo.

Ankaŭ por Szathmári, la mesaĝo estas iasence malutopia, senespera, ĉar ni ne kapablas forigi niajn kutimojn, niajn instinktojn, nian batalemon. Laŭ Minnaja, *Vojaĝo* ne estas nur ridiga, kiel ĝenerale estas satiroj, sed ankaŭ pensiga[11], kiaj certe estas ankaŭ la verkoj de Huxley kaj Orwell kaj la ĉefverko de Voltero, la cinikisma *Kandido*.

Unu el la plej pensigaj aspektoj estas tio, ke ni eĉ ne *konscias* pri niaj mankoj. Ni tiom longe kaj penige kreis niajn fantasmagoriojn kiel religio, parlamentismo, partioj ktp., ke ni eĉ ne kapablas re-koni ilian stultecon. Nur se venus homo el alia mondo, tiu homo mirus kaj priridus nian stultecon behinan, same kiel faras Gulivero en *Vojaĝo*. Gulivero mem, tamen, reveninte al sia mondo je la fino de la libro, tute ne kapablas rekoni la stultecon de la vortoj de la admiralo[12], kiu preskaŭ refaras, vorton post vorto, la paroladon de iu behino en antaŭa ĉapitro. Kaj tio precize montras la sentojn, kiujn Szathmári volis redoni en la libro.

Do, la sola vojo al plibiniĝo de la homaro estus efektivigi la bildon de la hina socio, por kiu povas helpi la moderna teknika civilizacio. Bedaŭrinde, ni verŝajne ne atingos tiun bildon pro niaj batalemaj prainstinktoj. Jen denove la *raciisma detaligo*, sed ankaŭ la *cinikisma realo*.

Eble ni neniam kapablos ŝanĝi niajn vivmanierojn, eble la tek-niko, anstataŭ ol helpi, malhelpos nin aŭ helpos nur la despotojn (la regantan klason en la behina mondo; sed ankaŭ tiun de la nia). Eble, se ni ne ŝanĝiĝos, ne eblos alia estonto ol tiu ĥaosa de la behinoj, aŭ tiu perforta de 1984 aŭ de *Brava Nova Mondo*...

---

11 Minnaja, C. Antaŭparolo al *Vojaĝo al Kazohinio*, 1958 (Tria eldono, SAT / BES, 2021), p. 13.

12 Szathmári, S., *Vojaĝo al Kazohinio*, 1958 (Tria eldono, SAT / BES, 2021), Ĉap. 20-a, p. 400-401.

Kelkaj pliaj konsideroj

Je kiu flanko estis Szathmári? Ĉu la hina aŭ behina?

Tre verŝajne la hina flanko, almenaŭ kiel *celo*. Li certe montras ambaŭ mondojn, sed nur la dua, tiu de la behinoj, estas vera, satira spegulo de nia socio.

La Voltera Kandido finas la romanon dirante, ke *ni devas kultivi nian ĝardenon*. Leginte la rakonton de la *moderna* Gulivero, eble ni ne komprenas, ke ni ne povas atingi ion similan al la perfekta mondo de la hinoj. Sed ni devus ja kompreni, ke ni ne devas daŭre fali en la ĥaosan mondon de la ĉiofuŝaj behinoj.

Kiel la *enciklopediistoj* de la 18-a jarcento, kiel Voltero en Kandido, ni devas racie analizi nin mem, ni devas skeptike dubi pri ĉio, ĝis ni kapablos racie, sed ankaŭ homece, decidi nian estonton.

Kaj en la romano, sed multe pli detale, en la poste publikigita *Klarigo al la libro*, la aŭtoro montras la strangaĵojn de la behina mondo kaj deklaras, ke ni devas plibonigi ĝin *surbaze de racio*. Kaj, se la kosto por atingi tion estas *forigo de niaj sentoj*, nu… bone.

Eĉ en la libro mem, kiam li estas denove hejme ĉe sia familio, kaj kiam la edzino deklaras, ke ŝi jam elspezis la vivasekuran monon (oni deklaris Guliveron mortinta), kaj kiam ŝi rekomendas, ke Gulivero eble revojaĝu al Kazohinio, li diras ke tio ne bezonatas. Li eldonos sian vojaĝpriskribon, el tiu enspezo li abunde repagos la asekuran monon, ĉar *ĉiaspeca registaro nepre apogos por ke la civitanoj ellernu altetaksi sian socion komparante ĝin kun la behinoj,* **gvidataj de malmorala, stulta kaj malbonintenca** *betikaro*.

Do, eĉ en la libro mem, la plej grava atentigo, per kiu Szathmári preskaŭ finas la rakonton, estas atentigo pri la danĝeroj de behineco.

Ĉu la atentigoj en la verko validas nuntempe kaj ĉu estas pliaj mesaĝoj?

La romano estas tre aktuala. Verŝajne malmulto ŝanĝiĝis ekde la tempo de la internacia publikigo de *Vojaĝo*. Kaj tio ne estas surprizo: nenio ŝanĝiĝis inter la mezo de la 1930-aj jaroj, la jaroj kiam Szathmári unue elpensis la romanon (kaj siajn aliajn t.n. *scienc-fikciajn* verkojn), kaj la jaro 1958 kiam la verko publikiĝis. Dek tri jarojn post la fino de la plej terura milito kaj amasbuĉado iam ajn okazinta. Kial do ŝanĝiĝus la atentigoj ekde tiam ĝis nun? Ni daŭre vidas militon (aŭ pileriĝon al milito), preskaŭ tutan jarcenton ekde tiuj malhelaj 1930-aj jaroj.

Ĉu Szathmári havas aliajn mesaĝojn por ni? Eble jes. Eble eĉ pli grava mesaĝo estas ne nepre la neceso pri komprenado de la homa socio; eble eĉ pli grava estas la procezo mem, la neceso starigi al ni tiujn demandojn, havi tiujn dubojn.

En tiu ĉi *raciisma* verko, satira, iom sarkasma, finfine la aŭtoro prezentas dubojn, prezentas la gravecon havi dubojn. Ni estas behinoj, ĉar ni ankoraŭ militas kiam milito ne plu *bezonatas* aŭ ne plu estas pravigebla. Ni estas daŭre sklavoj de niaj emocioj kiam estas tute klare, ke se ni rigardus la aferon *racie* (hine), ni povus pliboniĝi unuope kiel homoj kaj komune por la tuta socio, la tuta homaro.

La dubo, tamen, la demandoj estas pli gravaj ol la okazintaĵoj mem. Gravas havi la dubon, gravas starigi al si la demandojn. La *vojaĝo*, la *baskulado* de Gulivero inter la mondoj de la hinoj kaj behinoj, inter *hineco* kaj *behineco*, estas eble pli gravaj ol la restado ĉe ambaŭ socioj. Homo: starigu al vi demandojn, racie, kaj vi estos sur la (pli) ĝusta vojo…

Se vi eĉ ne konscias, kiom behinecaj vi estas, se vi eĉ ne demandas al vi kial vi blinde *sekvas la kvadraton aŭ la cirklon,* vi neniam havos esperon atingi hinecon.

Konkludoj

Oni povas interpreti *Vojaĝo al Kazohinio* kiel daŭrigon de la raciisma tradicio en literaturo, precipe de la 18-a jarcento, en kiu la aŭtoroj komencis rigardi al la estonto de la socio, komencis kritiki *tradiciajn kredojn* kaj *ekzistantajn supozojn* por doni spacon al raciisma analizado de la sociaj fenomenoj ĉirkaŭ si. La antaŭaj ideoj pri socia ordo, politiko, religio, sociaj moroj ktp. ne plu estis akceptitaj kiel *dia ordono* sed devis esti juĝitaj laŭ la grado en kiu ili estas utilaj al la (tuta) socio aŭ ne.

Ĉu do *Vojaĝo* estas raciisma romano? Se raciismo signifas analizi kaj montri la pekojn de nia propra socio per satira priskribo de mondoj foraj, kie regas aŭ troa raciismo aŭ kompleta manko de ĝi, kaj tiel montrante, ke *nia propra mondo* estas fundamente neracieca, Szathmári ja kreis raciisman verkon. Li sukcese distancigas nin disde la kutimoj de nia propra *okcidenta* civilizacio, por ke ni vidu ilin per *fremdaj* okuloj kaj por ke ni konsciu pri ilia *fundamenta* ne-racieco.

En raciismo, abstraktaj mondobildoj aŭ sistemoj, kiel religio aŭ filozofio, sed ankaŭ praktikaj strukturoj, kiel politikaj sistemoj, devis esti taksataj laŭ ilia *socia utileco*. Tiu nova pensmaniero, pli filozofia ol literatura, estis tamen tre ofte esprimita ne nur en filozofio sed ankaŭ en beletro. Do ne nur per politikaj pamfletoj sed ofte ankaŭ per satiroj, noveloj aŭ eĉ pli longaj verkoj kiel romanoj. Same faras Szathmári en *Vojaĝo*.

Eble la romano ne trovas solvojn praktikajn al la sociaj problemoj, kiujn ĝi montras. Tio tamen ne signifas, ke la raciisma observado ne havas utilon. Ĝi ja listigas la problemojn solvendajn kaj plagojn kuracendajn, se oni volas krei pli justan socion por la komuna utilo.

Ĉu Szathmári mem estis optimisma pri ebla ŝanĝiĝo de la aktuala bruteca socio al iu pli malprimitiva homaro? Verŝajne ne: eĉ en la fino de la verko, kiam la admiralo parolas pri *nia brita socio kiu evoluigis la mondon kaj patrion* ktp., Gulivero (kiu reprezentas nian socion) tute konsentas kun li, verŝajne eĉ ne rimarkante ke la admiralaj vortoj estas preskaŭ laŭvorte samaj al tiuj de la behinoj. La homaro eĉ ne *konscias* pri siaj malvirtoj, do malgranda espero estas, ke ĝi ŝanĝiĝos for de tiuj malvirtoj.

Sed, se nur ni kapablos *perdi nian sentojn*... eble ĉesus militoj... eble estus pli bona kunlaboro... Jen eble la vera esenco de *Vojaĝo* kaj verŝajne la vera esenco de Szathmári, tiu homo kiu, al demando de Julio Baghy: *"Kial vi esperantistiĝis?"* respondis: "Mi estas esperantisto ekde mia naskiĝo[13]". Ili ambaŭ konsentis, ke esti esperantisto signifas ne nur paroli internacian lingvon. Ĝi estas misio, kun pli alta, pli riĉa, pli esperiga esenco. Eble, se nur ĉiuj kapablus perdi siajn batalemajn instinktojn...

Bibliografio

Ertl, István, 2010: *Gulivero inter la esperantistoj, aŭ: kiel homi transhome* (recenzo de *Vojaĝo al Kazohinio*), Legologa Blog, https://pistike65.wordpress.com/2010/04/19/sandor-Szathmari-vojago-al-kazohinio/

---

13 Bereczki, M., *Esperantologiaj Kajeroj 2*, Budapest:1977, p. 101-122. (represite en la 3-a eldono de *Vojaĝo al Kazohinio*, p. 418)

Jacques, Jean-Marie, 1978: *Kain kaj Abel* (recenzo de *Kain kaj Abel*). Literatura Foiro, n-ro 53, februaro 1979, p. 14.

Johansson, Sten: Verkoj de *Sándor Szathmári*, OLE, *Originala Literaturo Esperanta*, http://literaturo.esperanto.net/autor/Szathmari. html

Sutton, Geoffrey, 2008: *Concise Encyclopedia of the Original Esperanto Literature*, Novjorko, Mondial, ISBN 978-1-59569-090-6.

Szathmári, Sándor, 2021 (Tria eldono): *Vojaĝo al Kazohinio*. Bjalistoko, Parizo: Bjalistoka Esperanto-Societo / Sennacieca Asocio-Tutmonda, ISBN 978-83-907561-7-2.

Thorsen, Paul, 1958: La dua Gulivero (recenzo de *Vojaĝo al Kazohinio*). Norda Prismo, 1958. Reproduktita de Sten Johansson en OLE, *Originala Literaturo Esperanta*, http://literaturo.esperanto. net/np/kazohinirec.html

Tonkin, Humphrey, 2020: *Memoru ĉi praulojn: Eseoj pri Esperantoliteraturo*. Novjorko: Mondial, ISBN 9781595694157.

Vikipedio: *Sándor Szathmári*, https://eo.wikipedia.org/wiki/ Sandor_Szathmari#Originaloj

Voltaire, 1759: *Candide*, Parizo, Londono, Amsterdamo, tradukis italen Giovanni Fattorini, 1986, Milano, Gruppo Editoriale Fabbri, Milano.

Voltaire, 1759: *Candide*, Parizo, Londono, Amsterdamo, angla traduko, 1993, Ware, Wordsworth Edition Limited, ISBN 1-85326-063-0.

Aliaj libroj menciitaj

Huxley, Aldous, 1932: *Brave New World* (Brava Nova Mondo). Londono, Chatto & Windus, 311 p.

Orwell, George, 1949: *1984*. Londono, Secker & Warburg, 328 p.

Szathmári, Sándor, 1964: *Perfekta Civitano / Maŝinmondo*. La Laguna, Tenerife, Eldonejo Stafeto.

La Spirado de lingvo: ekde la Budapeŝta Esperanta rondo

Pri la viva uzo, novkreado kaj la potenco de la klasikaĵoj

de Jado (Wei Yubin)

Instruante la finan lecionon *Geedziĝo en hodiaŭa maniero* el la *Paŝoj al plena posedo*, oni tuj rimarkas ĝian viglecon: ĝi ŝajnas esti tute nova, kvazaŭ verkita hodiaŭ. En ĉi tiu verko, fame konata kiel "la fina defio por esperantistoj", Kalocsay majstre uzas parolecajn esprimojn, vortludojn kaj viglan prozon, liberigante la lingvon el la kadro de lernolibraj ŝablonoj.

Ekzemple, en la frazo "Poŝremburo estas luna, eĉ telekupron mi ne havas, telefoni al iu sciuro", la aŭtoro lerte uzas *luna* anstataŭ la kutima *nula*, kreante poezian bildon de malpleno. Samtempe li ludas per la sona simileco inter *sciulo* (konato) kaj *sciuro*, elturniĝante per sprita vortludo. Interese, tiu lerta lingvaĵo eble inspiriĝis de la hungara *ürge*, kiu signifas kaj *zizelo* (sciuro-simila besto) kaj slangasence *ulo* – duobla signifo simila al tiu en la originala vortludo.

Simile, en la aliteracia esprimo "vi estas krezo sen krizo", la aŭtoro intence transformas la majusklan nomon *Krezo* (aludo al la legenda riĉulo el Lidio) al minuskla *krezo,* tiel kreante duoblan artan efekton: 1. sonludon per aliteracio – la vortparo "krezo sen krizo" fariĝas ritma kaj memorinda; 2. lingvan malformaligecon – la minuskligo donas humuran kaj modernan nuancon al la historia referenco.

Tiu lerta vortmanipulado similas al aliaj okazoj de lingva kreivemo, ekzemple la hungara slanga esprimo *te ajser vagy* ("vi estas riĉulo"), kie:

- la vorto *ajŝer* devenas el la jida (siavice el la hebrea);
- ilustras kiel la Budapeŝta slango asimilas fremdajn lingvajn elementojn por krei novajn esprimojn.

Ambaŭ ekzemploj montras la saman kreivan spiriton en lingvouzo: transformi kaj readapti diverslingvajn elementojn por spritaj kaj vivplenaj esprimoj, akcentante la humuran karakteron de la roluloj.

Tiaj lertaĵoj memorigas nin pri unu el la plej signifoplenaj epokoj en la historio de Esperanto – la Budapeŝta Esperanto-rondo. En la frua 20-a jarcento, ĉi tiu kultura centro kunigis pionirojn, kiuj ne nur uzis Esperanton, sed vivis per ĝi, verkis per ĝi kaj konstante eksperimentis kun ĝi.

Elstara inter ili estis la poeto kaj lingvisto Kálmán Kalocsay. Sub lia gvidado, la grupo kreis altkvalitajn literaturajn verkojn – poemojn, teatraĵojn, lingvajn studojn –, sed plej grave, ili sukcesis doni al ĉi tiu "artefarita lingvo" veran vivon kaj naturan evoluon.

La membroj de la rondo ĉiutage parolis Esperante, improvizis poemojn en kafejoj, diskutis pri gramatiko, kreis novajn vortojn. Tiel ili formis medion, en kiu la lingvo povis evolui kvazaŭ denaska. Tie Esperanto ĉesis esti nur aro da reguloj, kaj fariĝis io viva, palpebla – parto de la ĉiutaga vivo.

Lingvo ne vivas sole en libroj

Tiu Budapeŝta sperto atentigas nin pri grava vero: lingvo ne vivas sole en libroj, sed radikiĝas en emocia komunikado kaj ĉiutaga uzo.

Bedaŭrinde, en kelkaj nuntempaj Esperanto-grupoj videblas alia fenomeno: ĉio devas esti serĉata en vortaro, la lingvo estas traktata kvazaŭ sankta relikvo, plena je tabuoj. Esprimoj devas strikte sekvi modelojn, sen spaco por eraro. Lernantoj, timante miskomprenon, perdas la ĝojon kaj spontanecon de parolado.

Tamen memoru: Esperanto ekde sia naskiĝo ne baziĝis sur rigidaj normoj. Zamenhof mem instigis kuraĝan, vivplenan uzon. La 16 reguloj en la Fundamento celis doni bazan strukturon, ne limigi esprimon.

En la spirito de la Bulonja Deklaracio (1905), Zamenhof emfazis sian rolon ne kiel aŭtoritato, sed kiel kunlernanto. Tiu humila deklaro spegulas lian vizion: Esperanto estas evoluanta kadro, ne rigida sistemo.

En siaj tradukoj – el la Biblio, Puŝkin kaj Ŝekspiro – Zamenhof serĉis ritmon, belsonon kaj klarecon. Li uzis gramatikon flekseble, tamen ĉiam logike. Tia libera formo estis por li esenco de viva lingvo.

Ĉi tio kongruas kun modernaj lingvaj teorioj: lingvo estas vivanta socia fenomeno, ne morta strukturo. Zamenhof saĝe balancis inter fiksita bazo por unueco kaj sufiĉa spaco por kreema esprimo.

Kiel Kalocsay diris: lingvo vere viglas, kiam ĝi kombinas solidan bazon kaj liberan evoluon.

Studi klasikaĵojn ne estas konservismo, sed radikserĉado

La lernolibro *Paŝoj al plena posedo* (unua eldono 1968) enhavas ĉefe tekstojn el la 1930-aj jaroj. Multaj hodiaŭaj lernantoj trovas ĝin "tro malnova" aŭ "malaktuala." Sed kial gravas studi klasikajn verkojn?

Ĉar studi klasikaĵojn ne signifas adoradon de la pasinteco, sed radikserĉadon. Efektiva novigo kreskas ne el nenio, sed el profunda kompreno de la fundamentoj.

Per klasikaj verkoj ni lernas:

- la idealojn de Zamenhof en liaj paroladoj
- la ritmon kaj esprimivon en la poezio de Kalocsay
- la logikan strukturon en la Fundamento kaj *Plena Analiza Gramatiko.*

Klasikaĵoj estas kiel la skeleto de lingvo: sen ili, novigo senfundamentiĝas; sed sen adaptiĝo, ĝi rigidiĝas.

Kalocsay mem montris tiun ekvilibron: li respektis la Fundamenton, sed ne blinde. Li zorgis pri ĝusteco, sed por li pli gravis klara komunikado. Lia poemaro *Streĉita kordo* pruvas, ke Esperanto kapablas esprimi kompleksajn sentojn kaj profundajn homajn spertojn.

Lingvo estu portilo de penso kaj sento

Por ke Esperanto vere prosperu, ĝi devas esti pli ol simpla ilo – ĝi devas fariĝi vivanta esprimo de homaj spertoj, kulturo kaj revoj.

La Budapeŝta Rondo famiĝis precize pro tio: ili transformis Esperanton el artefarita lingvo en vivantan kulturon. Per poezio, diskutoj kaj ĉiutaga uzo, ili donis al ĝi:

- emocian varmon
- intelektan profundon
- artan esprimivon.

Esperanto plej bone kreskas ne en lernolibroj, sed en: krea verkado (poezio, prozo); ĉiutaga komunikado; kultura interŝanĝo.

Lingvo vivas nur kiam homoj ne simple lernas ĝin, sed vere uzas ĝin por esprimi siajn pensojn kaj sentojn.

"Unu lingvo por ĉiuj –
sed neniam kontraŭ iu ajn"

Tio ne estas nur slogano, sed promeso de spirita malfermiteco kaj kultura empatio.

En ĉi tiu spirito – de unueco sen unuformeco, de kreemo sen dogmemo – Esperanto daŭre vivas. De siaj budapeŝtaj radikoj, tra la 20-a jarcento, ĝis nia epoko, ĝi restas vivanta simbolo de homa kunligo.

Nia tasko hodiaŭ estas:

- **respekti** la lingvan tradicion
- **kuraĝi** per kuraĝa kaj persona uzo
- **novigi** sen perdi la esencon.

Tiel ni certigos, ke en la 21-a jarcento Esperanto ne nur pluvivos – sed brilos per aŭtenta kaj moderna vivo.

Pri esperantigo de virinaj nomoj, precipe tiuj el la antikva greka

Kelkaj esploroj kaj proponoj

222

de Abel Montagut

I

Al amiko entreprenanta tradukon de *Iliado* per genre (aŭ sekse) neŭtrala lingvaĵo mi dirus:

> Instigas al pripenso via decido esplori kaj eventuale uzi parentisman Esperanton, kun seksneŭtralaj bazaj radikoj kiel *parento, anako, kido, eŝo, sahodo* kaj aliaj.

> Mi komprenas ke per la parentisma lingvaĵo vi celas neŭtraligi la indikon pri sekseco kie ĝi ne estas enhave grava. Tamen, mi pensas ke en la kazo de *Iliado*, kiu rakontas pri epoko klare seksdistinga, tia interveno povus starigi kelkajn problemojn rilate al la kultura kaj historia fideleco.

> Se via intenco estas esplori la eblojn de parentisma Esperanto, mi proponas konsideri alian vojon, kiu eble kombinas fidelon al la fonto kun moderna perspektivo.

> Mi konsilus versigi la tuton uzante la tradician lingvon.

> Sed antaŭ ĉiu unuopa kanto, vi povus aldoni enkondukan mallongan resumon (ekz. unu- aŭ du-paĝan) en parentisma Esperanto, uzante genre neŭtralajn formojn, novajn radikojn, kaj adekvatajn esprimojn laŭ tiu ĉi modelo.

> Tiel, la leganto ricevus, unuflanke, la tradicie esprimitan tekston de la kantoj, kiuj respektus la strukturon, tonon kaj genran prezenton de la malnova mondo; kaj aliflanke, kontraston kun nuntempa propono de seksneŭtrala lingvaĵo. Tio donus eblon al la leganto sperti kiel moderneca lingvo povas interpreti malnovan enhavon.

> Ĉi tiu metodo invitus al komparo inter du mondbildoj: la patriarka strukturo de antikva Grekio kaj la dezirinda inkluziva lingvokulturo de nia 21-a jarcento.

Ĉiel ajn, se oni volas fideli al la originalaj helenaj verkoj, al iliaj historio kaj socia kuntekso, necesas laŭeble redoni la enhavon kaj la formon per la ordinaraj rimedoj de la cellingvo, ne preterlasante ke en la homera la personaj nomoj estas ĝenerale klare identigeblaj laŭ unu el la seksoj.

2

En multaj lingvo-regionoj de la mondo (ne nur en Eŭropo kaj en latinidaj partoj de Ameriko, sed ankaŭ en Okcidenta Azio (araba, hebrea…), en Sudazio (sanskrita, bengala…), Sudorienta Azio (vjetnama), partoj de Afriko kaj Oceanio) la personaj nomoj estas ĝenerale sekso-apartenaj, ofte identigeblaj kun unu el la seksoj, esceptante, laŭ diversaj gradoj kaj nuancoj, la ĉinan, la japanan, la anglan kaj aliajn.[1]

Ne eblas scii ĉu ĉi tiu seksodistinga tradicio daŭros ankoraŭ dum jarcentoj aŭ ne, sed tia ĝi estis en la antikvaj socioj, kies verkojn ni pritraktas ĉi tie.

En la redono el la klasikaj helenaj kaj latinaj verkoj ĉi tiu aspekto gravas, ĉar ĝi estas unu el la bazaj rimedoj por ebligi klaran komprenon de la intrigo kaj identigon de l' roluloj, precipe kiam kelkaj personaj nomoj, per la nura radiko en la origina lingvo, povas rilati al unu aŭ alia el la seksoj, do al malsamaj personoj, ĉar tiuj radikoj alprenas malsamajn finaĵojn.

Por la kazo kiam en la fonta lingvo troviĝas samradika nomparo ambaŭseksa, kiel ofte okazas en la helena kaj pli ofte en la latina (ekz. en la nomoj *Antonius, Antonia; Claudius, Claudia; Cornelius, Cornelia; Paulus, Paula* k. s.), la Fundamenta gramatiko de Esperanto disponigas la sufikson -ino por distingi ilin: *Antonio, Antoniino;*

---

1   Ekzistas baza korpuso de 29 649 personaj nomoj, ĉu inaj, viraj, ambaŭseksaj aŭ neŭtralaj, el la tuta mondo, el almenaŭ 153 lingvoj el ĉiuj kontinentoj, konsultebla en behindthename.com/. Inter aliaj nom-grupoj, troviĝas ankaŭ "Mitologio kaj Religio" kun subdividoj laŭ greka, latina, kelta, slava, japana ktp… La retejo estas sufiĉe fidinda por ke publikaj instancoj kaj universitataj studoj citu ĝin. En la retejo eblas fari apartajn serĉojn laŭ seks-aparteno, komenca aŭ fina literoj, origino, ktp. Laŭ ĝia klasifiko, surbaze de la informoj de la proponintoj de la koncernaj nomoj, 13 401 nomoj estas (prefere aŭ ekskluzive) inaj kaj 16 248 estas (prefere aŭ ekskluzive) viraj. El la tuto, 1622 taŭgas por ambaŭ aŭ ajna sekso. La ceteraj 28 027 (94,52%) estas principe laŭsekse difinitaj en la 153 originaj lingvoj el ĉiuj kontinentoj. Notindas, tamen, ke ekzemple el la ĉina lingvo troviĝas en la korpuso nur 121 nomoj, el kiuj la plejmulto, 93 (t.e. pli ol 76%) validas por ajna sekso.

Klaŭdo, Klaŭdino; Kornelio, Korneliino; Paŭlo, Paŭlino… Ekzemploj de tiaj samradikaj nomparoj en la helena estas, se oni laŭfundamente uzas la sufikson *-ino: Antigono, Antigonino; Eŭrinomo, Eŭrinomino; Fedro, Fedrino; Heleno, Helenino; Hipolito, Hipolitino…*

Tamen la nura sufikso *-ino* en Esperanto montriĝis ne sufiĉe taŭga rimedo tiucele en la praktiko, ĉar ĝi ofte starigas dubojn kaj okazigas erarojn. Kiam oni uzas ĝin, ĝi devas esti konsekvence uzata, elirante de la baza vira formo. Krome, ĝi aliecigas neeviteble la originan nomon, ĉi ties pli internacian aspekton, kiel oni povas konstati ĉe la menciitaj vortoj *Antigonino, Fedrino, Helenino, Hipolitino…* ktp.[2]

En la helena tradicio troviĝas pli ol 270 tiaspecaj samradikaj nomoj, kies ina kaj vira signifoj diferenciĝas nur per la finaĵo. Eĉ se en unu sama verko malofte aperas tiuj du samradikaj nomoj kune (*Helene / Helenos* en Iliado; *Arete / Aretos, Eurynome / Eurynomos* en Odiseado; *Helena / Helenus, Deifobe / Deifobus* en Eneado), tamen gravas distingi ilin ĉiujn en la ĝenerala kunteksto por ne konfuzi la personojn kaj ne embarasiĝi pri la intrigo kaj en la dialogoj. En la originalo ili estas klare distingeblaj.

En la klasika kaj mezepoka latina lingvo tiaj samradikaj duopoj por personoj, inaj kaj viraj, eĉ pli abundas proporcie, se oni komparas ilin kun tiuj en la helena. Mi notis pli ol 200 tiajn dusencajn nomojn en listo de 336 entute, do preskaŭ 60% el la konsideritaj nomoj estas samradikaj sed nekonfuzeblaj.

Sume, la afero koncernas pli ol 400 nomojn por la helena kaj por la latina. Ni devus trovi laŭeble komunan solvon por esperantigo el tiuj lingvoj, ĉar multaj nomoj koincidas en ambaŭ tradicioj, funde interrilataj.

3

La esenca demando estas:

Ĉu, krom la sufikso *-ino*, ekzistas alia sistemo, plene fundamenta, por indiki en Esperanto la distingon inter inaj kaj viraj nomoj, almenaŭ kiam ili estas samradikaj?

Certe. Tiu sistemo ekzistas de pli ol jarcento. Ĝi estis aplikita en Esperanto jam de fruaj tempoj, unuavice, embrie, fare de Grabowski, sed poste pli precize, fare de Zamenhof, Kabe, Varankin, kaj multaj aliaj.

---

2 Vidu sur p. 227, en Anekso 1, Pri la dubinda uzado kaj neuzado de la sufikso *-ino*.

Esence ĉi tiu alternativa sistemo konsistas en la neasimilado de la virinaj propraj nomoj.[3]

4

La dua regulo de la *Fundamenta Gramatiko*, se traduki el la franca versio, tekstas: "La substantivo finiĝas ĉiam per o".

Fakte nepras kompreni la regulon kiel: "La substantivo [se plene asimilita en Esperanto] finiĝas ĉiam per o".

Ĉar ankaŭ neasimilado aŭ parta asimilado de propraj nomoj estas laŭfundamenta. La plena asimilado de propraj nomoj (kiuj ja estas substantivoj) ne estas deviga. En la sama *Fundamento de Esperanto* troviĝas nomoj nur parte asimilitaj, transliteritaj laŭ la Esperanta alfabeto, tamen sen finaĵo aŭ kun alia finaĵo ol -o. Ekz. *Vaŝington, Nov-Jork*[4], krom ankaŭ la nomo *Zamenhof*, sen -o kaj sen apostrofo, fine de la *Antaŭparolo*, kvankam en la *Unua Libro* ĝi aperas kun apostrofo.

Krome, en la *Fundamenta Krestomatio* (1903), kies tekstoj estas skribitaj aŭ korektitaj de Zamenhof, abundas neasimilitaj personaj nomoj ne finiĝantaj per -o:

"Felipa Perestrello"; "ŝia plej bona amikino Mathilde, kiu, vizitinte Ella'n en la vespero..."; "Lia edzino Karagara"; "lian filinon Mrigalocâna'n"; "la reĝinon Sulocâna'n"; "la magiisto Kecava"; "sinjorino Breine"; "La verkisto Gibeau"; "Ĉu Felsen vere estas enamita /tiele/ en Fanny'n", "Profesoro Agassiz..."

En siaj Lingvaj respondoj en *La Esperantisto*, Zamenhof konkretigis, jam en 1891, tri manierojn por uzi proprajn nomojn en Esperanto:

Se ni volas esprimi ian nacian nomon [...] ni uzas ĝin jene:

a) aŭ ni uzas la nomon en tiu sama formo, en kiu ĝi estas uzata en sia propra lingvo, kaj ni lasas al la legantoj elparoli la nomon kiel ili volas (ekzemple "Fürth" [urbo en Bavarujo], "Göthe"); b) aŭ ni uzas ĝin laŭ la ortografio kaj fonetiko Esperanta, t.e. ni esprimas la nomon per la sonoj kaj literoj uzataj en nia lingvo (ekzemple "Vjazma" [urbo en Rusujo], "Puŝkin"); c) aŭ ni donas al la nomo karakteron pure Esperantan, t.e. ekster

---

3 Vidu sur p. 230, en Anekso 2: Pri la neasimilado de virinaj personaj nomoj ĉe fruaj Esperanto-verkistoj kaj poste.

4 La vira familia nomo *Vaŝington*, sen fina -o kaj sen apostrofo, aperas en la Fundamento 12,19; la urbonomo *Nov-Jork* aperas ĉe la kapvorto *an/* en la *Universala Vortaro*, sen fina -o kaj sen apostrofo.

la ortografio kaj fonetiko Esperanta ni donas al ĝi ankaŭ la gramatikajn formojn de nia lingvo (ekzemple "Nurnbergo", "Rejno").

Sekve li komentas:

Kian el la diritaj 3 manieroj oni devas uzi en la lingvo "Esperanto" kaj en kiaj okazoj ilin uzi – ni ne povas ankoraŭ diri decide, ĉar tiu ĉi demando estas tre malfacile solvebla kaj tre multe disputebla, kaj tial ni lasas ankoraŭ ĝian solvon al la forto de la tempo kaj uza sankciado, kiel en ĉiuj aliaj ekzistantaj lingvoj, kaj al la volo de la uzantoj mem.

La saman konstaton faris la Akademio de Esperanto post pli ol cent jaroj en sia "Rekomendo de la Akademio pri la uzo de propraj nomoj" (Oficialaj Informoj, N-ro 22 – 2013 10 10):

Dum mankas ĝenerale akceptitaj principoj pri esperantigo de diverslingvaj propraj nomoj, ĉe eventuala esperantigo estas reko-mendate sekvi la modelojn de la jam tradiciiĝintaj ekzemploj: interalie, ne ĉiam sufiĉas rekte transskribi la originalan elparolon per la Esperantaj literoj, aŭ simple kopii la skriban formon aldonante al ĝi la finaĵon "-o"; necesas zorgi, ke la rezulto estu ekvilibra rilate la prononcon, skribon, kaj laŭeble facilan rekoneblon.

En la *Plena Manlibro de Esperanta Gramatiko*, 35.1. "Nomspecoj", Bertilo Wennergren rimarkigas:

*Propraj nomoj povas reteni sian originan, **ne-Esperantan formon**, eventuale transskribitan per Esperantaj literoj, aŭ ili povas esti **tute esperantigitaj** kun Esperantaj finaĵoj. Ĉiu metodo havas siajn uzokampojn. Neniu el ili povas esti universale uzata.[5]*

kaj en 35.2. "Ne-esperantigitaj nomoj. Finaĵoj":

Ne-esperantigitaj nomoj povas aperi O-vortece sen O-finaĵo:

Zminska meditis momenton. [M[Marta].30] [...] Ni trinku glason pro la memoro pri Bartel Thorwaldsen! [FA [Fabeloj de Andersen] 2.112].

5

Nuntempe, en tradukoj el kelkaj lingvoj preskaŭ ĉiuj nomoj estas neasimilataj. En *La edzino de l' tempvojaĝanto*, tradukita el la angla fare de István Ertl (2024), neniu persona nomo estas asimilita. Tiel ni trovas: *Henry, Clare Anne, Tina, Ingrid, Isabelle, Etta, Elizabeth, Peter, Mary, Annette, Jeanne, Yvette, George...* La tradukinto atentigas en

---

5   PMEG-versio 15.5 de la 21-a de Junio 2024.

anekso: "Nomoj personaj, eĉ se finiĝantaj per -o aŭ -a (Alba, Alicia, Roberto), ne ricevis de mi n-finaĵon."

Ankaŭ en la romano de Bakin *Frosta Nokto*, kiun elĉinigis Laŭlum [Li Shijun] (1990), neniu persona nomo estas asimilita. Ĉiuj estas transskribitaj laŭ la pinjina sistemo kaj ĉiuj restas sen eventuala aldono de -o aŭ -on: *Wenxuan, Boqing, Yunnan, Duyun, Liuzhai, "Panjo, vi nebone komprenas Shusheng, ŝi ne forkuris..."*, ktp.

En aliaj kazoj, ni trovas diversajn kombinojn inter neasimilado kaj parta asimilado de propraj nomoj. En la romano *La Majstro kaj Margarita*, de Miĥail Bulgakov, kiun elrusigis S. B. Pokovskij (1991), la tradukinto precizigas sur p. 345:

> motivitaj familinomoj havas Esperantan radikon kaj rusan nomfinaĵon *-ov, -(j)ev, -in, -(j)skij* [...]; ingenre respektive *-ova, -eva, -ina, skaja.*

En la traduko, konforme al la tradicio de la pioniroj (ekz *La neĝa blovado* de Puŝkin – Grabowski, aŭ *PkF* [*Patroj kaj Filoj*. Traduko de K. Bein (Kabe)] kaj de esperantistoj samtempaj al la aŭtoro (ekz Eŭgeno Miĥalski, V. Varankin, G. Waringhien), ni asimilas la antaŭnomon kaj fonetike transskribas la patronomon. [...]

La tradiciaj rusaj antaŭnomoj apartenas al la Ortodoksa sanktulnomaro kaj sekve devenas el la hebrea, latina kaj greka lingvoj; ĉi lastaj estas pli multaj ol en la Okcidento, i.a. *Anfisa, Apolono, Arkadio, Darja, Foko, Ksenia, Niceto, Nikanoro, Pelagia, Praskovja, Proĥoro* [...]

Kiel videblas el ĉi tiuj ekzemploj, S. B. Pokrovskij, kaj la pioniraj tradukintoj el la rusa, nur parte asimilas la personajn antaŭnomojn: tiuj inaj finiĝas plej ofte per -a, kiel en la origina lingvo: *Anfisa, Darja, Ksenia, Pelagia, Praskovja* (originale: Анфиса, Дарья, Ксения, Пелагея, Прасковья), dum la viraj nomoj, se asimilitaj, estas ĝenerale plene asimilitaj per fina -o. Tiaj ni trovas ankaŭ ĉe Pokrovskij la virajn nomojn, tio estas, *Apolono, Arkadio, Foko, Niceto, Nikanoro, Proĥoro*, eĉ se en la originala lingvo ili finiĝas per -a, per -ij aŭ alimaniere: Аполлон (apollon), Аркадий (arkadij), Фока (foka), Никита (nikita), Никанор (nikanor), Прохор (proĥor).

Do, ĝenerale en la tradicia elrusigo de gravaj verkoj temas pri ne plena asimilado de la inaj nomoj (nur laŭ la skribo kaj la akcento, sed ne per la finaĵo -o) kaj plena asimilado de kelkaj aŭ de multaj viraj nomoj. Oni aplikas diversajn solvojn jen por la nomoj viraj jen por tiuj virinaj.

Siaflanke, Kálmán Kalocsay (1933), en sia traduko de *Infero* de Dante, precizigas en fina noto:

> La italajn proprajn nomojn mi skribis laŭ la originala ortografio [...] prefere mi donas sube la prononcregulojn. La latinajn proprajn nomojn plejparte mi skribis esperantforme en la Poemo kaj original-forme en la klarigoj. Oni trovos sube ankaŭ la latinajn prononcregulojn. La grekajn proprajn nomojn mi skribis plejparte esperant-forme en la Poemo, kaj latinforme en la klarigoj, kun la escepto, ke anstataŭ c mi skribis k. (p. 276)

Notu ke li konsideras "esperant-formaj" la personajn virinajn nomojn finiĝantajn per *-a*, kiel *Kleopatra, Helena, Lucia, Kamila, Julia, Lukrecia, Kornelia, Marcia*, sed fakte ĉi tiuj inaj nomoj estas nur parte asimilitaj, ĉar ili finiĝas ne per la Esperanta substantiva o-morfemo, sed kiel en la originala lingvo.

6

Post ĉi tiu ekzameno de diversaj rimedoj por adapto de personaj nomoj en Esperanto, eblos kompreni pli ĝuste mian proponon rilate al la klasikaj grekaj aŭ latinaj verkoj ĝenerale.

Eblas resumi ĉi tiun proponon jene: *Oni ne plene asimilas la inajn personajn nomojn el la helena kaj el la latina.*

Pli konkrete:

1. Oni plene asimilas la geografiajn kaj la virajn nomojn: laŭ la Esperantaj skribo, akcento kaj finaĵo -o.[6]
2. Oni asimilas la inajn nomojn nur laŭ la Esperantaj skribo kaj akcento.
3. Se ili finiĝas per vokalo, la inaj nomoj konservas tiun finan originalan vokalon.

---

6 Por transskribo de la literoj el la helena lingvo oni deiras de tri bazoj: (a) la termi-nologiaj principoj de Eugen Wüster klarigitaj en lia enkonduko al la *Enciklopedia Vortaro Esperanta-Germana* (1923/1929) p. 46-51, kiuj estas fundamentitaj siavice sur la analizo de la praktiko de Zamenhof; (b) la postaj kontribuoj de Gaston Waringhien en la *Esperanto-franca vortaro* (1955), konkretigitaj en lia Ĝenerala Antaŭparolo al la *Plena Ilustrita Vortaro*, 1970, p. XVII, legeblaj ankaŭ en la nova *Plena Ilustrita Vortaro*, ĉefredaktita de Michel Duc-Goninaz (2002, 2005), p. 10; (c) la ĝisdatigita principaro por la transskribo de helenaj propraj nomoj fare de Francisko (François) Degoul, publikigita en 2014 en *Sennacieca Revuo*, n-ro 143, p. 33-57.

4. Por decidi pri la fina vokalo en la kazo de la helenaj inaj nomoj finiĝantaj per la vokalo *η* (longa e, meza inter e kaj a, depende de la dialektoj kaj aŭtoroj), oni deiras de la adaptita formo pli uzata en la latina, konsiderante ankaŭ la modernlingvan internaciecon.

5. Se ina persona nomo finiĝas originale per konsonanto, tiucele ke ĝi povu ricevi la akuzativan formon, eblas aldoni al ĝi la vokalon -*a* (aŭ -*e*), per analogio kun la vokalaj finaĵoj pli oftaj por inaj nomoj en la helena kaj en la latina.

7

Ĉi tiu propono similas principe al tiu uzata de pli ol jarcento en la elrusigo de la personaj nomoj en Esperanto en literaturaj verkoj. Ĝi respondas ankaŭ al la modelo aplikita en PIV 2020 por jenaj samradikaj helenaj nomparoj: "Fedro" (nur pri viro) / "*Fedra*" (nur pri virino) kaj "Hipolito" (nur pri viro) / "*Hipolite*"(nur pri virino). La respektivaj inaj nomoj montriĝas pli klaraj kaj internaciaj ol la formoj "Fedrino" kaj "Hipolitino".

Similaj kriterioj estas implicitaj en PIV 2002 (2020) ankaŭ ĉe aliaj neasimilitaj inaj nomoj el la helena, el la latina aŭ el la ties tradicioj kiel ĉe: *Atena, Barbara, Julieta, Pandora, Teodora, Titania, Citera, Higiea, Latona, Flora, Lidia, Hera, Leda, Rea*, aperantaj ĉiuj en PIV 2020 kursive.

Notindas, ke per ĉi tiu rimedo oni povas distingi inajn nomojn disde homonimaj radikoj rilatantaj al propraj nomoj geografiaj aŭ komunaj, kiel en jenaj paroj[7]: Ateno[P] (urbo) / *Atena*[P] (diino); barbaro[P] (neheleno) / *Barbara*[P]; Julieto (diminutivo de Julio, vira nomo) / *Julieta*[P] (virina nomo); Teodoro[P] (vira nomo) / *Teodora*[P] (virina nomo); floro[P] (komuna nomo) / *Flora*[P] (virina nomo); Lidio[P] (regno en Malgrandazio) / *Lidia*[P] (virina nomo); ledo[P] (preparita felo) / *Leda*[P] (amatino de Zeŭso); Reo[P] (Egipta dio de Suno) / *Rea*[P] (edzino de Krono). Ĉiuj cititaj formoj aperas en PIV 2020 aŭ estas laŭregule deriveblaj el aliaj PIV-aj vortoj.

Siaflanke, la viraj nomoj plej ofte estas regule asimilitaj per -*o* en PIV 2020, kiom mi esploris, eĉ se ili finiĝas per -*a* aŭ alimaniere en la originala lingvo. Ekzemple, el la latina: *Agrikolo, Atilo, Kaligulo,*

---

7 Se ili troviĝas en PIV 2020 mi indikas ilin per postmetita P, kiam la listo estas heterogena.

Katilino, Jugurto (reĝo de la Numidoj), *Seneko* ktp., kiuj latine estas: *Agricola, Attila, Caligula, Catilina, Iugurtha, Seneca.*

8

Laŭ la principoj de Eugen Wüster, implicitaj en la Zamenhofa uzado kaj ĝenerale akceptitaj kun kelkaj nuancoj (ekz. tiuj esprimitaj en la "Ĝenerala Antaŭparolo" de Gaston Waringhien al PIV 1970, legeblaj almenaŭ en la papera eldono de PIV 2005, p. 10), oni esperantigas la helenajn nomojn surbaze de la koncerna latina adapto.

Por konkretigi ĉi tiun latinan formon mi deiris de la nomoj registritaj en la vortaro latina-franca *Gaffiot 2016*, rete konsultebla, bazita sur la vortaro de Félix Gaffiot, *Dictionnaire illustré latin-français* (1934), kiu pritraktas precipe la klasikan latinan lingvon kaj enhavas abundajn citaĵojn de aŭtoroj. Eblas deiri de aliaj vortaroj, kompreneble.

El la propono supre formulita en la punkto 6 rezultas jenaj inaj nomoj, ĉiukaze nur parte asimilitaj, devenantaj el tiuj helenaj aŭ latinaj:

1. KUN FINA -*O*: Kalipso[P], Filo(o), Gorgono[P], Hero[P], Ino[P](o), Leto[P], Melanto, Pero(o), Tiro(o).

Eblas uzi kelkfoje, precipe ĉe unusilabaj radikoj, la transskribon per duobla *oo* por eviti homonimojn aŭ konfuzojn kun jam ekzistantaj aŭ regule deriveblaj vortoj kiel *filo, ino, pero, tiro* kaj *Tiro* (urbo). Subtenas ĉi tiun eblan transskribon per duobla *oo* ankaŭ la fakto ke la origina formo finiĝas per longa *o*, tiel en la helena kiel en la latina.

Gorgono estas speciala kazo, kiu devenas el la ina helena formo Γοργώ, "Gorgo(o)", kun fina longa *o*, tra la akuzativo en la latina lingvo.

2. KUN FINA -*E*: Alkipe, Amfitrite, Arete, Hebe, Penelope, Kirke.

Laŭ *Gaffiot 2016* la latinaj formoj *Pēnĕlŏpē* kaj *Pēnĕlŏpēa* (el Πηνελόπη kaj Πηνελόπεια) respondas prefere al la edzino de Odiseo, dum la fomo *Pēnĕlŏpa* respondas prefere al la edzino de Merkuro kaj patrino de Pajno.

Aliflanke, ankaŭ laŭ *Gaffiot 2016*, la nomo respondanta al la helena Κίρκη aperas kun fina -*e* (Circē) ĉe Vergilio kaj kun fina -*a* (Circa) ĉe Horacio. Se oni transskribas fonetike la helenan literon "κ" per la Esperanta "k", estiĝas konfuziva homonimeco kun la komuna nomo *kirko*. Por eviti eventualajn konfuzojn preferindas verŝajne *-e*, ĉar *kirka*, adjektivo, multe pli oftas en Esperanto ol la adverba formo *kirke*. Cetere, la formo kun fina *-e* estas pli vaste uzata en la latina kaj en modernaj lingvoj,

3. KUN FINA *-A:* Atena[P], Barbara[P], Dejanira[P], Eea, Eŭriklea, Eŭrimeduza, Faetuza, Fedra[P], Flora[P] Hera[P], Kasandra, Klitemnestra, Leda[P], Lidia[P], Lizistrata[P], Rea[P], Teodora[P], Titania[P], Skila.

En *Gaffiot 2016* troviĝas abundaj helendevenaj inaj nomoj kies latinigo prezentas du variantojn laŭ la fina vokalo, jen *-a*, jen *-ē*. Ekz. Alcmēna / Alcmēnē; Andrŏmăcha / Andrŏmăchē; Antĭgŏna / Antĭgŏnē; Ăphrŏdīta / Ăphrŏdītē; Ărĭadna / Ărĭadnē; Eurўdĭca / Eurўdĭcē; Hĕlĕna / Hĕlĕnē; Hermĭŏna / Hermĭŏnē; Hippŏlўta / Hippŏlўtē, Nausĭcăa / Nausĭcăē...

Pri *Klimena* aŭ *Klimene*: en *Gaffiot 2016* aperas nur *Clўmēnē*, sed en latinlingva traduko de *Odiseado* eldonita en 1838 legeblas *Clymena*.

Ĉe la fina vokalo, ankaŭ la originala helena formo de tiuj nomoj prezentas dokumentitajn variantojn jen kun *alfa* (α), jen kun *eta* (η), depende de la dialektoj kaj aŭtoroj.

Principe oni povus elekti laŭprefere inter *-a* aŭ *-e* ĉe la menciitaj nomoj, kiel ni vidas en gravaj latinaj aŭtoroj, kvankam la varianto pli konforma al la latinaj kutimoj estas tiu kun fina *-a*, dum tiu kun fina *-e* estas pli fremdeca, klera aŭ ekzota. En kelkaj kazoj, unu el la du formoj pli taŭgas por eviti homonimecon.

4. KUN ANALOGIA *-A:* en konsonantfinaj nomoj, deirante de la nominativo, oni povas aldoni analogian *-a*: Artemisa, Klorisa, Krateisa, Prokrisa, Temisa, Tetisa...

Pravigas ĉi tiun analogion la ekzistanta ina nomo Ἀρτεμισία, latine *Artemisia*, kun fina *-a*, samradika kaj parenca al la nomo de la diino *Artemis*.

Pri Demetera (el Δημήτηρ, latine Dēmētēr, *-trŏs*) eblus ankaŭ *Demetra*, surbaze de la radiko en la genitivo. En la kazo de Ĥaribdis (el Χάρυβδις, lat. Chărybdis), verŝajne preferindas Ĥaribda, adaptita ankaŭ surbaze de la radiko, anstataŭ la pli longa Ĥaribdisa, adaptita surbaze de la nominativo.

Ankaŭ eblus lasi ĉi tiujn nomojn kun fina konsonanto senadapte en la nominativo, ekzemple *Demeter* [P], *Temis* [P] (ambaŭ kiel en PIV 2020), Artemis, Kloris, Krateis, Prokris, Tetis, Aktoris, Ĥaribdis... t.e.

skribi ilin per nura transliterado de la nomo, sen aldona vokalfino, tamen prononcante kun Esperanta akcento sur la antaŭlasta silabo la rezultantan formon.

La plena asimilado de ĉi tiuj inaj nomoj, aldonante la substantivan finaĵon *-o*, ekz. *Artemiso*[P], *Tetiso*[P], invitas al konfuzoj kun viraj nomoj havantaj la saman vortfinon, ekz. Pariso[P] (lat. Păris, Πάρις); Adoniso[P] (Ădōnis), Tespiso[P], (Thespis, <u>Θέσπις</u>), Oziriso[P], (Ŏsīris, Ὄσιρις). Sed ankaŭ ĉi-kaze, en la helena kaj en la latina lingvoj, inter la viraj kaj inaj nomoj finiĝantaj per -is ekzistas fleksiaj diferencoj kiuj helpas identigi ilin laŭ la genro, krom ankaŭ akompanaj adjektivoj, pronomoj, korelativoj ktp., kiuj akordiĝas kaj estas malsamaj laŭ la genro.

Tial, por klareco, kongruo kaj pli granda internacieco de la nomoj, aplikindas, laŭ mi, la ĉi tie proponata principo por la esperantigo de inaj nomoj el la helena kaj el la latina en literaturaj verkoj: *Oni ne plene asimilas la inajn personajn nomojn el la helena kaj el la latina. Samtempe, la virajn personajn nomojn kaj tiujn geografiajn oni plene asimilas, aldonante al ĉi tiuj la finaĵon -o.*

9.

Se oni akceptus la proponon esprimitan en la punkto 6, pluraj formoj por inaj personaj nomoj kun fina -o povus esti plu uzataj, nur escepte aŭ laŭelekte, kiel arkaismoj, kondiĉe ke ili estu ĝuste derivitaj kaj ne okazigu miskomprenojn.

Tamen, formojn kiel Fedro, *kiu legeblas en la Esperanta vikipedio (en julio 2025) por la virina nomo* Phaedra (Φαίδρα), *forgesante ke ekzistas la vira nomo* Fedro – Phædrus (Φαῖδρος), *i.a. de fama fablisto; aŭ* Antigono[P] *por la filino de Edipo,* Antĭgŏnē (Ἀντιγόνη), *forgesante ke ekzistas la nomo* Antĭgŏnus (Ἀντίγονος), *vira nomo, i.a. de pluraj reĝoj de Makedonio; aŭ la formo* Heleno[P], *eĉ se uzita de Zamenhof kaj de aliaj verkistoj kaj registrita en PIV 2020 por la virina nomo* Helena (Ἑλένη, lat. Hĕlĕna), *preteratentante ke ekzistas la vira nomo* Helenos (Ἕλενος, lat. Hĕlĕnus), *i.a. filo de la Troja reĝo Priamo, oni nuntempe devus rigardi kiel erarajn kaj malkonsilindajn.*

ANEKSO I
Pri la dubinda uzado kaj neuzado de la sufikso -*ino*

Kelkfoje oni aplikis kaj aplikas la sufikson -*ino* kontraŭregule. Oni konsideras nomradikon kiel inan, dum fakte ĝi estas unuavice aŭ paralele vira, akorde kun la fonta(j) lingvo(j).

Laŭ PIV 2020 jenaj nomoj, inter aliaj, estas nur inaj: *Afrodito, Antigono, Berto, Cecilio*[Z], *Emilio, Heleno*[Z], *Ĥimeno, Perpetuo*[Z]. Konsekvence ne aperas en PIV 2020 la koncernaj viraj nomoj.

Tamen ekzistas aŭ ekzistis la responda vira nomo por ĉiu el ili en la fontaj lingvoj. Laŭfundamente, por asimili personan nomon, oni devus formi la inan nomon deirante de tiu vira, se ĝi ekzistas. La lingvo Esperanto ne havas sufikson por virecigi aŭ retrovirecigi nomon.

Ni ekzamenu ĉiun el la citataj nomoj, registritaj kiel inaj en PIV 2020:

- *Afrodito*: fakte ekzistas la koncerna samradika vira nomo Ἀφρόδιτος (latine *Aphroditus*) por vir-trajta dio kultata en Kipro. Laŭfundamente, la ĝusta ina formo en Esperanto devus esti derivita el la vira. El "Afrodito"(m) oni devus derivi la inan formon por signi la diinon de la belo: *Afroditino* (f).

- *Antigono* estas vira nomo. Ĝi rilatas i.a. al Ἀντίγονος ὁ Μονόφθαλμος (latine, *Antigonus Monophthalmus*) (382 a.K.E. -301 a.K.E.), generalo je la servo de Aleksandro la Granda; ĝi rilatas ankaŭ al Antigonus II Mattathias, reĝo de Israelo, 80-35 a.K.E.. Pliaj viraj "Antigonoj" estas famaj: historiisto, skulptisto, kuracisto. Do, laŭregule, la nomo de la filino de Edipo devus esti *Antigonino*, ne Antigono.

- *Berto*: ĝi ekzistas kiel propra nomo de viro almenaŭ en la itala, kiel normala mallongigo de Alberto. Laŭ PIV 2020 la nomo "Alberto[Z]" estas vira. La virina responda nomo asimilita estas "Albertino[P]", ankaŭ laŭ PIV 2020. Do la ina nomo respondanta al Berto devus esti laŭregule: *Bertino*.

- *Cecilio* estas vira nomo. Greke: Καικίλιος; latine: *Caecilius*; hispane, portugale, itale: *Cecilio*; pole: *Cecyliusz*; germane, *Cäcilius*, ktp. En Esperanto la ina formo devus formiĝi laŭregule aldonante la sufikson -*ino*: *Ceciliino*.

- *Emilio*: samradika formo troviĝas en PIV 2020 kiel vira nomo: Emil/o[z] (kp. france: Émile; germane: Emil). Kial oni ne derivas el ĝi la inan nomon per la formo *Emilino*? En PIV 2020 la varianto *Emilio* estas registrita nur kiel ina nomo, sed ĉi ties radiko estas origine aŭ samtempe vira, kiel montras la fontaj nomoj. Latine: *Aemĭlĭus*; hispane, itale, portugale: *Emilio*; eŭske: *Emilli*; katalune: *Emili*; litove: *Emilijus* ktp. En ĉi tiuj lingvoj ekzistas la ina formo *Emilia* kun diversaj skribaj variantoj. Sekve, en Esperanto oni devus formi la respondan inan nomon surbaze de la vira nomo, do: *Emiliino*, ne Emilio.

- *Heleno*: ekzistas la vira nomo *Helenos* (Ἕλενος). La viro Heleno aperas en *Iliado*. Temas pri filo de Priamo, kaj li havas gravan rolon en la okazaĵoj, kiel detale rakontas en Esperanto Spiros Sarafian en *La Troja Milito* (2014). Estas dokumentita ankaŭ fama pentristo kun tiu nomo en Aleksandrio, kaj poste pluraj episkopoj. Do, se oni celas plenan asimilon, la nomo de la edzino de Menelao devus esti esperantigita per *Helenino*.

- *Ĥimeno*: laŭ PIV 2020 ĉi tiu nomo estas ina kaj ĝi rilatas, i.a., al la edzino de Cid Rodrigo Diaz (11a jc). Originale ĉi tiu virina nomo respondas al "Ximena", "Jimena" aŭ "Gimena" (pron. Ĥimena). Sed fakte ekzistis jam mezepoke kaj plu ekzistas vira varianto de ĉi tiu nomo: "Ximeno / Jimeno / Gimeno". Ekz. en la 9-a jarcento Jimeno (Ximeno) de Pamplona, en la 13-a jc. Ximeno, episkopo de Albarracín ktp. Do, la ina formo devus esti *Ĥimenino*.

- *Perpetuo*: ekzistis en la latina lingvo la vira nomo *Perpetuus* (de roma konsulo, de episkopo el la 5-a jarcento, k.a.). Tial la asimilita ina formo en Esperanto devus esti *Perpetuino*[8].

Kontraste, ne troviĝas en PIV 2020 la vira nomo "Pandoro", kiu ekzistas (Πάνδωρος, latine *Pandorus*) kaj respondas i.a. al filo de Zeŭso kaj de *Pandora*[P]. Tamen en PIV 2020 aperas nur la neasimilita formo *Pandora*, kun fina a, kursive. Laŭfundamente, se oni celas asimilitan formon, oni devus esperantigi la viran nomon per *Pandoro* (filo de Zeŭso) kaj el ĉi tiu oni povus derivi la virinan nomon *Pandorino* por la unua virino kiu ellasis el skatolo ĉiajn bonojn kaj malbonojn.

---

8 Eblus aldoni al ĉi tiu listo la nomon *Anastazio*[z], kiu laŭ PIV 2020 estas virina nomo, uzita de Zamenhof. Tamen ekzistas la vira nomo *Anastasios* (Ἀναστάσιος), kiu respondas, i.a., al bizanca imperiestro (491 ĝis 518), al patriarko de Antioĥio (m. 599) kaj al papo Anastasius la 1-a (m. 401).

Apartan konsideron meritus la nomo "Mario", kiu laŭ PIV 2020 estas "nomo de viro aŭ de virino", sendistinge. Dum laŭ PIV 1970 "Mario" estas "romana virnomo", kaj "Maria" nomo de virino. Eble la rilato inter ĉi tiuj du personaj nomoj estas pli kompleksa.

Kiel ni vidas el la supraj ekzemploj, la fundamenta sistemo por ekhavi inajn nomojn pere de la sufikso *-ino*, t.e., deirante de la koncernaj viraj nomoj, ne ĉiam estas regule uzata, ĉar oni ne ĉiam konas la ekziston de la vira nomo. Tiu deriva sistemo kondukas al multaj duboj, gravaj eraroj aŭ kontraŭdiroj.

La sufikso *-ino* estas teorie perfekta por simpligi la leksikon, almenaŭ por la komunaj nomoj. Por la personaj nomoj ĝi estis utila komence, por elementaj kaj ekzemplaj tekstoj. Sed poste, en pli kompleksaj kuntekstoj kaj tradukoj, ĝi pruviĝis ofte erara kaj konfuziva.

Almenaŭ en beletraj verkoj kaj tradukoj, la sufikso *-ino* rezultigis formojn ne sufiĉe kongruajn kun la devena nomo aŭ kun ties internacie rekoneblaj variantoj.

Se oni celas asimiladon de personaj nomoj, okaze de tradukoj de famaj literaturaĵoj oni devus sisteme uzi ekz. "Fedrino", komencante per la titolo, ĉe jenaj verkoj i.a.: Seneko: *Phaedra*, unua jc. KE; Jean Racine: *Phèdre*, 1677; Gabriele d'Annunzio: *Fedra*, 1909; Miguel de Unamuno, *Fedra*, 1911; Bernard von Brentano: *Phädra*, 1939; Marguerite Yourcenar, "Phaedra", rakonto el 1957; Salvador Espriu, *Una altra Fedra, si us plau* [*Ankoraŭ unu Fedrinon, bonvolu*], teatraĵo el 1977.

Se oni decidas uzi nur plene asimilitan formon, la nomo "Antigonino", ne "Antigono^P", devus aperi en la tragedio de Eŝilo *Sep kontraŭ Tebo*; same en la tragedio de Sofoklo Ἀντιγόνη (latine *Antigona / Antigone*), kiun esperantigis D. B. Gregor en 1960 sub la titolo *Antigona*, uzante neasimilitan formon; ankaŭ "Antigonino" devus aperi ĉe modernaj teatraĵoj kaj aliaj verkoj, kun identa titolo, de Jean Cocteau (1922), Jean Anouilh (1944), Bertolt Brecht (1948), Griselda Gambaro – *Antígona Furiosa* (1989), argentina teatraĵo pri teroroj kaj malaperigitaj korpoj dum la diktaturo; A. R. Gurney – *Another Antigone* (1987/1988); Inua Ellams – *Antigone* (2022/2023), adaptita al islama kaj internacia kuntekstoj.

Post paso de jarcento, la sistema uzado de la in-sufikso por derivado de personaj virin-nomoj (kiu rezultigas, i.a., la menciitajn formojn "Antigonino", "Fedrino" kaj "Hipolitino") montriĝas neoportuna, almenaŭ por la antikvaj grekaj kaj latinaj nomoj, kompare kun aliaj solvoj pli "sintezaj", pli "elegantaj" kaj pli internacie rekoneblaj, bazitaj sur neasimilitaj aŭ parte asimilitaj formoj, kiujn adoptis kaj uzadis/-as la plejparto de tradukintoj kaj originalaj verkistoj en Esperanto.

ANEKSO 2
Pri la neasimilado de virinaj personaj nomoj
ĉe fruaj Esperanto-verkistoj kaj poste

Neasimilado aŭ nur parta asimilado de propraj nomoj estas akorda kun la fundamentaj verkoj de Esperanto, kiel konstatite en la punkto 4. Ĉi tiu uzado estas normaliĝinta kaj jam enhejmiĝinta, almenaŭ por tiuj nomoj konsiderataj "internaciaj", kiuj devenas el la antikva greka kaj latinaj lingvoj.

La iniciatinto de la lingvo, Zamenhof mem, uzis 131-foje la formon "Anna Andrejevna" en sia traduko de *La revizoro* de N. V. Gogol en 1907, eĉ se li sendube sciis ke aperas la asimilita formo "Anno" por ĉi tiu virinnomo en la par. 36 de la Fundamenta Ekzercaro.

Li uzis 450-foje la neasimilitan formon "Marta", anstataŭ la teorie ebla *Marto*[9], en 1910, en sia traduko de la samnoma romano de Eliza Orzeszkowa.

Zamenhof skribis pli ol cent-foje la nomon "Gerda" (anstataŭ "Gerdo" aŭ eventuale "Gerdino", ĉar ekzistas la vira nomo "Gerd", "Geerd") en traduko de la fabelo "Neĝa reĝino" (*Fabeloj de Andersen* 2, proks. tradukojaro 1916).

Li skribis "Helga" 46-foje, plus 4-foje akuzative (*Helgan*), kaj ne "Helgo" aŭ "Helgino" – ĉi-lasta formo ĝustis, ĉar ekzistas la vira nomo "Helgo" aŭ "Helge" – en traduko de la fabelo "Filino de la marĉa reĝo" (*Fabeloj de Andersen* 4, proks. tradukojaro 1916).

Aldone, se fidelas ĉi-detale la Tekstaro de Esperanto, li skribis entute kvarfoje kun fina "a" la nomon "Eva" en traduko de pluraj fabeloj: en "Ĝardeno de la paradizo" (*Fabeloj de Andersen* 1, proks. tradukojaro 1909); en la "Birdo Fenikso" (*Fabeloj de Andersen* 3,

---

9   Mi skribas ebla, ĉar se ekzistas la nomo "Julio", kiu povas rilati al monato kaj samtempe al persono, kiel Julio Baghy, ankaŭ povus ekzisti la nomo "Marto" por persono. Sed tiam ĝi estus verŝajne vira nomo, se konsideri ke almenaŭ en la estona ekzistas la vira nomo "Mart".

proks. tradukojaro 1916), kaj en "Turgardisto Ole" (*Fabeloj de Andersen 4*, proks. tradukojaro 1916), malgraŭ ke la o-finaĵa formo "Evo" aperas en lia traduko de *Genezo*, laŭ la eldono ĉe Hachette en 1911.

Krom Zamenhof, ankaŭ aliaj frutempaj verkistoj uzis kun fina *-a* virinajn personajn nom-formojn (do, substantivojn), ne asimilante ilin plene, ŝajne ne respektante, almenaŭ laŭ strikta interpreto, la duan regulon de la *Fundamenta gramatiko*.

Jam en 1888/1892 Grabowski iniciatis embrie la uzon de la vortfino "a" por virina substantiva nomo en traduko de novelo de Puŝkin (*La neĝa blovado*): apude de nomoj kiel "Mario Gavrilovna", en lia traduko aperas kvin-foje la virina nomo "Praskovja' Petrovna", el la rusa: Прасковья. La ina nomo *Praskovja'* aperas ĉiam kun fina duonkaŝita apostrofo, kiu teorie indikas la elizion de la substantiva finaĵo *-o* kun la celo pravigi tiun uzon surbaze de la *Fundamenta gramatiko*, laŭ la permeso esprimita en ĝia 16-a regulo.

Sekvante la vojon iniciatitan de Grabowski kaj la menciitajn ekzemplojn de Zamenhof en *La revizoro* (trad. 1907), Kazimierz Bein (Kabe) uzis a-finajn virinajn nomojn, jam sen aldona apostrofo, en sia traduko de *Patroj kaj filoj* (trad. 1909): *Anna, Arina, Feniĉka, Katja* k.a.

Vladimir Varankin en 1933 uzis la nomojn *Olga, Vera, Anna, Zoja, Berta* k.a., en sia originala romano *Metropoliteno*.

Tia uzado ĉe la esperantigo de inaj propraj nomoj kun fina *-a* estis unuafoje gramatike argumentita (kvankam laŭ mi, ne tute ĝuste) de Kálmán Kalocsay en sia verko *Lingvo, stilo, formo* (1931). Kálmán Kalocsay kune kun Gaston Waringhien detalis ĝin en *Plena Analiza Gramatiko*, paragrafo 339.

La saman aŭ similan modelon sekvis Waringhien kaj multaj aliaj verkistoj, inter ili Ivo Lapenna en la verko *Retoriko* (1950), kie li skribis "la serpento tentis Evan" kaj en komento pri Genezo 2, 15-17:

> *Tiu lingvo de Adamo kaj Eva* kaj ilia posteularo estis unueca sur la tuta terglobo.*

> [Noto de Ivo Lapenna] * *Por eviti ĉiun konfuzon, mi prefere uzas la finaĵon -a por la* **virinaj** *nomoj. Zamenhof mem uzis tiun formon (Marta). Vidu, cetere, pri tio la tre interesan studon de K. Kalocsay en* Lingvo-Stilo-Formo, *Budapest, 1931, p. 81.*

Ankaŭ William Auld sekvis tian esperantigon de la personaj nomoj en *La infana raso* (1955) kun nomoj kiel *Maria, Liza, Cerera, Klara*; ankaŭ Julio Baghy ĝin sekvis, ekzemple en la teatraĵo *Sonĝe sub pomarbo* (1958), kie aperas multfoje la nomo *Eva* apude de la plene asimilita nomo *Adamo*, krom ankaŭ *Diana* k.a.

En la tradukoj de *Reĝo Edipo* kaj *Antigona* (1960) D. B. Gregor uzis ĉi tiun vortfinan *-a* por la nomo de la protagonisto kaj de preskaŭ ĉiuj inaj nomoj, krom verŝajne por la nimfo "Dirke": *Afrodita, Andromeda, Antonoa, Argiopa, Artemisa, Dejanira, Demetera, Eidotea, Elektra, Eŭridika, Hera, Ismena, Jokasta, Kleopatra, Leta, Meropa...*

Waringhien sistemigis kaj iel sankciis ĉi tiun uzadon de fina *-a* por multaj klasikaj grek-latinaj nomoj. Li registris ilin, ĉiam kun a-finaĵo por virinaj nomoj, eĉ kiam originale ili finiĝis per *-o*, en la eldono de *Plena Ilustrita Vortaro* (PIV) 1970, estante ĝia ĉefredaktoro kaj prezidanto de la Akademio de Esperanto. Ĉi tiu "aŭtoritata" kriterio validis en la (re)eldonoj de PIV dum pli ol tridek jaroj, ĝis la apero de la nova PIV en 2002.

La *Plena Ilustrita Vortaro* de 1970 estis la gvidilo por novaj gravaj tradukoj, en kiuj aperas multaj helenaj kaj latinaj nomoj, kiel *La Luzidoj* (1980), fare de Leopoldo Knoedt, *Latina Antologio* 1 kaj 2 (1998), fare de Gerrit Berveling, ktp.

La kriterio sistemigita en PIV 1970 implicis troan ĝeneraligon (per analogio) de la neasimilita pra-hindeŭropa morfemo aŭ sufikso *-a (*-eh₂)*, pro la konsidero kvazaŭ ĝi estus ekvivalenta al la Esperanta adjektiva finaĵo, kion kontraŭdiras Michel Duc Goninaz en sia Antaŭparolo al PIV 2002 (*II. Principoj de la nova eldono*), p. 22-23:

> *Tiuj [propraj nomoj], kiujn mi konservis sub formo ne plene esper-antigita, aperas kursive. Tio signifas, ke ili, kvankam konsistantaj el grafemoj de la esperantlingva alfabeto, restas gramatike fremdaj. [...] Sed, male al la antaŭa iniciato de Waringhien, mi ne povas akcepti, ke la lasta fonemo -a de kelkaj el tiuj nomoj, estas esperantlingva mor-femo. [...]*

> *Mi do registris la esperantigitajn virinajn nomojn sub iliaj formoj Fundamentaj (Klaro, Mario, Sofio k.a.) aŭ Zamenhofaj (Diano, Frino, Ifigenio, Ofelio). Tio neniel malpermesas uzi aliajn formojn laŭplaĉe, ĉar la personaj nomoj estas marĝena parto de la leksiko, kiu ankoraŭ ne povas esti semantike reguligita.*

Ĉi-rilate en la *Plena Manlibro de Esperanta Gramatiko* Bertilo Wenner-gren komentas en la punkto 35.3. Esperantigitaj nomoj, en la subdivido "Virinaj nomoj"[10]:

> *... oni ofte uzas virinajn nomojn kun A-finaĵo, kvankam ili estas O-vortoj. Tio estas tute bona, se la nacilingva formo finiĝas per A, ĉar oni povas rigardi la nomon kiel ne-esperantigitan. Sed uzi Esperantan A-finaĵon en vorto, kiu el ĉiuj vidpunktoj estas O-vorto, estas stranga rompo de la simpla Esperanta gramatiko. [...]*

> *Sed uzado de A-finaĵoj en virinaj nomoj estas tamen tre disvastiĝinta, kaj pluraj gravaj libroj instruas tion. Tial oni devas tian uzadon almenaŭ toleri, kvankam ĝi estas fremda al Esperanto. [...]*

Ĉi tiuj gvidlinioj koincidas grandparte kun la propono esprimita ĉi tie en la punkto 6. Tamen la uzado de la finaĵo *-a* en virinaj nomoj ne plu estas tute fremda al Esperanto, ĉar ĝi estis daŭre uzata dum pli ol cent dudek jaroj fare de multaj verkistoj (inter ili Zamenhof) kaj temas pri parta asimilado de antikva hindeŭropa finaĵo aŭ sufikso.

Pri la etimologia origino kaj internacia disvastiĝo de la finaĵo *-a*, indas konsulti, i.a., la verkon *Konciza Etimologia Vortaro* de A. Cherpillod (2003). Laŭ liaj informoj, la fina vokalo "a" en la adjektivoj estas "femina" finaĵo en la latina, itala, hispana, portugala; ankaŭ en slavaj lingvoj, kaj en la greka, sanskrita, hebrea, araba.

Aldone, laŭ la sama vortaro, ĉi tiu fina vokalo "a" estas "finaĵo" por la propraj virinaj nomoj en la latina, itala, hispana, portugala, greka, rusa, pola, hebrea, araba.

Do, la vortfina "a" por virinaj nomoj aperas ofte, ne nur en hindeŭropaj lingvoj.[11]

Cervià, 23/7/2025.

---

10 PMEG-versio 15.5 de la 21-a de Junio 2024

11 Vidu en la menciita reta korpuso de preskaŭ 30 000 personaj nomoj *Behind the Name*, kie eblas serĉi la kvanton kaj distribuon de ĉi tiu fina vokalo laŭ zonoj, lingvoj, mitologioj, ktp. Pri hipotezoj rilate al la origino de ĉi tiu morfemo aŭ prasufikso -a, vidu, i.a., ĉe Nicole E. Dreier, *Gender in Proto-Indo-European and the Feminine Morphemes* [Genro en la Proto-Hindeŭropa kaj la Inaj Morfemoj], M.A.-disertaĵo, University of Georgia, Athens (GA), 2018. En ĉi tiu verko, Dreier detale priskribas la originon de la ina sufikso -ā en la pra-hindeŭropa kaj ĝian funkcion en la sistemo de gramatika genro. Aliaj konsulteblaj fontoj, bibliografio kaj resumoj troviĝas en artikolo en la angla vikipedio, sub jena titolo: "Proto-Indo-European nominals". Ankaŭ en linguistics.stackexchange.com/ pri la temo: "Is feminine ending in -a a native feature of Semitic languages?" [Ĉu la ina finaĵo -a estas origina trajto en la semidaj lingvoj?].

Cent jaroj da Biblio:
okazo esplori

de Wolfram Rohloff

Certe al la plej gravaj verkoj de la klasika epoko de nia lingvo apartenas la tradukitaj libroj de la Hebrea aŭ Kristana Biblio. Zamenhof mem tradukis antaŭ la unua mondmilito la librojn de la Hebrea Biblio, kiun kristanoj nomas Malnova Testamento. Tiuj eldoniĝis libro post libro antaŭ 1914. Samtempe aliaj personoj tradukis kaj eldonis libroforme la (nur) kristanajn erojn de la Biblio, la librojn de la tiel nomata Nova Testamento.

Sed nur antaŭ 99 jaroj aperis en 1926 kompleta eldono de la Biblio en Esperanto kun la Malnova kaj la Nova Testamentoj, la t. n. Londona Biblio.

Mi taksas tiun "Londonan Biblion" bona traduko, sed tamen ne ĉiam kontentas pri la tradukaj solvoj en ĝi. Parte la kaŭzo estas, ke la tradukintoj komence de la 20a jarcento ne povis uzi pli bonajn, sciencajn eldonojn de la grekaj, hebreaj kaj arameaj tekstoj. Aliflanke mi kelkfoje havas la impreson, ke la tradukoj sekvas el neklaraj kaŭzoj aliajn tradukojn malnovajn, ekzemple la grekan Septuaginton (origine juda traduko de la Hebrea biblio el la 2a aŭ eĉ 3a jarcento antaŭ Kristo) aŭ la latinan Vulgaton.

Kiel ekzemplon mi volas citi la 11an versiklon el la 13a ĉapitro de la dua letero de Paŭlo al la Korintanoj. (Eble komparu ĝin kun biblia eldono en via nacia lingvo.) Laŭ la Londona Biblio Paŭlo skribis:

> Fine, fratoj, *adiaŭ*. *Perfektiĝu*, konsoliĝu, estu unuanimaj, vivu pace; kaj la Dio de amo kaj paco estos ĉe vi.

Por komparo mi aldonas la grekan teskton:

> Λοιπόν, ἀδελφοί, **χαίρετε**, **καταρτίζεσθε**, παρακαλεῖσθε, τὸ αὐτὸ φρονεῖτε, εἰρηνεύετε, καὶ ὁ θεὸς τῆς ἀγάπης καὶ εἰρήνης ἔσται μεθ᾽ ὑμῶν.

Krome la tekston el la malnova, latinlingva traduko Vulgato:

*De cetero, fratres, **gaudete, perfecti estote**, exhortamini, idem sapite, pacem habete, et deus pacis et dilectionis erit vobiscum.*

La Esperanta traduko de la tria kaj kvara vortoj por mi ne estas tute kontentiga. La vorto *adiaŭ* ĉi tie ne bone redonas la sencon de la greka χαίρετε. "Ĥajrete" ja povas esti ankaŭ la salutvorto *"adiaŭ"*. Tamen tie ĉi la eĉ pli laŭvorta traduko "ĝoju" pli bone kongruas kun la senco kaj kunteksto. Ankaŭ la latina Vulgato redonas ĝin per *"gaŭdete"*, do per *"ĝoju"*.

Kontraste je la kvara vorto la Londona Biblio imitas la vulgatan tradukon **"perfecti estote"**, do pli malpli "estu perfektaj" per la traduko *"perfektiĝu"*. Sed pli fidela traduko de la greka verbo estus "lasu vin reordigi" aŭ "lasu vin rebonigi" aŭ simile.

Je aliaj lokoj, la lingvo de la Londona Biblio ŝajnas al mi iomete eksmoda aŭ eĉ pli komplika ol necese. (Por redoni mian impreson: Estas tekstoj, kie la greka teksto flue legeblas kaj samtempe facile kompreneblas, kontraste al la malfacila vortumado de la Londona traduko.)

Mi proponas la sekvan projekton por la 100-jara jubileo de la Esperantlingva Biblio en 2026:

Kune ni komparu ekzistantajn nacilingvajn, malnovlingvajn kaj esperantajn versiojn de bibliaj tekstoj. Per la komparo de la versioj, vi vidos, eĉ se vi nur scietas ekzemple la grekan, diferencojn inter la esperanta kaj la greka versioj.

Ĉiujn necesajn tekstojn, krom la versio en via gepatra lingvo, mi sendos rete al ĉiuj partoprenantoj kaj ankaŭ donos informojn pri senkostaj, bonkvalitaj helpiloj en la reto. Per aldonaj informoj (pri vortaro, gramatiko, "Variae lectiones", teksta kritikemo...) ni kune pli bone komprenos la originan tekston kaj akiros la eblon prilabori kaj, se necese, revizii la Londonan Biblion.

Mi antaŭĝojas vian partoprenon kaj petas vin kontakti min.

Kore,
Via Wolfram Rohloff,
wolfram.rohloff@seznam.cz

P.S. Religia fono ne necesas, nur intereso esplori antikvan tekstaron, kaj iom da scieto de la greka, latina aŭ hebrea lingvoj.

Variantoj en tradukado de la ĉinaj antikvaj poemoj[1]

de Vejdo (Wei Yida)[2]

Ĉinio estas lando riĉa je poemoj. Jam pasis ĉirkaŭ tri mil jaroj kiam la unua poemaro, *Libro de poezio,* aperis en Ĉinio. Laŭ malpreciza kalkulo la ĉinaj antikvaj poemoj nombras ĉirkaŭ tri cent mil. Pro interŝanĝo de kulturaj heredaĵoj inter diversaj landoj multaj ĉinoj tradukis la ĉinajn poemojn en alilandajn lingvojn, inkluzive Esperanton. Precipe dum la lastaj tridek jaroj pli ol du mil ĉinaj antikvaj poemoj estis esperantigitaj. Kompreneble la tradukintoj zorgeme elektis popularajn kaj multe legatajn poemojn por esperantigo. La tradukitaj poemoj kovras la tempdaŭron de pli ol tri mil jaroj. Kiam ni ĝuas kaj aprezas tiujn poem-tradukojn, ni trovas, ke ekzistas multaj traduk-variantoj de la sama poemo. Tio estas interesa fenomeno, ĉar ni povas studi la stilon kaj traduk-teknikojn de tradukintoj. Traduki ĉinajn poemojn en Esperanton ne estas facila afero. Pro tio, ke la ĉina kaj Esperanto multe diferencas en vortigo, esprimo, gramatiko kaj aliaj flankoj, la ĉinaj kaj eĉ neĉinaj esperantistoj strebas fari la tradukojn pli perfekte. Fakte antaŭ ili staras du obstakloj: komprenado de la originalaj poemoj kaj esprimado per Esperanto. Por kompreni la sencon de la ĉina antikva poemo la ordinaraj ĉinoj devas posedi solidajn sciojn de la ĉina antikva lingvo, ĉar la antikva kaj la moderna lingvoj malsamas en vort-senco kaj gramatik-konstruo. Kaj eĉ se oni povoscias la ĉinan antikvan lingvon, oni devas konatiĝi kun la skribaj teknikoj, metaforaj figuroj, imagoj kaj etosoj prezentitaj de poetoj en la ĉinaj antikvaj poemoj, tiel ke oni povu pli bone kompreni la poemojn mem. Por esprimi ĝin en Esperanto oni devas skribi simplajn kaj facile kompreneblajn versojn en Esperanto kaj poste laŭ la Esperanta metriko

---

1 Aperis pli frue en *Beletra Edeno* n-ro 11, dec. 2024, esperanto-indre.com/IMG/pdf/beletra_edeno_011.pdf

2 *BA*-autoro Wei Yida (Vejdo, 1947-2025), multflanka literaturo, tradukisto, plej laste redaktoro de la revuo *Beletra Edeno*, forpasis la 18-an de aprilo 2025 en Chongqing, Ĉinio. Omaĝe ni aperigas eseon lian, senditan al ni.

kompletigi la tradukitan poemon. La plej malfacila laboro kuŝas en tio, ke en la ĉinaj antikvaj poemoj oni uzis tonadon (en la ĉina ekzistas kvar tonoj por unu ideogramo) por sona harmonio, dum al Esperanto mankas tia rimedo, kaj en Esperanto oni uzas ritmon kaj rimadon malsamajn ol en la ĉina. Se oni volas sukcesi traduki unu ĉinan antikvan poemon en Esperanton, oni devas konsideri tiujn faktorojn kaj plenigi la mankojn inter la du lingvoj. Laŭ la tradicia tradukprocedo, ĉinaj esperantistoj kutimas konsideri la nombron de la uzitaj silaboj kompare kun la nombro de ideogramoj de ĉina antikva poemo. Ĝenerale oni uzas du silabojn por traduki unu ĉinan ideogramon, ĉar unu ĉina ideogramo povas esprimi pli da senco ol proksimume du silaboj aŭ unu vorto; ekzemple, por traduki unu poemon kun po kvin ideogramoj en ĉiu verslinio, oni uzas dek-silabajn versliniojn en Esperanto (kompreneble kun konvenaj ritmo kaj rimado). En tiel kompleksa procedo la tradukintoj penis kaj penas produkti diversajn tradukojn laŭ sia kapablo ne nur en la ĉina lingvo, sed ankaŭ en Esperanto. Kaj tiele multaj poem-tradukoj naskiĝis amase el la manoj de tradukintoj. Variantoj de tradukoj el la sama poemo nature aperadis en diversaj libroj, revuoj, retejoj kaj aliaj lokoj. Ĝis nun, laŭ mia rimarko, la poemo verkita de Li Bai (701-762) *Nokta penso* havas plej multajn traduk-variantojn, sume pli ol dudek. Antaŭ kvardek jaroj aperis la libro *Tutmonda sonoro* farita de nia karmemora Kálmán Kalocsay, en kiu troviĝas traduko de *Nokta penso*. Laŭ mia supozo, la traduko de la poemo jam aperis kelkdek jarojn pli frue ol la libro mem. Laŭdire Kalocsay ne konis la ĉinan lingvon, kaj pere de la helpo de ĉino li sukcesis esperantigi la poemon laŭ ties parafrazo aŭ laŭvorta traduko de la poemo. Mi permesas al mi aserti, ke lia traduko estas la unua tradukversio de la poemo. Depende de lia poezia talento, Kalocsay faris ĝin bela Esperanta poemeto, se ni legas ĝin sen konsideri la originalan poemon. Nun ni unue ekzamenu la originalan poemon verkitan de Li Bai antaŭ pli ol mil kaj du cent jaroj:

李白(701-762)
静夜思
床前明月光，疑是地上霜。举头望明月，低头思故乡。

Laŭlitera traduko:

"Kvieta nokto penso
Ĉe putrando (verŝiĝas) brila luna lumo, / ŝajnas prujno sur
la tero. / (Mi) levas la kapon (kaj) rigardas la brilan lunon, /
(kaj) klinas la kapon (kaj) pensas (pri mia) hejmloko."

Lia traduko legiĝas:

NOKTA PENSO
Antaŭ lito blanke brila luno floras,
Super tero kvazaŭ prujno blankkoloras.
Kapolevo: brilan lunon mi rigardas,
Kapoklino: naskvilaĝon mi memoras.

trad. K. Kalocsay

La originala poemo konsistas el kvar kvin-ideogramaj versoj kun
rimado de la unua, dua kaj la lasta verslinioj, simile al robaia konst-
ruo. Kalocsay uzis kvar ses-trokeojn kun rimado de la unua, dua
kaj la lasta verslinioj. En konstruo la traduko estas fidela al la origi-
nalo, sed en senco la traduko ne estas tiom fidela. "Antaŭ lito" de-
vus esti "ĉe puto" aŭ "putrande". Kompreneble tiu kulpo ne
devus iri al Kalocsay, sed al lia ĉina klariginto. Tamen en esprima-
do Kalocsay faris kelkajn misojn. Laŭ "(prujno) super tero" ŝajnus,
ke prujno flosas en aero, sed ne kuŝas *sur la tero*; "Kapolevo" kaj
"Kapoklino" sonas ne tiel nature nek poezie, sed pli kiel ordon-
vortoj. Fakte "rigardas brilan lunon" ĉiel postulas kapolevon, ĉu
necesas aldoni redundaĵon?

Ankaŭ la japano Kenĵi Ossaka esperantigis tiun ĉi poemon de Li
Bai:

PENSO EN NOKTO
Antaŭ lito helas planko,
Kvazaŭ kuŝas prujno blanka,
Levas kapon mi al lun' admire,
Kaj... ĝin tuj mallevas hejmsopire.

trad. Kenĵi Ossaka

La traduk-poemo konsistas el du kvar-trokeoj kaj du kvin-trokeoj
kun para rimado. En ĝi troviĝas la sama miskompreno pri "antaŭ

lito". Pli bona esprimo ol tiu de Kalocsay estas "levas kapon mi" kaj "ĝin (...) mallevas", tiel la japana tradukinto evitis ordoneskajn esprimojn.

Jena estas la traduko de Claude Piron:

NOKTOPENSOJ
Al lit' helas lun',
Sur ter' lumas prujn'.
Kaplev': jen lunbrilo,
Kapklin': hejma jun'.

trad. Claude Piron

La traduk-poemo konsistas el tri kvin-silabaj versoj kaj unu ses-silaba verso (la tria verslinio) kun rimado de la unua, dua kaj la lasta verslinioj. Persone mi ne konsideras, ke ĝi tenas ĝustan ritmon de Esperanta metriko, precipe tiuj karamboloj (lit' helas, ter' lumas, kapklin' hejma) konfuzas mian menson. En senco ĝi iom distancas de la originala poemo. Ekzemple la originala poemo diras, ke la lunlumo ŝajnas prujno sur la tero, sed la traduko diras, ke "Sur ter' lumas prujn'", kio ne estas vera, ĉar tute ne ekzistas prujno sur la tero en tiu sceno. La tradukinto ĉasis rimadon per -*un*-, sed "hejma jun'" prezentas al la leganto malklaran bildon: ĉu juna hejmo? Fakte la traduko jam detruis la sopireman etoson de la originala poemo, kvankam laŭdire ĝi akiris premion de belarta konkurso[3].

Ankaŭ William Auld partoprenis en la tradukado de tiu ĉi poemo:

DUM NOKTO KVIETA
Mi vidis lunlumon
Antaŭ kanapo mia:
Ĉu frosto kovras la teron?
Mi levis la kapon,
Rigardis sur monto la lunon,
Mi klinis la kapon,
Kaj pensis pri hejmo lontana.

trad. William Auld

---

3 Duan premion de Belartaj Konkursoj en la branĉo "Poezio tradukita" en 1964 — *Red.*

Mi aŭdace asertas, ke la traduk-poemo esprimiĝas ĉefe per amfibrakoj en libera maniero. "Antaŭ kanapo" egalas al "antaŭ lito", same miskompreno de la originala poemo. Ĝia konstruo nature ne kongruas kun tiu de la originala poemo.

Rilate la tradukojn fare de ĉinoj, mi citu nur ses el ili:

1. Antaŭ l' lit' la luno blanke floras,
   Sur la planko kvazaŭ prujn' koloras.
   Kapolev': la lunon mi rigardas,
   Kapoklin': hejmlokon mi memoras.

   trad. Laŭlum

2. Antaŭ la lit' scintilas pompa bel',
   Ĉu prujno sin disŝutas al la ter'?
   Ha, l' lun' al mi obstine okulumas;
   Ve, nostalgio en la kapo zumas!

   trad. Xie Yuming

3. Antaŭ lito luma spir'
   Ĉu surtere frosta ir'?
   Kapoleve: luna bril';
   Kapokline: hejmsopir'.

   trad. Vadant

4. Antaŭ lit' lum-spir'
   Teren prujnoŝmir'?
   Kaplev': lun-rigard';
   Kapklin': hejm-sopir'.

   trad. Lu Jixin

5. Put-rande lunlum'
   kvazaŭ prujn'. Kaj dum
   al lun' kap' supren,
   klinas ĝin hejmum'.

   trad. Zhou Liuxi

6. Ĉe puto ludas la lunbrilo
   jen kvaz' surtera prujn-kovrilo.
   La lunon helan rigardante,
   mi hejmsopiras sen trankvilo.

   trad. Vejdo

La unua traduko pli aŭ malpli samas kiel tiu de Kalocsay, eble estas ties modifita versio.

La dua estis esperantigita de Xie Yuming, la tradukinto de *Ruĝdoma songô* (Ĉina Esperanto-eldonejo, Beijing, 1996). Sendube li estas lerta tradukinto de la ĉina antikva poezio, ĉar en *Ruĝdoma songô* troviĝas multaj poemoj, versparoj kaj alistilaj poemoj, kiujn li esperantigis zorgeme kaj en serioza maniero. Laŭ sia stilo en tradukado li donis atenton ne nur al la konstruo kaj formo de tiuj poemoj, sed ankaŭ al iliaj senco, etoso kaj artismo. Verdire, tradukante ĉi tiun poemeton li ne strebis reaperigi la formon kaj konstruon de la originala poemo. Lia traduko konsistas el kvar kvin-jambaj verslinioj kun para rimado. Kompare al la aliaj, lia traduk-poemo iome malproksimiĝas de la originalo, sed fakte ĝi estas fajne elfarita kun kelkaj luksaj vortoj (ekz. *scintili*).

La tradukintoj de la tria kaj la kvara versioj donis grandan atenton nur al la ekstera konstruo de la traduko, preskaŭ ignorante la esprimatan sencon. Ili volis, ke la nombro de silaboj de tradukitaj verslinioj egalu al tiu de ideogramoj de la originalo por akiri la absolutan egalvaloron almenaŭ en kvanto de silaboj aŭ longeco de la verslinioj, sed fakte tio ne eblas, ĉar la senco esprimita per unu ideogramo estas pli ol tiu de unu Esperanta silabo. Pro tio ili vole nevole forĵetis kelkajn necesajn ligantajn vortojn por teni la liniojn en sama kvanto de silaboj, tiel ke naskiĝis nekompreneblaĵoj. Mi ne scias, kiom da senco neĉinaj legantoj povus kompreni el tiuj verslinioj. Kaj la kvina traduko similas al la tria kaj la kvara. Kvankam ĝi entenas verbon por ligi aliajn frazelementojn en verslinioj, bedaŭrinde, pro manko de sufiĉaj silaboj, ĝi ne plene esprimas la sencon de la originalo. En la ĉinaj antikvaj poemoj oni ofte ellasis la subjekton "mi", dum en Esperanto oni ne devas ellasi la subjekton "mi" ĝenerale, alie la plenumanto de la ago ne estas klara. Tiaj tradukoj plejofte forĵetas la plej gravan personon (mi) en la bildo de la poemo.

La sesan tradukon mi faris surbaze de tiuj pli aŭ malpli sukcesaj tradukoj. Mi scias, ke nur tra komparado oni povas juĝi, kiuj tradukoj estas bonaj kaj kiuj malpli bonaj, tiel ke oni produktas relative perfektan tradukon.

En tradukado de la ĉinaj antikvaj poemoj ofte aperas tiaj variantoj de la sama poemo. Ili rajtas ekzisti samtempe, ĉar ili reprezentas diversajn stilojn kaj karakterojn de diversaj tradukintoj. Pere de tiuj variantoj oni povas kompari kaj analizi ilin el multaj anguloj – komprenado, esprimado, metriko kaj eĉ elektado de vortoj–, tiel ke oni iom post iom perfektigas la tradukon.

Jene mi citu alian grupon da variantoj por ĝuado kaj aprezado de la legantoj:

孟浩然 (689 – 740)
春晓
春眠不觉晓，
处处闻啼鸟。
夜来风雨声，
花落知多少。

Laŭlitera traduko:
"printempa mateno
printempa dormo ne scias vekiĝon, / ĉie aŭdiĝas birdaj pepoj. / noktaj venta kaj pluva sonoj, / floroj falis oni ne scias kiom."

Meng Haoran (689–740)

1. Printempa mateno
La dormo printempa vekiĝon ne konas,
Matene, sed ĉie, birdpepo resonas.
Hieraŭ en nokto de pluvo kaj vento,
Ve, kiom da floroj falis en lamento?

trad. Minosun

2. Printempa mateno
Dormanton eksurprizas matenhelo
Birdkantoj ĉie eĥas ĉe l' orelo.
Sed dum la noktaj vent' kaj pluvo,
Kiom da floroj ja ekkuŝis sur la tero?

trad. Saint Jules Zee

3. Printempa mateno
Dormado printempa,
Tagiĝon ĝi spitas:
Birdeta pepado de tempo
Al temp' ĝin nur sonĝe vizitas.

Dum nokt' mi aŭskultis,
Ke pluvas kaj ventas:
De tio, ho ve, evidentas,
Ke floroj falintaj tre multis!

trad. Kenĵi Ossaka

4. Printempa mateno

Printempa dormo dolĉis ĝis taghelo,
Birdkantoj ĉie tiklas al l' orelo.
Bruadis nokte pluvo kaj ventblovo,
Kiom da floroj falis al la tero?

trad. Laŭlum

Post komparado kaj analizado, mi povas konstati, ke ĉe ĉiuj supre cititaj tradukoj ne ekzistas problemoj pri komprenado de la originalo kaj pri Esperanta metriko. Do, kio estas la kriterio por juĝi, kiu el ili estas pli bona traduko? Estas vere malfacile fari tion, ĉar ĉe altnivelaj tradukantoj la traduk-poemoj aspektas tre simile en esprimado. La fama ĉina tradukisto Xu Yuanchong, kiu tre lertas en poezia tradukado en la angla kaj franca lingvoj el la ĉina antikva poezio, elmetis tri kriteriojn por la tradukado de la ĉinaj antikvaj poemoj al aliaj lingvoj. La unua kriterio estas la beleco de senco, laŭ kiu la traduko devas esti fidela al la originalo ne nur en senco, sed ankaŭ en ekzakta kaj artisma vort-elektado. La dua emfazas la belecon de muziko, ĉar kiel poemo la traduko devas prezenti poezian etoson en diversaj flankoj de metriko. Kaj la lasta parolas pri la beleco de formo, t.e. la traduko devas esti bela en formo aŭ konstruo fidela al tiu de la originalo.

Pri la beleco de senco:

La unua traduko prezentas pli aŭ malpli belan scenon de la originalo. En la dua traduko "Dormanton eksurprizas matenhelo" ne povas transdoni la ĝustan sencon de la originalo, kiu diras, ke eĉ kiam tagiĝas, la dormanto ankoraŭ dormas, ne volante ellitiĝi. En la tria traduko "spitas" uziĝas nur por rimado, sed ne estas konvena vorto en la senco, kaj "ĝin nur sonĝe vizitas" aldonas sencon, kiun la originalo ne havas. En la kvara traduko "tiklas" estas erare uzita, ĉar oni ĝenerale uzas tiun verbon kiel transitivan.

Pri la beleco de muziko kaj beleco de la formo:

La unua traduko konsistas el kvar versoj de kvar amfibrakoj kun para rimado (la rimarango de la originala poemo estas *aaxa* (x=senrima)) kaj ĝia konstruo proksimiĝas al tiu de la originalo. La dua traduko konsistas el du kvin-jamboj, unu kvar-jambo kaj unu ses-jambo kun para rimado, kaj ĝia konstruo iom distancas de tiu de la originalo. La tria traduko entenas ok versliniojn laŭ la skemo: du du-amfibrakoj + du tri-amfibrakoj + du du-amfibrakoj + du tri-amfibrakoj kun rimarango *ababcddc*, kaj ĝia konstruo iom multe diferencas de tiu de la originalo. La kvara traduko havas netajn versliniojn de kvin jamboj laŭ la rimado de la originalo *aaxa*.

Laŭ la supra analizado tiuj kvar poem-tradukaj variantoj havas sian proprajn avantaĝojn kaj malavantaĝojn. Se oni volas juĝi, kiu varianto estas pli bona, tio eble dependas de aprezpovo kaj nivelo de Esperanto de la leganto. Fine mi volas diri, ke la poem-tradukaj variantoj de la ĉinaj antikvaj poemoj povas helpi fari poem-tradukadon pli perfekta, se vere ekzistas tiaj perfektaĵoj.

Pri la formo de miaj tradukoj de ĉinaj klasikaj poeziaĵoj

de Wang Chongfang

Wang Chongfang en 2007. Fotis Zhang Xuesong (雪松) Fonto: Vikipedio

Wang Chongfang (1936-2025) forpasis la 26-an de majo en Zhenjiang, Jiangsu-provinco, Ĉinio. En 1953 li eklernis Esperanton en Harbino, frue kunlaboris kun *Norda Prismo*, kie aperis pli ol 10 liaj poemoj. Li kompilis ambaŭdirektajn vortaregojn inter la ĉina kaj Esperanto, kaj abunde tradukis beletre kaj filozofie, i.a. *Kamelo Ŝjangzi*, *Analektoj de Konfuceo*, *Dao De Jing*, *Zhuangzi* kaj *Estrado-Sutro de Darmo-Trezoro*. Ni omaĝas al lia memoro per eseo, kiu unue aperis kiel postparolo al *Ĉina eterna bukedeto*, kolekto de ĉinaj poemoj tradukitaj de Wang Chongfang, aperinta en 2024 ĉe Mondial.

Antaŭ ol komenci la tradukadon de ĉinaj klasikaj poeziaĵoj, la unua problemo, kiun mi devis antaŭ ĉio solvi, estis: en kia formo traduki ilin, nome en rima versformo aŭ en senrima versformo. Tiu ĉi problemo perpleksigis min, kaj mi longatempe hezitis inter la du formoj, prokrastante la laboron. Post plurfoja provado kaj pesado de la avantaĝoj kaj la malavantaĝoj de la du formoj finfine mi decidis preni la senriman kaj relative liberan versformon por la definitiva solvo. Mia decido estas bazita sur la jenaj konsideroj:

1. Mi amas legi Esperantajn poemojn, kiuj estas belaj kiel en la enhavo, tiel ankaŭ en formo, precipe rimitajn versaĵojn kun perfekta metriko. Tiajn versaĵojn oni povas trovi abunde inter la Esperantaj originalaj verkoj, sed tre malmulte en la versaĵoj tradukitaj el la

ĉina klasika poezio. Ĝenerale dirite, la tradukanto de poemoj havas malpli da libereco, ol la aŭtoro de poemoj. La aŭtoro de Esperanta poeziaĵo povas libere elekti por sia poemo plej adekvatajn vortojn kaj esprimojn kaj siajn preferatajn formojn de ritmo kaj rimoj, sed la tradukanto tute ne havas tian liberecon. Li estas devigita alkateniĝi al la fideleco ne nur al la enhavo, sed ankaŭ al la formo de la originala poemo.

2. Kial la du poemaroj *Psalmaro* (《诗篇》) kaj *Alta Kanto* (《雅歌》) en *Biblio* estas tradukitaj en la Okcidentajn lingvojn, inkluzive Esperanton, senscepte en senrima versformo? Ĉu inter la tradukintoj mankis majstropoetoj aŭ lertaj rim-manipulantoj? La kaŭzo, kial ili tradukis ĉiujn versojn en *Biblio* en libera versformo, kuŝas ĝuste en tio, ke ili, kiel la tradukistoj de la sankta libro, devis meti la absolutan fidelecon al la senco de ĉiu frazo de la tekstoj sur la unuan lokon, kaj, kompreneble, ankaŭ la konservon de la originala formo.

3. Bona ĉina klasika poemo estas perfekta kombino de bela enhavo kun bela formo. La formo de ĉina klasika poezio konsistas ĉefe el rimoj, ĉintipaj piedoj, kiuj estas formitaj el la tonoj *ping* (ebena tono 平) kaj *ze* (oblikva tono 仄) aranĝitaj en diversaj ordoj, ktp. Tia formo estas neniel reaperigebla en alilingvaj tradukoj de ĉinaj klasikaj poeziaĵoj. La alilandaj legantoj, kompreneble, neniel povas ĝui la apartan ĉarmon de la formo de ĉina klasika poezio. Sed, malgraŭ tio, ili ankoraŭ tiel forte amas la ĉinajn klasikajn poemojn. Tio pruvas, ke la valoro de bona ĉina klasika poemo kuŝas ne en ĝia formo, ne en ĝiaj rimoj kaj ritmo, sed en ĝia poezieca enhavo. Se oni verkas ion en versoj sen poezieco, eĉ se tio estas perfekta en metriko kaj rimado, ĉu tia verkaĵo povus esti kalkulata kiel poemo? Kio do estas poezio? La poezio estas nenio alia, ol la sublima penso loĝanta en la sublima beleco de la lingvo, kaj bona poemo devas esti tia, kia, eĉ senigite je sia ekstera metrika formo, povos esti legata kun estetika ĝuo. La ideo en poeziaĵo estas esenca, dum la formo servas nur kiel ornamo. Bona poezio tre similas beletran prozon: ilia stilo devas esti natura, flua kaj facile komprenebla kiel parolo. Se nur la tradukanto povas fidele komuniki la sublimajn ideojn de la originala poemo, ties traduko ĉiam restos bela, tute egale, ĉu en rima aŭ senrima formo.

4. En la Okcidento oni ofte citas la proverbon *"traduttore – traditore"* (tradukanto – perfidanto). Ĝi signifas, ke en tradukado, precipe en literatura tradukado, la tradukanto neniel kapablas tute precize reprodukti la originalon. La tradukita verko neeviteble suferas iagradan perdon kiel en la enhavo, tiel ankaŭ en la formo, kaj tial la tradukanto, por tiel diri, ĉiam sin trovas en la situacio "el du malbonoj pli malgrandan elektu" (Z). Konkrete dirite, kiam la tradukanto de poeziaĵo trovas sin en la embarasa situacio ne povi doni egalan konsideron samtempe al la enhavo kaj ankaŭ al la formo de la originalo, li estas devigita elekti el la du ebloj nur tiun, kiu suferos malpli da perdo, kaj kiel eble plej bone konservi, gardi kaj disvolvi la esencon de la poezio, donante sian ĉefan atenton al la sufiĉa esprimado de la poezieco, anstataŭ al la kalkulado de la versaj piedoj kaj al la rimado je la kosto de signifo aŭ eĉ je la risko kripligi la ideon de la originala verso.

5. En la monda skalo nun pli kaj pli da poetoj amas verki senrimajn versaĵojn, kaj pli kaj pli da tradukistoj de poeziaĵoj preferas preni senriman versformon por traduki fremdlingvajn versaĵojn, ĉar tiaj tradukoj, tute liberaj de la formokateno de la originala poeziaĵo, legiĝas pli nature, pli glate. Nun ŝajne jam estiĝis tia tendenco, ke en la Okcidento eldoniĝas pli kaj pli da prozaj tradukoj de la ĉinaj klasikaj poeziaĵoj. Ekzemple, inter multaj anglalingvaj tradukoj de *La Libro de Poezio*, la tradukoj de la plej famaj tradukistoj James Legge (1815–1897), Arther Waley (1889–1966) kaj Ezra Pound (1885–1972) estas senscepte en senrima, libera versformo. Lastatempe eldoniĝis *La Elektitaj Poemoj de Du Fu* tradukita de Burton Watson (《杜甫诗选》) (Biblioteko de Ĉinaj Klasikaĵoj, en la lingvoj ĉina kaj angla, 大中华文库，汉英对照), kiu estas tradukita komplete en senrima libera versformo. Ankaŭ la eldonita traduko de *La Poemoj de Ruan Ji* (《阮籍诗选》) tradukita de Wu Fusheng kaj Graham Hartill (Biblioteko de Ĉinaj Klasikaĵoj, en la lingvoj ĉina kaj angla) estas en senrima libera versformo. En sia antaŭparolo la tradukintoj deklaras: "En la tradukado de tiu ĉi poezia verko, ni sekvas la bazan principon traduki poezion per poezieca lingvo. Ni celas kiel eble plej precize komuniki la signifon kaj la stilajn trajtojn de la originalaj poemoj kaj penas fari nian tradukon legiĝanta kiel poezio. Por tiu ĉi celo, nia traduko estas relative pli libera kaj fleksebla. Ĉar en la angla lingvo oni neniel povas duplikati aŭ reaperigi la origina-

lan metrikan formon de la poeziaĵoj de Ruan Ji, ni estas devigitaj adopti liberan versformon en nia traduko. Tiu ĉi maniero estas ankaŭ la metodo kiun aplikas la plej multaj tradukistoj en la Okcidentaj landoj por traduki ĉinajn klasikaĵojn en la naciajn lingvojn." Ankaŭ *Inter la Floroj* (《花间集》, 中国第一部文人词总集) tradukita de la usona Lois Fusek (Biblioteko de Ĉinaj Klasikaĵoj, en la lingvoj ĉina kaj angla) estas same en senrima libera versformo. "La ĉina poezio," la tradukinto skribas en la antaŭparolo, "estas mezurata per la nombro de ideografiaĵoj aŭ silaboj en verso, kontraste al la anglalingva poezio, kiu estas mezurata per la nombro de akcentoj en verso. La ĉina skriba lingvo estas esence unusilaba, en kiu ĉiu skriba ideografiaĵo prezentas unu parolan silabon, kaj tiu ĉi unu silabo kutime estas ekvivalento de anglalingva vorto, kiu kutime estas du- aŭ plursilaba..." Kaj la tradukinto venas al la konkludo: "Ĉar la ĉina kaj la angla estas tute malsamaj lingvoj, tial estas preskaŭ absolute neeble transigi la strukturon de unu al la alia." Mi havas ĉemane konstante konsulteblan franclingvan tradukon de *Tricent Poemoj de Tang* (*Trois Cents Poèmes des Tang* 《唐诗三百首》) tradukitan de Hu Pingqing. Ankaŭ en tiu ĉi franclingva traduko ĉiuj poemoj estas senrimaj. La tradukinto en sia antaŭparolo diris: "En traduko de versaĵo, tio, kio plej gravas, estas ne la nekompleta, kripligita prozodio inventita de la tradukanto, sed la fideleco al la nobla penso en la poemo kaj la spirito de la originala teksto, du elementoj, kies ekzisto ne dependas nur de la rimoj kaj la metriko en la originalo." En la rondoj de anglalingvaj tradukistoj la fama Weng Xianliang (1924–1983) ĉiam staris por tradukado de la ĉinaj klasikaj poeziaĵoj en senrima, libera versformo. Laŭ li "Tradukante ĉinajn klasikajn poeziaĵojn en la anglan lingvon oni devas kiel eble plej multe konservi la apartan ĉarmon de la ĉina antikva poezio", kaj li metis la principon "fordoni la formon por kiel eble plej multe konservi la ĉarmon de la originala poemo" (舍形取神). Mi, miaflanke, tre alte ŝatas lian principon. La lingvo Esperanto, simile al la angla kaj aliaj Okcidentaj lingvoj, estas esence plursilaba lingvo kaj havas pli aŭ malpli la saman gramatikan sistemon kiel la ilia, kaj tial ĉio, kio estas supre dirita, estas tute aplikebla al la Esperantaj tradukoj.

6. Jam en mia juneco mi ekamis legi poemojn. En la komenco mi opiniis, ke ĉia skribaĵo, kiu estas rimita kaj en versoj, senescepte estas poeziaĵo, aŭ ke sen rimo ne ekzistas poemo. Eklerninte Esperanton, mi eĉ naive kredis, ke ĉiu skrupule rimita skribaĵo en Espe-

ranto estas admirinde bona poemo. Mi mem ankaŭ provis skribi kaj traduki iom da rimitaj versaĉoj, el kiuj iuj eĉ publikiĝis en Esperantaj gazetoj en- kaj eksterlandaj (ekz. unu el la de mi verkitaj fiksformaj trioletoj eĉ honore eniris en la senmortan verkon *Parnasa Gvidlibro* de K. Kalocsay kaj G. Waringhien, dua eldono, p. 61). Kun mia longa lernado kaj pli multa legado, mi iom post iom ekkonsciis mian naivecon kaj trovis, ke skribo de iaj rimitaĵoj ne povas esti konsiderata kiel admirinda lerteco. La ĉarmo de bona poemo neniel kuŝas en ĝiaj rimoj kaj metriko, kiuj estas nur ĝia ornamo, ne ĝia esenco. En la antikveco, eĉ la medikamentaj receptoj (汤头歌诀) estis skribitaj en skrupule rimitaj versoj; ĉu ili povus esti kalkulataj kiel poemoj? (Mi ne estas kontraŭ tio, ke oni skribas tiajn rimitaĵojn, ĉar ili estas facile memoreblaj.) En Ĉinio ĉiam ekzistas tia ĝenerala tendenco, ke oni kutime emas rimi siajn skribaĵojn, ĉu ili estas sloganoj, reklamoj, publikaj avizoj, aŭ eĉ krudaj insultoj, kvazaŭ dank' al rimoj la skribaĵoj povus ekhavi ian poeziecon. Kiel en la antikveco, tiel ankaŭ en la nuna tempo, preskaŭ ĉiuj kleruloj amas skribi "poemojn". Se ili nur iom konas la regulojn kaj formojn de la ĉina klasika versfarado, ili ĉiuj kvazaŭ povas fariĝi "poetoj". Ne malmultaj el ili, precipe famuloj, kolektas siajn "poemojn" kun sinadmiro en volumon kaj eĉ presas sian "poemaron" je sia propra kalkulo. Kaj estas tute ne mirinde, ke de la antikveco ĝis la nuno en Ĉinio la "poetoj" estas tiel grandnombraj, kiel la sableroj de Gango! Oni diras, ke Ĉinio estas la regno de Poezio. Ekzemple Qianlong, la imperiestro de la dinastio Qing, skribis dum la vivo entute dekmilojn da rimitaj poemoj (meznombre li skribis plurajn poemojn en ĉiu tago!). Sed kiom el liaj poemoj meritas esti legataj kun ia valoro? Lia ekzemplo montras al ni, ke skribi rimitaĵojn strikte konformajn al la reguloj de metriko tute ne estas afero malfacila. Tio, kio efektive estas malfacila, estas skribi veran poemon, t.e. poemon en eleganta stilo kun sublima ideo kaj bona versformo. Se en versaĵo mankas sublimaj poeziecaj ideoj kaj la kvalito de beletra prozo, ĝi neniel povas esti kalkulata kiel poemo. Absolute ne! La poeto kaj la tradukanto de poeziaĵo devas peni fari sian poemon kaj sian tradukon vera poemo, kiu estus tiel natura, flua kaj facile komprenebla kiel parolo, kiel beletra prozo. Bona poeto kaj bona poezi-tradukanto neniel timas, ke oni legos ilian kreaĵon kiel beletran prozaĵon. Kaj tial, se oni trovos miajn modestajn tradukitajn versaĵojn ne similantaj al poemoj, oni estos sincere petata legi ilin kiel prozaĵojn.

7. La tasko kaj la nepra devo de la tradukanto estas fidele komuniki la enhavon de la originalo. Al la tradukanto, kompreneble, ankaŭ povas esti permesite fari al la tradukaĵo ian rekreon, sed li havas nenian rajton lasi sian tradukon dekliniĝi de la ideoj en la originalo. La tradukanto devas fari sian plejeblon perfektigi sian tradukon. Se lia traduko, kvankam kun tintantaj rimoj kaj ritmo, legiĝas balbutiga, hermetika, kaj plena de lamaj esprimoj kaj eĉ kontraŭgramatikaĵoj, kian utilon do havas tia traduko? Se ni estas konsciencaj tradukantoj, ni devas honti pri ĝi, ĉar ni ne nur fuŝas la sindediĉan majstroverkon, sur kiun la antikva poeto verŝis sian sangon de koro, sed ankaŭ perdigas al la legantoj la tempon, trompas ilian atendon de ni, kaj eĉ donas al ili falsan impreson. Leginte tiajn tradukojn, ili tre povas esti kaptitaj de tia dubo: ĉu efektive tia povus esti la kvintesenco de la ĉina klasika poezio? Koncerne la Esperantan tradukadon de tiaj poemoj, la okulfrapa fakto estas, ke inter la rimitaj tradukoj tre maloftaj estas tiuj, kiuj estas perfekte fidelaj al la originalo, kaj preskaŭ ĉiuj neeviteble portas pli aŭ malpli konstateblajn malperfektaĵojn aŭ erarojn, kvankam ilia ekstera formo povas ŝajni tre bela. Laŭ mi, se la Esperantaj tradukantoj volus sekvi la principon "fordoni la formon por kiel eble plej multe konservi la ĉarmon de la originala poemo", liberigante sin de la kateno de rimoj kaj striktaj reguloj de metriko, iliaj tradukoj certe estus pli fidelaj al la originalo kaj legiĝus pli nature, pli glate. Sed bedaŭrinde la plejparto de niaj Esperantaj tradukantoj preferas dediĉi sian atenton ĉefe al la formo de siaj tradukaĵoj, ol al la fidela kaj trafa komunikado de la ideoj en la originalo. Tia farmaniero sendube estas tiel absurda, kiel jungi bovon malantaŭ la plugilon.

Konkludo:

Mi, amanto de Esperanta poezio, kompreneble tre inklinas legi tian tradukon de ĉinaj klasikaj poeziaĵoj, en kiu la enhavo kaj la formo de la originalo ambaŭ estas perfekte bone transigitaj en la tradukon. Sed se mankas tia perfekta traduko, mi estas devigita montri min malpli postulema kaj akcepti la malpli bonan: la ĉina klasika poeziaĵo povas esti tradukita sen rimoj kaj strikta metriko, kondiĉe ke ĝi estu fidela al la originalo kaj ĝi legiĝu nature kaj glate, por ke oni povu trovi estetikan ĝuon dum la legado. Jen kial mi prenas senriman, relative liberan versformon por mia esperantigo de ĉinaj klasikaj poeziaĵoj.

Suneroj en kesto

Leteroj inter Ada Magnina kaj Eduard Bakker

(1934-1935)[1]

de Marc van Oostendorp

Antaŭ kelkaj jaroj, Marc van Oostendorp ricevis viziton de du nederlandaj sinjorinoj, kiuj alportis al li stakon da amleteroj verkitaj en Esperanto, kun la peto traduki ilin. Ilia nederlanda patro ricevis tiujn leterojn en la tridekaj jaroj de sia itala amikino. La leteroj rakontas la historion de granda amo, kiun ilia patro ŝajne neniam forgesis – amo, kiun interrompis la faŝismo.

"Viaj leteroj kiel suneroj brilos en mia vivo." Tiel skribis la juna italino Ada Magnina en januaro 1934 al Eduard Bakker, nederlanda maristo, kiun ŝi renkontis kelkajn monatojn pli frue en la esperantista klubo de Ĝenovo en Italujo. La frazo, skribita per eleganta, preskaŭ kaligrafia manskribo, elstaras sur la unua paĝo de la unua letero en kolekto de preskaŭ cent, kiun mi ricevis antaŭ kelkaj jaroj de la du filinoj de Eduard. Post lia morto ili trovis la leterojn kaŝitajn en kesto, kaj ili petis min traduki la tekston – mi estis la sola, kiun ili konis, kiu povis legi la internacian lingvon. Kiel dankon mi rajtis konservi la leterojn.

Post la afero kun Ada, Eduard edziĝis al ilia patrino kaj neniam rakontis pri la antaŭa amo. Liaj filinoj apenaŭ eĉ sciis, ke li iam parolis Esperanton. Tamen li konservis la leterojn dum jardekoj. Ni havas nur la leterojn, kiujn li ricevis, ne tiujn, kiujn li verkis – ni havas la voĉon de Ada, sed ne la respondon de Eduard. Tamen eblas legi la tutan rakonton inter la linioj: de la unua brilo de amo ĝis la silento de disiĝo. Kaj ĉion ĉi sur la fono de unu el la plej mallumaj epokoj de la eŭropa historio: la leviĝo de faŝismo.

---

[1] Ĉi tiu teksto baziĝas sur privata kolekto de leteroj inter Ada Magnina kaj Eduard Bakker (1934-1935), retrovitaj post la morto de Bakker fare de lia familio. Ĉiuj citaĵoj estas reproduktitaj laŭ la originala lingvaĵo.

Nur apud vi

Eduard Bakker ŝajne ne estis konata aktivulo en la nederlanda Esperanto-movado (li ne estis parenco de Hans Bakker, ekzemple; Bakker estas ofta nomo en Nederlando). Lia intereso pri la lingvo eble estis ĉefe privata afero – parto de lia kleriga vojaĝo dum studoj por fariĝi ŝipoficiro. Dum sia restado en Ĝenovo en la frua printempo de 1933, li vizitis la lokan Esperanto-klubon – kiu havis propran domon en la urbo – kaj tie li renkontis Ada. Ĉirkaŭ Kristnasko li verŝajne revenis por resti ĉe amikoj de la familio – tranokti ne-edziĝinte, eĉ se Ada ankoraŭ loĝis ĉe siaj gepatroj, verŝajne estus invito al eteta skandalo en la domego kie la familio loĝis.

Ada Magnina, instruistino pri la itala kaj franca lingvoj, estis inteligenta, sentema kaj eleganta. Ŝi ne nur frekventis la Ĝenovan Esperanto-klubon, sed ankaŭ verkis por itallingvaj kulturaj revuoj. Ŝia unua letero, datita je januaro 1934, estas plena je pasia amo: "Viaj leteroj kiel suneroj brilos en mia vivo. Ankaŭ vi, mia Eduard, restu certa pri mia amo, mia fideleco, mia atendado," ŝi skribis. Ŝi parolis pri sia soleco, pri la manko de vera kompreno ĉe siaj samurbanoj: "Neniu komprenas min tiel bone kiel vi!"

Ŝi priskribas siajn sonĝojn, la promenadojn tra Ĝenovo, kaj la senton de perdo post la foriro de la nederlanda maristo. Ŝi inkludigas detalojn, kiuj donas vivecon al la leteroj: "Pasintan nokton mi revis, ke vi revenis viziti min kaj preferis miajn harojn ĉiujn ondigitajn!" En aliaj leteroj ŝi estas pli filozofia: "Antaŭ via alveno, preskaŭ sufiĉis viaj leteroj por feliĉigi min. Antaŭe mi neniam spertis vian longan ĉeeston, sed nun mi konstatis, ke viaj leteroj ne estas por mi plena feliĉo, ĉar granda feliĉo ekzistas nur apud vi."

Ĉion senpage

Ada skribas flue, kun nur maloftaj gramatikaj eraroj. Ŝi ŝajne lernis la lingvon per korespondado, kaj tamen jam komence de la interŝanĝo ŝi atingas altan stilnivelon. Ŝiaj frazoj montras ne nur la forton de ŝiaj sentoj, sed ankaŭ la estetikon de la epoko. Ĉiu letero estas artverko – per vortoj, per manskribo, per enmetitaj floretoj. La

---

Esperanto de Ada estas flua kaj nuancoplena. La leteroj parolas pri soleco, pri espero, pri la interspaco inter leteroj kaj la deziro je fizika ĉeesto. Ili parolas ankoraŭ nun rekte al la leganto.

La plej frapa trajto de la leteroj tamen estas la interplektiĝo inter la persona kaj la politika. En tiu tempo, la faŝisto Benito Mussolini jam estis la *Duce* (Gvidanto) de la ŝtato Italujo. Jam en printempo 1934 Ada skribas: "Hodiaŭ, kiel ĉiujare, forveturas la rekrutoj por la milita servado. Ili kantas gajajn kantojn adiaŭante la familianojn kaj siajn knabinojn." Ŝi priskribas la scenon kun respekto kaj sento: "La esperoj de la Patrujo ekmarŝas al la nova vivo."

En majo 1934 ŝi entuziasmas pri sportaj virinoj: "La Duce donas multon al sportaj virinaj okazaĵoj, ĉar li volas, ke la itala virino estu forta por doni al la Patrujo multnombrajn infanojn. [...] Pasinte virinoj estis tro sklavecaj." En septembro ŝi priskribas grandan amasan geedziĝon en Romo, organizitan de la reĝimo: "La Duce oferis al ili festenon, dancon k.t.p., ĉion senpage, ankaŭ la vojaĝon."

Bestoj

En oktobro 1934 ŝi rakontas pri denunco kontraŭ ŝia patro, kiun najbaroj akuzis pri kontraŭfaŝismaj ideoj: "Sufiĉus, ke Papá [Paĉjo] havus pasintan politikan mankon por esti tuj ekziligata kaj la tuta familio ruinigata!" Ŝi konstatas la danĝeron, sed ŝajne pli pro familia timo ol pro ideologia distanco.

Laŭ la leteroj, Ada ŝajnas ne nur ne kontraŭfaŝisma, sed eĉ ĉiam iom pli simpatia al la ideologio. En januaro 1935 ŝi eĉ mencias sian engaĝiĝon: "Mi esperas aparteni al la Kultura Legiono [...] Mi nur devas studi la faŝistan leĝaron; mi esperas poste propagandi Esperanton." La ideo disvastigi Esperanton en faŝisma kadro montras naivan kredon je interpopola harmonio eĉ sub totalisma regado.

Sed eble la plej ŝoka estas ŝia letero el septembro 1935, en kiu ŝi pravigas la italan koloniismon en Afriko: "La eritrea kaj somala popolaro estas kontenta sub la itala regno, ili vivas bone, ne kiel bestoj." Kaj poste: "La negroj estas kiel bestoj, ilia instinkto estas besta." Jen la momento, kiam la persona voĉo de Ada dissolviĝas en la voĉon de sia epoko – kaj la amo malheliĝas.

Fino

La interpersona konflikto ekaperas dum 1935. Eduard ŝajne esprimas deziron pri fizika intimeco, al kio Ada ne pretas konsenti. En unu letero Ada skribas kun doloro: "Laŭ miaj ideoj, ŝajnas al vi, ke ne oferante al vi mian korpon mi ne sufiĉe amas vin, ĉar tio estas granda amprovo." Jen momento, kiam du personoj, formitaj de malsamaj kulturoj, atendoj kaj eble ankaŭ de malsamaj revoj, ne plu atingas unu la alian.

Poste la leteroj malmultiĝas. Fine, ili ĉesas.

Estas facile legi tiujn leterojn kiel romantikan anekdoton: junaj viro kaj virino, el malsamaj landoj, kuniĝintaj per Esperanto. Sed ilia valoro estas pli profunda. Ili estas inter la maloftaj ekzemploj de privata dokumentaro el la Esperanto-kulturo de la intermilita periodo. La plej multaj historiaj fontoj, kiujn ni havas, devenas el oficialaj revuoj, kongresprotokoloj aŭ verkoj de elstaruloj. Sed ĉi tie ni aŭdas la voĉon de "ordinara" samideanino – sed kian voĉon!

Ŝi skribas pri sia hezito ĉeesti la kongreson de la Itala Esperanto-Federacio en Milano, malgraŭ ricevita invito. Ŝi priskribas siajn samideanojn jene: "ĉiuj bonaj kaj indaj personoj". Kvankam ŝi partoprenas en la loka vivo, ŝi ne estas elstara figuro. Ŝi apartenas al tiu speco de esperantistoj, kiuj surportis la movadon: diskretaj, kaj modestaj, sed revantaj pri pli bona mondo. Ŝia ideo propagandi Esperanton ene de la Kultura Legio de la faŝisma ŝtato montras, ke eĉ en ideologie kondiĉitaj strukturoj povis esti perceptataj ebloj por la lingvo de paco.

Ni ne scias ĉu ŝi restis loĝi en Ĝenovo, ĉu ŝi edziniĝis (kvankam ŝi sugestas tion en sia lasta letero), aŭ ĉu ŝi postvivis la militon. Eble ankaŭ ŝiaj infanoj aŭ genepoj iam trovos leterojn en skatolo. Aŭ eble ŝi por ĉiam malaperis en la fono, aŭ en la suferoj de la milito.

Mankanta litero

Dum la UK, en la alloga amaso da proponitaj prelegoj, aparte unu titolo scivoligis min:

"Kia estonteco por la malpiigitaj kulturoj en la tutmondiĝa epoko?"

Jes ja, la grandaj religioj perdas siajn anojn. Almenaŭ en mia lando kaj la cetera Eŭropo. La kredo, ke diotima vivo necesas por postmorte ĝui feliĉan vivon, pli kaj pli perdas sian forton.

Ĉu eble tiu malpiigo de kulturoj kulpas pri la senbrida egoismo de individuoj, socioj kaj ŝtatoj, kiu aktuale turmentas nin? Oni eĉ povus imagi, ke iuj demonoj aŭ diabloj ĝojas, ke tiu malkreskanta pieco de homoj akcelas la ĥaoson kaj kaĉon de malprudento, en kiu ni vivas.

Do mi antaŭĝojis viglan diskuton pri neordinaraj demandoj.

Sed unue necesis trakti la formalaĵojn de asocio, kiu nur unufoje jare povas kunvenigi siajn membrojn. Nu, klare, la tagordo. Kaj tamen oni traktis ankaŭ gravajn problemojn: kiel en iuj landoj oni mistraktas malgrandajn sociojn de alilingvanoj kaj fremduloj, kiuj volas konservi sian alimanierecon.

Aparte fascina ekzemplo de tiaj problemoj: Gronlando, kies loĝantoj dum epokoj vivis modeste sur glacio kaj neĝo, evoluigis sian tre specifan kulturon kaj vole-nevole akceptis la patronecon de Danio, interŝanĝante nemalhaveblajn teknikaĵojn kontraŭ marfiŝoj. Sed neatendite, pro rapida varmiĝo de la terglobo, la glacitavoloj maldikiĝas kaj la subaj tertrezoroj fariĝas pli kaj pli facile atingeblaj. Do subite, la valoro de la glaci-insulo kreskas kaj la kreskanta avido je mineralaj riĉaĵoj metas la spotlumon de atento al la teritorio. Kion faros la Gronlandanoj? Ĉu ili ĝojas pri la ŝanco eble baldaŭ fariĝi parto de riĉa, plene evoluinta lando? Ne, ili insistas pri sia kulturo, volas konservi siajn tradiciojn kaj laŭbezone mem utiligi la donacojn de sia hejmlando. Oni rajtas esti scivola pri la proksima estonto.

Iam iu demandis, kiam komenciĝos la prelego. Kaj mi miris, ke ĝis nun neniel estis menciitaj religiaj problemoj.

Lumo venis en la aferon, kiam samideano konfesis, ke dum tajpado de la titolo okazis akcidenteto: mankas "l" en la ĉefa vorto. Temas pri "malpliigitaj kulturoj", ne pri malpli piaj!

Aĥ! Nun mi komprenis. Kaj eĉ atentis la mallongigon, kiun mi antaŭe estis pretervidinta: IKEL. Mi sidis en jarkunveno de "Internacia Komitato por Etnaj Liberecoj", fondita en 1978 de Uwe Joachim Moritz kaj pledanta tutmonde por la rajtoj de la etnaj minoritatoj[1]. Dank al tiu mankanta "l" mi eksciis, ke ankoraŭ ekzistas kaj aktivas grupiĝo, kiu jam en tempoj de "Malvarma Milito" vekis niajn interesiĝon kaj plenan simpation!

"Esti aŭ ne esti" de unu litero povas do ŝanĝi la signifon de koncepto al io tute alia: mankon de religia kredo al Etnaj Liberecoj!

Sed: ĉu vere inter tiuj du konceptoj estas tiom abisma diferenco? Ĉu ne en ambaŭ senteblas strebado al digne homa kunvivado, al samrajte prosperiga evoluo kaj kunlaboro por ĉiuj?

Dankon al la skribinto por tiu ĉi inspira tajperaro!

---

1   Laŭ etnismo.org, 12.08.2025

Poezio
kadre de la 83a kongreso de HEF

de Miguel Fernández

Pasintmaje, de la 1a ĝis la 4a, okazis la 83a Kongreso de Hispana Esperanto-Federacio en la urbo Sorio (hispane, *Soria*, pr. *Sorja*), apartenanta al la hispana aŭtonoma regiono *Castilla y León* (Kastilio kaj Leono). La programo aparte riĉis pri aranĝoj kulturaj, prelegoj, muziko, vizitoj al historiaj lokoj... kio, kune kun la alta nombro da kongresanoj (preskaŭ 170 homoj) plus konsiderinda nombro da ne-esperantistoj vizitintaj nian tiean buntan E-ekspozicion aŭ ĉeestintaj niajn aranĝojn apertajn al la ĝenerala publiko, faras la prian LKK-on inda je aparta gratulo!

Miaflanke, mi kaptis la okazon por, finfine, persone prezenti mian lastan E-poemaron, *Semo de matenruĝoj*, aperigitan de Mondial en 2023 kaj tiujare prezentitan de Miguel Gutiérrez Adúriz, kadre de la 108a UK en Torino. Pri ĉi poem-kolekto, mi substrekis, ke ĝi vidis la lumon ĝuste 30 jarojn post la apero de la kvaropa poemaro *Ibere libere* kaj de la estiĝo de la t.n. Ibera Skolo, kiu, opinie de respektindaj E-beletristoj, alportis freŝajn kaj refreŝigajn trablovojn al la E-literaturo. Same substrekindas, ke la iberaskolanoj agadas plue, jen unuope jen plurope. Ekzemple, la du Miguel'oj (Gutiérrez Adúriz kaj mi mem), krom ke ni ade poemas, novelas, artikolas por E-revuoj ktp., gvidas (li kiel Sekretario; mi kiel Prezidanto) la iradon de unu el la plej gravaj motoroj de literatura kreo en Esperantujo: la *Belartaj Konkursoj de UEA*. Do ni proponas grupan agadon por beletrumi en nia verda mondo.

Due, mi sciigis la ĉeestantojn, ke mi rigardas *Semo de matenruĝoj* kiel mian plej maturan poemkolekton. La prologinto, Nicola Ruggiero (ankoraŭfojajn dankon kaj gratulon, kara Nicola, pro via bonega prologo!), de la Akademio Literatura de Esperanto, aldonis ĉi verkon, kune kun mia poemaro *El miaj sonoraj soloj* (1996), al la listo de gravaj E-beletraĵoj ellaborita de majstro William Auld antaŭ kvarona jarcento. Kiel granda honoro! (Pliafoje plej elkoran dankon, Nicola!). Mi finis mian prezenton per deklamo de mia ĉi-libra jena poemo:

AMPOEMO ĈE LA SOJLO DE VINTRO

Al mia amata Carmen

Jen ni kveras,
spirante vesperruĝojn,
plej buntajn vesperruĝojn en lontano,
nun ĉe la sojlo de serena vintro,
sur supla sablo de la sama strando,
sur kiu ni plektadis
tiom da ĝuo-skuoj,
ellerninte la lingvaĵon de l' kiso,
kontraŭ la bordo de la matenruĝo
en nia fora glora primavero.

Tiam ni faris nia la devizon
– ĉu el greka saĝulo? –,
ke preferindas ami ol amati,
ĉar amanto kunportas kosmon kore.
Sed por ni nune, sojle de la vintro,
kiam pasi' aspiras al tenero,
– spirit-flirtado ĉirkaŭ la eterno –,
amati jam samrangas kiel ami,
ĉar amat' en teneron
turnas sian kor-kosmon de amanto.

Tiam, amo, konkeris ni la kison.
Nun, amo, ni konkeru la brakumon,
ni konkeru la rozon,
ni celebru la rozon,
spirante splendon de unuaj vortoj,
ni konkeru la vintron,
ni celebru la vintron,
ni konkeru la onton,

eĉ nun, kiam ni kombas grizajn harojn,
ke la genepoj vidu,
kiel povas ekĝermi
puraj semoj de puraj matenruĝoj.

Mi nune reasertas
al vi, ke vin mi amas,
ke am' estas momento,
kiu scintilas en la eterneco.
Eterneco kun ununura pordo,
kies ŝlosilon sole nur vi mastras.

Alia el la min koncernaj programeroj konsistis en prezento de unika
poemaro en jenaj tri lingvoj: la hispana (la originala) plus Esperanto
kaj la portugala (tradukaj). Temas pri *poesía luz me urge / poezio lumo
al mi urĝas / urge-me poesia-luz*. La prezenton faris kaj la aŭtoro de la
originala hispanlingva poemantologio, Armando Silles McLaney,
kiu veturis Sorien el Madrido tiucele, la portugaliginto, poeto Car-
los d'Abreu, kiu aŭtis el Portugalio en Sorion samcele, kaj mi mem,
esperantiginto, kiu troviĝis tie kiel responsulo pri diversaj kongres-
programeroj. Ni sentis la mankon de dua esperantisto kunlaborinta
en la realigo de ĉi sen-egala verko, la galega E-poeto Suso Moinhos,
kiu okupiĝis pri la prologo de la poemaro en la tri lingvoj. Pri Silles
McLaney mi artikolis en *BA32*, kie mi pritraktis liajn personecon,
poezion kaj kulturan agadon kaj prezentis ses el liaj poemoj en mia
esperantigo. Nu, dirindas, ke al la trilingva prezento de la libro la
publiko reagis emocie. Oni taksis mirinda la fakton, ke ni interpre-
tis saman belan melodion per tri same belaj diversaj instrumentoj:
la hispana, Esperanto kaj la portugala, en tiu ordo.

Unu el la plej spekteme atendataj programeroj estis la jam tradi-
cia HEF-kongresa aranĝo Poezia Vespero, kiun pliafoje mi havis
la honoron organizi kaj gvidi. Ĉi-jare ĝi planedis ĉirkaŭ la poezio
de la Soria poetino María Ángeles Maeso, mia kamaradino en la
grupo de la poetoj praktikantaj la t.n. "poezion pri la kritika kon-
scienco", kiun mi prezentis per kelkaj tradukoj el ŝiaj poemoj en
BA23. Kial? Nu, ĉar HEF deziris priomaĝi ŝin pro ŝiaj meritoj kiel
poetino kaj kiel engaĝiĝinta virino, kies simpatio al Esperanto sek-
vigis en 2017 la dulingvan (hispanan-Esperantan) publikigon far
Lastura ediciones, de unu el ŝiaj ĉefaj poemaroj, *Vamos, vemos / Ni*

iras, vidas, rigardata kiel eldona sukceso. Kia honoro por mi okupiĝi pri la ambaŭlingva prologo al tiu poemaro, en la 3a eldono de la libro, kaj pri la esperantigo de la poemoj en ĝi!

Maeso naskiĝis en la jaro 1955 en, ĝuste, Valdanzo (Sorio), unu el kies stratoj, omaĝe al ŝi, jam de kelkaj jaroj portas ŝian nomon. Ŝi licenciiĝis pri hispana filologio, instruis lingvon kaj literaturon ĉe gimnazio, disvolvis diversajn soci-kulturajn programojn en socie marĝenigitaj areoj en la urbo Madrido, kie ŝi loĝas, kaj verkis proze, sed, ĉefe, verse (ĝis nun, ok poemarojn).

Al la omaĝo aliĝis poetoj kaj deklamantoj el Esperantujo, Sorio, Madrido, Zaragozo, Portugalio... kiuj persone deklamis poemojn, ĉu proprajn, ĉu de Maeso, en ties entuziasmoplena ĉeesto, kadre de prezentado kie kunvivis poezio, muziko kaj kantoj. Fine, la LKK-prezidantino, Mati Montero, transdonis al la evidente emociiĝinta María Ángeles Maeso memorigan platon kun hispanlingva gravuraĵo signifanta jenon: "Al la poetino de la mondo María Ángeles Maeso, kiu, per siaj versoj, vibrigas la plej profundajn kordojn de la animo kaj de la sociala justo".

Soriaj gepoetoj en la omaĝo al María Ángeles Maeso

La vivo kaj la verkaro de la andaluza poeto, majstro super majstroj, Antonio Machado[1] (1875-1939), estis tiel ligita al la urbo Sorio, ke grava ĉi-urba kulturejo portas lian nomon kaj aktive disvastigas i.a. liajn viverojn, personecon kaj poemojn. Temas pri la t.n. *Fundación Española Antonio Machado* (Hispana Fondaĵo Antonio Machado). Ĝia direktoro, s-ro Jesús Bozal Alfaro, kiu simpatias al nia afero, plej afable kontaktigis nin kun nuntempaj gepoetoj loĝantaj en Sorio pretaj partopreni en la omaĝo al Maeso. Kaj ĉi tiuj venis deklami siajn poemojn antaŭ la priomaĝata sorianino. Temas pri Jesús Gaspar Alcubilla (1968), Carmen Ruth Boíllos (1961) kaj César Ibáñez París (1963).

Gaspar deklamis sian hispanlingvan poemon *Ha llegado la hora...*, kaj tuj poste nia Miguel Gutiérrez Adúriz voĉlegis mian esperantigon *Jam alvenis la horo...* de tiu poemo. Fonis la 2a movimento, *Allegretto,* de la 7a simfonio de Betoveno. Jen mia pria traduko:

---

1   Poemoj de Antonio Machado, en esperantigo de Fernando de Diego, legeblas en la libro *Sentempa simfonio* (1987), n-ro 3 de la serio Hispana Literaturo, de HEF.

Jam alvenis la horo de l' kalko kaj de l' akvo,
de l' mutaj muroj, konstru-ŝtonoj de mortintoj
Historio-enfermaj.
Jam alvenis la horo de l' apodo kantanta,
kaj la dolĉaj vortoj, kiujn ili memoras,
ne forgesas, ke ili estis iliaj patroj.
Jam alvenis la horo de la amo
kaj de la ne venintaj,
ĉar iam ili forlasis siajn ŝpatojn surkampe.
Ni revivigas la memoron pri la flug' en la sango,
pri la tristaj krucoj restintaj sen lito,
sen glebo, sur kiu povi plori.
Jam alvenis la horo preĝi al la mortintoj.

Venis la vico de Carmen Ruth Boíllos. Ŝi deklamis sian poemon *Albedrío*. Mian esperantigon de ĝi, *Libera volo*, tuj poste voĉlegis mia kutima sursceneja partnerino Ana Manero. Ĉi-okaze fonis la muziktrako de la filmo *La listo de Schindler*. Jen mia traduko de tiu poemo:

LIBERA VOLO

La Siriaj infanoj manĝas sablon
lulataj de hont-ondoj
en la imperi-maro.
La Niĝeri-junuloj
siajn esperojn gvidas
al la Kain-barilo.
Jen tondra moner-bruo
senvertebrigas nian homaron
malsatan de tenero kaj avarec-obsedatan.
La dekunuan de ĉiu monato tremas la paco,
oni starigas la timon al ia milito
daŭranta nur du minutojn,
inter anonimaj civitanoj
kun vulgaraj vivoj kaj simplaj gustoj.
Oni sencivilizas la teron.
Ni refariĝas klanoj batalantaj
por la fajro.

Ho, nia miskutimo manĝi
tri fojojn ĉiutage
kaj deziri la pacon!
Ho, la fatala kredo pri la transa mondo
kaj pri la promesoj
de dioj permesantaj,
ke nin masakru
nia propra libera volo!

La tria homo el la triopo da Soriaj gepoetoj partoprenintaj en la
omaĝo al Maeso estis César Ibáñez París. Li deklamis sian poemon
Cuando digo ojalá kaj tuj poste mi mem voĉlegis mian tradukon de
tiu poemo: *Kiam mi diras "ojalá"*. Fonis *Chanson de Matin*, de Edward
Elgar. Jen mia esperantigo:

KIAM MI DIRAS "OJALÁ[2]"

Kiam mi diras "ojalá", arabe mi parolas;
hebree, kiam mi diras "mesio".
Kiam mi vokas Sofion aŭ Irenon,
ilin mi nomas greke.
Se mi skribas "violonĉelo"
la de mi uzata lingvo estas la itala;
la franca, se mi skribas "partero".
Se oni diras "ĉokolado", "kanuo", "kolibro",
nova kontinento naskiĝas el la vortoj aŭ semoj.
Se mi pensas la vorton "capicúa[3]",
ĝin mi pensas en la lingvo kataluna;
se "morriña[4]", temas pri la galega,
se "chacolí[5]", temas pri la eŭska.
Kiam vagon' antaŭeniras en tunelo[6],
ĉirkaŭas min la angla,

2 *ojalá* (pr. *oĥala'*, el la araba hispana *wa šá lláh'*): Dio volu!, bele se tiele!
3 *capicúa* (pr. *kapikua*, el la kataluna *capicua* kaj ĉi tiu el *cap i cua*, nome *kapo kaj vosto*): palindroma nombro
4 *morriña* (pr. *morrinja*, el la galega *morrinha*): malgajo, melankolio, saŭdado, nostalgio, hejmveo
5 *chacolí* (pr. *ĉakoli'*, el la eŭska *txakolin*): tipo de blanka vino farata en Eŭskio, Kantabrio kaj Ĉilio
6 *tunelo* (el la angla *tunnel*)

kaj mi kapablas ja eĉ dikti vorton
en la indonezia:
"tabu'⁷". Ho, kurioza Babel-turo!
Se, parolante en mia hispana,
mi en ĉiuj ĉi lingvoj
vortigas kion mi deziras aŭ malŝatas,
tio okazas, ĉar la tuta mondo estas mia loko,
kaj ĉiuj parolantoj, kamaradoj.
Temas ne pri sublima sonĝo
sed pri fakto. Tion nei
egalas nei, ke la lumo nin prilumas.
Kiu uzas la vortojn kiel armojn
estas ja perfidulo kaj meritas
ian mondon el gruntoj kaj tumultoj
kaj el grincoj kaj tondroj kaj stertoroj.
Tiu meritas mondon sen signifoj.

La triopo da Soriaj gepoetoj traĝuis nian aranĝon, kiu, ĉar disvolviĝinta ĉeeste de homoj aplaŭdantaj Esperanton kaj la esperantismon, kvankam mem ne esperantistoj, kiel ili kaj María Ángeles Maeso, kaj aperta al la ĝenerala Soria publiko, okazis dulingve (Esperante-hispane). Plie, ili sciigis min, ke ilin tre plezurigus vidi publikigitaj miajn tradukojn de iliaj poemoj. Nu, jam *La Ondo de Esperanto* realigis tiun deziron⁸; nun *BA* ĝin efektivigas. Kaj mi kaptas la okazon por danki tiujn poetojn kaj ĉiujn partoprenintojn, kiuj plenigis per brilo kaj homecaj vibroj la omaĝon al María Ángeles Maeso.

Sanon kaj E-kulturon!
Sanon kaj Poezion!
Sanon kaj Utopion!

---

7   *tabuo* (el la polinezia *tabú*, nome *tio malpermesata*)
8   *La Ondo de Esperanto*, Miguel Fernández: "Poezio en Sorio", 2025/2, p. 113-122.

La rajto vivi kiel individuo kaj civitano

Kion mi kapablas fari nun?

de Yoshiro Hashimoto

Mi volas vivi kun iu. Prefere, mi pluvivis kun la helpo de aliaj, kaj mi estas dankema pro tiu helpo. Kelkfoje ni forgesas ĉi tion kaj ribelas. Malgraŭ tio, mi povis vivi ĝis hodiaŭ, ĝis la aĝo de 70 jaroj, kun la helpo kaj subteno de miaj proksimaj kaj multaj aliaj homoj. Inter ĉiuj ĉi homoj, mi estas speciale dankema al mia edzino, Sugiko.

Mi faras erarojn ofte. Kio estas precipe malbona nun estas forgesi aferojn. Kiam ajn oni petas min fari ion novan, mi tute forgesas, kion mi faris antaŭe. Ekzemple, mi tute forgesis pri miaj okulvitroj, kiujn mi havis kun mi tiutempe, kaj kiam mia edzino petis min fari ion, kiel "varmigi la banon", mi tute forgesis pri tio, kion mi faris ĝis tiu momento. Do vi ne povas trovi viajn okulvitrojn. Mizere. Tamen mi provas akcepti, ke tia estas la sorto, kiu venas kun maljuniĝo, sed ĝi ne estas tiel facila. Tamen mi ne volas rezignacii.

Nun, 70-jara, kion mi ŝatus fari, se mi povas, eĉ se nur iomete, estas antaŭenigi "solidarecon inter homoj malsamaj". Evidente, ekzistas neniu ekzakte kiel mi. Se ni ne estas malfermitaj fari aferojn kune kun homoj kiuj estas malsamaj ol ni, tiam neniu solidareco estas ebla.

Kiel ni povas krei ĉi tiajn ligojn? Komence vi devos konscii, ke vi ankoraŭ ne estas en kunligo, sed poste diru al la alia persono, kiel eble plej honeste, ke vi ja volas kunesti. Esti "malsama" eble ne estas akceptite de la alia persono. Se tiel estas, mi povas pacienci. Inkluzivigi iujn pozitivajn aferojn, kaj paroli en maniero kiu ne ĝenas la alian, kaj se eble, per iom da humuro eĉ ridigas tiun. Diru ĝuste tion, kion oni devas diri.

ARTIKOLO / ESEO

Kion mi kapablas fari

Nun, ni rigardu kelkajn el la aferoj, kiujn ni provas en nia ĉiutaga vivo, kaj skribu kion ni kapablas fari kaj kion ni ne kapablas fari.

Renkontiĝo de amikoj

Ĉiumonate je la tria sabato, de ĉirkaŭ 13:30 ĝis ĉ. 16:00, mi havas renkontiĝon kun amikoj ĉe la domo de amiko. Baza principo de ĉi tiu kunveno, nomata Nagomi-kai, estas resti sen ligiĝo al specifaj grupoj (politikaj organizoj, asocioj de najbaroj, laboristaj sindikatoj, kooperativoj ktp.). Kompreneble mi respektas la individuajn apartenojn al diversaj organizoj. Ankaŭ la afero de religio estas laŭ persona libereco.

Kio estas la nuna ĉiutaga vivo kaj realeco?
Iom pri mi

Sed kio okazas en la socio en kiu mi vivas hodiaŭ, kiel civitano de la moderna japana socio? Mi memoras, ke politiko estis ofta temo en mia hejmo, eĉ en mia infanaĝo. Mi spektis televide en 1968, kiam studentoj barikadis sin en la aŭditorio Yasuda ĉe la Universitato de Tokio. Studentoj, iliaj subtenantoj, kaj solidarecaj aktivuloj ĉiuj paroladis. Tiu estis la jaro kiam mi forlasis mezlernejon.

Poste mi iris al universitato, ricevis postenon ĉe YMCA en Kioto, studis eksterlande en usona universitato, kaj post reveno al Japanio laboris en angla konversacia lernejo antaŭ ol iĝi instruisto en privata universitato.

Nun, kiam mi estas emerita, mi skribas artikolojn kiel ĉi tiu, faras terkulturajn kaj arbarajn laborojn, kaj pasigas mian tempon kun "handikapitoj" (el kiuj plej multaj havas "intelektajn handikapojn"), kaj kun ili mi formis libervolan civitanan grupon nomitan la "Homaj Rajtoj-Klubo".

Nun, kiel civitano, ĉu mi estas libera esprimi mian politikan sintenon? Mi pensas, ke mi iel sukcesas. Miaj edzino kaj filino kompreneble plendas pri mi, sed ili ankaŭ opinias, ke estas bone, ke mi povas malkaŝe esprimi miajn politikajn pensojn. Tamen tio ne ŝajnas esti la kazo en la ĝenerala socio.

Yoshiro Hashimoto

Rilatoj kun homoj ekster la familio

Poste, ni rigardu la rilatojn kun aliaj homoj ol familianoj. Mi estis universitata profesoro ĝis antaŭ proksimume sep jaroj. En formalaj renkontiĝoj (kiel ekzemple en fakultato) politiko malofte estis diskutata. Privataj renkontiĝoj disponigis forumon por homoj kun similaj opinioj por paroli pri politiko. Tamen mi preskaŭ ne memoras havi seriozan, profundan konversacion kun iu el alia politika pozicio. En mia libera tempo mi ĝuis mergi min en la naturan ĉirkaŭaĵon de la montoj, malstreĉiĝi en termofontoj, kaj foje pli streĉe grimpi altajn montojn. Migrado en la montoj refreŝigas miajn menson kaj korpon. Tamen, la nuna centra registaro konscie aŭ nekonscie celas antaŭenigi iujn kompaniojn, kiuj ne konsideras la detruon de la naturaj ekosistemoj de la montoj kaj la funkciadon de la naturo (la ĉefaj elektrokompanioj celas reakiri sian komercan skalon konservante la uzon de nuklea energio).

En kontrasto, Germanio decidis forigon de nuklea energio. Mi volis havi amikojn, kun kiuj mi komprenelble povus paroli pri politiko, do post mia emeritiĝo mi provis diversajn aferojn. Estis per tia klopodo ke ni renkontis Nagomi-kai. Komence mi estis iom singarda kaj ne tuj diskutis pri politiko. Tamen, antaŭ proksimume du jaroj, mi finfine povis paroli pri politiko nature kaj tute ĝuste.

En la sama kunvenejo amiko de mia lerneja tempo, kiun mi renkontis, diris al mi, ke li subtenis certan kandidaton por urbestreco de sia loka municipo kaj ke la kandidato estis elektita. La gajninto estis laŭdire apogita de la Osaka Restarigo-Partio. Do mi demandis lin pri lia decido tiutempe, kaj li diris ke li voĉdonis por la urbestro ne pro subteno al tiu partio, sed pro prefero al la persono. Kaj por kiu partio li voĉdonos en la venontaj elektoj? Montriĝis, ke li ankoraŭ ne decidis. Aliaj membroj de Nagomi-kai estas subtenantoj de la Socialdemokrata Partio.

Mi tre ĝojas, ke ĉi tiuj diskutoj pri politiko kaj elektoj estis natura parto de la diskuto ĉe Nagomi-kai. Kelkfoje aferoj eble ne iras kiel atendite kaj vi eble trovos vin en malfacila pozicio. Tio ne gravis ĝis nun, kaj ĉiu membro estis sufiĉe honesta rilate siajn pensojn pri sia partio. Mi ĝojas pri tio.

Okaze de la venonta elekto, mi ŝatus krei egalan ŝancon por paroli, ke reprezentantoj de ĉiuj partioj partoprenu, kaj fari debaton moderigitan de civitano en vere neŭtrala pozicio, ĉefe kun la rolo certigi, ke reprezentantoj de ĉiu partio havu egalan paroltempon. Komprenuble, tiu persono povas esti subtenanto de iu ajn politika partio. Gravas, ke li parolu en maniero facile komprenebla.

Krome, en la monto-klubo al kiu mi apartenas fariĝas kutima interparola temo, ke plua detruado de la medio estas promociata. Komprenuble, mi ne volas esti tia homo, kiu parolas nur pri politiko. Mi ankaŭ malŝatas la specon de etoso kiam regas silenta interkonsento ne paroli. Kiel estas en viaj loĝloko kaj laborejo?

Mia prova konkludo ĉi tie estas jena: Sen ajna kialo donita aŭ vortigita, ofte ŝajnas kvazaŭ plimulto de la homoj vivas en etoso laŭ kiu estas "malĝuste" paroli pri politiko. Mi volas, ke estu normale, ke politiko estas konversacia temo. Ni ja parolas egale pri bongusta manĝaĵo, kien iri semajnfine, pri amo ktp. Tamen, ial, ŝajnas, ke reala politiko tendencas esti evitata. Por paroli larĝasence, la situacioj en kiuj homoj troviĝas hodiaŭ povas implici du specojn de konduto:

1. Agu kun la kredo ke "politiko estas tre normala temo por paroli, kaj estas nature paroli pri ĝi".
2. "Mi tute konscie evitas paroli pri politiko, aŭ mi senkonscie eniras tiun humoron laŭ kiu oni parolas nur pri aferoj kiuj ne estas "politikaj".

Aferoj kiuj devus esti ordinaraj ne plu facile povas funkcii, kiel naturaj konversaciaj temoj ne aparta atentataj. Do, mi ŝatus teni liberajn kaj naturajn konversaciojn kun la diversaj homoj, kiujn mi renkontas en mia ĉiutaga vivo, en lokoj kiel la "Nagomi-kai", kiun mi antaŭe prezentis, kie ni foje povas paroli pri politiko, kiun mi volas krei malferma spaco kiel eble. Nu, kion vi pensas? Mi ŝatus scii viajn pensojn. Mi malamas diri ĝin mem, sed mi ŝatas esti kune kun malsamaj homoj. Mi ne ŝatas batali. Pri politikaj partioj, se mi rajtas diri tion, mi ŝatus paroli kun homoj de diversaj partioj senperforte. Krei egalajn ŝancojn. Tamen ni ŝatus akomodi la cirkonstancojn de homoj kun parolmalsanoj aŭ kiuj havas malfacilaĵojn por aŭskulti. Akomodi vidajn kaj aŭdajn difektojn estas en la limoj de niaj nunaj tempo kaj rimedoj. Sed mi volas fari ĉion, kion mi povas. Miaokaze, se mi provas superi tiun limon, mi fine kolapsos. Sed ni ne povas ĉiam senmanke efektivigi niajn idealojn. Per ripetaj malsukcesoj, oni ial atingas la supron.

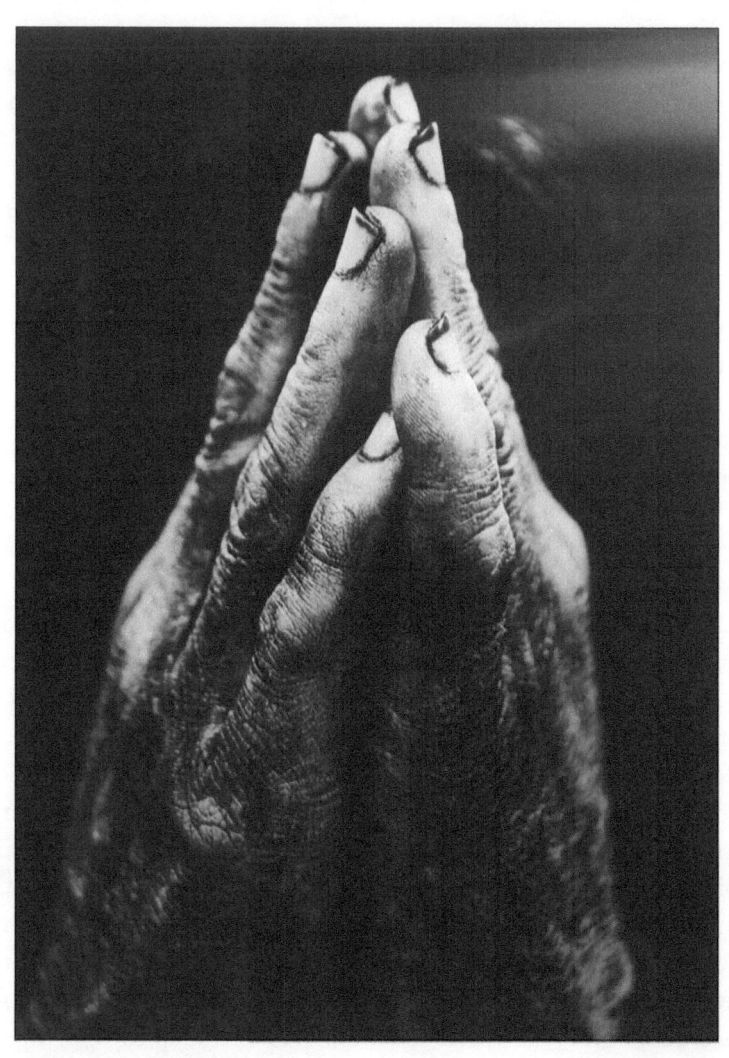

RECENZO

Paŭlo kaj la sklavo

Epistolo al Philémonos, de Vinko Ošlak, Ljubljana/Labako: Družina, 2024, 300 p., ISBN 9789610411086.

La homo nomata sankta Paŭlo certe altiras verkistojn.[1] Li estis sendube unu el la plej elstaraj homoj de la historio. Sen lia misia laboro lia religio restintus obskura juda sekto; li establis la fundamentojn de kredo, kiu iĝos tutmonda kaj gravege influos la homan historion, kaj li disponis pri nenio krom la propra misiista konvinkiĝo.

Nia samideano Vinko Ošlak, fervora protestanta kristano, verkis libron, kiun li nomas romano, kun la titolo *Epistolo al Philémonos*. La originala slovena versio gajnis la premion „Lumturo" ĉe la Slovena Librofoiro de 2023, premiita de la katolika eldonejo *Družina*. Anstataŭ akcepti la premian sumon Vinko petis, ke oni uzu la monon por aperigi tradukon en Esperanto: rekomendinda ekumeneco de katolikoj kaj protestanto. La libro estas belaspekta kaj povus fari bonan impreson sur neesperantistoj.

Sed Vinko havis malmulte da tempo por traduki, kaj restas centoj da tajperaroj: domaĝe, ke neniu kompetenta esperantisto provlegis por li. Mi mem scias, kiel ĉagrene estas konstati tiajn erarojn en propra libro jam presita, kaj mi tute ne dubas, ke Vinko malplezure vidas tiujn makulojn.

---

1   Ankaŭ min. Mia romano *Paulus fondinto* celas prezenti la tutan vivon de tiu fama homo.

La kadro de la 300-paĝa verko estas la plej mallonga epistolo de Paŭlo, kiu ne plenigas tutan paĝon (la lastaj 11 paĝoj estas tre laŭda recenzo de d-rino Snežna Večko). Filemono estis eminenta civitano de Koloso, konvertita de Paŭlo al kristanismo. Unu el la sklavoj de Filemono, Onesimo, ŝtelis ion valoran, fuĝis for de la mastro, kaj serĉis azilon ĉe Paŭlo, kiu mem estis malliberulo en Romo loĝanta en la domo de la virino Areta. Ĉu Paŭlo resendos Onesimon al lia mastro? Jen la ĉefa temo de la epistolo.

La decido de Paŭlo estis, ke Onesimo – ankaŭ li konvertito -- reiru propravole kaj redonu la ŝtelitaĵon. Paŭlo petis Filemonon trakti Onesimon ne kiel sklavon sed kiel fraton en Kristo. Plue Paŭlo argumentis, ke ni ĉiuj estas sklavoj, eĉ tiuj, kiujn oni rigardas mastroj. Ankaŭ la mastroj estas sklavoj de sia propra situacio, de siaj pekoj. Libera, kvankam iusence „sklavo", estas nur tiu, kiu estas sklavo de Kristo.

La sinteno de Paŭlo estis multe pli humana ol tiu inter la reganta klaso de tiu epoko: mastro de forkurinta sklavo rajtis senprobleme torturi, eĉ mortigi la sklavon. Estas elementoj en kristanismo, kiuj kontribuis al niaj nunaj konceptoj de homaj rajtoj. Sed Paŭlo, atendante baldaŭan revenon de Jesuo kaj finon de la strukturoj de la mondo, reagas preskaŭ indiferente al la mizero de sklava vivo.

Paŭlo mem estis ja malliberulo en tio, ke li ne rajtis senpermese eliri el la domo de Areta. Sed li rajtis gastigi vizitantojn. Vinko venigas la faman filozofon Seneko por filozofiumi (kaj malvenki laŭ logiko) kun Paŭlo. Eĉ imperiestro Nerono invitas Paŭlon en sian ĝardenon, kaj la du konversacias ĝentile. Iom neprobabla sceno laŭ ĉio, kion ni scias pri Nerono. La soldato komisiita por malhelpi, ke Paŭlo eskapu, Bonifaco, eniras la domon kaj akceptas bapton, kaj Areta same konvertiĝas.

En la lasta sceno de la libro mi ne povis deĉifri, ĉu Paŭlo iros al „dekapigo" (senkapigo), sed ĉar lia plano iri al Hispanio ne realiĝis, oni devas supozi, ke li estis unu el la multaj viktimoj murditaj laŭ ordono de Nerono.

Da agoj estas malmulte en la libro, da paroloj ege multe. Paŭlo kapablas meze de konversacio citi tutajn alineojn el la juda kaj kristana Biblio, inkluzive el siaj propraj leteroj – eĉ el kelkaj, kiujn modernaj esploristoj rigardas verkitaj ne de Paŭlo sed poste de anonimuloj, kiuj donis prestiĝon al siaj leteroj uzante la nomon de Paŭlo. Alia afero, kiu konfuzis min: Paŭlo citas el la evangelioj, kvankam tiuj evangelioj estis verkitaj jardekojn post la morto de la ĉefa apostolo.

Mi volonte donus pozitivan juĝon pri la verko de Vinko, frata esperanto-verkisto, sed mi konfesas, ke foje estis peza tasko legi ĉapitron ĝisfine pro tio, ke Paŭlo parolas kaj parolas alineon post alineo, foje eĉ paĝon post paĝo. Mi citas hazarde unu frazon el p. 166:

> *Sed same kiel birdfleganto, kiu kuracas kaj savas kripligitajn birdojn, ĉu fare de la katoj, kiuj insidas ilin, se ili facilanime tro malalte flugas, aŭ fare de krudaj knabaĉoj, kiuj sentas volupton, se ili ĵetante ŝtonon trafas ne jam sufiĉe fluglertan birdeton por rompi flugilon aŭ piedon, tiu la savitan besteton ne flegas, por ke ĝi restu ĉe li, sed por fine lasi ĝin en liberon, por kiu ĝi estas kreita, tiel same la anoncanto tiun, kiun li naskis por la evangelio, ne ligu kaj fermu en la kaĝon de sia instruado, sed li devas legi la signojn de la tempo kaj lin aŭ ŝin ĝustatempe ellasi ke tiu mem poste portu la evangelion al tiuj, kiuj estas, simile kiel la kompatindaj birdoj, spirite kripligitaj, ĉu fare de la minacantaj dentoj de la en la ludilon malpliigita kato, sed tamen:* kiel leono blekeganta ĉirkaŭiras serĉante, kiun li povas forgluti... *aŭ de la ŝtono, lanĉita el la mano, kiu jam dum frua juneco lernas lertojn de Kain por mortigi.*

Mi ofte devis min demandi fine de tia frazo, pri kio temis en la komenco. Eble estas juveloj por meditado en tia teksto, se oni paciencas.

D-rino Večko en sia recenzo asertas, ke Vinko levas temojn el la jarcento de Paŭlo, kiuj aktualas en la nuna mondo. Paŭlo kaj manpleno da aliaj kristanoj devis lukti kontraŭ la idoladoro kaj pekemo de tiu tempo, kaj en la moderna mondo iam kristanaj landoj refoje havas diversspecajn falsajn diojn, idolojn.

Vere estas, ke en landoj iam rigardataj kiel kristanaj la eklezioj perdas pli kaj pli da tereno. Escepto, Usono: tiu fraŭdulo Trump rikoltas milionojn da voĉoj de misgviditoj, kiuj nomas sin kristanoj. Tio devas doni doloron al homoj, kiuj kredas, ke kristanismo estas institucio starigita de Dio por instrui la veron al la homaro. Kaj la vaste disvastigita kruda materialismo vere estas speco de anima morto.

Sed estas alia maniero pritrakti la situacion. La rivalaj religioj de la mondo, judismo, kristanismo, islamo, hinduismo kaj tiel plu, ĉiuj estiĝis en specifaj historiaj-geografiaj cirkonstancoj kaj ne esprimas universalan tuthomaran pensmanieron (nia LLZ estis i.a. portanto de universalismo). Tio kio estas bona en la religioj, restu, kaj estu flegata, sed ĉu ne venis tempo, ke ni ne plu bazu nian vivon sur tiuj malnovaj institucioj, sed serĉu die inspiritan tuthomaran spiritecon?

RECENZO

Reklamo

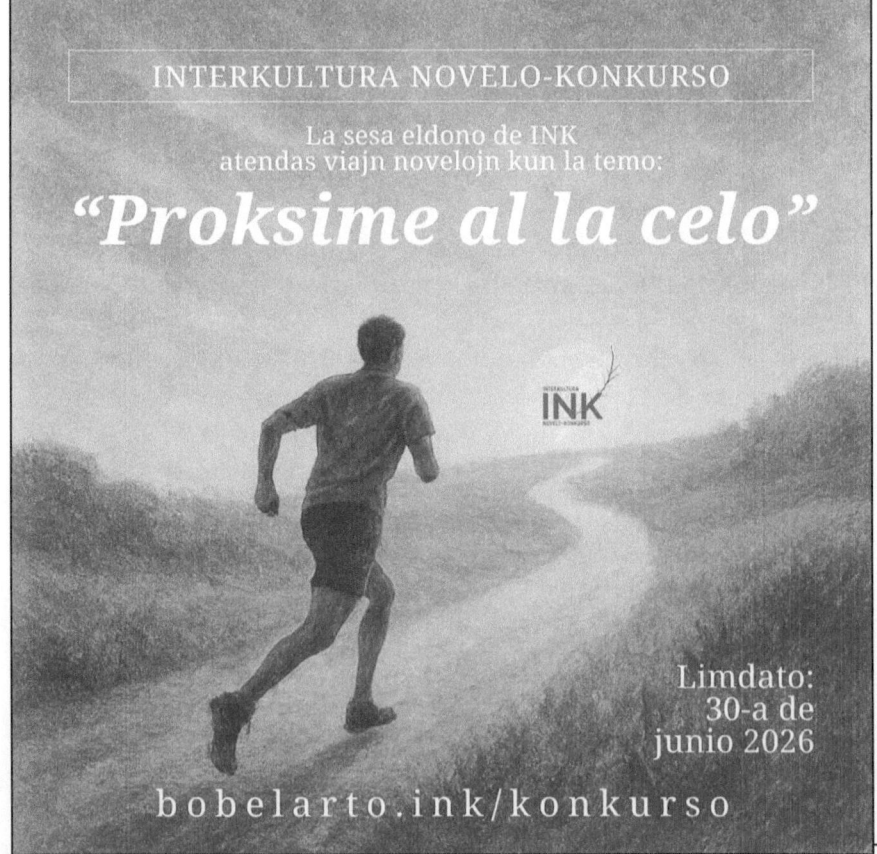

Kuri nuda tra la tempo

La edzino de l' tempvojaĝanto, de Audrey Niffenegger, tradukita de István Ertl, Esperanto-Asocio de Britio, Stoke-on-Trent, 2024, 653 p., ISBN 9780902756793.

The Time Traveler's Wife, de Audrey Niffenegger, unue aperis en la angla en 2003. Sekvis tradukoj en dekojn da lingvoj. Filmo aperis en 2009[1] kaj adapto en ses-epizodan televidserion en 2022.[2] La tradukon de István Ertl publikigis en 2024 Esperanto-Asocio de Britio. La romano temas pri la interrilato inter Henry DeTamble, bibliotekisto, kaj lia edzino Clare, artisto, paro kies arda amo daŭras tra jardekoj malgraŭ la malfacilaĵoj trudataj de la stranga medicina problemo kiu ĝenas Henry.

Tempvojaĝado

Henry – kiel atentigas la librotitolo – estas tempvojaĝanto. La vorto povas signifi multajn aferojn, ĉar en fikcio, tempvojaĝado havas multajn specojn. Ĝi povas esti hazarda aŭ cela, ekzemple, kaŭzita de mekanismo aŭ magio, fantomoj aŭ pensado, kaj la tempvojaĝanto eble povas kaj eble ne povas ŝanĝi aferojn kiam li forlasas sian naturan templinion. La speco de tempvojaĝado

---

1 eo.wikipedia.org/wiki/The_Time_Traveler%27s_Wife_(filmo)
2 en.wikipedia.org/wiki/The_Time_Traveler%27s_Wife_(TV_series)

kiun spertas Henry estas nevola kaj kaŭzita de genetika malordo. Kiam li spertas salton, li vojaĝas tra kaj tempo kaj spaco, ofte tirita al eventoj kiuj havas emocian signifon por li. Tial li iam travivas multfoje la samajn traŭmataĵojn, sed havante malsamajn aĝojn – unue kiel partoprenanto kaj poste ĉeestanto (p. 147 kaj aliloke). Tempsaltante, li ne antaŭscias kiom da tempo li forestos de sia propra tempo, kaj la tempodaŭro kiun li spertas eble ne estos la sama kiel tiu kiu pasos en la tempo forlasita (ekz. p. 146 kaj 184). Ege gravas tio, ke tempvojaĝante li ne povas kunporti ion ajn – ne nur monon kaj identigilon, sed ankaŭ aferojn kiel dentajn plombojn (p. 364). Krome, tempe delokiĝinte, li ne povas ŝanĝi aferojn kiuj en sia tempo jam okazis: "Mi povas fari nur farojn kiuj kontribuas al eventoj jam okazintaj." (p. 101)

Venante nuda ien, iam, kaj por neantaŭvidebla tempodaŭro, Henry tuj devas orienti sin loke kaj tempe, trovi ŝirmejon aŭ vestaĵojn, ŝteli monon por nutri sin, kaj trakti la sekvojn de sia malkaŝiĝo. Trejnado por tempvojaĝa vivo do inkludas lerni kiel ŝteli el poŝoj kaj malfermi serurojn. Ankaŭ gravas regula kurtrejnado ĉar, kiel li esprimas al Clare, "sufiĉe ofte mia vivo dependas de tio ĉu mi kuras pli rapide ol miaj persekutantoj." (p. 282) Li ofte estas arestita kaj, ne povante klarigi sian situacion al la polico, restas silenta ĝis malapero (p. 80-81). Malmultaj homoj konscias lian situacion, do tempvojaĝado ankaŭ trudas al li la devigon kaŝi sian sekretan vivon, kaj ne nur de policanoj. Ekzemple, li kelkfoje devas inventi pretekstojn por klarigi al bibliotekaj kunlaborantoj kial li aperadas senvesta inter la librobretoj (p. 366).

Niffenegger zorge konsideris la demandon, kiel iu kiu suferas pro tiu speco de tempvojaĝado reagus al ties defioj. Estas tre amuze imagi la sekvojn de la malordo kaj vidi kiel bone la aŭtoro ilin imagis. Kelkaj sekvoj estas cerbokreve grandaj: Henry povas revidi forpasintajn amatojn (p. 141 kaj aliloke) kaj resperti jam okazintajn eventojn (ĉu feliĉige aŭ ne); li povas interagi kun aliaj versioj de si mem (ekzemple, kiam li havas kaj 9 kaj 27 jarojn: p. 68). Tamen estas la malpli grandaj sekvoj de tempvojaĝado kiuj laŭ mi vere igas la situacion de Henry realisma. Li ne povas sendanĝere veturigi aŭton, ĉar je iu momento li eble malaperos de malantaŭ la stirilo (p. 111-112). Flugvojaĝado simile estas tro danĝera: ĉu tempvojaĝanto povus reveni al sia propra templinio forveninte el fluganta flugmaŝino (p. 206-207)? Meminterago ebligas memseksumadon

(p. 76). Ĝi ankaŭ devigas ke oni kelkfoje pruntu al si mem vestaĵojn, kaj en tiu okazo havas sencon doni vestaĵojn ne ŝatatajn: "Li vestas sin, eltiras vestopecojn el la stako da aĵoj kiujn mi ne bezonas revidi. ... Mi transdonas al li peruan ski-sveteron kiun mi ĉiam malŝatis." (p. 80) Tiu ĉi detala imago de la vivo de Henry estas tre interesa, kaj impresas min kiel vive la aŭtoro imagis tiajn ĉiutagajn spertojn.

Kompleksa templinio kaj pluraj perspektivoj

La romano havas komplikan templinion pro la multaj tempsaltoj de Henry. Nun li eble estas en 2005 havante sian veran aĝon de 41 jaroj, kaj subite li troviĝas samaĝa en 1968; aŭ eble pli juna Henry alvenas al lia nuntempo. Krome, la rakonto alternas inter la perspektivoj de Clare kaj Henry – kaj Henry kaj Henry kaj Henry, ĉar ekzistas multaj Henry-oj. Tiuj saltoj en tempo kaj perspektivo povus rezultigi grandan konfuzon se la aŭtoro traktus la defiojn malbone. Sed tra la romano, la saltoj estas identigitaj per subtitoloj tiel klare – same en la esperanta kiel la angla versioj de la libro – ke, malgraŭ la kapturna situacio, la rakonto neniam estas konfuza. Kaj malgraŭ la tempsaltoj, ĝi malvolviĝas pli-malpli en tempa ordo. La romano komenciĝas en 1991, kiam Henry (aĝa 28) unue renkontas Clare (aĝan 20). Poste ĝi revenas al 1968 kaj lia unua tempsalto, kaj de tiam ĝi progresas antaŭen tra la tempo, krom ke Henry temp-saltas el sia nuntempo kiam ajn la intrigo postulas.

Krom danĝera, tempvojaĝado povas esti interrilate konfuza. Henry ofte devas komuniki kun konatoj sen scii kiamen li alvenis en tempo. Eĉ en sia propra templinio, li scias pri estontaj aferoj kiujn li ne devus scii kaj – eble malpli memklara sekvo de tempsaltado – li *ne* scias pri jam okazintaj aferoj kiujn li devus, ĉar ne li sed pli aĝa versio de li spertis ilin tempvojaĝante. Kelkfoje homoj diras al li komentojn kiuj ankoraŭ ne havas sencon por li sed ja havos, eble nur post jaroj: "Tamen nun klariĝas io kion ŝi diris al mi dum nia geedziĝo. Mi ŝategas kiam puzleroj tiamaniere trovas sian lokon." (p. 116)

La romano starigas demandojn ankaŭ por la leganto. Kiel Henry, ni malkovras aludojn en la libro pri eblaj okazontaĵoj sed ne povas scii certe kiel aferoj fakte malvolviĝos ĝis la fino. La mistero

---

daŭre legigas nin. Plektinte intrigajn fadenojn tra la romano, Nif-fenegger fine kolektas kaj kunligas ilin en kontentiga maniero. Denove imponas min kiel lerte ŝi traktas rakonton templinie tiel kompleksan.

La edzino

La sekvoj de tempvojaĝado do estas plene pripensitaj de la aŭtoro. Tamen, la fokuso de la romano estas ne tempvojaĝado mem sed la homaj implikaĵoj de la tempsaltiga sindromo kiun suferas Henry, specife, lia interrilato kun Clare.

La titolo de la romano estas *La edzino de l' tempvojaĝanto* (angle *The Time Traveler's Wife*) – ne *La tempvojaĝanto*. Tio estas sugesta. Unuflanke, estas la edzino kiu rolas centre; aliflanke, ŝi estas gramatike posedaĵo de sia edzo, definita rilate al li. La titolo do spegulas la enhavon de la libro ege bone, ĉar – kvankam la morbo de Henry kaj liaj tempvojaĝaj spertoj kom_preneble estas centraj al la intrigo – lia vivo rondiras ĉirkaŭ Clare: ŝi estas la ĉefa rolulo. Tamen, ŝia vivo estas nedisigeble ligita al Henry – ĉu por bono aŭ la malo.

Enamiĝi al iu kiel Henry – kiom ajn bone li traktas ŝin – kostas multege. Clare ligas sin al iu kiu tre ofte ne ĉeestos, kiu forlasos ŝin je neantaŭvideblaj tempoj por neantaŭvideblaj daŭroj, kies vivo estas danĝeroplena. Ŝi pasigos la plejparton de sia vivo – fakte la tutan vivon ekde la aĝo de ses – atendante lin. La temo de atendado trapasas la romanon. Clare parolas pri tio en la prologo: "Malfacilas esti postlasita. Mi atendas Henry, ne scias kie li estas, demandas min ĉu ĉio enordas kun li. Malfacilas esti tiu kiu restas." Kaj ŝi atendas ankaŭ ĉe la fino de la libro. Fine, eĉ ilia malplena domo atendas: "Post minuto mi kluĉas rapidumon, retroas el la enveturejo, kaj direktiĝas al nia silenta, atendanta hejmo." (p. 624)

Pliaĝante, Clare spertas la tempvojaĝadon de Henry malsame. Kiel knabino, ŝi antaŭĝojis liajn temposaltojn, ĉar tiel li vizitas ŝin. Post kiam ili renkontiĝas en la "vera" templinio, tempvojaĝado anstataŭe signifas ke li forlasas ŝin: "Nun ĉiu lia foresto estas malevento, subtraho, aventuro pri kiu mi aŭdas, kiam mia aventuristo materiiĝas ĉe miaj piedoj, sangante aŭ fajfante, kun

rideto aŭ kun skuiĝoj. Nun mi timas kiam li estas for." (p. 345)
Clare komprenas – se ne kiam ŝi unue renkontas Henry, tiam do
poste – la sekvojn de sia elekto resti kun li. Ŝi komparas sin al
Penelopo (p. 345), ĉiam atendante sian Odiseon (kaj la libro finiĝas
per eltiraĵo de Odiseado, kiu substrekas la komparon inter la du
paroj: unu antikva, la alia nuntempa). Sed Clare estas ankaŭ kiel
Aĥilo, konscie elektante (sed vidu sube) "esti ekstreme feliĉa dum
mallonga tempo kaj perdi tion ol viveti dum la tuta vivo" (p. 292).

Antaŭ ŝia edziniĝo, pluraj homoj avertas Clare ke ŝi restu for de
Henry. Du el ili – Gomez (p. 188-189) kaj Celia (p. 199, 295) – eble
havas kaŝajn motivojn. Sed la tria rolulo parolas nur el amo. Post
kiam Clare klarigas al sia avino la situacion de Henry, tiu maljuna
saĝulino tuj komprenas, ke ami viron kiu daŭre malaperas necese
kunportos emocian doloron:

> "Dio mia, Clare, kial do vi entute volus edziniĝi al tia persono?
> Pensu kiajn infanojn vi havus! Ili saltus al la venonta semajno
> kaj revenus antaŭ matenmanĝo!"

> Mi ridas.

> "Sed estus ekscite! Kiel Mary Poppins, aŭ Peter Pan."

> Milde ŝi premetas miajn manojn.

> "Pensu nur minuton, mia kara: en infanrakontoj la ĝuindajn
> aventurojn travivas la infanoj. Patrinoj devas resti hejme kaj
> atendi ke la infanoj reflugu tra la fenestro."

Sed Clare estas juna kaj naiva kaj amo-blinda. Ŝi ne agnoskas la
avinan saĝecon. Tamen, kiam ŝi poste bonnoktis la maljunulinon,
memkompato plenigas ŝin pro tio, ke Henry tiom multe mankas al
ŝi (p. 162-163).

Neplenaĝulo

Mi jam menciis, ke Henry unue renkontas Clare kiam li aĝas 28.
Sed tiutempe, Clare jam konis lin dum 14 jaroj. Ŝi renkontis lin
unuan fojon en 1977, kiam ŝi havis 6 jarojn kaj li 36. Post tiu unua
renkontiĝo, Henry tempsaltis en ŝian infanecon sufiĉe ofte, kaj

li fariĝis grava – sed kaŝa – parto de ŝia maturiĝo. Ili kune faris ŝiajn hejmtaskojn, ŝakludis, parolis pri muziko. Fine ŝi ekenamiĝis. Kompreneble, timigas multajn homojn la ideo ke pli aĝa viro sekrete pasigas tiom da tempo kun knabino kaj fine havas seksan interrilaton kun ŝi. Efektive, rete oni povas trovi aron da legantoj ĝenataj de lia "kaŝa sekscela manipulado kaj pedofilio".[3] Sed, nu, ĝi estas komplikita afero. Kaj kompreneble, tempvojaĝado estas la komplikanta faktoro.

Kiam Henry fine renkontas la knabinan Clare en 1977, li jam estas ŝia edzo en sia propra templinio dum pli ol 6 jaroj. Kaj dum siaj vizitoj en tiu periodo, li zorgas ne konduti maldece kontraŭ ŝi (ekz. p. 283-284). Mi ne scias kiel li anstataŭe devus respondi al la malfacila situacio en kiun li tempsaltis, renkontante la infanan version de sia edzino. Ĝi estas pensiga cirkonstanco, kaj la romano estas bona parte pro tio, ke ĝi starigas tiajn interesajn moralajn demandojn.

Libera volo

Tamen, la fakto ke Henry partoprenas entute en la knabina vivo de Clare nepre influas ŝin. Ŝi plenaĝiĝas kaj enamiĝas al Henry ĉar – nu, kian elekton ŝi havas? Tio jam okazis en la templinio de Henry kaj do denove okazos.

Kiam Clare aĝas 13, Henry mencias al ŝi ŝiajn kafo-rilatajn preferojn kiel plenkreskulo, kaj ŝi plendas pri lia influo sur ŝian maturiĝon: "Ĉar se estas tiel, kiel do mi povus eltrovi ĉu mi vere ŝatas ĝin tia, aŭ ĉu mia ŝato venas nur el tio ke laŭ vi mi ĝin ŝatas?" (p. 100)

Alivorte, kiu estus Clare sen Henry?

Libera volo estas grava temo de la romano kaj ofta temo de konversacioj inter la roluloj (ekz. p. 78). Henry, kompreneble, ade ekaperas en tempolinioj en kiuj li ne povas ŝanĝi eventojn kiuj jam okazis en sia propra tempo. "Determinismo", li diras al Clare, "hantas miajn sonĝojn … Mi daŭre kolizias kun la fakto ke mi povas ŝanĝi nenion, eĉ ne kiam mi ĉeestas kaj rigardas." (p. 100-101) Kaj en sia propra templinio, li ne vere havas regon super sia rilato kun

---

3   app.thestorygraph.com/book_reviews/f39ff000-c7f6-4d2c-af4b-38ab9f618f9d/
    content_warning/37?page=2

Clare. Kiam li unue renkontas ŝin, ŝi jam enamiĝis al li antaŭ jaroj, kaj ŝi tiam diras ke ili estontece geedziĝos – ĉar tion li iam diris al ŝi. Tio kio estas farita estos farita denove.

Sed la 28-jaraĝa Henry kiun Clare fine renkontas en la "vera" templinio estas malpli polurita versio de la pli aĝa viro kiun ŝi renkontis kiel infano kaj jam amas. Tiu ĉi Henry fariĝos la polurita viro parte rezulte de tio, ke interagi kun ŝi plibonigos lin. Tiu juna Henry, rigardante tempvojaĝantan version de si pli aĝa je 5 jaroj, pensas, "Mi estas proksimumulo, kiun ŝi kaŝe gvidas por atingi tiun mion kiun ŝi vidas per la mensaj okuloj. Kio mi estus sen ŝi?" (p. 192)

Do en tiu kapturna, paradoksa situacio, Henry formas Clare, kaj Clare formas Henry, kaj ambaŭ tion faras ĉar ili jam faris.

Kia romano! Kompreneble, ĝi ne estas perfekta. Laŭ mi, la longaj priskriboj de la arto kiun Clare kreas estas tedaj, kaj okazas situacio en ĉapitro 5 kun mezlerneja malbonulo kies funkcion en la rakonto mi ne komprenas. Verŝajne aliaj aferetoj povus esti forlasitaj el la romano sen grava manko. Sed malgraŭ tiuj etaj maltrafoj, *La edzino de l' tempvojaĝanto* estas pensiga kaj leginda.

La traduko

Feliĉe, la esperanta traduko de la romano estas tiel leginda kaj ĝuebla kiel la originalo. Ege plaĉas al mi tio, ke ĝi haveblas por la esperanta legantaro.

Je la fino de la libro (p. 639-653), Ertl aldonas rimarkigojn pri diversaj tradukrilataj decidoj kaj preferoj. La notoj temas pri, ekzemple, interpunkcio, stratnomoj kaj varmarkoj, kursivado, la uzo de verbotempoj (fakte komplika afero pro la temo de la romano), kaj la manko de n-finaĵoj kun personaj nomoj. Li korektas erarojn en la originala angla versio, pritraktas la tradukon de pluraj vortoj kaj frazoj, kaj havigas glosaron de ne-PIVaj vortoj uzataj en la teksto.

Komoj

La Ertla traktado de interpunkcio meritas komenton ĉar ĝi estas iom nekutima. Legantoj verŝajne rimarkos tuj la mankon de komoj antaŭ subpropozicioj (plej rimarkeble antaŭ *ke*). Forlasante ilin,

Ertl sekvas la proprajn gvidnormojn, priskribitajn en la artikolo "Ĉu meti aŭ ne meti?" (*Esperanto,* feb. 1995, p. 28): "la komenco de subpropozicio fakte estas 'necese kaj sufiĉe' montrata de subjunkcio (*ke, kiam, se...*) aŭ rilativo (*kiu, kio, kies...*)". Komoj, do, plej ofte ne necesas antaŭ subpropozicioj, laŭ Ertl, kvankam li rekomendas uzi ilin antaŭ ne-determinaj rilativaj subpropozicioj kaj por travidebligi komplikajn frazojn. Lia pozicio havas sencon, kvankam mankas al mi komoj antaŭ la *ke*-oj, kiuj aspektas laŭ mi nudaj, malkomforte naĝantaj trans la paĝo. Sed mi tutkore konsentas pri tio, ke estas konsilinde distingi ne-determinajn rilativajn subpropoziciojn de determinaj per la uzo de komoj en nur la unua kazo. (Kaj fakte mi sekvas tiun distingon en tiu ĉi recenzo.)

Reprezentado de parolo

Ertl uzas mezlongajn haltostrekojn (angle: *en dashes*) por marki parolon, anstataŭ uzi citilojn – kio povus esti skua por legantoj kiuj kutimas al ĉi-lastaj. Krome, li ĉiam komencas novan alineon kiam iu ekparolas, eĉ se la ekparolanto nur daŭrigas diron kiu estis interrompita de neparola priskribo. Tiu citmaniero foje malfaciligis al mi la identigon de la parolanto. Sur p. 245, ekzemple, ne klaras al mi, kiu diras la duan linion:

– Venu, Henry! – diras Alicia.

– He, ĉu neniu el vi du volas ion trinki?

– Ne – diras Clare.

Sed en la angla originalo, klare videblas, ke la parolanto estas Alicia:

"Come on, Henry," says Alicia. "Hey, do either of you want anything to drink?"

"No," Clare says.

Simile, estas neklare, kiu ridetas en la suba dialogo, kaj sekve kiu diras, "Transsalto de unu generacio" (p. 484):

– Ŝi estas bela – li diras al mi. Kaj al Henry: – Ŝi aspektas kiel via patrino.

Henry kapjesas:

– Jen via violonisto, Paĉjo.

Li ridetas:

– Transsalto de unu generacio.

– Ĉu violonisto?

Richard rigardas malsupren....

La identigo de la parolanto estas laŭ mi multe pli videbla en la angla teksto:

"She's beautiful," he tells me. And to Henry, "She looks like your mother."

Henry nods. "There's your violinist, Dad." He smiles. "It skipped a generation."

"A violinist?" Richard looks down....[4]

Ŝatatoj

Jen kelkaj tradukelektoj kiuj aparte plaĉas al mi:

"Surely he has to say yes, this Henry who loves me in the past and the future must love me now in some bat-squeak echo of other time." Angle, tiu frazo estas poezia kaj bela, sed malfacile komprenebla. Kion signifas "bat-squeak echo of time"? Sed la Ertla versio klarigas la signifon kaj estas almenaŭ tiel bela: **Li ja devas diri jes, tiu ĉi Henry kiu amas min estinte kaj estonte, li ja devas ami min ankaŭ estante, almenaŭ per ia sento kiu ultrasone eĥas el alia tempo** (p. 19). Cetere, rigardu tiun aron da participoj, tiel brile montrantan la kapablecon de la esperanta verbosistemo!

Je la fino de la unua renkontiĝo de Clare kaj Henry en 1977, tuj antaŭ malapero, Henry diras al ŝi, "Don't take any wooden nickels." La idioma esprimo, kiu konsilas singardemon kontraŭ neverajoj, ŝajne rilatas al la teksto nur malforte. Ertl anstataŭigas ĝin per Zamenhofa proverbo (243.02 = 13): **Al amiko nova ne fidu sen provo.** Ankaŭ la proverbo temas pri zorgemo kaj fido, sed ĝi pli bone trafas ilian tiaman situacion. Honeste, ĝi estas perfekta, ĉar Henry ĝuste tiam estas malaperonta, tiel proponante pruvon,

---

4   Vd. ankaŭ p. 361 ("Mi bedaŭras") kaj p. 552 ("Mi neniam komprenis kial Clark Kent tiel nepre volis teni Lois Lane senscia").

ke tio kion li ĵus diris al Clare pri tempvojaĝado estas vera. Eble Niffenegger celis same uzante la moneran idiomon, sed la traduko de Ertl eltiras tiun signifon kaj estas granda plibonigo (p. 60).[5]

Pro tio, ke malsamaj versioj de Henry kelkfoje renkontiĝas en la rakonto, aperas surpaĝe multe da interesaj mi-esprimoj – ekzemple, **mia mio kaj mi** ("my self and I") kaj **mia senkulpa mieto** ("my poor innocent little self"), kiuj laŭ mi sonas pli bone en Esperanto ol en la originala angla (p. 69). (Iomete konfuze, "mio" estas uzata ankaŭ por aludi al la dua versio de homo menciita en la tria persono: "kiel ŝia pli aĝa mio kroĉiĝas al mi plorante", p. 529.)

"…my goal tonight is to achieve a level of inebriation at which I can barely stand up, much less get it up." La seksa vortludo funkcias bone ankaŭ en Esperanto: **Vidu, mia celo hodiaŭ estas atingi tian gradon de ebrio ke mi ne povu teni min rekta, des malpli erekta** (p. 154).

"The abandoned ghost train track looms over the street in the sodium vapor glare and as I open the door someone starts to blow a trumpet and hot jazz smacks me in the chest." Ertl tradukas jene: **En la forta lumo de natrivaporaj lampoj, super la strato fantomas eksteruza trajnotrako.** Mi aprezas, ke dum "eksteruza" traktas la laŭvortan signifon de "ghost train", Ertl retenas spuron de la eksternatura gusto de la frazo per la verbo "fantomas" (p. 152).

"We are all drunk as skunks" iĝas esperante **Ni estas ĉiuj ebriaj kiel anasoj**. Kiel multaj esperantistoj scias, havante anason, oni fartas bone. Ĉu eble Ertl ludumas tial? Aŭ ĉu anasoj efektive estas drinkemaj (p. 167)?

"Oh well, December in Chicago" iĝas **Nu, decembro decembras en Ĉikago**. Ambaŭ frazoj estas sufiĉe koncizaj, sed "decembro decembras" estas aparte eleganta (p. 193).[6]

"The Iggster is crooning 'Calling Sister Midnight: well, I'm an idiot for you…' and I know exactly how he feels."[7] "The Iggster"

---

5 Vd. p. 126, kie Ertl anstataŭigas citon en la franca – "C'est magnifique mais ce n'est pas la guerre" – per verso el *Preĝo sub la verda standardo* (kun ŝanĝo de pronomoj): "Subtenu min, forto, ne lasu min fali!"

6 Tre ofte Esperanto estas pli konciza ol la angla, sed foje la angla venkas: "Of course, she can't, because I won't, and she doesn't" iĝas esperante "Kompreneble, ŝi ne sukcesas, ĉar mi ne diras, kaj ŝi ne trovas" (p. 143). La angla versio estas pli konciza kaj frapa pro la kapableco uzi modalajn verbojn sen ĉefa verbo.

7 Rimarku: iuj anglaj eldonoj de la romano havas la jenan: "The Iggster is crooning '*I'm so pent up like this I can't stay…*' and I know exactly how he feels".

estas luda aludo al la muzikisto Iggy Pop. Anstataŭ ludi kun la nomo persufikse, Ertl amuze verbigas ĝin: **Iggy kapablas iggy nin frenezaj per sia «Fratin' Meznokto», kiam li miele kantas «Venu, Fratin' Meznokt', jen via idiot' …», kaj mi perfekte komprenas liajn sentojn** (p. 521) – komprenebre, ŝerco kiu povas funkcii nur en Esperanto!

"In the bathroom I run the water for a while, waiting for it to get hot." Ertl tradukas tion kiel **En la banĉambro mi fluigas la akvon dum kelka tempo, atendante varmiĝon**, kunpremante ses anglajn vortojn en elegantan, du-vortan participan frazon, "atendante varmiĝon." (p. 539)

"You been eatin' your Wheaties!" Tiu aludo al la cerealo Wheaties kaj ĝia fama reklama slogano verŝajne ne estus komprenebla al internacia legantaro. La traduko – **Kaĉo en stomako, forto en la brako!** – perfekte taŭgas kaj ŝajnas tiel ĝusta ke mi unue pensis ke temas pri Zamenhofa proverbo – sed fakte ĝi estas Ertla (p. 542).

"My own personal fat lady is singing, Gomez." La komento de Henry aludas al la idiomo "It ain't over till the fat lady sings", kiu temas pri dikaj opero-kantistoj kaj signifas ke io ne finiĝas ĝis ĝi fakte atingas finon. Henry diras, alivorte, ke li vere alvenas al sia fino. Ertl uzas Zamenhofan proverbon (7.04 = 2535) por esprimi similan ideon pri fineco: **Venis fino al mia latino**, kiu signifas, laŭ Zamenhof, "Nun finiĝas mia klereco." (7.03 = 1788) Kvankam angle la komento estas malhele komika, la esperantigo estas pli literatura – la latina lingvo anstataŭ dikaj kantistoj. Ĝi ne estas ekzakta anstataŭigo sed tamen estas eleganta adapto (p. 604).

Korektendaj kaj pridubindaj

Henry estas en artmuzeo en 1973, serĉante taŭgan lokon por instrui al pli juna versio de si kiel ŝteli el poŝoj: "The Art Institute is famous for its Impressionist collection. I can take it or leave it, but as usual these rooms are jam-packed with people…". Ĉi tie, la "it" en "I can take it or leave it" aludas al impresionismo, aŭ almenaŭ al tiu aparta kolekto de pentraĵoj. En la esperanta traduko, tamen, la indiferenteco de Henry rilatas al elekto de ĉambro en kiu ekzerci sian mion pri ŝtelado: **Eblas elekti ĉi tiun lokon same kiel alian, sed laŭkutime la salono plenplenas de homoj**… (p. 70).

Dum vespermanĝa renkontiĝo, kiam geamikoj moketas Clare pro subbako de braŭnioj, Henry diras, "I've always liked dough" kaj lekas siajn fingrojn. La komento, kvankam iom moketa, ankaŭ estas subtena al Clare. Ertl anstataŭigas ĝin per Zamenhofa proverbo (zam-528.02 = 2287): **Se oni amas la gaston, oni zorgas la paston.** Mi komprenas kial pasto-rilata proverbo allogus la tradukanton, sed mi pensas ke ĝi aspektas pli kritika. Rezulte, Henry ŝajne sugestas, ke Clare ne bone traktas la gastojn, ĉar ŝi fakte ne zorgis la paston (p. 171).

Clare priskribas scenon inter sia patro kaj Henry: "My father mixes drinks with a heavy hand, and his eyes bug out a little when Henry knocks back the Scotch effortlessly." Ertl tradukas jene: **Paĉjo ne estas la plej sperta koktelisto. Liaj okuloj larĝiĝas kiam Henry senplue englutas sian viskion.** La traduko maltrafas la ĉefan punkton de la sceno, kiu estas, ke la patro de Clare miksas *fortajn* drinkojn, ne ke li estas malsperta koktelisto – kaj implice, ke tiu momento estas alia indiko de alkoholproblemo de Henry (p. 222).

"'Clare, you know your mother and I don't approve of you inviting your friend into your bedroom,' he says quietly." La esperanta traduko eraras: **Clare, vi konas vian patrinon, kaj mi ne aprobas ke vi invitu vian amikon en vian dormoĉambron....** La subjekto de "aprobas" devus esti "via patrino kaj mi", do: "Clare, vi scias ke via patrino kaj mi ne aprobas…"(p. 230).

Henry kaj Clare estas en la apartamento de Kimy, unu etaĝon malsupre de la apartamento de Richard, la patro de Henry: "There's a big crash above our heads, which means Dad has dropped something on the kitchen floor. He's probably just getting up." La duan frazon Ertl tradukas jene: **Nun li probable klopodas relevi sin.** Tio sugestas, ke Richard klopodas levi sin de sur la planko (kiel post falo), sed en la angla, "He's probably just getting up" signifas, ke Richard verŝajne nur nun ellitiĝas (p. 271).

"If you take it to Katz's Deli, Minnie will give you a big hug". Ertl erare musigas tiun Minnie – certe homan laboranton ĉe la restoracio – ŝajne miskomprenante ŝin kiel Disney-rolulon: **Se vi iros kun ĝi al Katz's Deli, Muso Minnie donos al vi grandan brakumon…** (p. 350).

"I'm not feeling so hot" tradukiĝas kiel **Mi ne tiom entuziasmas.** Tio estas eraro, ĉar la sceno rilatas al fizika malsano de Henry (p. 416).

"I try to discern if we are in this together or if I have been somehow left behind." Ertl tradukas tion jene: **mi klopodas kompreni ĉu ni estas en la sama boato aŭ ĉu mi jam elfalis el ĝi.** Sed "esti en la sama boato kun iu" ne havas la saman signifon kiel "esti kune en io kun iu". La unua sugestas, ke la koncernataj homoj kontraŭstaras similan defion; la lasta, ke ili estas unuigitaj en kundividita klopodo (p. 420).

Henry, citante la poeton Rilke, ekparolas en la germana. "– Diru ĝin angle – interrompas Clare." Li ja ŝanĝas lingvojn, sed li parolas Esperanton anstataŭ la anglan. Eble "angle" en la traduko devus esti "propralingve" aŭ simile (p. 479).

"He looks serene, not like a guy who's just cheated on his girlfriend with his girlfriend's best friend." La rilatoj estas konfuzitaj en la esperanta traduko: **"Li aspektas serena, ne kiel ulo ĵus trompinta sian amatinon kun la amatino de sia plej bona amiko."** Ĝi devus esti, "ĵus trompinta sian amatinon kun la plej bona amiko de sia amatino" (p. 516).

"Septembra mateno" devus esti "junia mateno". Tio estas ŝajne malgranda eraro, sed en romano kiu temas pri tempvojaĝado, la diferenco inter la monatoj fakte povas havi grandajn sekvojn (p. 548).

"Alba, sufiĉe strange, estas ankoraŭ senŝanĝe en sia blua velurrobo" sugestas ke estas surprize, ke Alba ankoraŭ ne ŝanĝis siajn vestaĵojn. Sed Alba ja ŝanĝis ilin. La efektiva surprizo estas, ke ŝia robo ankoraŭ estas pura: "Alba, oddly enough, is still pristine in her blue velvet dress…" (p. 596).

Mi esperas ke mi klare komunikis mian opinion, ke *La edzino de l' tempvojaĝanto* estas bonega romano. Ĝi estas dolĉa amrakonto, kiu malvolviĝas salte tra jardekoj, envolvita en tempvojaĝa aventuro kiu starigas intelektajn kaj moralajn demandojn. Ĝi estas leginda kaj pripensinda kaj diskutinda, kaj legi ĝin estas ĝojo. Tia estas ankaŭ la traduko de Ertl, kiu – krom miaj kritikaĵetoj – bele kaptas la senton kaj fluon de la originala lingvaĵo. Mi alte rekomendas la legadon, eĉ se vi jam legis la romanon en la angla (kiel mi, antaŭ jaroj). Malrapidumante la esperantigon, mi aprezis pli ol antaŭe la kompleksecon de la romano kaj la lertecon de ĝia aŭtoro.

RECENZO

Ateno kaj Jerusalemo en la Mezepoko

de Geoffrey Greatrex

Wisdom's House, Heaven's Gate. Athens and Jerusalem in the Middle Ages, de Teresa Shawcross, Palgrave Macmillan, Cham, Svisio, 2024, xxxv + 479 p., ISBN 9783031352621

Ĉi tiu bele ilustrita libro traktas plimalpli la tutan orientan mediteranean mondon en la Mezepoko, de la deka ĝis la dektria jarcento. Ĉe ĝia kerno troviĝas profunda enketo pri religia kaj filozofia rivaleco inter la du grandaj regionaj potencoj tiutempaj, la orienta romia imperio – kiun oni kutimas nomi bizanca – kaj la fatimida kalifujo, kies ĉefurbo estis la nove fondita urbo Kairo. Necesas tamen unue elstarigi kelkajn rimarkindajn trajtojn de la libro. Ĝi baziĝas sur larĝa lingvo-kono de la esploristino, profesoro ĉe la universitato Princeton en Usono, kiu citas tekstojn en la helena/greka, la araba, la hebrea, la latina kaj la siria (ĉiam kun angla traduko). En la fonta bibliografio oni trovos liston de manuskriptoj kaj eldonitaj tekstoj ne nur en tiuj lingvoj, sed ankaŭ en la armena, la kataluna, la franca, la itala, la persa, la rusa kaj la turka. Ŝi krome citas abundajn modernajn studojn pri la periodo (en pluraj lingvoj). La libro enhavas 75 bildojn, iujn kolorajn, kiuj tre lerte enplektiĝas en la teksto; plurajn faris la aŭtoro mem.

La unua (enkonduka) ĉapitro klarigas la temojn de la libro. Ŝi oportune citas la fruan kristanan verkiston Tertuliano, kiu jam en la frua tria jarcento starigis la demandon, 'Kio do pri Ateno kaj Jerusalemo?': temis pri la konflikto inter (pagana) filozofio kaj la nova, kristana religio. Ŝi konsideras la evoluon de la urbo Ateno de la Malfrua antikvo ĝis la Mezepoko. Anstataŭ pagana kultejo ĝi fariĝis urbo aparte sankta, kie oni adoris la virgulinon Maria en la Partenono sur la Akropolo, kie antaŭe la diinon Atena oni kultis. Ŝi atentigas pri aliaj temoj traktotaj, kiel pri la rivaleco inter la du potencoj rilate la helenan filozofian heredaĵon, ekzemple, kaj pri la variaj grandpotencaj rilatoj. Kvankam ili ambaŭ celis regi Jerusalemon kaj iliaj armeoj ofte manovris en Sirio-Palestino, paca kunvivado eblis, kiel insistas la patriarko de Konstantinopolo, Nikolao Mistikos. Ŝi citas leteron lian (p. 24) en kiu li karakterizas la du potencojn kiel lumturojn de la mondo, kiuj devus do frate rilati inter si: la patriarko sendube paŭsis ĉi tiun ideon, eblas aldoni, de pli fruaj romiaj verkistoj, kiuj tute same priskribis la rilatojn inter Persio kaj la romianoj.

La dua ĉapitro konsideras kiel la Partenono fariĝis preĝejo. Jam en la kvina jarcento la imperiestrino Eŭdokia, la atena edzino de la imperiestro Teodozio la dua (408-50), probable konstruigis preĝejon en la urbo (vidu desegnaĵon 1, kiu montras kvar-absidan preĝejon apud la Biblioteko de Hadriano kaj fone la akropolon sude). Nur iom poste, eble malfrue en la sesa jarcento, la atena templo surakropola transformiĝis en preĝejon. Poste pluraj episkopoj, kiel Miĥaelo Ĥoniates (1138-1222), kies verkojn oni ofte citas, vantas la meritojn de la urbo kaj de ĝia ligo al Maria, la sankta virgulino. Kelkajn frisojn de la antikva templo oni reuzis (per reinterpreto de la dioj skulptitaj). La restaĵojn de la iama templo oni renovigis, muron oni konstruis inter la kolonoj, kaj oni aldonis orajn mozaikojn. Pendis de la plafono oraj kolomboj, kiuj reprezentis la Sanktan Spiriton. Plej grave, oni konservis flamon konstantan en sanktejo, kiun oni supozis neestingebla. Per la vigla agado de sacerdotoj kaj episkopoj la preĝejo kaj la urbo plifamiĝis, tiel ke alfluis pilgrimoj el la tuta imperio – kies grafitioj daŭre troviĝas sur la kolonoj de la konvertita templo. En la urbo krome estiĝis impona komerca foiro. La partenona preĝejo ŝajne emfazis la gravecon de Maria en sia arto (ekz. en la mozaikoj – la aŭtoro proponas, ke ŝi eble prezentiĝis kiel Kristo sur mozaiko en la preĝejo de sankta Davido en Tesaloniko, kie li aperas en luma mandorlo: vidu desegnaĵon 2) kaj ŝian rolon en la lumigo de la mondo – kiun elstarigis ankaŭ la liturgio kaj la himnoj. Tiel, kvankam Ateno posedis nek relikvojn nek ikonojn rimarkindajn, la urbo akiris gravan rolon en la religia vivo de la bizanca imperio: oni taksis ĝin pordego, kiu kondukas al la ĉielo. Tra la jarcentoj ĝi fariĝis serioza rivalo al la tradicie sankta urbo, Jerusalemo.

Ĉiela fajro estas la temo de la tria ĉapitro. Famis en la Mezepoko la fajra miraklo, kiu okazis en la preĝejo ĉe la sankta tombejo (ankaŭ konata kiel la preĝejo de la Resurekto) en Jerusalemo dum la nokto inter sabato kaj la paska dimanĉo: abundas priskriboj en diversaj lingvoj pri la disvolviĝo de la ceremonio nokta, en kiu subite ekflagris kandela lumo, kiun alportis, oni supozis, la sankta spirito. La luma ceremonio kaj la preĝejo mem tiom renomiĝis, ke plurloke tra la imperio kaj pli fore oni konstruis similajn preĝejojn, kiel eĉ en Kembriĝo, Prago kaj Pizo (p. 112-13); oni povus aldoni ankaŭ Mĉeta en Kartvelio (desegnaĵo 3), kie en la katedralo Sveti Ĉhoveli oni enmetis modelon de ĝi por funkcii kiel loka pilgrimejo. Kvankam islamanoj partoprenis la paskan riton – la emiro eĉ iam ludis rolon en la ceremonioj – iuj verkistoj kaj teologoj ĝin kritikis, insistante ke la miraklo estas simpla trompo. Finfine, en 1009, la kalifo al-Hakim ordonis la detruon de la preĝejo. Lia decido ligiĝas al la fakto, ke la fatimidoj estis ŝijaista dinastio kaj al-Hakim kalifo-imamo, kiu taksis sian propran rolon kerna en la disvastigo de sia kredo. Pro tio, necesis ke Jerusalemo kaj ĝiaj ritoj ne ombru lian propran lumon: li pretendis esti posteulo de la Profeto, kiu mem lumigas la mondon. Iuj pli fervoraj islamanoj tiutempaj eĉ kredis, ke alproksimiĝas la mondo-fino, tiel ke ne plu bezoniĝas islama juro: la hodiaŭaj druzoj fontas el ĝuste ĉi tiu periodo (p. 140). Dum la kalifo-imamo al-Hakim strebis klerigi sian popolon pri sia interpreto de islamo per la kreo de 'Sciejoj' kaj per sia propra predikado en la sunaita moskeo de Fustat, pluraj loĝantoj de lia imperio supozis la apokalipson baldaŭa. La detruo de la preĝejo ĉe la sankta tombejo riskigis militon, sed finfine la situacio trankviliĝis; al-Hakim, kiu insistis pri sia dieco, cetere ĉesis regi en 1017 kaj entute malaperis en 1021 (tuj antaŭ suneklipso, p. 143).

La kvara ĉapitro priskribas la relokon de Jerusalemo al Ateno. Malgraŭ iuj klopodoj, la romianoj neniam sukcesis repreni Jerusalemon (malkiel la kruckavaliroj ĉe la fino de la dekunua jarcento). Necesis do iel riposti al la detruo de la jerusalema preĝejo: ne sufiĉis fermi la ĉefan moskeon en Konstantinopolo kaj malpermesi al la aliaj moskeoj tie plu mencii la nomon de al-Hakim. La solvo troviĝis en Ateno, kie konstante brilis lumo en la partenona preĝejo: tien povis pilgrimi ĉiuj imperianoj kaj eksterlandaj kristanoj. Dumtempe oni rekonstruis la preĝejon en Jerusalemo kun romia financa subteno; samtempe la fatimidaj kalifoj aktivis pri beligo de islamaj monumentoj en la urbo, ekz. la Kupolo de la roko, kie ankaŭ abundis lampoj kaj lumo (p. 169). Eĉ se la rilatoj inter fatimidoj kaj bizancanoj pliboniĝis post la morto de al-Hakim, ili restis nestabilaj. Kristanaj pilgrimantoj ofte ne povis viziti la sanktajn lokojn pro la nesekureco de la regiono. Dum la tieaj militoj romiaj armeoj kaptis multajn loĝantojn, kiujn ili sklavigis; aliaj preferis forlasi sian hejmon kaj migri al la bizanca imperio. Krome vizitadis romiajn havenojn kaj urbojn arabaj komercistoj, kiuj lasis siajn spurojn; en iuj urboj fondiĝis moskeoj. Pro ĉi tiaj popolaj moviĝoj kaj translokiĝoj oni komencas rimarki arabecajn motivojn – aparte de la nova kufa skribo, kie kreskas de literoj floroj kaj folioj – en Grekio, ekz. sur la ekstero de la preĝejo de Panagia Kapnikarea (vidu desegnaĵon 4, super la supra fenestro). Tiamaniere la romianoj alportis al si la Sanktan Teron eĉ se ili ne rezignis pri ĝia rekonkero. En la motivoj eblis enmeti grekajn literojn inter la arabstilajn, kiuj simbole disigas la ŝajnan konfuzon (p. 220).

La kvina ĉapitro eniras la filozofian flankon de la temo: ĝi traktas la lumon de helenismo en la imperio kaj la kalifujo. Ambaŭ potencoj deziris iel alproprigi la heredaĵon de la helena filozofio. La kalifoimamo pli intervenis en la filozofia kampo, ĉar li ja konsideris sin religia kaj filozofia aŭtoritato; la imperiestro ne ludis tian rolon, ĉar en Konstantinopolo la patriarko estis la ĉefa religia estro (p. 236, kp. 355-6). Tial oni ne strebis disvastigi ian novplatonisman filozofion (kiel oni nomas la filozofion de la Malfrua antikvo ĝenerale, kiu forte baziĝis sur la verkoj de Platono) en la romia imperio kaj oni zorgis, ke oni ne tro okupiĝu pri paganaj ideoj – kiuj nomiĝis 'helenaj', notindas, ĉar tiel oni nomis la paganojn inter la romianoj. Shawcross klare reliefigas la grandan influon de Pseŭdo-Dionizio la Areopagano en la filozofio bizanca. La verko fontas el Sirio-Palestino en la malfrua kvina aŭ la frua sesa jarcento sed atribuiĝis al la viro, kiu aŭskultis la parolojn de sankta Paŭlo en Ateno en la unua jarcento p.K. kaj konvertiĝis al kristanismo (p. 240-1, Agoj de la apostoloj 17:34). Kvankam Pseŭdo-Dionizio multe ĉerpis el la verkoj de Proklo, pagana filozofo de la kvina jarcento, la mezepokaj filozofoj kredis la malon – ĉar por ili temis pri la vera Dionizio de la unua jarcento. Ankaŭ araba traduko de lia verkaro ekzistas, kiel de la plimulto de la greka filozofio. Pseŭdo-Dionizio interesiĝis pri la rilato inter la ĉiela dio kaj homoj surteraj, kaj pri la hierarkio de estaĵoj inter Dio kaj homoj (ekz. anĝeloj, keruboj). Lumo gravis kiel ilo por supreniri, ĉar ĝin radias Dio en la ĉielo. La superaj estaĵoj reflektas la lumon, tiel ke ĝi atingas la pli subajn estaĵojn (kaj do la homaron). Por la araboj, kiel por la romianoj, lumigo do estis serioza afero – por purigi kaj altigi la homojn. Al-Hakim taksis sin kapabla mem lumigi siajn regnanojn pro sia rilato kun la Profeto. En la romia imperio, la atena akropolo prenis la rolon de Nova Ciono (sur monto), sur kiun superverŝiĝas ĉiela lumo. Tiamaniere la romianoj strebis riposti kontraŭ la araba transpreno de greka filozofio.

La signifa rolo de Ateno en la kristanismo de la epoko, same kiel ĝia konata statuso de vartejo de filozofio en la tempo de Platono kaj liaj posteuloj, do permesis al la romianoj insisti pri sia rego de ĉi tiu filozofia heredaĵo – malgraŭ la kontraŭdiroj de la fatimidaj filozofoj. Necesis, tamen, ke la tiutempaj interpretistoj de la helena filozofio – plejparte pagana – en la romia imperio prudente esploru: altrangaj kristanoj daŭre maltrankviliĝis pri la paganeco de la pli fruaj skribaĵoj, kaj kiel notas Shawcross (p. 282-3), grava intelektulo, Johano Italos, studento de la klerulo Miĥaelo Psellos, kondamniĝis je la fino de la dekunua jarcento ĝuste pro siaj esploroj. La insisto de atenaj eminentuloj, kiel la episkopo Miĥaelo Ĥoniates, pri la rolo de Maria helpis rebati tiajn akuzojn kaj povis eĉ iom kompensi la mankon de mencioj de ŝi en la verkaro atribuita al Dionizio la Areopagano.

Kiel notite, Pseŭdo-Dionizio emfazas la gravecon de lumo en sia interpreto de la rilato inter la ĉielo kaj la tero. La surmonta preĝejo en Ateno – la iama Partenono – pli proksimis al la ĉiela lumo kaj tiel povis lumigi la homaron kaj faciligi la altigon de ordinaruloj; la sacerdotoj kaj la liturgio krome helpis tiurilate. Shawcross tiel priskribas la situacion (p. 278):

> By the twelfth century, indeed, the city had come to define itself by its marketing of a carefully controlled process of initiation into the mysteries through which humanity could receive illumination.

> *Antaŭ la jaro 1100 la urbo do atingis punkton, en kiu ĝi sin difinis per sia vantado pri zorge regata procezo de inicado en la misterojn, per kiuj la homaro povas lumiĝi.*

La vortoj pensigas onin pri alia mistera rito, en kiu lumigo ludis gravan rolon, kaj kiu disvolviĝis tuj apud Ateno – la eleŭzisaj misteroj, kies detalojn oni neniam malkaŝis al eksteruloj. Pro tio oni daŭre malmulton scias pri ili. Eleŭziso apudas Atenon: ĝi estas okcidenta antaŭurbo de la moderna urbo, survoje al Peloponezo. Ĉiujare dum la gloraj tagoj de la atena demokratio la civitanoj procesiis tien kaj partoprenis la ritojn, en kiuj ŝajne noktomeza lumigo de malhela ĉambro kernpunktis (eble por reprezenti la venkon de la vivo kontraŭ la morto). Eĉ post la apogeo de la atena ŝtato, la kulto daŭris; la ritojn partoprenis i.a. la imperiestroj Hadriano kaj Juliano (en la 350-aj jaroj, antaŭ lia kroniĝo). Ĉu ia memoro pri tiaj ritoj influis postajn interpretojn de mezepokuloj pri la urbo Ateno kaj ĝia akropola preĝejo, malfacilas diri. Sed ili probable ja konsciis pri la eleŭzisaj misteroj, kiuj menciiĝas en diversaj helenaj fontoj.

La sesa ĉapitro reliefigas la rolon de virinoj en la eminentigo de Ateno. Pluraj imperiestrinoj tra la jarcentoj kontribuis al la kristanigo kaj beligo de la urbo. Shawcross pritraktas gravajn diinojn en (versioj de) judismo, kristanismo kaj islamo. En tiu lasta oni aparte laŭdis la sanktecon de la edzino de Mohamedo, Ĥadiĝa, kiel ankaŭ de lia filino, Fatima, kiun iuj konsideris virgulino malgraŭ ŝia nasko de du idoj, Hasan kaj Husajn, kaj kiu, laŭ iuj, radiis kiel la suno (p. 300). Sekvas interesa trakto pri bildoj de Maria en greka manuskripto de la dekdua jarcento, kiuj akompanas laŭdojn de la virgulino en homilioj. Kiel rimarkigas Shawcross, pluraj imperiestrinoj, i.a. Ireno la *sevastokratorissa*, ano de la Komnena dinastio, ligis sin al Maria por firmigi sian potencon. Laŭ Shawcross, povas esti ke iuj maltrankviliĝis pro la virinaj aspektoj de la adorado de Maria, ekz. en la konstruado de la preĝejo konata hodiaŭ kiel la 'Katedraleto' (Mikre Metropole, p. 339-40): Post la kapto de Ateno de la kruckavaliroj kaj ilia transpreno de la partenona preĝejo, necesis ke la ortodoksuloj disponigu novan preĝejon por honori la virgulinon. Ĉe la okcidenta flanko oni modifis iujn antikajn skulptaĵojn por forviŝi scenon de virinoj, kiuj alportas novan robon al Atena/Maria: vidu desegnaĵon 5, kie en la supra friso oni vidos du krucojn, kiuj forigas la scenon antaŭe videblan en tiu loko. Unu montris kornan bovon, la alia la virinojn kun la robo.

Mallonga sepa ĉapitro fermas la libron. La urbo Ateno sukcese konatigis sin kiel klerigejon de la imperio; eĉ cirkulis rakontoj, ke ĝin fondis la saĝa biblia reĝo Salomono! La virgulino Maria helpis la transformon de la urbo: ŝi estis la patronino de la urbo, konata kiel Maria la atenanino (*Atheniotissa*). Dum maleblis sekure viziti la Sanktan teron, Ateno fariĝis taŭga alternativa pilgrimejo; tien iris la imperiestro Bazilo mem en 1018-19 (p. 350, kp. 14). Shawcross epiloge pritraktas la *Dian komedion* de Dante Alighieri kaj la rolon de Beatrico, kiu lin gvidas tra la ĉielo – ŝi estas tiu, kiu permesas al li aliri la dian lumon (p. 360). En la dekkvara jarcento, oni daŭre admiris la preĝejon partenonan, sed en postaj jarcentoj vizitantoj pli kaj pli interesiĝis pri la antikvaj restaĵoj kaj ne pri kristanaĵoj. En 1687 venecianoj bombardis la urbon kaj trafis municiejon en la Partenono, kio kaŭzis grandskalan detruon. Modernuloj finfine decidis forigi ĉiujn restaĵojn de la longdaŭra kristana uzo de la templo, inkl. tutan mezepokan turon konstruitan de la frankoj; restas foto de la deknaŭa jarcento de ĝi antaŭ ĝia malapero (p. 370). Tiamaniere forviŝiĝis kaj kaŝiĝis la fascina historio de la postklasika Partenono – historio, kiun lerte, detale kaj erudicie klarigas Shawcross.

RECENZO

Moderna romano verkita antaŭ jarmilo

de Cho Sung Ho

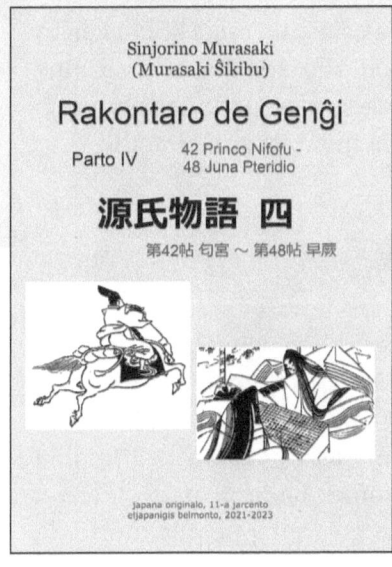

Sinjorino Murasaki
(Murasaki Ŝikibu)

Rakontaro de Genĝi

Parto IV   42 Princo Nifofu -
48 Juna Pteridio

源氏物語　四

第42帖 匂宮 ～ 第48帖 早蕨

japana originalo, 11-a jarcento
eljapanigis belmonto, 2021-2023

Rakontaro de Genĝi, de Murasaki Sikibu, tradukita de Yamasita Tosihiro, Belmonto, Hioki, 2020-2023, kvin volumoj, 384+357+398+277+400 p., ISBN neasignita (v.1), 979-8856681511 (v.2), 979-8863036342 (v.3), 979-8867618124 (v.4), 979-8872049081 (v.5).

Rakontaro de Genĝi estas la traduko de *Genĝi Monogatari*, verkita de Murasaki Sikibu (973?-1014?) en la epoko de Heian (794-1192). Ĝi estas la unua romano en la historio de la japana literaturo kaj, laŭvidpunkte, konsideriĝas kiel la plej malnova kaj longa inter ĉiuj romanoj tra la mondo. Originale verkita en la antikva japana, ĝi aperis diakrone en diversaj versioj, kaj depost 1933, kiam la unua anglalingva traduko estis prezentita al la okcidento, ĝin sekvis versioj en pli ol dudek lingvoj, inkluzive de la korea en kvar versioj.

La romano, konsistanta el kvindek kvar kajeroj, rakontas la amon kaj politikan ambicion de la fikcia figuro Hikaru Genĝi, mikadido, tra la periodo de kvar mikadoj dum sepdek jaroj. En ĝi rolas preskaŭ kvincent personoj el diversaj nobelrangoj kaj sociklasoj. La aŭtoro Murasaki Sikibu, filino de mezranga nobelo, verkis la romanon supozate inter la jaroj 1000 kaj 1012, parte en la kortego kiel ĉambelanino de la mikadedzino Ŝoŝi (988-1074). Laŭ ŝia taglibro ŝia patro ĉiam lamentis, ke ŝi naskiĝis kiel filino, ĉar ŝi montris de sia frua aĝo eksterordinaran talenton pri utao kaj ĉina literaturo, kiujn lerni estis rigardite neutila por virinoj.

La romano ludas kernan rolon kuntekste de la japana literaturo, funde enradikiĝinte en diversajn kampojn de la japana kulturo. Ĝi estas ne nur objekto de skrupula pristudado fare de fakuloj, sed ankaŭ lernomaterialo de ĉiugradaj lernantoj. La verko estas transformita en preskaŭ ĉiujn ĝenrojn de arto, kiel filmo, televida serio, mangao[1], animeo[2], teatro, kabuko kaj aliaj japanaj tradiciaj artformoj. Portreto de Murasaki Sikibu estas prezentita sur monbileto, kaj antaŭ nelonge la plej granda elsendejo NHK prilumis ŝian vivon en sia televida serio kun kvardek ok epizodoj.

Unika karaktero de la antikvalingva originalo estas ke ĉiu kajero estas skribita unulinie sen frazado kaj alineado krom intermitaj utaoj. En la nun recenzata versio ĉiu kajero estas dividita en plurajn ĉapitrojn por faciligi al legantoj sekvi la fluon de anekdotoj.

Intrigo

Ĝenerale fakuloj dividas la intrigon de la romano en tri partojn. La unua (kajeroj 1-33) rakontas de la naskiĝo de la protagonisto Genĝi ĝis la kulmino de lia prospero kiel kaj familiano kaj politikisto. En la dua parto (kajeroj 34-41) Genĝi suferas tragedion pro familia amafero, kaj pereo anstataŭas lian gloron. La lasta parto (kajeroj 42-54) temas pri la amrilato inter kvin gejunuloj post la morto de Genĝi.

Ni unue enrigardu ĝian enkondukon. Paŭlovnio[3], la patrino de Genĝi, estas mikadino malaltranga, tamen la plej bela kaj amata inter la edzinoj de la mikado. Ŝi turmentiĝas de ĉikanoj kaj ĵaluzoj de la ceteraj mikadedzinoj kaj fine forpasas pro marasmo, kiam Genĝi estas trijara. Kun amo de sia patro Genĝi kreskas al bela kaj klera knabo, sed kompatinte sian filon senpatrinan, la mikado enpalacigas novan edzinon, Visterion, kies aspekto mirinde paŭsas tiun de Paŭlovnio. Genĝi dekdujara edziĝas strategie al Malvo, filino de altranga aristokrato, sed lian koron plenigas Visterio,

---

1 Japanstila bildrakonto

2 Japanstila desegnofilmo

3 Ĉiu rolulo estas prezentita ne per sia propra nomo, sed per la karakterizaĵo, kiu rilatas al li aŭ ŝi. Ekzemple, mikadedzinoj estas nomitaj ofte laŭ sia loĝejo, kaj amatinoj de Genĝi laŭ floro aŭ kreskaĵo. Viroj plejmulte nomiĝas per sia pozicio aŭ rango en la kortego aŭ sia okupo.

lia duonpatrino, al kiu li enamiĝas. Kiam Genĝi deknaŭjariĝas, Visterio sekrete naskas al li filon, kiu poste fariĝos mikado. Genĝi envolvas sin en amaferojn ankaŭ kun pluraj aliaj virinoj. Li, tamen, restas fidela al siaj amatinoj, kiujn li poste venigas en sian palacon por loĝi kune.

Vin nun tuŝetis la etoso de la unua parto, tamen tio sufiĉu gvidi vin al la ĉefa vefto de la grandioza, komplikita romano. Surbaze de tio Murasaki Sikibu sukcesis fabriki splendan teksaĵon enplektante ĉiuspecajn fadenojn por ŝpini anekdotojn pri tio, kiel Genĝi kaj aliaj ĉefroluloj implikiĝas en amaferojn kaj politikajn taktikojn. La aŭtoro mem, tamen, aludas kelkfoje en la romano, ke la pesilo de la rakonto kliniĝu al la antaŭaj, tio estas amaferoj, monologante, *"Virino kiel mi ne traktu pri politika afero, tial eĉ ĉi tia citaĵo[4] estas hont-inda"* aŭ aliloke, *"Priskribi plian politikan aferon estas evitinde por mi, virino"*.

La amaferoj en la romano enkorpigas sin per diversaj formoj, unuflanke kun angoro, morno kaj soleco, kaj aliflanke kun indulgo kaj mizerikordo. Por ne rabi de vi karan tempon, mi ne regurdos la tutan intrigon ĉi tie, ĉar ĝi ĉieas kaj facile kapteblas tra la retaro. Kompense mi fokusiĝos al ĝiaj beletraj aspektoj, de kiuj mi imponiĝis senĉese de la komenco ĝis la fino.

Beletro

La romano *Rakontaro de Genĝi* aĝas pli ol jarmilon, sed ĝi ne per-ceptiĝas fremda, ekipite per beletra stilo de moderna literaturaĵo. Mi falis fojfoje en perplekson, dubante, ĉu mi ne legas romanon de nuntempa populara verkisto. La eskvizita priskribo pri homfiguroj kaj pejzaĝoj, por ne paroli pri vastgama psikologia perspektivo de la roluloj, elvokas surprizon kun admiro. Estu cititaj kelkaj el miriado da juveloj sporadaj tra la longa teksto.

Unue figuroj de homoj estas bildigitaj kvazaŭ ili pentriĝas antaŭ la okuloj de legantoj, ofte akompanate de emocioj. Mi eltiros du scenojn, en kiuj Murasaki Sikibu esprimas impresojn de Genĝi pri Violo, lia plej amata edzino. Genĝi vizitas templon en montaro por

---

4   Temas pri la testamento de la eksmikado, la patro de Genĝi.

preĝi por kuracado de sia malsano kaj tie trovas dekjaran Junan Violon[5], kiu aspektas ĝuste kiel Visterio, lia duonpatrino.

> "Ŝia hararo svinge balanciĝis kvazaŭ disfaldita ventumilo, kaj ŝi staris kun rozkolora vizaĝo frotita de manoj. (...) Ŝia vizaĝo estis tre aminda, kaj brovoj kreskis nature kiel en nebulo. La frunto sen infanece flanken ŝovitaj antaŭharoj kaj la harlimo estis mirinde ĉarma."

Sentiĝas febla kortremo kaj kaŝita ĝojo de Genĝi, kvankam ne eksplikite. Kaj kiam Violo forpasas post malglata vivo, ŝi aspektas al Genĝi ankoraŭ bela dum li rigardas al ŝia lasta figuro, sed al legantoj flareblas ankaŭ lia tristo.

> "Ŝia hararo kuŝis etendite; tre multa, pura, tute orda, polura kaj bela senfine. Ŝia vizaĝo ŝajnis brile blanka en la forta lumo. En la reala vivo ŝi kaŝis sian vizaĝon oficiale, sed nun kuŝante senmova, ŝi eksponis sin sen zorgo. Ŝia beleco superis ĉion sen komparo."

Pensoj kaj sentoj ofte reflektiĝas sur okazaĵoj aŭ cirkonstancoj, tiel ke ili nature transmetiĝas al kaj asimiliĝas en la menso de legantoj. Ekzemple, kiam Genĝi afliktiĝas pro nepermesata amo al sia duonpatrino Visterio, lia sopiro al ŝi montriĝas kortuŝe kune kun scenoj en la palaco.

> "Ĉe ĉiuj okazaĵoj de muzikludoj, li blovis fluton komunike (kun Visterio)[6], akordigante ŝian kotoo-ludadon. Ŝia mallaŭta voĉo venanta tra kurtenoj fariĝis lia konsolo, pro kio li ŝatis loĝi nur en la palaco."

Aŭ kiam Genĝi perdas sian politikan potencon kaj ekloĝas en la marborda ekzilejo Suma, lasinte sian edzinon Violo sola en la ĉefurbo, lia frustriĝo sinergiiĝas kun melankolia pejzaĝo.

> "En Suma alblovis aŭtunvento, kiu elĉerpas la homan koron. (Kvankam)[7] la maro estis iom malproksime, (...) tondrado de

---

5   Violo antaŭ sia edziniĝo nomiĝas en la verko Juna Violo.

6   La enhavo de la krampo estas aldonita de la recenzinto por faciligi komprenon laŭ la kunteksto. Ĉar la teksto estas tradukita el la antikva japana, ĝi ofte estas konciza, ne eksplika, kongrue al la originalo.

7   Vidu noton 6.

ondoj tre proksime aŭdiĝis en noktoj, pelite de furioza vento, kiu transblovis la kontrolejon (...). Ja korpika estis la aŭtuno ĉi tie."

En la menso de la aŭtoro fariĝas motivo de ŝia pentrado ankaŭ tio, kio povus esti nur banalaĵoj. Ekzemple, modesta heĝo de neriĉa domo donis al ŝi la jenan impreson.

"Pale verdaj grimpoherboj volvis sin ĉirkaŭ (...) tabulbarilo, kaj blankaj floroj solaj malfermis la palpebrojn en ridoj."

Ankaŭ la nokto cedas sin al ŝia magia peniko.
"La luno en la profunda nokto klare aperis de inter nuboj kaj ŝajnis baldaŭ kliniĝi al la rando de la monto. (...) La subiranta luno serene enradiis en la ĉambron."

Kaj fine ni vidu kian emocion povus doni vintra pejzaĝo!

"Ekbrilis la suno, kaj konkure ekscintilis la glacioj pendantaj de la antaŭtegmento. (...) Neĝo kovris la ĉirkaŭon. La Princo rigardis (...) kaj vidis nur branĉojn tra la maldensa fendo de la nebulo. La montoj brilis lume kvazaŭ pendigitaj speguloj."

La citaĵoj montritaj ne nepre plej altgrade reprezentas la verkon, sed ili sufiĉu por kapti ĝian beletran atmosferon. La ceteron vi estas petata mem malkovri kaj aprezi. Bedaŭrigas min tio, ke mankas al mi tia literatura kompetenteco, de kiu dotiĝis verkisto jam antaŭ jarmilo.

Utao

Murasaki Sikibu estas ne nur aŭtoro de ampleksa romano, sed ankaŭ majesta poeto verkinta 795 utaojn, kiuj tragarnas la prozan tekston. La utaoj transformitaj en la Esperantan poezion estas bele ritmitaj, konsistante plejparte el kvar versoj de kvartrokeo, multfoje kun rimoj. Ili estas plejmulte inkluzivigitaj en dialogoj aŭ leteroj por implice kaj efike peri pensojn kaj sentojn al alparolato aŭ adresato.

Mi transigu unu scenon por montri, kiel utaoj funkcias en dialogoj. Post kiam Genĝi ekvidas Junan Violon en la templo, li plurfoje petas ties avinon permesi al li kunpreni ŝin al sia palaco, sed ŝi ĉiufoje malaprobas, ĉar la knabino estas ankoraŭ tro juna. Post ŝia morto Genĝi daŭras peti al la nutristino:

Ĉe marbord' de kanoj Vaka[8]
Kreskas ne marherbo vane
Ĉu mi estas ondo vaka
Retroira nur spontane?

Sed ŝi rifuzas lian peton same kiel la avino:

Ripetanta ondo logas
Belan algon ĉe marbordo
Se ond' trude ĝin arogas
Al si, venos la malordo

La persista Genĝi kompariĝas al mara ondo senĉese alfluanta al la bordo, dum Juna Violo figuriĝas kiel supla marherbo, kiu penas ne forŝiriĝi pro la fortika tajdo.

Alia ĉerpaĵo ekzemplas okazon, en kiu utaoj estas prezentitaj en leteroj. Ĉe la unua datreveno de la forpaso de Violo, ĉambelanino verkas utaon sur ventumilo, kiun ŝi transdonas al Genĝi por kondolenci lin ankoraŭ en tristo:

Larmoj falas jam kutime
Por sopiro al mastrino
Venos hor' anonci time
Mornofinon; sed sen fino

Genĝi reciprokas per utao skribita apud la ŝia sur la ventumilo:

Maljuniĝas mi bedaŭre
Ŝian amon tre sentante
Larmostokon tute kaŭre
Tenas mi ankoraŭ lante

---

8 Nomo de marbordo

La du rolantoj ne interparolas vidalvide, tamen per utaoj iliaj kor-sentoj pli intime kundividiĝas.

Monologo

Alia ingredienco distra estas intermitaj monologoj, per kiuj la aŭtoro kvazaŭ konfidas siajn sekretojn al legantoj. Kvankam malabundaj, ili spicas tekstojn alie sekajn en la kunteksto. Pli grave, tamen, kiel jam ekzemplite supre, ili ebligas konjekti laŭ kiaj starpunktoj la aŭtoro konsideris la siatempan socion, kiu estis aristokratia kaj patriarkeca.

Jen kelkaj aliaj okazoj. La aŭtoro prezentas sinsekve kvin utaojn verkitajn respektive de ĉeestantoj en festeno kaj poste aldonas:

"Multaj poemoj estis produktitaj, (...) estis recititaj sur la lipoj. Ankaŭ la utaoj estis faritaj laŭ ekscitiĝo. *Sed kiuj estos bonaj verkoj, utaitaj dum ilia ebrio! Mi skribis kelkajn el ili, sed mi juĝas ilin malbonaj.*"

Aŭ ŝi foje eĉ lakonas:

"*Plian detalon pri tio mi ne skribos pro ĝeno.*"

Kaj la aŭtoro finas la plej lastan frazon de sia epikeca romano longa preskaŭ unu milionon da literoj, kvazaŭ ŝi implicas, ke ŝi estus transskribinta la tutan verkon de iu alia:

"Li pensis tiel laŭ sia sperto, ke li lasis ŝin (...), *tiel tekstas la originala verko.*"

Traduko

Antaŭis la tradukinton kvar japanoj, kiuj provis transigi la roma-non en Esperanton, sed ĉiuj malsukcesis, tradukinte nur po unu aŭ pleje manplenon da kajeroj. La tradukado de Yamasita Tosi-hiro komenciĝis en 2016 kaj daŭris ĝis 2023, dum ne malpli ol ok jaroj. Ne estas malfacile diveni kiom kaprompa tasko estis deĉifri grandkvantan, per rebusoj farĉitan literaturaĵon en antikva lingvo, kvankam helpe de modernaj versioj. La lingvaĵo tiel naskita estas facile komprenebla, sentigante legantojn fronti al moderna verko. Cetere ĉiuj utaoj estas lerte metamorfozitaj al la bela, lirika poezio en Esperanto. Escepte de la unua volumo, ĉiuj tekstoj estas akompanataj paralele de tiuj en la antikva japana, tiel ke la libro estas ankaŭ utila lernomaterialo por japanlingvaj progresantoj.

Spite ke fojfoje fluan legadon blokas certa dozo da lingvaj malglataĵoj, stilaj aŭ gramatikaj, ili neniom kompromitas la meritojn de la tradukaĵo. Preskaŭ certe la plejmulto de ili, precipe stilaj, estas atribueblaj al la fakto, ke la tradukinto intencis laŭeble konservi la stilon de la originala antikva lingvaĵo. Kelkloke la subjekto de frazo interpretiĝis malsame ol en iuj modernaj versioj, kaŭzite de la japanlingva sintakso, laŭ kiu ordinaras sensubjektaj frazoj. Efektive la tradukinto surretigis korektotabelon[9], kiu helpos legantojn per ĝustigo de eraroj kaj plibonigo de misaj esprimoj.

La propono de la redakcio verki recenzon ekzaltis min, ĉar malmultas oportuno pritrakti verkon mejloŝtonecan. Gratulinda kaj dankinda estas Yamasita Tosihiro, kiu forĝis la tradukaĵon dum longa, energielĉerpa tempo, igante la kolosan romanon alirebla en la internacia lingvo. Aliflanke estas ĉies devo malkovri kaj esperantigi aliajn same valorajn verkojn, kio sendube kulturos kaj fekundigos nian literaturon ankoraŭ magran kaj marĝenan.

---

9 esperas.info/?plibonigo_de_Gen%C4%9Di

Centfoje cent
kaj ankoraŭ iom...

de Valentin Melnikov

Centvorte, de Jorge Rafael Nogueras, Mondial, Novjorko, 2025, 195 p., ISBN 20259781595695079.

La ĝenro mikronovelo fulmrapide populariĝis en Esperanto. En 2018 en Belartaj Konkursoj de UEA unuafoje aperis tiu subbranĉo en la branĉo Prozo; ekde 2023 ĝi fariĝis aparta branĉo, kaj la alsendataj konkursaĵoj kvante superas tiujn de la cetera prozo kaj de poezio. La formala kondiĉo estas ke la verko ne estu pli longa ol 100 vortojn. Kion oni povas esprimi en tiom kurta rakonto? Evidente multon – se la leganto posedas certajn kulturajn sciojn, komprenas aludojn kaj iel kunpensas-kunverkas la tuton, iom simile kiel en japaneskaj hajkoj, konsistantaj el nur 17 silaboj. Ankaŭ hajkojn provas verki multaj, sed ne multaj sukcesas...

Ŝajne, tiu ĝenro havas tradiciojn en la hispana kaj portugala literaturoj. En la rusa ion similan – forme sed ne enhave – verkis Feliks Krivin en la 1960aj: kelkaj liaj "Duonfabeloj/Mikrofabloj" legeblas en *BA29*. En Esperanto aperis – ne tre atentita – kolekto de mikronoveloj de **Sin'iti Hosi**, tradukitaj el la japana (1983, 1986) kaj *Bukedo al vi* de diversaj aŭtoroj el Ĉinio (1984). En BK de UEA oni ĉiujare aljuĝis unu ĉefpremion kaj kelkajn laŭdajn menciojn – tamen indaj verkoj vere multas, tial en 2021 aperis la kolekto *Ĉiuj steloj etas nokte*, kiu krom materialoj el BK enhavas kelkajn similĝenrajn verkojn de niaj klasikuloj ekde Kabe, kaj la duan kolekton de Liven

Dek "Ne ekzistas verdaj steloj" (la unua serio konsistigis apartan libreton en 2012).

Nun Jorge Rafael Nogueras (aŭ, por konatoj: simple Rafa) prezentas al ni sian kolekton *Centvorte*. Kiel anoncite, ĝi enhavas 100 mikronovelojn, el kiuj ĉiu konsistas el precize 100 vortoj. (Ĉu vere, ĉiu precize po 100? Mi ne provis nombri. Ne gravas.) Tamen, tio estas nur la unua parto de la libro. En la dua parto legeblas dudeko da noveloj pli longaj – kiuj siatempe estis premiitaj en diversaj literaturaj konkursoj kaj aperis en kolektivaj libroj.

La aŭtoro majstras la ĝenron. Kiel devas esti – lastaj vortoj ofte plene renversas la tuton, instigas al relego aŭ repripenso. Bedaŭrinde (miaopinie) plejparto de la verketoj estas iel ligita kun morto, kreas mornan humoron – ŝajne konforme al jam formiĝinta nacilingva tradicio. Sed enestas ankaŭ spritaĵoj, humuraĵoj – ekz. "Iom da lipruĝo por Marineto" (p. 20) kaj "Avina saĝo" (p. 62), tiujn du erojn mi taksas la plej bonaj en la tuta libro. Iuj noveletoj instigas profunde pensi: "Sed hospitale plej ĉarme" (p. 29), "Paĉjoj ja havas siajn farendaĵojn" (p. 68), "La interpretisto kaj la proparolanto" (p. 80), "Ĉio vendatas" (p. 109). Multaj eroj priskribas tute neeblajn okazojn – kun magio aŭ simple senbrida fantazio – eble iu ŝatos... Ie estas simpla ŝerco (kvankam sufiĉe makabra), eĉ ne tre nova, sed sprite prilaborita: "Bado Sankt-Miĉel'" (p. 83).

Kelkaj mikronoveloj traktas unu saman ideon iom diverse. "La Bona Paŝtisto" (p. 27) estas fakte resumo de la longa novelo "Elemér ripozu pace" (p. 153) – komparu...

Pri la longaj noveloj en la dua libroparto eblus diri multon... aŭ prefere nenion. Ĉiuj ili juste ricevis siajn premiojn, eble vi jam legis ilin en *Belarta rikolto* aŭ en unu el la INK-novelaroj. Interesa estas la maniero de la aŭtoro uzi emfaze neekzistantajn lok- kaj landnomojn, por instigi leganton rekoni ion el reala historio, aŭ konstati, ke iu problemo estas vere tutmonda, kaj io priskribita povus okazi iam ajn ie ajn. La plej brila kaj animskua rakonto certe estas "La babaŝa preĝkolĉeno" (p. 163; 1-a premio en la Interkultura Novelo-Konkurso 2023, aperinta en *La lasta vojaĝo de Cezaro*).

La tekston garnas deko da ilustraĵoj faritaj de Ana Lobo Carvalho en specifa stilo (unuarigarde mi miskredis, ke ilin aŭtoris nia fama Pavel Rak – Ana povas akcepti tion kiel komplimenton). Sur la kovrilo estas kelkdek (por cent, evidente, ne sufiĉis loko) globetoj-bobeloj, sur ĉiu videblas bildo rilatanta al iu el la noveletoj.

La lingvaĵo estas, mi diru, nerimarkebla. T.e., se vi libere posedas Esperanton, vi dum la legado ne atentos la vortojn – nur rekte la enhavon, kiu, pro la ĝenro, estas tre densa kaj altira. Eble nur 2-3-foje tra la tuta libro oni stumbletos pro nekutima frazkonstruo aŭ bezonos vortaron. Tamen, la leganto devas esti sufiĉe klera por koni la esprimojn *"Menade bal – püki bal!"* kaj *"Jam temp' está!"*. Unu mikronovelo – "La ena voĉo" (p. 107) – prezentas virtuozan ĵongladon per aliteracioj, ĝin ne eblas citi por ekzemplo, ĉar necesus kopii la tutan. Kaj vere ĉarma estas "Fajrobirdo" (p. 172), post ĝia lego vi neniam eraros pri uzado de sufiksoj.

La intenco estas: ne havi intencon

de Paulo Sergio Viana

Nubumo, de Giuseppe Campolo, tradukita de Nicolino Rossi, Mondial, Novjorko, 2024, 104 p., ISBN 9781595694812.

de GIUSEPPE CAMPOLO

NUBUMO

ROMANO | EL LA ITALA TRADUKIS NICOLINO ROSSI | MONDIAL

Oni diras, ke ĉiu literaturaĵo estas super ĉio subjektiva afero. Eĉ se plej konkreta estas rakonto, poemo aŭ eseo, ĉiam ekzistas la eblo, ke la teksto konstruas en la kapo de leganto proprajn trajtojn – alivorte, ke leganto estas ĉiam kunaŭtoro. Ĝis kiu grado, jen tio dependas de la aŭtoro kaj de la leganto.

Nubumo estas rakonto, kiu tamen proponas absolute ekstreman subjektivecon. La legado fariĝas tiel surpriza, ke la leganto de tempo al tempo sentas, ke la aŭtoro lin trompas, konfuzas, mensogas, satiras, ŝaradas, enigmas, misteras. Inter senorda amaso da disaj pensoj, tre ofte kolorigitaj per kontraŭdiroj kaj lerte kunmetitaj paradoksoj, enmetiĝas iom da konkretaj figuroj, kiuj tre malprecize konturiĝas, kaj kiuj tute ne sekvas koheran vojiradon tra la romano.

Nome, la unua frazo de la tuta rakonto anoncas la (mal)intencon de la rakontanto:

"mi (...) eskapis el la risko de la estiminda verkado pri la memkompreneblo".

Tamen, oni sukcesas laŭlonge de la sekvaj paĝoj akompani, eĉ se tre nebule, la travivaĵojn de junulo, kiu forlasas siajn gepatrojn kaj sen ia logiko interesiĝas pri poemoj, filozofio, ciganinoj (kiuj flegas lin post sovaĝa atako de junulbando), grafino kiu enamiĝas al li, kaj aliaj aventuroj tute disaj unuj de la aliaj. En iu momento, li fariĝas posedanto de multe da mono kaj oro, kiu poste same mistere malaperas. Intermetiĝas komentoj pri religio, pri jogo kaj aliaj orientdevenaj praktikoj. Fine, duonmontriĝas "nebulo", kiu kvazaŭ sufokas la mondon – jen probable (nenio estas certa en la libro!) la deveno de la titolo de la verko. Cetere tre taŭga titolo, ĉar fine la leganto ekkomprenas la veran intencon: la homa vivo ne estas komprenebla, la mondo ne estas komprenebla, la naturo ne estas komprenebla, homaj pensoj estas nur konjektoj plektitaj kiel labirinto.

Laŭlonge de la tuta libro, la ideo, ke la estado en la mondo estas mem absurdo kaj paradokso, montriĝas en la praktiko de la teksto. Jen nur kelkaj ekzemploj, prenitaj dise tra la paĝoj de *Nubumo*:

"Eble mia ĵusa naŭzo havas ian rilaton kun la englutado de tiu nekonata alio deveninta el iu mio maleble konebla."

"... mi iris enmonden ĉe la absurda sensaco tie malĉeesti"

"... eraro, oftega kaj tre grava, estas tiu trudi al si celon"

"... ne ekzistas pli ŝvela vanteco ol tiu de la inteligento"

"Nenio, male, estas pli volupta ol la racio."

"... mi sciis esti tia kaj pli kaj pli al mi klaris, kiu mi estas, malsame ol iam, kiam mi sciadis, ne volante scii, kvazaŭ mi juĝus pli sekura la necertecon, kaj pli prudente adoptigi al la realo iun mimetisman alivestiĝon."

"La parfumo estas silento; la doloro estas sono."

"Estus ja tute aprobinde se la armeoj sin reciproke strangolus per la manoj, en silento, por ne ĝeni la kovadon de la koturnoj."

"Sed mi alstrebas al absoluta maldensiĝo, al maksimuma vaku-enhavo: por kapti la helosparkojn de l' mallumo."

"Amo estas jam fetora kadavro..."

Aparte kurioza fragmento kaj stoko da frazoj troviĝas en la oka ĉapitro, kiam la protagonisto decidas kontesti la tradiciajn konceptojn de religio:

> "Konfesu viajn pekojn!
> – Mi estas senkulpa – mi respondis, per memkomprenebla senĝeno."

> "Sinjoro, mi tute ne sciis, ke necesas de tempo al tempo peki, por esti bona kristano..."

> "Pardonu min Patro, ĉar mi pekis.
> – Diru, filo mia.
> – Mi rompis la devon peki."

> "Por fari la komunion, aŭ por amori, vi devas akcepti, do, mensog-kompromison..."

Iom post iom, la leganto sukcesas stari kaj antaŭeniri iom pli firme. Meze inter la longa linio de ideoj, kiuj kondukas nenien, li sukcesas percepti, ke ne per argumentoj, sed per puraj personaj konceptoj, sen ia intenco formi tutaĵon, konstruiĝas la kurioza romano. La intenco estas: ne havi intencon. Ĉar tia estas la vivo, io sensenca kaj senintenca. Ĉia kredo estas mensogo, vero estas nubo nekaptebla, homaj rilatoj fundamentiĝas sur apenaŭaĵoj. Nu, antikvaj filozofoj jam defendis similajn principojn, ĉu ne? La diferenco ĉi tie estas, ke la aŭtoro lerte kaj sagace kondukas leganton meze de ĝangala sencomanko, kiun oni spertas emocie, ne racie. En iuj momentoj, la kontraŭdiroj kaj seneliraj priskriboj eĉ konsternas la leganton. La aŭtoro defias kaj preskaŭ mokas la klopodon de la leganto "kompreni". Estas nenio por kompreni! La sola mildigo de tia kruela montrado de la vivokonturoj troviĝas en arto: verkado kaj muziko (Mozart, Ravel, Schumann). Eble do ne ĉio estas senespera, li lasas al ni etan flagron de savebleco...

Du vortoj pri la traduko de Nicolino Rossi. Ĝi estas fakte eminenta, giganta traduko. Rafinita kaj ĝislima uzo de la rimedoj de Esperanto por esprimado de oceano da alegorioj, subkomprenaj aludoj, ironiaĵoj, plursencaj esprimoj. La tradukinto trovis por ĉiu aereca frazo tute taŭgan respondan konstruon en nia lingvo. Por tio, kompreneble, li produktis tekston ne por komencantoj, same kiel la originalo, laŭŝajne. (Mi ne legis la originalon.) Jen traduko, kiu pensigas pri la "facileco" de Esperanto. Temas pri tute "nefacila" libro! Kaj por transdoni tion al Esperanto, kompreneble, la tradukinto devis uzi "nefacilan Esperanton". Tute ne rekomendinda al komencantoj. Tiel li restis plene fidela al la originalo. Esperanto estas lingvo uzebla en facila kaj nefacila manieroj – kiel vere vivanta lingvo.

Lasta kuriozaĵo flanke de la tradukinto estas enkonduka teksto, kiun li verkis por la romano. Ĝi iom faciligas la legadon, ĉar ĝi preparas la leganton por lavango da strangaj ideoj.

Nubumo estas vere unika romano, kies (mal)celo estas ne havi celon. Pura literaturo.

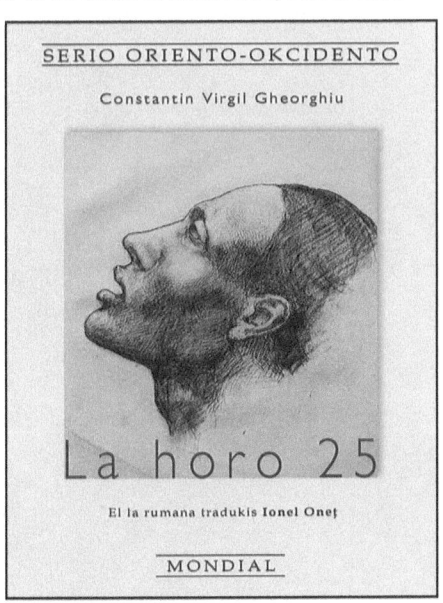